의지와 운명 1

La voluntad y la fortuna

LA VOLUNTAD Y LA FORTUNA
by Carlos Fuentes

세계문학전집 251

의지와 운명 1

La voluntad y la fortuna

카를로스 푸엔테스

김현철 옮김

민음사

내 아이들인
세실리아,
나타차,
카를로스에게

차례

프롤로그
잘린 머리

밤, 바다와 하늘은 한 덩어리이고, 심지어 땅덩어리마저도 모든 것을 감싸는 어두운 무한 공간과 하나로 어우러진다. 틈이 없다. 자국도 없다. 구분도 없다. 밤은 우주의 무궁무진함을 가장 잘 대변한다. 우리는 그 어느 것에도 시작이 없고, 그 어느 것에도 끝이 없다고 믿게 된다. (오늘 밤과 같이) 별이 하나도 보이지 않는 밤에는 특히 그렇다.

여명이 밝아 오며 분리가 시작된다. 넓은 바다는 원래의 위치로 돌아가고, 산과 계곡과 협곡을 가린 물의 장막. 바다 밑바닥은 메아리의 창고이며, 그 메아리는 결코 우리 귀에 들리지 않지만, 오늘 새벽 유독 내 귀에는 들린다.

밝은 대낮이 이 환상을 깨뜨릴 것임을 나는 안다. 만약 절대로 날이 밝아 오지 않는다면, 무슨 일이 벌어질 것인가? 그렇게 되면 바다가 내 모습을 훔쳐 갔다고 믿을 것이다.

태평양은 지금 이 순간 정말로 고요한 바다이며, 커다란 우유

컵처럼 새하얗다. 일렁이는 파도는 육지가 가까이 있음을 알려 준다. 나는 두 파도 사이의 거리를 측정해 본다. 혹시 두 파도를 갈라놓는 건 시간이 아닐까? 거리가 아니라? 이 질문에 대답할 수 있다면 나 자신의 미스터리도 밝힐 수 있으리라. 우리는 넓은 바다를 마실 수 없지만 넓은 바다는 우리를 집어삼킨다. 넓은 바다는 땅덩이보다 천배는 더 부드럽다. 하지만 우리는 바다의 메아리만 들을 수 있을 뿐 그 목소리는 들을 수 없다. 만일 바다가 고함을 친다면 우리는 모두 귀머거리가 되고 말 것이다. 그리고 만일 바다가 움직임을 멈춘다면 우리는 모두 죽고 말 것이다. 고요한 바다는 없다. 바다의 끊임없는 움직임이 이 세상에 산소를 공급한다. 만일 바다가 움직이지 않는다면 우리는 모두 숨이 막혀 죽을 것이다. 물에 빠져 죽는 게 아니라 질식해 죽을 것이다.

날이 밝아 오고 한낮의 빛이 바다의 빛깔을 결정한다. 바다의 파란빛은 빛의 분산에 지나지 않는다. 파란 빛깔은 태양빛이 바다의 투명함을 이겨 냈다는 의미다. 바다에 바다의 것이 아닌 의복을 입혔다는 의미이며, 바다의 것이 아닌 피부를 입혔다는 의미이다. 바다에도 피부가 있다면 말이지만……. 이제 막 태어난 한낮은 과연 무엇을 비추어 줄 것인가? 어서 빨리 이 질문에 대답하고 싶다. 왜냐하면 나는 여러분에게, 살아남은 여러분에게 대답해 줄 말을 점점 잃어 가고 있기 때문이다.

만일 떠오르는 태양과 죽어 가는 밤이 나를 대변해 주지 않는다면 내 이야기는 존재하지 않을 것이다. 아직까지 살아 있는 여러분에게 내가 들려주고 싶은 이야기. 나는 믿는다. 바다는 살아 있고, 내 머리를 씻기는 모든 물결은 육지를 느끼고, 살을 더 듣고, 내 시선을 찾고, 시선을 발견한다. 멍청한 시선. 어쩌면 당혹해하는 시선일지도 모른다. 의심의 눈초리.

나는 보지 않고 본다. 누군가의 눈에 띌까 두렵다. 나는 흔히 말하듯 '봐줄 만한' 모습이 아니다. 나는 잘린 머리다. 멕시코에서 일 년 동안 잘린 머리 중 천 번째 머리다. 나는 일주일 동안 목이 잘린 쉰 명 중 한 명이며, 오늘 일곱 번째로 목이 잘린 사람이며, 최근 세 시간 십오 분 동안 유일하게 목이 잘린 사람이다.

떠오르는 태양이 활짝 열린 내 눈에 반사된다. 내 머리에서는 더 이상 피가 흐르지 않는다. 끈적끈적한 액체가 뇌수에서 모래밭으로 흘러내린다. 내 생각들이 계속해서 땅으로 스며들듯 내 눈꺼풀은 영원히 닫히지 않을 것이다.

내 잘린 머리가 여기 있다. 멕시코의 게레로 주 연안, 태평양 바닷가에 야자열매처럼 버려져 있다.

내 머리는 죽은 태아의 머리처럼 뽑혔다. 죽은 태아의 머리는 당연히 잘려야 한다. 그럼에도 머리 없는 몸뚱이는 태어나며, 잠시 동안 숨을 쉬다가, 피 웅덩이에 빠져 죽어 간다. 어머니를 살리기 위해, 어머니가 울 수 있도록. 그야 어쨌든, 맨 처음 만들어진 단두대도 왕들의 머리가 아니라 시체의 머리를 자르는 것으로 성능을 시험하지 않았던가.

내 머리는 낫으로 잘렸다. 내 목은 너덜너덜 풀린 피륙이다. 내 눈은 공포에 질린 등대 두 개이다. 내 눈은 다음번 조수에 실려 갈 때까지 활짝 열려 있을 것이다. 물고기들이 구멍을 통해 내 머릿속으로 기어들 것이고, 내 머리의 회백질은 모두 엎질러진 죽처럼 모래밭으로 쏟아져 땅속으로 사라질 것이다. 그리하여 내국인이나 외국인 관광객들의 눈에 절대로 띄지 않을 것이다. 빌어먹을, 우리는 지금 열대지방에 있는 것이다! 아직 살아 있거나 살아 있다고 믿는 여러분, 아직도 무슨 말인지 모르겠는가?

뇌는 이제 잃어버린 몸의 움직임을 통제할 능력이 없다. 내 머리는 몸뚱이를 떠났다. 몸뚱이가 없는데 숨을 쉬고, 피가 순환하고, 잠을 자는 짓거리가 무슨 소용이란 말인가. 이러한 짓들은 내 머리의 가장 오래된 영역에 속한 것이었다. 내가 평생 동안 사용하지 않았던 새로운 영역이 내 머릿속에 남아 있단 말인가? 나는 이제 균형을 잡는다거나, 자세를 취한다거나, 숨을 조절한다거나, 심장박동을 유지한다거나 하는 짓을 할 필요가 없다. 나는 이제 미지의 세계로 들어간다. 내 뇌에서 사용되지 않았던 부분이 그 미지의 세계를 곧바로 내게 보여 줄 것인가?

단두대에서 처형당하는 사람들은 곧바로 머리를 잃지 않는다. 몇 초, 어쩌면 몇 분 동안 머리가 몸에 붙어 있다. 그 순간을 이용해 사람들은 미친 듯 눈을 굴리며 생각에 잠긴다. 이게 무슨 일이야, 여기가 어디지, 앞으로 무슨 일이 벌어질까. 몸뚱이에서 떨어져 나간 혀도 움직임을 멈추지 않는다. 혀는 수다쟁이 바보 멍청이다. 잃어버린 몸뚱이를 끝내 찾지 못한 채 미스터리만 남기고 사라지는 순간에도 그렇다. 내 혀는, 잘린 머리가 떠맡은 최고로 중요한 의무에 서둘러 매달리지 않는다. 그 의무란 머릿속에 새로운 몸뚱이를 재창조하는 것이다. 내 혀는 이렇게 지껄인다. 이것은 여호수아의 머리다, 부모가 누군지도 모르는 자식, 여호수아는 살아 있는 몸뚱이를 찾아 헤맨다, 평생 동안 지니고 다닌 몸뚱이, 밤이나 낮이나 살아 있던 몸뚱이, 아침마다 삶의 계획을 안고 깨어나던 몸뚱이, 그러나 하루를 시작하기 위해 거울을 들여다보는 순간 여지없이 깨지고 마는 삶의 계획. 나, 여호수아, 지금 이 순간 유일한 걱정거리는 혀를 깨물지 않도록 조심하는 것이다. 비록 머리는 잘려 나갔지만 마침내 자유로워진 혀는 말을 하고 싶어 하기 때문이다. 하지만 자기 자신만 씹어 댈 뿐이다. 순대나 햄버거를 씹듯 자기 자신만 씹어 댈 뿐이다. 우리는 육신이니 결국 육신으로 돌아갈 것이다. 이런 식으로 말할 수 있을까? 이런 식으로 기도할 수 있을까? 눈구멍이 없는 내 눈은 세상을 찾아 헤맨다.

나는 몸뚱이였다. 내게는 몸뚱이가 있었다. 이제 나는 영혼으로 변할 것인가?

1부
카스토르와 폴룩스

내 소개를 하도록 허락해 주기 바란다. 아니 이렇게 말하는 게 더 좋겠다. 머리에서 잔혹하게 잘려 나간(이 점에 대해서는 이미 알고 있을 것이다.) 내 몸뚱이를 소개할 수 있도록 허락해 주기 바란다. 나는 내 몸뚱이에 대해 말하고 있다. 이제 나는 몸뚱이를 잃어버렸고, 따라서 여러분에게, 혹은 나 자신에게 내 몸뚱이를 소개할 수 있는 기회가 앞으로는 없을 것이기 때문이다. 이 기회를 맞아 다음과 같은 점을 확실히 밝히고자 한다. 다음에 이어지는 내용은 내 머리가, 오로지 내 머리가 진술하는 것이며, 머리에서 떨어져 나간 내 몸뚱이는 이제 하나의 기억에 지나지 않는다는 것이다. 이 기억에 대해서는 현명한 독자 여러분들의 판단에 맡기고자 한다.

　우리는 익히 알고 있다. 몸뚱이는 적어도 우리 존재의 절반을 차지한다. 그럼에도 우리는 우리 몸뚱이를 언어의 벽장 안에 감추어 둔다. 우리는 수치심 때문에 우리 몸뚱이의, 값어치를 따질 수 없는 필수불가결한 기능들에 대해 말하기를 꺼린다. 여러분의 양해를 구한다. 나는 내 몸뚱이에 대해 구석구석 자세하게 언급할 것이다. 그렇게 하지 않으면 내 몸뚱이는 이내 매장하지 않은 시체, 푸줏간에 걸린 닭, 별 볼 일 없는 고깃덩어리로 변하고 말 것이기 때문이다. 그러니 내 몸뚱이의 은밀한 부분에 대해 알기를 원치 않는 독자는 이 장을 건너뛰어 다음 장부터 편안하게 독서하기 바란다.

나는 나이 스물일곱에 키가 백칠십팔 센티미터인 남자다. 나는 매일 아침 하루 일과를 시작하기에 앞서 화장실 거울을 통해 벌거벗은 내 모습을 들여다보며 두 뺨을 어루만진다. 턱수염과 코밑수염을 깎거나, 얼굴에 장마리 파리나 향수를 바르고 인상을 쓰기도 하며, 숱이 많고 마구잡이로 헝클어진 검은 머리에 어쩔 수 없이 빗질을 가한다. 눈을 감는다. 내 죽음이 가져다줄 주인공 역할을 얼굴과 머리에 부여하기를 거부한다. 그 대신 나는 내 몸뚱이에 정신을 집중한다. 머리에서 떨어져 나갈 몸통. 목에서부터 사지에 이르는 몸통, 창백한 계피 색 피부에 감싸인 몸통. 손톱과 발톱은 죽은 뒤에도 몇 시간, 며칠 동안 계속 자랄 것이다. 마치 관 뚜껑을 박박 긁으며 이렇게 외칠 것만 같다. 나 여기 있어, 아직 살아 있어, 날 파묻다니 실수한 거야.

이것은 순전히 형이상학적인 생각이다. 일시적인 것이든 영구적인 것이든 두려움은 항상 이런 식이다. 지금 여기서 나는 내 피부에 정신을 집중해야 한다. 너무 늦기 전에 내 육신을 고스란히 되찾아야 한다. 이것은 촉각기관이다. 이것은 내 온 몸뚱이를 뒤덮고 있으며 내 몸뚱이 속에서 해마다 되풀이되는 장난질로 조금씩 끊임없이 연장된다. 다른 사람의 몸이 끊임없이 들락날

락하는 여성의 대단한 놀이와 비교할 때 그렇다는 얘기다. (수치스럽게 들락거리는 남성의 성기, 성스럽게 빠져나오는 아이의 몸. 하지만 남자인 내 몸의 구멍에서는 앞쪽으로는 정액과 오줌만 나올 뿐이고, 뒤쪽으로는 여성과 마찬가지로 똥이 나오지만, 변비에 걸렸을 경우에는 좌약을 깊숙이 찔러 넣어야 한다.) 나는 지금 콧노래를 흥얼거린다. "수소도 똥을 누고, 암소도 똥을 누고, 가장 예쁜 아가씨도 똥 덩어리를 흘리는구나." 여성의 몸을 들락거리는 것은 관대하고도 자비롭다. 반면 남성의 몸을 들락거리는 것은 쩨쩨하고 인색하다. 요도, 항문, 오줌, 똥. 이름은 명확하고 투박하다. 별명은 엉큼하고 우스꽝스럽다. 벨리니 관, 헨레의 자루, 보먼주머니, 말피기 사구체. 위험도 있다. 무뇨증, 요독증. 오줌이 나오지 않는다. 오줌에 피가 섞여 나온다. 나는 그런 병들을 피해 왔다. 평생 동안 모든 것을 피해갈 수 있다. 죽음만 빼고.

땀을 흘렸다. 내 온 몸뚱이는 평생 동안 땀을 흘렸다. 눈꺼풀과 입술 가장자리만 예외였다. 나는 깨끗하고 짠맛이 돌고 악취가 없는 땀을 흘렸다. 땀과 오줌은 모두 인간의 생산물이지만 냄새 때문에 질적인 차이가 발생한다. 나는 탈취제가 필요 없었다. 내 겨드랑이는 고상하고 깨끗했다. 오줌에서는 악취가 풍기기도 했다. 방치된 오두막이나 어두컴컴한 동굴 냄새가 났다. 내 똥은 상황에 따라, 특히 먹는 음식에 따라 변했다. 멕시코 음식은 잘못하면 설사에 걸리기 십상이고, 북미 음식은 장염에 걸리기 십상이고, 영국 음식은 변비에 걸리기 십상이다. 오로지 지중해 음식만이 입으로 들어가는 것과 항문으로 나오는 것 사이에 건강한 균형을 맞춰 줄 수 있다. 올리브유, 모데나 식초, 메디오디아 과수원에서 나는 작물들, 복숭아와 무화과, 멜론과 후추 등은 먹는 재미는 싸는 재미로 보상받아야 한다는 사실을 미리 알고 있었던 듯싶다. 케베도도 이와 흡사한 내용의 문장을 남겼다. "똥을 싸고 싶은 마음보다 더욱더 간절히 너를 사랑한다."

어쨌든 간에, 내 경우에 있어서는, 똥은 거의 언제나 단단한 밤색이었다. 때로는 시장에서 파는, 진흙으로 만든 똥 인형처럼 보기 좋게 돌돌 말려 있기도 했다. 그러나 매운 국산 음식을 먹었을 경우에는 묽은 똥이 나오기도 했다. 내 똥은 그랬다. 그리고 간혹 (특히 여행을 할 경우에는) 똥이 잘 나오지 않거나 색깔이 좋지 않은 경우도 있었다.

친애하는 생존자들이여, 내가 일부러 이와 같은 우스갯소리를 늘어놓음으로써 중요한 얘기를 뒤로 미루고 있다는 사실은 나도 안다. 내 머리에 관한 얘기 말이다. 우리가 잘 알다시피 궁둥이는 우리 인간의 제2의 얼굴이니 먼저 이 얘기부터 하고 내 얼굴에 대해 설명하고자 한다. 아니, 궁둥이가 우리의 제1의 얼굴이 아닐까? 앞서 머리 빗는 장면에서 언급했듯이, 나는 용설란보다도 더 뿌리가 깊은, 전형적인 원주민형의 숱이 많은 검은색 머리카락을 지니고 있다. 내 시커먼 두 눈이 거의 투명한 두개골 눈구멍 속에 깊이 잠겨 있다는 점도 밝혀야겠다. 갈색 피부가 위장막처럼 두개골을 덮고 있다. (갈색 피부는 흰색 피부보다 감정을 더 잘 감추어 준다. 그래서 갈색 피부가 감정을 폭발할 때에는 더욱더 노골적이기는 하지만 위선을 떨지는 않는다.) 요약해 보자. 내 눈썹은 보이지 않는다. 사랑스럽고 얇은 내 입은 예의를 차릴 때가 아니면 아무런 이유 없이 거의 언제나 웃고 있다. 귀는 크지도 작지도 않다. 지독하게 말라비틀어진 내 얼굴과 그럭저럭 맞아떨어진다. 살가죽은 뼈에 달라붙었고, 머리털의 뿌리는 빛 없이도 잘 자라는 야행성 잡초처럼 무럭무럭 자란다.

그리고 내게는 코가 있다. 그냥 보통 코가 아니라 엄청나게 큰 돌출물이다. 다행히 좁기는 하지만 길고 정교하다. 존재의 바다 밑에서 바깥세상을 미리 살피는 영혼의 잠망경, 용기를 내서 밖으로 뛰쳐나가 세상을 둘러볼 것이냐 아니면 좀 더 숨어 기다릴 것이냐를 놓고 고민하는 영혼의 잠망경 같다.

앞당겨진 죽음의 거대한 모자반류 해초.

잔물결 속에서 솟아오른 바다가 내 콧구멍에 닿기도 전에 물을 삼키도록 강요한다. 내 커다란 코는 해변과 새벽 조수 사이로 툭 튀어나와 있다.

나는 몸뚱이다. 나는 영혼이 될 것이다.

* * *

코쟁이. 코주부. 코 대장. 대갈 코. 코 장군. 피노키오. 멧돼지. 아기 코끼리 덤보.(귀는 정상인데도.) 똑같은 교복을 입은 조무래기 패거리가 내게 붙여 준 좋지 않은 별명도 학교 운동장에서 장난을 칠 때는 통하지 않았다. 흰색 셔츠와 항상 반쯤은 풀려 있는 파란색 넥타이. 셔츠 깃의 마지막 단추를 채우지 않는 것은 보편적인 반항의 표시였지만, 그런 반항은 선생과 종교라는 이중의 채찍으로 말미암아 결국 패배했다. 파란 스웨터와 회색 바지. 오로지 사지의 끝자락에서만 학생 패거리는 그들의 태만함과 야만성을 빛낼 수 있었다. 걷어차는 버릇 때문에 찢어진 가죽 구두. 운동장에서는 공을 걷어차고, 교실에서는 책상을 걷어차고, 길거리에서는 가로수를 걷어차고, 비록 말은 하지 않아도 무언가 반항심을 드러내기 위해 아이들은 발을 사용했다. 아이들은 반항하기 위해 태어났다. 아이들은 불만덩어리였다. 그놈들이 내게 주먹질은 하지 않고 그냥 욕만 퍼부었다고 해서 내가 감사해야 했을까?

나는 모른다. 나를 놀려 대는 아이들의 표정은 그렇게나 잔인했다. 그래서 나는 가장 못생긴 얼굴과 가장 아름다운 얼굴(런 얼굴은 없었다.)을 구별할 수 있는 심미안을 소유했지만 가장 못생긴 얼굴과 그보다 덜 '잔인한' 얼굴을 구별해 냈을 뿐이었다. 아이들이 나를 공격할 때, 나는 얼굴이 단 하나만 있는 한 마리 짐승을 쳐다볼 뿐이었다. 사나운 이빨과 금속성 눈꺼풀의 눈. 놈들은 교도소 창살 뒤에서 고백할 수 없는 감정의 금고를 지키기 위해 애쓰는 짐승들 같았다. 나는 놈들의 모습을 줄곧 지켜보았다. 내 코가 커다랗다는 이유로 나를 공격했던 바로 그 녀석들이 나중에는 고개를 숙인 채 기도를 올리거나 자부심에 우쭐대며 애국가를 부르는 모습을 나는 놓치지 않았다.

'할리스코' 학교에서였다. 혁신적 자유주의가 종교교육을 금지하던 시대가 가고, 눈에 띄게 비대해진 혁신적 보수주의가 종교교육을 허가한 이후로 그렇게 불렸다. 그러나 조건이 있었다. 학교에서는 신앙이 아니라 역사적이거나 지리적인 애국주의를 가르쳐야 했다. 콜럼버스, 볼리바르, 조국. 멕시코는 예수회 소속 학교, 마리스타 수도회 소속 학교, 라살레트 학교의 또 다른 이름이 되었으며, 내가 전학 간 학교의 경우(가톨릭 사제들이 운영했다.) 우리 학생들 사이에서는 '할리스코 학교'가 아니라 '사제관'이라고 불렸다. 이는 정부와 성직자들이 공유한 위선을 조롱하기 위해서였다. 학교 밖에서는 '할리스코'로 불렸고, 학교 안에서는 '사제관'으로 불렸다.

코주부, 피노키오, 코쟁이. 놈들은 내게 욕설을 퍼부었다. 놈들이 군부대 행렬처럼 전진하는 동안 나는 뒤로 물러나야 했다. 잔인하게 생긴 꼬맹이가 놈들을 이끌었다. 박박 밀어 버린 머리, 쭉 찢어진 눈, 사탕무 같은 입, 머리통에 달라붙은 귀, 거리의 무법자와 같은 태도, 앞으로 쑥 내민 얼굴, 나뿐만이 아니라 온 세상을 상대로 도전하는 듯한 인상이었다. 놈은 불만덩어리 중에서도 가장 큰 불만덩어리였다. 목에 두른 넥타이의 매듭은 가슴까지 늘어져 있어 깡패 같은 분위기가 더욱 두드러졌다. 항상 그런 식이다. 학생 패거리의 우두머리는 항상 그런 모습이다. 그럴 때면 근거도 없는 생각이 떠올라 이렇게 속삭였다. 저 패거리의 두목은 나와 내 코를 겨냥하는 게 아냐, 다른 무언가에 불만이 있는 거야, 놈과 아주 가까운 무언가에, 쉬는 시간이 끝났음을 알리는 종이 울리는 순간 내 존재가 놈의 불만 대상을 머릿속에서 사라지게 만드는 거야, 선생들 중 한 명이 간섭할 때도 그래. 그때까지 선생들은 내게 무슨 일이 일어났는지 신경도 쓰지 않았다. 농구를 하거나 농담을 나누거나 과자를 먹는 아이들이 서로 장난질 치며 욕을 하는 것으로 여겼던 것이다.

나는 마음을 다잡았다. "참아, 여호수아. 지면 안 돼. 욕으로 맞받아치면 안 돼. 꾹꾹 눌러 참아야 해. 냉정하게 이겨 내야 해. 아무도 때리면 안 돼. 화를 내는 놈이 지는 거야. 냉정하고 침착해야 해. 결국 놈들도 너를 인정하게 될 거야. 두고 봐."

하지만 좋은 말로 나 자신을 아무리 타일러도 내 지랄 같은 성질을 죽이지 못했다. 어느 날 마침내 가장 치사하게 굴던 빡빡머리 놈을 한 대 치고 말았다. 산킨틴 전투(역사를 공부하는 학생들은 알 것이다. 이 전투에서 펠리페 2세는 프랑스를 격파하고 영광을 차지했다.)와 같은 상황이 벌어졌다. 엄청난 혼란은 결국 아수라장으로 변했고 난투극이 벌어졌다. 모두들 상대를 가리지 않고 싸웠다. 모두들 극서 지역의 영화에서나 볼 수 있는 술집에서의 난장판과 같은 상황으로 빠져들었다. 난장판의 영국 버전인 도니브룩 축제와 같았다. 아우성, 난투, 요지경, 울부짖음, 난동, 야단법석, 아수라장, 수다, 말썽, 말다툼, 한마디로 말해서 엉망진창 그 자체였다. 다시 말해, 내게 맞은 놈은 패거리들 쪽으로 벌러덩 넘어졌고, 패거리들은 다시 놈을 내 쪽으로 밀어붙였고, 놈은 발이 미끄러지면서 운동장 돌바닥에 얼굴을 처박았다. 그 결과 대장을 때려눕힌 놈이 누구인지에 대해 패거리들 사이에 말다툼이 벌어졌다. 처음에는 두 놈이, 이내 네 놈이, 마침내 일곱 놈이 목소리를 높였다. 그런데 다부지게 생긴 한 녀석이 내 옆으로 와서 패거리 전체를 향해 소리쳤다. 나를 건드리기 전에 먼저 자신과 싸워야 할 것이라고.

내 보호자의 확고부동한 태도가, 질적인 우세가 아니라 수적인 우세만 믿고 있던 놈들을 압도했다. 마침내 우중충하던 오후 하늘에 선생님의 호루라기 소리가 울려 퍼졌다. 오후로 접어들자 태양이 비구름 속으로 사라지면서 비가 한바탕 쏟아질 듯했다.

"장마철이로군." 내 보호자가 싱긋 웃으며 한 손을 내 어깨 위에 올려놓았다.

나는 그 아이에게 고맙다고 말했다. 그 아이는 야비한 놈들은 절대로 용서하지 않는다고 말했다. 그 아이는 표정을 풀고 손을 내밀어 바닥에 넘어진 빡빡머리를 일으켜 세웠다.

"이 자식, 수업 시간에 늦지 마."

빡빡머리는 손으로 코피를 닦고 뒤돌아서서 잽싸게 달아났다.

새로운 친구와 나는 나란히 서서 운동장을 걸어갔다. 운동장은 이 층짜리 교실 건물과 강당으로 둘러싸여 있었고 안쪽에는 펠로타 경기장이 있었다.

"놈들이 뭘 좀 아는 게 있다면 널 시라노라고 불렀을 텐데."

"아주 나쁜 놈들이야. 바랄 걸 바라야지. 놈들은 나를 똥구멍 각하라고 부를걸."

"네가 절름발이였으면 누레예프라고 불렀겠지."

내 구원자는 발걸음을 멈추고 나를 뚫어지게 쳐다보았다.

"네 코는 그다지 크지 않아. 그냥 길 뿐이야. 그 야비한 새끼들을 그냥 내버려 두면 안 돼. 넌 이름이 뭐야?"

"여호수아."

나는 멕시코 식민지 시절의 예법에 따라 그 유명한 "잘 부탁해."라는 말을 덧붙이려고 했으나 내 구원자는 머리를 뒤로 젖히더니 한참을 깔깔거리며 웃어 댔다.

나는 바로 그 순간의, 그 녀석의, 그 모습을 항상 기억하고 싶다. 키는 나와 엇비슷했지만 나머지는 정반대였다. 얼굴은 통통한 편이었고, 뺨은 젖살이 빠지지 않아 어린아이 같았다. 그랬다. 입은 젖병을 빨고 있는 듯했고, 아주 순해 보이는 맑은 눈은 젖을 달라고 조르는 듯했다. 그에 반해 몸은 튼튼해 보였다. 걸음걸이는 당당했고, 지나치다 싶을 정도로 힘차게 발걸음을 내디뎠으며, 똑바로 걸었다. 한편 내 움직임은 조금씩 미끄러지는 듯했고, 심지어 어정쩡해 보이기도 했다. 내 발밑이 땅인지 아니면 허공인지, 굳은 땅인지 늪인지, 마른 땅인지 진흙탕인지 모르는 것처럼……

그것이 내가 가장 먼저 깨달은 점이었다. 내 발걸음을 확신이 없는 종종걸음이었다. 하지만 내 친구의 발걸음은 당당했고 심지어 거만해 보였다.

나는 내 친구가 자기소개를 하지 않았다는 점을 기억해 냈다. 나는 다시 한 번 내 이름을 밝혔다.

"여호수아라고 해." 나는 발걸음을 멈추지 않고 말했다.

친구는 가짜 조각상처럼 걸음을 멈추었다. 나는 깜짝 놀라 친구를 쳐다보았다.

"여호수아, 여호수아." 나는 약간 불편함을 느끼며 내 이름을 반복했다. "여호수아 나달."

친구가 몸을 비틀었다. 웃음소리가 친구를 삼켜 버렸다. 친구는 몸을 웅크리고 겨우 고개를 들더니 매 순간 구름이 짙어져 가는 하늘을 바라보다 다시 당혹스러워하는 내 얼굴을 쳐다보았다. 나를 쳐다볼 때마다 웃음소리가 커졌다. 나는 이해할 수 없는 장난 앞에서 순간적으로 화가 치밀었다. 내 입장에서는 그리 달갑지 않은 장난이었다.

"그럼 넌?" 나는 화를 감추며 겨우 입을 열었다.

"예…… 예……." 친구 역시 웃느라 말을 제대로 하지 못했다.

나는 약이 올라서 미칠 지경이었다. "야, 너 날 지금 놀리는……"

친구가 내 어깨를 잡았다. "놀리는 게 아냐, 이 친구야, 너무 놀라서……"

"그렇다면 더 이상 놀리지 마."

"예리고. 내 이름은 예리고야." 친구는 순간 정색하며 말했다.

"예리고? 성은?" 나는 집요하게 따졌다.

"그냥 예리고야. 성은 없어." 새로운 친구는 무뚝뚝한 표정으로 퉁명스럽게 말했다. 마치 책을 펼치는 순간 모든 내용이 사라지고 작가의 이름만 남을 것처럼, 성조차도 사라지고 오직 이름만 남을 것처럼.

"예리고……. 다 그렇고 그런 거야."

* * *

강은 추수하는 시기에 범람한다. 지금 강은 말랐고 부족민들은 강을 건널 수 있다. 하지만 먼저 그 땅을 조사하기 위해 정탐꾼들을 보내야 한다. 여호수아는 장사꾼으로 변장하고 요르단 강을 건넌 후 도시의 어느 사창굴로 숨어든다. 어느 창녀가 가족과 함께 그곳에서 산다. 창녀는 천진난만하고 인심이 후한 여자다. 몸도 주고 정도 주고 보호해 주기까지 한다. 창녀는 도망자들과 원수진 남편들과 몸을 회복하기 위해 시간이 필요한 주정뱅이들을 숨겨 주는 데 이골이 나 있다. 성 불구자들도 그녀를 찾아와 그녀의 애정과 인내심으로 성 기능을 회복한다. 그런 애정과 인내심은 오직 창녀만이 베풀 수 있다. 창녀는 밥벌이로뿐만 아니라 소명으로 일하기 때문이다. 여호수아와 그의 일행이 약속된 땅을 찾아 헤매다 요르단 강가에서 발걸음을 멈춘 떠돌이 부족민의 일원이라는 사실을 창녀는 알까? 이름이 헤타라인 그 창녀는 약속된 땅도, 잃어버린 낙원도 존재하지 않는다고 믿는다. 그녀는 이스라엘과 그 예언자들의 광기를 잘 안다. 그들 모두는 자신들을 환대하는 땅을 버리고 그다음에 있는 약속된 땅을 찾아다닌다. 하지만 그곳에 도착하는 순간 그다음에 있는 약속된 땅을 꿈꾸게 되고, 그리하여 사막에서 기력이 다하여 목마름과 배고픔으로 죽어 갈 때까지 길을 헤매고 다닌다. 예리고의 위대한 창녀는 자신이 사는 도시가 이스라엘 민족의 마지막 종착지가 되는 것을 원치 않는다. 이스라엘 민족을 싫어해서가 아니다. 그와 반대로 그녀는 이스라엘 민족의 떠돌이 운명을 사랑하기 때문에, 이스라엘 민족이 여기서 멈추지 않고 끝이 없는 그들의 운명을 계속해서 짊어지고 나가기를 바라기 때문에 이스라엘 민족을 사랑한다.

이런 일들을 알기 때문이다. 사창굴 손님들은 그녀에게 자문을 구하고 그녀는 그들에게 이야기를 들려준다. 어떤 이야기들은 그녀가 꿈에서 본 장면들이다. 어떤 이야기들은 그녀가 기억해 낸 장면들이다. 그러나 대부분의 이야기는 그녀가 맞이한 손님들의 열성에 반응해 즉흥적으로 만들어 낸 것이다. 그녀는 일종의 마법사다. 그녀의 관능적인 자비로움에 떠돌이 개들처럼 의지하는 일가붙이들은 그렇게 말한다. 그녀는 손님이 어떤 사람이냐를 따져 말을 붙이고 그들의 미래를 들려주며, 그녀의 말을 듣는 사람은 누구나 감탄한다. 그녀는 현실주의자다. 그 사람의 미래에서 찾아볼 수 없는 운명에 대해서는 결코 얘기하지 않는다. 손님들의 과거사를 한 꼭지만 들어도 그녀는 그 손님의 미래를 분명하게 상상할 수 있기 때문이다. 그녀는 잔인한 여자가 아니다. 그녀는 신중한 여자다. 미래가 행복하게 나타나도 그녀는 일부러 그 기쁨을 크게 떠벌리지 않는다. 인생이란 변덕스러워서 어느 순간 예기치 않게 그 기쁨에 찬물이 끼얹어질 수 있음을 알기 때문이다. 그와 반대로, 미래가 불행할 경우에는 어느 정도 이야기를 낙관적으로 다듬어 들려준다. 농담도 끼워 넣고,

어깨를 으쓱하며, 우울한 미래를 얼버무리고, 그녀의 누추한 방으로 들어간다. 그녀의 몸, 그녀의 입, 그녀의 다리, 그것이 바로 미래인 것이다……

여호수아는 순수한 목적으로 예리고에 도착했다. 도시를 정탐한 후 나중에 그곳을 점령한다, 그 후에는 모세가 시작한 이스라엘 땅 회복 전쟁을 그런 식으로 계속해서 수행해 나간다. 모세는 여호수아가 마치 아버지처럼 떠받들던 인물이며, 모세가 죽는 순간 여호수아는 모압 평야에서 시작해 느보 산과 비스가 산 정상에 이르는 험난한 여정을 계속해 나가겠다고 그에게 약속했다. 눈에 보이는 모든 땅, 길르앗에서 단까지, 에프라임 땅에서 므낫세 땅까지, 바다에 이르는 유다 땅까지. 하지만 바로 눈 앞에 있는 도시를 먼저 공격해 점령해야만 했다. 그 도시는 최초의 도시이며 야자나무의 도시, 바로 예리고였다. 그런 이유로 여호수아는 그곳에 있었다. 땅을 정탐하고 그다음 날 정복할 목적으로. 여호수아는 그 친절한 사창굴에서 자신이 보호받는다고 느꼈다. 코를 찌르는 땀 냄새와 똥 냄새, 바닥에 쏟아진 포도주 냄새, 다양한 튀김 냄새, 불에 타는 짐승의 털 냄새, 약한 불에서 나오는 연기, 붉은 천장. 그럼에도 여호수아는 성의 쾌락과 발람의 난장판 신앙을 경계하는 모세의 가르침을, 모세의 훈계와 질책을 기억했다. 하지만 사막에 사는 위대한 창녀의 애무는 다음과 같은 이야기를 들려주었다. 그녀 덕분으로, 그녀의 불충으로 인하여, 그녀의 보호 덕분에 예리고는 무너질 것이며 유대 민족은 정의와 힘으로, 힘과 정의로 자신의 길을 계속 걸어갈 것이다. 여호수아는 창녀에게 사랑과 전쟁 사이에 놓인 그날 밤 무엇을 하고 놀 것인지 물었다. 창녀는 여호수아에게 이렇게 대답했다. 이 세상에서의 성교에는 삶과 죽음이 따라다니기 마련이다, 순수하고 무조건적인 쾌락 옆에는 성교의 결과인 탄생의 의무가 따라다닌다, 쾌락의 이름으로 의무 수행은 잠시 연기될 뿐이며, 정을 나누던 남녀가 떨어지는 순간, 세상의 법에 얽매이는 순간 숙명적인 의무가 다시 시작된다. 그리고 또 뭐가 있지? 여호수아는 헤타라의 가랑이 사이에 잡힌 채 열심히 물었다. 여호수아는 그녀를 그렇게 부르기로 했다. 쾌락으로 몸에 불이 났지만, 여기 그녀의 침대에서는 승리에 대해서만큼 패배에 대해서도 대비를 해야 함을 알았다.

이 행복한 순간에 어느 것이 도움이 될 것인가? 한순간의 음욕을 희생자가 용서해 줄 것인가? 패배할 경우 혹독한 대가를 요구하지는 않을 것인가? 여호수아는 동작에 박차를 가했고, 헤타라는 짚으로 만든 침대에서 다리를 꼬고 앉아 여호수아에게 말하는 순간 자신이 신뢰를 얻었음을 느낄 수 있었다. 그녀는 말했다. 당신은 전쟁에서 승리할 것입니다, 하지만 당신의 운명은 그것으로 끝나지 않습니다. 당신 민족은 한 장소에 머물러 살 것인지 아니면 약속된 다른 장소, 이전보다 더욱더 좋은 땅을 찾아 나서야 할지를 두고 끊임없이 다툴 것입니다. 그런 식으로 끝이 없을 것입니다. 집단 이주는 끝없이 이어질 것입니다. 매번 새로울 것입니다. 망명이 계속되는 동안 당신의 후손들은 자신들이 밟는 땅을 풍요롭게 할 것입니다. 의사가 되어 병을 치료할 것입니다. 예술가가 되어 무언가를 창조할 것입니다. 변호사가 되어 다른 사람들을 변호할 것입니다. 성공을 거두어 남들의 부러움을 살 것입니다. 질투를 받아 박해를 당할 것입니다. 박해를 당하고 혹독한 고문에 시달릴 것입니다. 당신 민족의 울부짖음이 하늘을 찌를 것이고, 비극과 일시적인 행복으로 이 세상의 모든 남자들과 여자들과 아이들이 당신 민족을 알아볼 것입니다. 여호수아, 내가 본 것은 바로 이것입니다. 움직이지 않는 당신 민족도 보입니다. 그들은 적당한 나라를 찾았으니 더 이상 움직일 의무가 없다고 확신합니다. 그것은 속임수입니다. 이스라엘 민족은 이동하도록, 움직이도록, 내일 당신이 우리 땅을 점령할 것처럼 다른 땅을 정복하도록 운명 지어져 있습니다. 우리 두 사람의 몸뚱이는 내일 내 땅과 당신 땅이 합쳐질 것처럼 하나가 되었습니다.

생각해 보세요, 여호수아. 내 땅을 어떻게 되돌려주겠습니까? 내 운명이 내일부터 영원히 당신의 운명이 될 것을 어떻게 피할 수 있겠습니까? 단지 아무도 당신에게 땅을 주지 않았다는 사실을 잊기 위해 내 땅을 차지할 생각입니까?

여호수아는 헤타라의 말에 귀를 기울이며 속으로 속삭였다. 오늘 밤의 금지된 쾌락은 내일 허락된 승리를 위해 치러야 할 대가였어. 헤타라는 모든 것을 알았고 아무것도 용서하지 않았다. 여호수아는 헤타라의 어두운 눈빛에서 그것을 알 수 있었다. 여호수아는 헤타라가 머리에 묶었던 빨간 비단 리본을 잡아채며 말했다.

"마지막으로 한 가지 부탁이 있어. 이 빨간 리본을 당신 집 지붕에 걸어 두도록 해."

"내 가족과 내 손님들은 살 수 있나요?"

"그래. 너도 살 수 있어. 맹세해."

여호수아는 그런 식으로 예리고의 창녀와 보낸 밤을 합리화하고 산으로 돌아와 유대 민족에게 이렇게 말했다. 사실입니다.

야훼께서 이 땅을 우리 손에 부치셨습니다. 유대 민족은 모두 여호수아를 따라 요르단 강가로 나와, 하느님께서 전쟁을 승리로 이끌 것을 약속하셨음을 믿고 목청껏 소리를 질렀고, 사제들은 나팔을 불었다. 그러자 예리고의 성벽이 엄청난 굉음과 함께 무너져 내렸다. 마치 사람들의 목소리와 나팔소리가 하느님의 두 팔인 것 같았다. 유대 민족은 예리고로 들어가 도시를 파괴했고, 칼로 남자들과 여자들과 어린아이들과 노인들과 소 떼와 양 떼와 당나귀 떼를 죽였다. 그러나 유대 민족은 여호수아의 명령에는 복종했다.

"창녀 헤타라는 건드리지 마라."

그리하여 헤타라는 유대 민족과 함께 살게 되었고, 자신의 도시를 다시는 볼 수 없다는 사실을 알게 되었다. 여호수아가 이렇게 선언했던 것이다. 예리고를 재건하는 자는 하느님 눈에 죄인으로 비칠 것이다.

* * *

예리고와 나는 그런 식으로 친구가 되었다. 우리는 우리 둘 사이의 공통점을 모두 찾아냈다. 나이는 각각 열여섯 살과 열일곱 살이었다. 독서량은 나이에 비해 두 사람 모두 상당히 많았으며, 예리고가 나보다 일 년 앞서 있었지만 공유하는 부분이 많았다. 예리고는 공책이나 다 읽은 책을 내게 빌려 주기도 했다. 우리는 함께 읽은 책을 논평했다. 학교 안에서나 바깥에서 드러나는 공통적인 특징이 있었다. 독립성이 강하다는 것이었다. 우리는 모두 우리의 생각과 다른 의견들은 아무리 강요해도 절대로 받아들이지 않았고, 우리 비평의 틀을 통과한 의견만 받아들였다. 그리고 생각했다. 우리의 의견은 의견일 뿐만 아니라 의문이기도 했다. 우리 우정의 가장 강력한 기반은 바로 그것이었다. 우리의 우정은 거의 본능적인 것이었다. 우리가 읽는 각각의 문장에는, 우리가 받아들이는 각각의 사상에는, 우리가 확신하는 각각의 진리에는 밤과 낮처럼 반대되는 의미가 있다는 사실을 예리고와 나는 이해했다. 우리는 중학교 마지막 학년 동안 그 어떤 문장도, 그 어떤 사상이나 진리도 우리의 판단을 거치지 않은 채 흘려보내지 않았다. 학교라는 안전한 둥지를 떠나 세상으로 나갔을 때 이러한 태도가 우리에게 어떤 도움이 될지, 아니면 어떤 해를 입힐지 따지지도 않았다. 이제 우리는 학교 안에서 이단아가 되었고, 아직 젊고, 잘난 체하고, 으스대는 듯한 분위기를 풍기며 우리를 둘러싼 어중이떠중이 학생 무리에서 유별난 존재가 되었다. 그 녀석들은 예리고가 내 편을 들어준 이후로, 망나니 빡빡머리의 코가 피범벅이 된 것을 본 이후로, 나나 내 코를 더 이상 놀려 먹지 않았다. 놈들은 새로운 희생양을 찾아 싸움을 걸었다. 놈들은 항상 희생양이 홀로 떨어져 있을 때에만, 자신들이 누군지 알 수 없도록 떼거리로 공격했기 때문에 벌을 받지 않았다.

심지어 그 유명한 빡빡머리마저도 재밌지만 엉뚱한 이야깃거리로 우리에게 접근하기에 이르렀다.

"너희는 동성애자들이라 잠시도 떨어져 있지 못한다고 하던데그래. 나도 너희 친구가 되고 싶은데, 내가 같이 다녀도 녀석들이 그런 말을 씨불일 수 있을지 몰라."

놈은 전도가 요원한 챔피언처럼 악의에 찬 거친 동작과 서툰

민첩함을 흉내 내며 말했다.

우리는 일부러 깜짝 놀란 척하며 놈에게 물었다. 너와 함께 다니면 어떤 공격도 받지 않는단 말이야? 놈은 그렇다고 대답했다. 왜? 우리는 고집스럽게 물고 늘어졌다. 왜냐하면 나는 엄청 부자인 데다 잘난 척하지도 않거든. 놈은 항상 피가 묻었거나 상처 자국으로 덮여 있는 주먹으로 길거리 쪽을 가리켰다.

"저기 교실 출입구 바깥에 서 있는 검은색 캐딜락 보이지?"

물론이었다. 그 자동차는 이미 풍경의 일부였다.

"내가 저 차에 타는 걸 본 적 있어?"

아니었다. 길모퉁이에서 버스를 기다리는 놈을 본 적은 있었다.

"저거 우리 아버지 차야. 매일 오후 나를 태우러 오거든. 내가 나오는 걸 보면 운전사가 차에서 내려 차 문을 열어 줘. 나는 버스 정류장 앞에서 내리고 차는 그냥 돌아가는 거지."

나는 불필요하게 낭비되는 기름을 생각했으나 입을 다물었다. 이제 놈은 우리의 궁금증을 독차지했다. 놈은 두 손을 허리에 받치고 다정한 눈빛(어쩌면 애절한 눈빛이었는지도 모른다.)으로 우리를 쳐다보았다. 자신을 인정해 달라는 눈빛이었다. 놈은 우리가 잠자코 있자 포기하고 자신을 소개했다.

"에롤이라고 해."

그제야 예리고와 나는 싱긋 웃었다. 우리의 부드러운 미소는 일종의 신청서였다. 계속해 봐.

"우리 엄마는 평생 동안 에롤 플린의 열렬한 팬이었어. 지금은 에롤 플린을 기억하는 사람이 아무도 없지만. 에롤 플린은 우리 엄마의 엄마가 젊었을 때 아주 유명한 배우였어. 엄마의 엄마는 엄마에게 에롤 플린이 출연한 잊을 수 없는 영화 이야기를 들

려주었지. 대단한 미남에 '무심한' 인간이었다나. 영화 잡지에서
는 그렇게 불렀나 봐. 로빈후드로 나왔는데, 녹색 옷으로 위장
해 이 나무 저 나무로 날아다녔다나. 부자들한테 돈을 빼앗아
가난한 사람들과 폭군의 적들을 도와주기 위해서 말이지. 그리
고 엄마가 할머니의 취향을 이어받은 거야."

무언가 아득한 것이 싸움꾼 빡빡머리의 눈을 스치고 지나갔
다. 자신을 에롤 에스파르사라고 소개한 빡빡머리는 자신의 삶
을 대충 얘기하며 우리에게 우정을 표했다. 우리 셋은 학교 운동
장 계단에 앉아 있었다. 중학교 마지막 학년이었다. 우리는 같은
건물에 있는 대학 진학 예비 학교의 의무 사항을(그리고 분위기
도) 서둘러 받아들일 준비가 되어 있었다. 같은 선생에 같은 동
료, 하지만 같은 모습은 아니었다. 청춘기의 시작을 맞이한 우리
는 거울에 비칠 때마다 모습이 달라졌다. 수천 가지 유년기의 모
습이 고집스럽게 남아 있어도, 우리의 갈 길을 막아도, 우리의
얼굴은 새로운 길을 열기 위해 몸부림쳤다. 마치 이렇게 속삭이
는 것 같았다. 우리도 이제 컸어. 우리도 이제 어른이야.

그래서인지 중학교 과정의 마지막 한 해는 너무나 길어 보였
고, 예비 과정의 시작은 너무나 불확실하고 멀어 보였다. 개별
교육과정의 본질적인 문제 때문이 아니었다. 바로 우리 자신의
모습이라는 예기치 않은 사실 때문이었다. 볼이 토실토실한 예
리고, 빡빡머리 에롤, 그리고 나 자신인 말라깽이 여호수아. 우
리 자신의 몸과 영혼이 살아온 변화에 깜짝 놀란 우리 셋은 각
자 나름대로의 방식으로 상황에 대처해 갔다. 놀라지 않고 자연
스러운 냉담함으로, 심지어 어느 정도 태연하게 변화를 받아들
이는 척했다. 마치 내년에 우리가 어떻게 될지 미리 알고 있다는

듯이, 거만하게 우리의 과거 모습을 싹 잊어버렸다는 듯이.

진정한 갈림길은 에롤이 제공했다. 에롤이 우리를 집으로 초대했다. 아주 이상한 초대였다. 너그러움이 뒤섞인 부조화와 같은 묘한 분위기, 어설프게 감춘 부끄러움을 덮어 주는 듯한 너그러움과 같은 묘한 분위기. 에롤은 드러내고 말은 하지 않았지만 자신도 우리들의 집으로 초대받기를 기다렸다. 열여섯 살 먹은 소년의 가장 숨기고 싶은 비밀을 알아내야만 비로소 우리의 우정이 지속된다고 생각하는 것 같았다. 우리의 가족 말이다. 우리는 이 정신적 외상을 극복해야만 다음 단계로 넘어갈 수 있다. 어른이 되고 친구가 되는 것이다.

착한 에롤의 선의(순진함이라고는 말하지 않겠다.)는 의심의 여지가 없었다. 빡빡머리 소년이 말로 표현하지 않은 모든 것이 악의의 지하실에 숨어 있지 않다는 것을 나는 알고 있었다. 에롤은 정직하게 행동했다. 어떤 경우든 비비 꼬인 길을 걸어간 사람들은 바로 예리고와 나였다.

"에롤 에스파르사야."

"여호수아 나달이다."

"예리고야."

나보다 오래 살고 있는 여러분은 내가 예리고와 친구가 될 때 성이 뭐냐고 그에게 물었고, 그가 성이 없는 그냥 예리고라고 대답했다는 것을 기억할 것이다. 나는 그것으로 만족할 수 없었다. 궁금했다. 그래서 학교의 입학 담당자를 찾아가 단도직입적으로 물어보았다.

"예리고의 성이 뭐예요?"

입학 담당자는 젊고 매력적인 남자였다. 그는 비좁은 안내 사무실에서, 학교 입구 근처에 있는 찌그러진 유리 패널 뒤에서, 손님을 맞이할 때만 얼굴 반쪽과 한쪽 손이 드러나는 그런 곳에서, 주먹과 얼굴을 잽싸게 거두어들였다. 목소리는 무덤덤했지만 억지로 뱉어 내는 듯싶었다.

"예리고야, 그냥 예리고."

아직 업무 시간이었지만 담당자는 창구를 닫아 버렸다. 얼마 지나지 않아 나는 내 친구 예리고에게서 공격적인 태도와 방어적인 태도를 감지해 낼 수 있었다. 증거가 부족하기는 했지만 나는 그것을 입학 담당자의 경거망동 탓으로 돌렸다. 예리고는 며칠 동안 나를 상대하면서 전과 달리 무뚝뚝하게 굴었다. 이것 역시 나는 나와 입학 담당자(보통은 데면데면하고 남편감 구하기를 포기한 사십 대 여자들이 차지하는 자리)의 경거망동 탓으로 돌렸다. 그러던 어느 날 예리고가 학교 한구석에 있는 카페로 나를 초대했다. 카페인이 없는 미지근하고 싱거운 음료수 두 잔을 앞에 두고 자리에 앉자마자, 예리고가 나를 진지한 눈빛으로 쳐다보며 말했다. 지난 마지막 학기 동안 그와 내가 아주 자연스럽게 우정을 단단히 굳혀 왔고, 앞으로도 계속해서 견고한 우정을 다지고 싶다는 것이었다.

"여호수아, 너도 동의하는 거지?"

나는 감격에 겨워 그렇다고 대답했다. 지금까지 살아오는 동안(살아야 얼마나 살았다고, 웃음이 나왔다.) 지난 몇 달에 걸쳐 예리고와 내가 쌓아 온 그런 친밀한 우정을 내게 약속해 준 것은 하나도 없었다. 내가 보기에 예리고의 불안은 불필요한 것이었지만 나로서는 반가운 일이었다. 우리는 우정을 다짐하는 계약서에 서명했다. 나는 네스카페 대신 샴페인을 한 잔 마시고 싶은 욕구를 느꼈다. 뜨거운 만족감을 경험했던 것이다. 청년기에 예약된 고독으로부터 우리를 해방해 줄 친밀한 영혼을 우정 어린 관계 속에서 찾아보고 싶은 욕망. 그건 동정심과는 상관없다. 예리고는 하룻밤 사이에 어린아이에서 벗어난, 속을 알 수 없는 소년이었다. 응석둥이 어린아이는 결코 자라지 않을 것이라는 환상을 품고 부모님이 마련해 준, 지나치게 안정된 세계에는 들어맞지 않는 소년이었다.

내 경우는 그와 달랐다. 예리고는 말했다. 만 열일곱 살부터 만 스물한 살 사이에 우리의 삶과 학문의 계획표를 만들어야 한다고, 그러면 우리는 영원한 친구로 남을 수 있다고. 우리는 따로 떨어질 수도 있고, 여행을 할 수도 있고, 결혼도 할 수 있어. 중요한 것은 지금 이 자리에서 평생 동안 유지될 동맹을 맺어야 한다는 거야. 내가 어려울 때면 네가 와서 도와주고, 네가 어려울 때면 내가 가서 도와주고. 우리가 공유해야 할 가치가 무엇인지, 우리가 거부해야 할 것이 무엇인지 결정하는 거야.

"의무 목록을 만드는 게 중요할 것 같은데……."

"신성한?"

예리고는 힘차게 고개를 끄덕였다. "맞아. 우리 두 사람을 위해."

어디서부터 시작해야 한단 말인가?

우선 경박한 짓거리를 거부한다는 데 동의했다. 친구는 배낭에서 대중잡지를 한 권 꺼내 내키지 않는 듯 건성으로 뒤적였다.

"여기 이 고급 종이에 총천연색으로 인쇄된 말도 안 되는 짓거리들을 좀 봐. 타르시시아라는 로큰롤 여가수가 율리아노프라는 소련의 백만장자와 결혼했다는 사실이 뭐가 그리 중요하다는 거지? 둘 다 맨발에, 목에는 하와이 꽃다발을 걸고, 카르멘 해변에서 말이야. 손님들은 모래사장에서 아침 7시까지 밤을 새워 가며 힙합 춤을 추고. 그리고 그 시간에 소노라 출신인 신부 아버지를 위한답시고 맛있는 요리를 꾸역꾸역 삼키고. 너도 초대받았으면 좋았겠어? 너라면 거절했을 테지? 대답해 봐."

나는 그렇다고 대답했다. 예리고, 난 그런 건 생각도 못 해 봤어, 나는 그따위 짓은…….

친구가 내 말을 끊었다. "너 자신의 결혼식이라도 거절했을 테지?"

나는 그렇다고 대답하며 싱긋 웃었다. 농담으로 받아들이는 게 나을 것 같았다. 인생을 너무나, 지나치게 진지하게 받아들이는 예리고의 놀라운 능력이 새삼 감탄스러웠다.

"열다섯 살 무도회에, 무도 다과회에, 세례식에, 레스토랑이나 화원이나 슈퍼마켓이나 은행 지점 개업식에, 대학 동창회에, 미인 대회에, 소칼로의 군중집회에 절대로 가지 않겠다고 맹세할 수 있어? 신문에 컬러사진으로 나온 부부 한 쌍을 경멸하겠다고 약속할 수 있어? 여자는 임신 팔 개월에 비키니 차림이고, 남자는 무수한 카메라 플래시가 작렬하는 가운데 으스대며 부인의 배 위에 손을 올려놓고 다가올 '라울리토'의 출생과 세례식과 성별식을 떠들어 대는 그런 놈들을 말이야.(바로 그것 때문에 이처럼 감동적인 장면을 연출한 거야.)"

나는 실수로 웃음을 터뜨리고 말았다. 예리고는 주먹으로 테이블을 내리쳤다. 커피 잔이 요동쳤다. 카페 종업원이 무슨 일인지 보려고 다가왔다. 종업원은 친구의 사나운 눈빛에 달아나 버렸다. 카페는 하루 일과에서 풀려난 손님들로 가득 차기 시작했다. 손님들은 서로 전혀 다른 일을 하고 있었지만, 하루 일과는 한 사람 한 사람, 그 모든 사람들에게 똑같은 피로감을 안겨 주었다. 공공 기관, 개인기업, 대기업과 중소기업, 멕시코시티의 인정머리 없는 교통 상황, 집에 가면 행복해지겠지 하는 부질없는 기대, 과거에는 없었던 슬픔. 그 모든 것이 카페 안으로 몰려들기 시작했다. 저녁 7시였다. 우리는 5시 30분에, 텅 빈 공간에서 이야기를 시작했다.

우리는 함께 공유할 수 있는 삶의 계획표를 승인했다. 우리는 단지 바보 같은 축제와 사회적, 정치적 행사만을 언급했던가? 결코 그렇지 않았다. 그전에 예리고가 경멸적으로 '소 떼(manada de bueyes)'라고 부른 것에 대해 얘기했다.

"부에예스야." 예리고가 반복했다. "구에예스라고 하면 안 돼."

"부에예스."

"맞아, 부에예스. 구에이, 구에예스라고 하면 안 돼."

"왜?"

"어쭙잖은 재치를 통해 천박해진 정신의 빈곤과 바보짓과 위장술에 굴복하지 않기 위해서지."

우리는 독서 계획도 세웠다. 지성을 향상하기 위해 엄선된 엄격한 계획이었다. 오늘날 생존해 있는 여러분은 그 계획에 대해 당분간 알 수 없을 것이다. 바로 그 순간 에롤 에스파르사가 카페로 들어와 우리를 일깨워 주었다. 친구들, 오늘이 우리 집을 방문하는 날이야.

"다 그렇고 그런 거야." 예리고는 언제나처럼 그렇게 말했다.

* * *

　에스파르사 가족은 페드레갈데산앙헬에 살고 있었다. 오래된 화산 지층, 시틀레 화산의 격렬한 폭발이 남긴 찌꺼기. 그 시커멓고 두툼한 기반 위에 건축가 루이스 바라간은 엄격한 기준을 바탕으로 현대적인 주거지역을 건설하려고 했다. 첫째, 화산석은 집을 짓는 데 사용한다. 둘째, 집들은 바라간 스타일의 수도원과 같은 분위기로 짓는다. 선은 직선, 장식은 없고, 깨끗한 담, 멕시코의 향토색을 불러일으키는 색깔 이외에 다른 색은 사용하지 않는다. 쪽빛 푸른색, 앵두빛 붉은색, 태양빛 노란색. 평평한 지붕. 어지러운 다른 도시에서처럼 물탱크가 밖으로 드러나면 안 된다. 수많은 스타일이 공존하는 탓에 결국 스타일이 없다고 할 만한 그런 도시는 안 된다. 떡갈나무로 지은 집들의 연속, 한 층에 모인 상점들, 화장품점, 자동차 정비소, 타이어 판매점, 차고, 주차장, 잡화점, 제과점, 술집, 우리의 이 요상한 사회에서, 항상 상부에 있는 소수가, 수많은 사람들로 구성된 하부와는 관계없이 자기들끼리 모여 살 수 있는 소수가 지배하는 사회에서 나날이 필요한 모든 물품들을 파는 소매점.

　내가 이런 얘기를 꺼내는 이유는 건축가가 원했던 순수한 질서가 겨울의 눈 뭉치만큼도 오래 지속되지 못했기 때문이다. 바라간은 페드레갈을 상징적인 방갈로와 철책으로 막아 버렸다. 마치 도시적인 파문을 선언하는 것 같았다. 물러나라, 파르타가스, 너는 이곳에 들어올 수 없느니라.

　집주인들과 그들의 융통성 있는 건축가들(그들 모두는 또 다른 폭군들이었다. 취미가 고약한, 로봇의 자율성이라는 이름으로 가장 못된 짓만 따라 하는 그런 폭군들)의 오도된 자유가 건축가의 의도를 배반했던 것이다. 그들의 불순한 무질서는 대도시 주거지역에 파리나 런던이나 로마의 어느 동네처럼 단일한 아름다움을 주고자 했던 건축가의 덧없는 의도를 끝장내고 말았다. 그로 인해 원래의 벌거벗은 아름다운 몸통 한가운데에서 해로운 잡초처럼 식민지풍의, 브르타뉴풍의, 프로방스풍의, 스코틀랜드풍의, 독일풍의 어설픈 주택들이 나타났고, 거기에 더해 뜻밖에도 캘리포니아풍의 별장과 도저히 있을 수 없는 열대지방의 '농장'도 들어섰다.

그렇지만 에스파르사 가족은 이전에 존재했던 동네의 건축술을 페드레갈로 끌어들이지 않았다. 그들은 수도원과 같은 원래의 설계도를 엄격하게 따랐다. 적어도 겉으로 보기에는 바라간이 승리했던 것이다. 그러나 예리고와 내가 우리의 새로운 친구 에롤 에스파르사의 집으로 들어서는 순간 맨 처음 발견한 것은 후기 바로크적인 잡동사니 속에 파묻힌 신 바로크적인 무질서 속의 바로크적인 무질서였다. 한마디로 말해, 에스파르사의 집은 경악을 뛰어넘었다. 벌거숭이 벽들은 달력 그림으로, 수많은 정물화로 서둘러 꼭꼭 채운 듯한 인상을 심어 주었다. 그림들은 다닥다닥 붙다 못해 서로 겹쳐져 있기도 했다. 빈 벽이 조금치라도 남아 있다는 것이 황량한 인색함이나 손님을 무례하게 거부하는 증거로 보이기라도 한다는 듯이 말이다. 가구들도 그와 마찬가지로 서로 빈자리를 차지하기 위해 다투고 있었다. 싸구려 가구점에서 샀지만 그래도 이름은 있는 묵직한 팔걸이의자들이 넓은 공간을 가득 채웠다. 그리핀 발톱 여섯 개, 수가 놓인 우단 등받이 쿠션 세 개, 다리에 용이 새겨진 테이블, 여러 군데 호텔이나 레스토랑에서 훔쳐 온 재떨이들로 뒤덮인 공간, 페르시아 방식으로 짰지만 형편없어 보이는 벽걸이 천들……. 이런 것들은, 베르사유 양식으로 배치된 살롱들, 금실로 수놓은 비단이 깔린 등받이와 사슴 모양 다리가 있는 루이 15세 스타일 의자, 에스파르사 가문 사람들이 베르사유를 방문했을 때 사 온 건드릴 수 없는 기념품들을 진열해 놓은 진열장, 최근에 만들어진 장식용 양탄자와 불협화음을 이루었다. 한눈에 보기에, 대형 텔레비전이 있는 첫 번째 살롱은 에스파르사 가족이 거주하는 방이고, 프랑스풍의 살롱은 때때로 손님들을 맞이하는 방 같았다.

"편하게 앉아." 착한 에롤은 빈정거리는 어투를 버리지 않고 말했다. "엄마한테 알리고 올게."

예리고와 나는 털이 부숭부숭한 자줏빛 벽걸이 천을 바라보았다. 그 천은 황혼 녘의 실내 잔디처럼 무럭무럭 자라나고 싶어 했다. 그때 에롤이 '평범하게' 생긴 부인과 함께 다시 나타났다. 유행이 지난 머리 모양(아마도 그런 모양을 '파마머리'라고 할 것이다.)만으로도 그 부인이 평범한 여자라는 것을 알 수 있었다. 굽이 낮고 검은색 걸쇠가 달린 구두도 마찬가지였다. 그 위로 보이는 하얀색 스타킹, 꽃무늬 원피스, 짧은 앞치마 때문에도 그녀는 평범하게 보였다. 부인은 빨갛게 달아오른 두 손을 무심코 앞치마에 대고 문질렀다. 마치 집안일을 하다가 손에 물이 묻어 닦아 내는 듯싶었다. 부인은 심지어 창백하지만 반쯤 달아오른 얼굴도 앞치마로 문질렀다. 그녀의 얼굴은 어느 우유부단한 화가의 텅 빈 캔버스 같았다. 작품을 완성할 것인가, 아니면 안타깝지만 미완성인 상태로 그냥 놔두고 한숨 돌릴 것인가 망설이는 그런 화가의 캔버스.

부인은 천진함과 의구심이 뒤섞인 표정으로 우리를 쳐다보았다. 그녀는 가사를 돌보는 본디오 빌라도처럼 계속해서 앞치마에 손을 닦았다. 그리고 다 죽어 가는 목소리로 말했다. 에스트레야 로살레스 데 에스파르사라고 해요, 만나서 반가워요.

"쟤들한테 얘기해 줘, 엄마." 에롤이 퉁명스럽게 말했다.

"뭘 말이니?" 에스트레야 부인이 놀라움을 감추지 않고 물었다.

"우리가 어떤 식으로 부자가 됐는지 말이야."

"부자라고?" 부인이 진짜 영문을 모르겠다는 표정으로 되물었다.

"그래, 엄마." 빡빡머리가 말을 이었다. "내 친구들이 이 으리으리한 집을 보고 이상하게 생각할 거잖아. 이 모든 게, 이 모든 고철 더미가 대체 어디서 나왔을까 하고 말이야."

"이런, 애야." 부인이 고개를 숙였다. "네 아버지는 평생 동안 매우 부지런하셨단다."

"아빠의 운이 어떤 것 같아?"

"내가 보기에는 아주 좋은 것 같구나."

"아니, 처음부터……."

"이런, 애야. 네가 어떻게 감히……."

"내가 뭘?"

"이런 배은망덕한 녀석이. 이 모든 게 네 아버지가 노력하신 덕분이야."

"노력이라고? 요즘은 범죄도 노력이라고 부르는 모양이지?"

부인이 아들을 잡아먹을 듯 노려보았다.

"범죄라니? 그게 무슨 말이냐?"

"도둑놈이잖아."

에스트레야 부인은 화를 내는 대신 감탄할 만한 자세를 유지했다. 부인은 침착하게 예리고와 나를 쳐다보았다.

"아직까지 인사도 제대로 못 했구나. 우리 아이는 상당히 경솔한 구석이 있어서 말이야."

우리는 부인에게 초대해 주셔서 고맙다고 인사했다. 부인은 싱긋 웃으며 아들을 쳐다보았다.

"내가 마렌느 디트리히가 아니라고 나를 구박하는 거란다. 그게 내 잘못이라니! 자기도 에롤 플린이 아니면서 말이야."

부인은 고개를 숙인 채 뒤돌아서서 방금 전에 나왔던 그 신비스러운 공간으로 사라져 버렸다.

에롤은 너털웃음을 터뜨렸다.

에롤은 자기 아버지가 원래는 목수였다고, 이 도시에서 가장 가난한 동네 중 한 곳에서 일을 했다고 얘기했다. 그러다 아버지는 가구를 만들기 시작했지. 그리고 이내 여러 호텔에 침대와 의자, 테이블을 팔 수 있게 되었어. 아버지는 이것을 기반으로 시내 중심부 노비엠브레 20번가에 가구 공장을 차렸어. 그런데 가구가 너무 많아지다 보니 어쩔 수 없이 호텔을 하나 차렸고, 또 다른 호텔을, 또 다른 호텔을 차리게 되었지. 그리고 손님들이 손쉽게 찾을 수 있는 오락거리를 원했기 때문에(그때는 텔레비전이 초보 단계에다 흑백이었지.) 아버지는 산후안데레트란에 있는 오래된 극장을 구입해 개봉관으로 만들었지. 로스앤젤레스에 있는 중국식 파고다와 같은 양식으로 장식도 하고. 하지만 사람은 예술만으로는 살아갈 수 없는 법이라, 아버지는 가구점을 하나 냈고, 또 계속해서 가구점을 내다 보니 이제는 가구점과 호텔이 연쇄점을 이루었지. 우리 식구는 그걸로 먹고살아.

예리고와 내가(그리고 내 말을 듣고 있는 여러분도 포함해서) 예의 바른 표정으로 눈도 깜박이지 않고 그 짤막한 이야기에 귀를 기울이는 동안 에롤은 한숨을 내쉬었다. 그것은 페드레갈 데산앙헬에 있는 엉터리 같은 집에서 절정을 이룬 어느 남자의 인생 이야기였다. 그 남자에게는, 유니폼을 입은 운전사가 운전하는 캐딜락에 타기를 거부하고, 무방비 상태의 어머니를 모욕하며, 자리에 없는 아버지를 헐뜯는 짓을 즐기는 아들 녀석이 있었다.

"아버지는 떠돌이 건달패거리와 계약을 맺었어. 경쟁 관계에 있는 극장 로비에 쥐를 풀어 적들을 물리치고 그들의 극장을 차지하기 위해서 말이지."

"친절도 하셔라." 나는 과감하게 토를 달았다. 그러나 자기 생각에 골똘히 잠겨 있던 에롤은 내 말을 듣지 못했다.

"아버지는 경쟁사에서 일하는 직원들을 헷갈리게 하기 위해 상인들을 보내기도 했어."

"아주 영리한데그래." 예리고가 미소 지었다.

"아버지는 그들을 개신교도로 개종시키기 위해 전도사들을 파견하기도 했고……."

"그건 자본주의 종교야, 에롤." 나 역시 한마디 거들고 싶어 그렇게 말했다.

"너 말이야, 에른스트 트룈치의 『프로테스탄티즘과 현대 세계』라는 책 읽어 봤어?" 이야기 주제를 흩트리기 위해 예리고가 토를 달았다. "프로테스탄티즘이 없으면 자본주의도 존재하지 않아. 성 토마스에 따르면 자본주의자는 지옥으로 떨어졌다고 해. 따라서 모든 자본주의자는 프로테스탄트라고 할 수 있지.”

에롤의 두서없는 이야기에 나는 마음이 아팠다. 예리고와 나는 즉시 눈짓을 교환하고 에롤에게 고맙다고 인사한 후 그 집을 빠져나왔다. 에롤의 집은 나무 한 그루 없는 정원으로 둘러싸여 있었다. 정원에서는 인부들 몇 명이 받침대 위에 조각상 같은 것을 세우고 있었다.

“운전사를 시켜 집까지 태워다 주도록 할게.”

우리는 에롤의 제안을 받아들이고 그 집을 떠났다. 그제야 제대로 숨을 쉴 수 있었다. 예리고와 나는 말은 하지 않고 은밀한 시선을 교환했다. 우리의 눈길에는 이런 뜻이 담겨 있었다. “그 자식은 우리 친구야. 놈과 계속 사귀도록 하자.”

예리고, 그건 우리 얘기가 아니었을까? 우리는 속으로 그렇게 생각하면서 에스파르사네 집을 빠져나오지 않았나? 그 모든 공포, 야유, 불만족, 슬픔, 그 모든 것이 ‘가족’ 사이에 있을 수 있단 말이야? ‘한 가족’이 존재하기 때문에 그런 일이 벌어지는 걸까? 썩은 과일들이 담긴 쟁반, 독극물이 든 잔, 모든 것을 빨아들이고, 소화하고, 정화하고, 죽음과 이웃한 최후의 모욕으로부터 생명을 되돌려 주는 그런 하수구처럼?

예리고, 페드레갈의 저택에서 빠져나오며 우리는 시선을 교환하려고 하지 않았어. 네게도 내게도 가족이 없었으니까. 우리는 당시 지금과 같은 신세였어. 우리는 앞으로도 영원히 고아로 남을 거야. 고아가 된다는 게 무슨 의미지? 그건 분명히, 단지 아버지가, 어머니가, 가족이 없다는 의미만은 아닐 거야. 길거리로 쫓겨나는 것, 몸을 보호해 줄 지붕을 빼앗기는 것도 포함될 거야.

버림받거나, 누군가 죽거나, 단순한 무관심 때문에 종종 그런 일들이 벌어지는 거지. 너와 나는 그런 이유들에 대해 전혀 모를 뿐이야. 내 착각일 수도 있어. 넌 어쩌면 그 이유에 대해 알지만 감추는 건지도 모르지. 내가 처한 상황은 애매모호했다. 이 점에 대해서는 나중에 얘기하도록 하겠다.

"그 자식은 우리 친구야. 놈과 계속 사귀도록 하자."

우리는 마음속으로 에롤과 그의 가족이 처한 상황을 부러워했다. 그 가족이 아무리 폭력적이고 비극적인 상황에 놓여 있었다고 해도 상관없었다.

"놈이 굳이 그런 말까지 할 필요는 없었는데." 내가 베를린 거리에 도착해 차에서 내릴 때 예리고가 비밀 메시지를 내게 보냈다.

"맞아. 그럴 필요 없었어." 나는 다른 무엇보다 우정을 더욱더 공고히 하기 위해 그렇게 대답했다.

* * *

몇 달이 지나 우리가 중학교 과정을 마치고 예비 과정으로 진학했을 때, 우리는 그 당시 우리 학교로 새로 부임해 온 선생 한 명과 장시간 이야기를 나눌 기회를 얻었다. 그 당시까지 우리는 선생들을 하나로 싸잡아서 존경하지는 않았지만 그렇다고 경멸하지도 않았다. 선생들은 목마름에 허덕이는 우리 정신에 비해 지나치게 신중하게 행동했다. 선생들은 역사와 지리와 자연과학에 대해 기계적인 암기(연쇄살인범처럼)를 중심으로 한, 상상력이 형편없는 수업을 선사했을 뿐이었다. 생물학 선생은 혼자서 즐기는 스타일이었다. 핑계도 많이 만들어 냈고, 자연현상을 승화시키기 위해 어려운 길을 선택하기도 했다. 그는 결정적인 내용을 분명하게 밝혔고, 반복해서 자신의 주장을 피력했다. 성스러운 창조 행위와 우리 물질세계, 우리 죽어야 할 인간의 근본과 운명을 설명하기 위해 온갖 노력을 마다하지 않았다.

그리고 학과 수업의 애매모호한 중립성을 깨부수는 또 다른 지나친 행동들도 있었다. 성질머리 사나운 프랑스인 교장은 성이 발음하기 불가능한 브르타뉴식이었는데, 학생들은 그를 '베르킨게토릭스 나리'라고 불렀다. 그는 한 손에 글라디올러스를 들고 강단에 서서 훈계를 시작하곤 했다. 그는 한자리에 모인 학생들을 종교재판소 소장 같은 살벌한 눈초리로 쭉 훑어본 후 이렇게 소리쳤다. "춤을 추러 가거나 계집아이에게 입을 맞추기 전에 먼저 그리스도교 학생이 되어야 한다." 그러고는 꽃을 바닥에 집어던지고, 그 죄 없는 꽃이 짓이겨질 때까지 성스러운 캉캉 춤을 추듯 꽃을 짓밟아 대다가, 갑자기 동작을 멈추고 바닥에 널브러진 꽃을 다시 집어 들어 손에 든 너덜너덜한 식물을 우리에게 보여 주며 결론을 내렸다. "이것이 바로 춤을 추러 갔다가 계집아이에게 입을 맞춘 가톨릭 학생이 당하게 될 모습이다." 숨을 거둔 글라디올러스에서 살아남은 것은 오로지 꼿꼿한 줄기뿐이었다. 분명 그 성질머리 사나운 베르킨게토릭스가 바라던 바는 아니었지만, 그것은 일종의 상징이었다. 잠시 무거운 침묵이 흐른 후 최후의 경고가 떨어졌다. "잘 생각해 보도록. 너희의 죄를 고백하도록. 해산." 덧붙일 말이 있다면 그건 "웃지 마!"였다. 학교의 형식적인 엄격함은 농담을 허용하지 않았지만 기독교적인 체념도 무시할 때가 있었다. 탈의실에서 농구 경기를 위해 준비하고 있을 때도 우리는 모두 알았다. 솔레르 신부가 어느 순간 탈의실로 들어올 것을 말이다. 솔레르 신부는 "어디 보자, 어디 봐, 다들 준비 끝났나?"하며 탈의실로 들어왔다. 그러나 그것은 우리가 팬티를 다 입기 전에 우리 몸을 훔쳐보기 위한 핑계에 지나지 않았다. 솔레르 신부는 우리가 운동장에서 공을 다룰 때 성기를 보호하기 위해 착용하는 보호대를 바로잡아 주며, 무릎을 꿇거나 몸을 숙여 가슴에 사무치도록 경의를 표하며, 모든 학생들의 불알을 더듬었다. 우리 모두가 전쟁 같은 운동 경기에서, 운이 좋으면 여자들과의 전투에서, 몸을 제대로 보호할 준비가 되어 있는지 알아보려는 것처럼 말이다.

학생들은 솔레르 신부의 그 순진한 취미를 용서했다. 신부의 얼굴은 시뻘겋게 달아올라 있었지만 그것은 뭔가가 부끄러워서 그런 것은 아니었다. 그것은 인디오와 백인의 피가 섞이면서 물려받은 유산이었다. 그 유산은 신부에게 검붉은 얼굴을 남겨 주었고, 그 얼굴은 무언가 부끄러운 감정으로 달아오르는 모습을 감추기에 안성맞춤이었다. 어쩌면 학생들은 일심동체로 성질머리 사나운 베르킨게토릭스의 삶과 말없이 조용한 솔레르 신부의 삶을 용서했는지도 모른다. 우리는 그 두 사람이 모두 기도와 명상과 이른 저녁 식사와 허망한 아침 식사로 오랫동안 시달려온 탓에 대중 앞에서 자신을 표현할 기회가 그다지 많지 않았다고 여겼던 것이다. 그들은 향 연기에 휩싸여 태양조차 제대로 볼 수 없었을 것이다.

그러나 최근에 새로운 철학 선생이 학교에 도착했고 동시에 모든 것이 바뀌었다.

필로파테르 신부(새로 온 신부의 이름이 이미 알려졌고, 그도 실제로 자신을 그렇게 소개했다.)는 몸집이 작고 날렵한 남자였다. 그 신부는 청년의 혈기와 영적인 활기가 뒤섞인 듯 몸을 움직였다. 마치 영적인 활기가 청년의 혈기를 찬양해야 한다는 점을 웅변하는 듯싶었다. 그는 다양한 리듬으로 걸어 다녔다. 한쪽 일이 끝나고 다른 일을 볼 때는 빠르게 걸음을 옮겼다. 그러나 학생 한두 명과 운동장을 산책할 때에는 천천히 걸었다. 그는 정신을 집중하여 학생들의 말에 귀를 기울였고, 생각할수록 복잡해지는 인간의 모순된 사상을 제시하기도 했다. 마치 그의 사상들은(그는 말을 하기보다는 생각하는 데 더 많은 시간을 보내는 것 같았다.) 그의 몸 위를 날아다니며 이상한 모양의 후광을 만들어 내는 것 같았다. 그의 후광은 동그랗지 않고 길쭉했지만 환하게 빛나기는 마찬가지였다.

여러분에게, 아직까지 살아 있으며 아무런 위험부담 없이 내 말에 반박하거나 호기심이 동하면 내가 얘기한 모든 것을 확인할 수 있는 여러분에게 이런 얘기까지 할 필요는 없을 것이다. 예리고와 나는 그 즉시 새로 온 선생을 주목했고, 그에게 접근해 그가 어떤 인물인지(그리고 철학 선생으로서는 어떤 인간인지), 그가 무슨 생각을 하고 무슨 말을 할지 알아낼 방도를 강구하기 시작했다. 하지만 그가 먼저 선수를 쳤다.

너희 둘은 카스토르와 폴룩스처럼 항상 붙어 다니는구나. 그가 경쾌한 걸음으로 우리에게 다가오며 말을 걸었다.

우리는 그가 신화에 대해 이야기한다는 점을 놓치지 않았다. 예리고와 나는 동시에 눈빛을 주고받았다. 우리는 그가 하나의 알에서 태어난 쌍둥이에 대해 이야기한다는 것을, 그 쌍둥이의 아버지는 백조로 위장한 제우스라는 사실을 알았다. 쌍둥이는 언제나 함께 행동했고, 이아손이 지휘하는 아르고 원정대와 같은 위대한 탐험에도 동참했다. 아르고 원정대는 그때까지 발견되지 않았던 영혼, 즉 그들이 '황금 양털'이라고 부르던 것을 찾아 나섰다.

필로파테르 신부는 우리의 눈빛을 통해 우리가 그 전설에 대해 알고 있다는 사실을 눈치챘지만, 그도 우리도 시월의 햇볕 쨍쨍한 오후에 감히 젊은 쌍둥이의 이야기를 끝까지 다루지는 못했다. 하나의 전설은 비극으로 끝날 수도 있지만, 삶이 막 시작되려는 순간(예리고와 나)에 서둘러 결론을 밝힐 수는 없는 노릇이었고, 우정이 막 시작되려는 순간(필로파테르 신부와의)에는 더욱더 그럴 수 없었다. 그렇지만, 아무리 입을 꾹 다문다고 해도, 아무리 원치 않는다고 해도, 마지막 결정적인 순간의 결말에 대해 무슨 수로 생각하지 않고 넘어갈 수 있단 말인가? 선생과 우리들 사이에서 순식간에 태어난 호감은 서로에 대한 존경심 때문이었다. 우리는 그 이야기의 결론을 잘 알지만 우리의 우정과 이상과 인생을 위해 시간을 끌었던 것이다. 우정과 이상과 인생이 있다 해도 결론은 항상 '실제적인' 대화자들의 죽음이 아니었던가. 만일 소크라테스가 플라톤과 성 아우구스티누스와 루소 덕분에 살아남았다면, 그것은 그들이 고백을 했기 때문이었고, 존슨 박사에게는 비서 겸 서기였던 보스웰이 있었기 때문이었다. 하지만 우리 세 사람, 필로파테르 신부와 예리고와 나는 멕시코 계곡의 햇빛 찬란한 오후에 무슨 수로 살아남을 수 있었단 말인가? 우리가 시인이나 소설가처럼 작품을 남겨 살아남을 능력이 있었단 말인가? 우리가 쓴 작품이 우리 품에서 벗어나 사람들 사이를 돌고 돌아 아직 태어나지도 않은 사람들도 읽게 될 것이란 말인가? 그것은 서서히 스며들기 시작한 도전이었다. 그것은 지독한 자동차 매연과 스모그, 거리를 돌아다니는 불친절한 사람들의 움직임과 협소함으로부터 우리를 떼어 놓는, 여기 이 학교 운동장에서는 쉬는 시간에 시끄럽게 떠들어 대는 학생들로부터 떼어 놓는 순수한 공기와 같은 것이었다. 아니었다. 공기는 순수하지 않았다. 호감으로 인한 환상일 뿐이었다.

예리고와 나는 (솔직히 밝혀야겠다.) 학교 공동체로부터 이탈한 존재가 아니었다. 그 반대였다. 우리는 우리 자신이 학교의 어중이떠중이 집단보다 우월하다는 것을 알았다.(이것은 우리가 서로 인정했던 바였다.) 우리는 심사숙고한 독서를 통해 우연히 만난 동료였다. 우리의 만남은 전적으로 우연(아슬아슬한)에 의한 것이었지만 운명(위장한 의지)에 의한 것이기도 했다. 카페에서, 교실에서, 차폴테펙 공원이나 비베로스 데 코요아칸 공원에서 장시간 산책을 하면서 우리 두 젊은이는 서로의 생각을 비교했고, 독서를 독려했고, 상대방의 부족한 점을 채워 주었고, 좋은 책을 추천했고, 작가들을 난도질했지만, 결국에 가서는 일종의 유산으로 받아들일 수밖에 없었다. 우리는 모든 사회에서 있어 왔던 지적 성숙기라는 두 번 다시 누릴 수 없는 기쁨을 공유했다. 하지만 우리 사회에서 진정한 창조력은 갈수록 평가절하 되었던 반면 경제적 성공, 대중적 인기, 텔레비전 출연, 연애 스캔들, 정치적 어릿광대짓 따위는 갈수록 높이 평가되었다.

내가 인정할 수밖에 없는 우리 두 사람의 차이점은 고집과 엄격함이었다. 또 하나 인정해야 할 것은 우리의 관계에 있어서 내가 대단히 느슨하고 수동적인 반면, 예리고는 대단히 예리하고 끈덕진 편이었다는 점이다.

"좀 더 끈덕지게 굴어, 여호수아. 지금까지 우린 함께 전진해 왔잖아. 나보다 뒤처지면 안 돼."

"너도 마찬가지야." 나는 싱긋 웃으며 대답했다.

"인생은 험난해." 그가 말했다.

의무적인 운동이 끝나면 우리 모두는 기다랗게 생긴 춥고 황량한 학교 목욕탕에서 샤워를 했다. 수녀원에서 운영하는 학교(그곳 여학생들은 가운을 입고 목욕했는데, 그 모습이 마치 종이로 만든 조각상 같았다.)와 달리 남학생만 다니는 학교에서는 벌거벗고 샤워하는 것이 보통이었고 누구도 신경 쓰지 않았다. 우리에게는 불문율이 하나 있었다. 샤워를 하는 동안 남학생들은 시선을 얼굴 높이로 유지해야 했으며, 어느 누구도 동료의 성기를 바라보지 않았다. 그런 짓을 했을 경우에는 정신병자나 천박한 놈으로 여겨졌다. 그 불문율이 지켜지는지를 감시하는 사람도 당연히 있었다. 불문율을 따르지 않는, 뻔뻔하지만 소심한 그 인간은 바로 솔레르 신부였다. 그는 독수리와 뱀의 눈빛(진짜 멕시코다운)이 뒤섞인 시선으로 목욕탕 안을 싸돌아다니곤 했다. 그는 위협적이고 상징적인 몽둥이를 들고 다녔으나, 우리가 아는 한, 단 한 번도 몽둥이로 학생들의 축축한 등짝이나 반짝이는 엉덩이를 건드린 적이 없었다.

아직까지 살아서 내 글을 읽는 사람들이여, 내가 하는 이야기가 여러분에게나 우리에게 낯간지러운 이야기가 될 수 있겠으나 그냥 참아 주기 바란다. 우리에게 서로의 알몸을 보고자 하는 유혹이 존재하는 것을 예리고는 알고 있었다. 그러나 그는 그 유혹을 극복할 수 있는 방법이 육체적인 노력이 아니라 지적인 성숙에 있음을 깨달았다. 예리고는 이렇게 말했다. 그러니까 말이야, 서로 상반되지만 상보적인 두 가지 생각을 선택해서 샤워를 하는 동안 그걸 따져 보는 거야. 아직까지 감각이 살아 있는 사람들에게 알린다. 샤워 물은 얼음처럼 차가웠다. 그래서 육체적인 강인함과 우리 선생들과 같은 신성함이 요구되었다.

지금도 그 생각만 하면 관능적인 쾌감과 유사한 두려움이 밀려온다. 우리는 합의에 따라, 샤워 시간에, 나란히 서서, 서로를 쳐다보지 않은 채, 물에 젖은 몸으로, 머리 위로 끊임없이 떨어지는 감미로운 물방울 속에서, 벌거벗은 우리 두 사람은, 두 친구는 마치 신학 교리를 놓고 토론을 벌이듯 큰 소리로 반복해서 떠들었다. 한 사람은 가톨릭 철학의 구조적, 형식적인 사상을 떠들었고, 다른 사람은 그것을 전적으로 부정하는 연설을 늘어놓았다. 성 아우구스티누스와 토마스 아퀴나스의 기독교 철학은 이베리아 반도 국가들의 권위적이고 억압적인 체제의 기초가 되었다고 예리고는 주장했다. 아주 오래전, 서기 4세기 내지 5세기경 성 아우구스티누스와 영국인 이단자 펠라기우스 사이의 논쟁이 기준점을 제공했다. 이단자는 하느님께 다가가기 위해서는 자유가 필요하다고, 우리 자신의 지각과 지성을 통해 하느님께 다가갈 수 있다고 선언했다. 성 아우구스티누스는 교회라는 여과 장치가 없으면 개인의 자유가 존재할 수 없다고 주장했다. 교회는 개인의 신앙과 주님의 은총을 연결해 주는 필수불가결한 중재자다. 이단자가 반론을 폈다. 은총은 우리 모두의 손에 있다. 성인이 반박했다. 은총은 그것을 나누어 줄 기관의 힘을 필요로 한다. 빗줄기처럼 쏟아지는 샤워기 밑에 서 있는 예리고의 말에 따르면, 로마제국의 지배를 받던 아프리카의 자손과 북부 출신의 음침한 수도사가 권위 있는 목소리로 시끄럽게 떠들어 댔던 그 오래된 토론에서부터 가톨릭과 프로테스탄트의 첫 번째 분열이 생겨났고, 그 후로 라틴아메리카 사람들과 북미 사람들 사이에 차이점이 파생했다. 우리에게는 성 아우구스티누스와 토마스 아퀴나스가 살았던 중세 시대가 있었던 반면 그들에게는 그런 것이 없었다. 그들은 펠라기우스 철학을 바탕으로 루터와 철두철미한 자본주의자들에게 길을 열어 주었지만 우리는 그러지 못했다. 북미 사람들이 보기에, 역사는 그들과 함께 시작되었고, 세실 B 드밀은 찰턴 헤스턴의 도움을 받아 과거를 만들어 냈다. 우리에게 있어서 과거는 너무나 멀리 떨어져 있어, 우리는 다시 과거로 되돌아가 살아야 한다.

샤워를 하면서 중세 가톨릭에 관한 논쟁을 들먹이는 것은, 엉뚱한 짓거리이기는 했지만 열여덟 살짜리 벌거숭이 두 소년을 하나로 묶어 주는 행위이기도 했으며, 니체의 옷을 입고(아니, 이런 경우에는 알몸으로) 허무주의적인 토론을 이끌어 간다는 것도 그다지 힘든 일은 아니었다. 우리가 신앙으로부터, 모든 근거나 기존의 논리로부터 해방되지 않은 한, 겉모습이라는 베일을 걷어 올리지 않는 한, 진리를 향해 박차를 가하지 않는 한, 자유가 존재하지 않는다는 사실을 깨닫고 나는 기쁘기까지 했다. 그 첫 번째 발걸음은……

"어느 것도 진실이 아니라는 사실을 인정하는 것이지."

예리고는 '물줄기를 맞으며' 그렇게 말했고, 솔직히 말해 나는 황량한 기분이 들었다. 나는 그 순간 예리고로부터 확실한 얘기를 듣고 싶었다. 머리로 쏟아지는 물줄기 때문이기도 했지만 모든 확실함을 잃어버렸다는 두려움 때문에 나는 눈을 뜰 수 없었다. 하지만, 이 형제간의 대화에서, 거짓된 수치심 혹은 정신병자 같은 호기심으로부터 우리를 멀리 떼어 놓은 그 대화에서 내가 맡았던 역할은 거짓된 가치를 통해 가치를 변화시키는 것이었다. 내 사랑을, 내 가장 소중한 친구 예리고를 기독교 문화, 그 체념의 문화로부터 구원해 내는 것이었다.

"너 쾌락을 거부하는 가톨릭 신자를 본 적 있어? 신부 앞에서 고백만 하면 모든 죄를 용서받을 수 있는데?"

"돈도 거부할 수 있을까? 이전에는 유대인이나 프로테스탄트들의 전유물이었지만 말이지."

"명예는 어때? 《올라》 같은 잡지가 선사하는 현대적인 신성함이잖아."

우리는 깔깔대며 목욕탕에서 나왔다. 성적인 유혹을 극복한 것에 대해 만족했고, 우리의 지적인 훈련에 자부심을 느꼈다. 우리는 다음번에는 역할을 바꾸기로 했다. 나는 가톨릭 신자가 되고 예리고는 허무주의자가 되어 어떤 사람(우리와 상대할 자격이 있는)과의 피할 수 없는 만남(우리들의 청년기 초반보다 훨씬 더 고급스러운 토론이 될 것이다.)을 대비해 무기를 갈고닦기로 했다. 그 사람은 바로 최근에 도착한 필로파테르 신부였다.

* * *

우리는 에롤의 집을 다시 찾아갔다. 예리고는 그 집에 대해 계속해서 궁금해했고, 내 경우에는 궁금증 외에 다른 이유가 있었다. 여러분에게 아직 얘기하진 않았지만 내 삶에 결정적인 영향을 끼친 어떤 것이었다.

그날 밤에는 에스파르사 가족이 우리를 맞아 주었다. 나사리오 씨는 유카탄에서 체인 호텔을 여러 개 인수했고, 이를 기념하기 위해 연회를 베푸는 중이었다. 우리 친구 빡빡머리(엄밀히 말해 '전' 빡빡머리라고 해야 할 것이다. 에롤은 이제 머리를 치렁치렁 길렀는데, 녀석의 말에 따르면 1960년대에는 장발이 반항하는 청춘의 의무 사항이었다고 했다.)가 우리를 초대했다. 녀석은 식물군과 동물군을 검열해 보자고 말했다. 에롤의 부모는 그들의 표현대로 '품위 있는' 자세를 유지하며 베르사유 살롱 입구에서 손님들을 맞이했다. 우리가 한 번도 본 적이 없었던 나사리오 씨는 화려하고, 키가 크고, 혈색이 좋은 남자였지만, 시선은 줄곧 딴 쪽을 향해 있었다. 상당히 호인다웠으며 사람들을 얼싸안고 미소를 나누었지만, 시선은 아득히 먼 곳을 향했다. 지금은 잊힌, 위협적이거나 우스꽝스러운 무언가가 느닷없이 나타나지 않을까 싶어 두려워하는 것 같았다. 그는 푸른색 코트와 야자나무와 파도와 홀라춤을 추는 무용수들이 그려진 넥타이를 맸다. 마치 변장한 사람처럼 보였다. 그는 자신의 운명(페드레갈의 저택과 어떤 경우에도 끄떡없는 은행예금)이 아니라 자신의 출신(목수, 가구, 호텔, 극장)에 맞는 옷을 입었다. 무슨 이유로 자신의 과거를 드러내는 걸까? 솔직해서 그러는 걸까? 비참했던 과거에 자부심을 느껴서? 아니면 도전에 가까우리만치 지극히 교묘한 위장술일까? 날 좀 보란 말이야, 나는 최정상에 도달했어, 하지만 지금도 언제나 겸손하고 소탈한 사람으로 남아 있어. 이런 말을 하고 싶은 걸까?

그는 우리가 마치 가장 친한 옛 친구이기나 한 것처럼 우리에게 인사를 건넸다. 우리를 꼭 끌어안으며 터무니없는 인사말을 건넸다. 아주 솔직하게, 우리가 베풀어 준 은혜에 대해 감사를 표했다. 하지만 그런 것은 있지도 않았다. 그래서 우리는 나사리오 씨가 틀림없이 착각을 한 것이라고, 그게 아니면 우리를 적당히 대접해서 실수하지 않으려고 그러는 것이라고 생각했다. 우리가 무슨 빚쟁이라도 되는 듯, 그런데 그걸 깜박 잊어버린 듯.

아무튼 그런 혼란은 순식간에 끝나고 말았다. 나사리오 씨는 직접 정중하게 손을 내밀어 우리를 앞으로 밀어 버렸고, 우리 뒤쪽에 있는 손님을 맞아 활기차게 감사를 표하며 인사를 건넨 뒤 껴안았다. 우리는 그의 아내 에스트레야 부인에게 인사를 건넸다. 그녀가 분명히 그곳에 있었으므로, 우리는 그녀를 보고 인사를 건넸다. 하지만 그녀는 남편이라는 강력한 존재에 가려진 채, 남들 눈에 보이고 싶지 않다는 심정과, 그리고 어느 정도는 그곳에서 완전히 사라지고 싶다는 희망에 따라, 그 자리에 있으면서도 없는 듯이 존재했다.

여주인이 그런 복장을 하고 있었던 것은 자신의 취향에 따른 것이었을까, 아니면 남편의 강요에 따른 것이었을까? 만일 남편이 강요했다면, 그건 아내를 살해하는 짓이나 다름없다. 부인은 천국이나 지옥으로 가기 위해서가 아니라 천국과 지옥의 쓸쓸한 경계 지역에서 살기 위해 그런 옷을 입고 있는 듯싶었다. 그녀의 회색 옷은 그만큼 쓸쓸해 보였다. 그녀가 항상 신고 다니던 흰색 스타킹은 오래전에 유행한 나일론 스타킹으로 바뀌었고, 굽 낮은 구두는 발목 근처에 끈이 달린 에나멜 구두로 바뀌었다. 남편과 나란히 서서 손님들을 맞이하는 그녀의 불편한 모습은 너무나 두드러져 보여, 누구라도 그녀를 보면 한눈에 그녀의 남편이 사디스트라는 것을 알 수 있을 정도였다. 남편은 때때로 잡아먹을 듯한 눈초리로 부인을 돌아보며 속삭였다. 그 눈초리는 손님을 맞이할 때 보여 준 상냥함과는 너무나 거리가 멀었다.

"웃어, 이 멍청아! 성질 건드리지 말란 말이야!"

틀림없이 그랬을 것이다. 에스트레야 부인은 억지로 미소를 지으며, 남편의 눈을 바라보며 인정을 받으려 했지만 남편은 그녀에게 눈길조차 주지 않았다. 우리는 알 수 있었다. 남편은 지금까지 해 온 버릇으로 부인을 휘어잡았다. 이런저런 일을 하지 않으면 '손님들'이 돌아가고 난 후에 남편에게 얻어맞을 것을 에스트레야 부인을 잘 알았다.

솔직히 말해서, 나는 에스파르사 부부를 열심히 관찰하느라 (내가 왜 그랬는지 충분히 설명했다고 본다.) 그 이외의 일에 대해서는 신경을 쓸 수 없었다. 웅성거리는 소리의 장막 뒤에서, 무언지 알아들을 수 없는 대화 속에서, 잔이 부딪히는 소리 속에서, 안색이 검붉고 키가 작고 줄무늬 앞치마를 두른 하인이 제공하는 먹을거리 속에서 분위기가 무르익어 갔다. 나는 있는 듯 없는 듯한 역할을 연기해 내는 에롤 어머니의 솜씨에 감탄을 금할 수 없었다. 한쪽으로 고정된 그녀의 죽어 버린 눈에서 그녀에게 명령을 내리는 광채가 순간순간 번쩍거렸다.

"시키는 대로 해."

그렇게 하기가 그다지 어렵지는 않았을 거라고 생각한다. 그녀는 쉽게 무시할 수 있었을 것이다. 내가 생각하기에 그녀는 젊었을 때부터 소심하게 혼잣말을 중얼거렸을 테고, 그 혼잣말도 남편의 느닷없는 거친 명령 탓에 사라지고 말았을 것이다. 입 닥쳐, 바보짓 그만해, 언제나 정신 차릴 거야. 그러니 걱정해야 무슨 소용이란 말인가?

"어이, 친구들, 동물원에서 그만 나가 볼까. '덴'으로 가자고."

에롤이 말했다. "내 보금자리로 말이야."

'덴'은 우리가 이미 알고 있던 난장판 같은 방이었다. 에롤은 가방을 내려놓으며 우리에게도 가방을 내려놓으라고 했다.

"그래, 쭉 보니 어때? 모든 것을 예술이나 철학에 걸어 볼 수 있을 것 같아?"

우리는 아마 그때 웃음을 터뜨렸을 것이다. 에롤은 우리에게 대답할 기회를 주지 않았다. 에롤은 셔츠 바람으로 가장 편안해 보이는 의자에 몸을 던졌다. 그는 다리를 쩍 벌리고 술 장식이 달린 모카신을 벗어 버린 후 기타를 끌어안았다. 마치 고분고분한 여자의 나긋나긋한 허리를 끌어안는 것 같았다.

"너희는 정치를 하는 게 더 좋을 거야. 너희가 원하는 것과 사회가 너희에게 허용하는 것 사이에서 길을 찾을 수 있을지도 모르지."

나는 대답하려고 했다. 그러나 에롤은 끼어드는 걸 허용하지 않았다.

"아니면 운명과 내기를 걸어 보거나."

에롤이 손을 들어 우리 입을 막았다.

"잘 알아 둬. 나는 이미 운명과 내기를 걸었어."

에롤이 우리를 쳐다보았다. 우리는 예의 바르게 흥미를 표현했다.

에롤은 우리가 요구하지도 않았는데 얘기를 늘어놓았다. 우리가 못 믿을지도 모르지만, 과거 언젠간(아주 오래전에) 나사리오와 에스트레야는 서로 사랑을 했다는 것이었다. 그런데 언제부터 그들은 서로 사랑하지 않았을까? 나사리오가 에스트레야를 더 이상 원하지 않았던 그 밤을 무엇이라 불러야 할까? 남자의 눈에 여자는 더 이상 젊은 여자가 아니었고, 여자 또한 남자가 그녀의 늙어 가는 모습을 지켜보고 있음을 눈치챘다. 처음에는 모든 것이 전혀 달랐어. 에롤이 회상에 잠겼다. 왜냐하면 어머니 에스트레야는 수녀원에서 살던 소녀였고, 아버지는 오점 (그렇게 표현했다.)이 없는 신부를 구하고 있었으니까. 왜냐하면 아버지는 그때까지 천한 여자들만 사귀어 왔고 창녀들은 거짓말에 능숙했으니까. 그런데 에스트레야는 의심할 여지가 없었어. 어머니는 수녀원에서 나와 자신의 주인이자 나리인 남자의 침대로 건너갔지. 아버지는 하룻밤 사이에 어머니의 진을 다 빨아 마셨고. 그리고 수도원은 그에게 윌슨(그는 이렇게 케케묵은 단어를 사용했지.)과 같은 가치가 있다고 밝혔어. 또한 나사리오 에스파르사와 같은 사내대장부를 기쁘게 하기 위해 에스트레야가 숫처녀로서 창녀처럼 행동하는 게 이로울 것이라고 밝혔단 말이지.

에스트레야의 가족은 그녀를 넘겨주고 수표와 몇 가지 물건을 챙겼고, 그 후로는 그녀를 전혀 신경 쓰지 않았다. 그들은 과연 어떤 사람들이었을까? 누가 알겠는가. 게걸스럽고 야심만만한 남편에게 순진한 숫처녀를 넘겨주는 대가로 돈을 챙긴 인간들. 비록 그가 지극히 무심한 눈길로 그녀를 쳐다보기는 했으나 정열은 식어 버렸다. 매일 밤 똑같은 싸움을 피하는 것만으로는 충분하지 않았다. 에스트레야가 일말의 분노와 자긍심을 품었을 때에도 그것은 단지 나사리오의 화를 북돋울 뿐이었다. 새로운 다툼의 빌미를 찾을 때까지 매일 밤 똑같은 싸움이 반복되었다. 그녀는 혼인성사의 의무 때문에 섹스의 의무도 다하려 했으나, 그는 계속해서 그 일을 뒤로 미루었다. 마치 부인의 처녀성을 존중한다는 듯 이상한 생각에 이끌려 뒤로 미루었다. 그는 에스트레야가 흠 없는 몸으로 신혼 침대에 들어왔다는 것을, 그녀에게 흠이 있다면 흠을 낸 장본인은 자신이라는 것을 분명히 알았다. 하지만 그런 일은 더 이상 지속되지 않았고 중요하게 생각되지도 않았다. 예리고와 내가 그날 밤 목격한 것처럼 그는 더없이 천박하게 무너져 내렸다. 그리고 에롤이 지금 우리의 확신을 더욱더 확실하게 해 주었다.

"수천 년 전에는 나도 그녀를 사랑했어." 남편은 그렇게 투덜거렸다.

그녀는 종교를 이유로 들며 섹스를 거부하기에 이르렀고, 기도를 드리기 위해 부부 침실에 작은 제단을 만들었지만, 얼마 지나지 않아 나사리오는 단 한 방에 그 제단을 쓸어버렸으며, 어느 날 밤 그녀를 쳐다보던 그는 더 이상 그녀의 남편이 아니었다. 그녀는 자신이 더 이상 젊지 않다는 것을 알았고, 남편이 자신을 늙은이 취급한다는 것도 확실히 알고 있었다.

"아주 오래전에 말이야, 그녀가 무릎을 꿇고 기도를 드릴 때, '이건 나쁜 짓도 아니고 간음도 아닙니다, 주님을 섬기기 위해 아들을 낳으려는 것입니다.'라고 기도드릴 때 말이야."

그녀는 성인들의 초상을 치우고 에롤 플린의 사진을 갖다 놓았다. 에스트레야와 나사리오는 에롤 플린의 애정 행각을 무시했다.

"너희들 이거 알아?" 에롤이 말을 이었다. "나는 내기를 걸었어. 내 아버지를 무너뜨릴 만한 운명을 찾아낼 수 있다고 말이야. 이런 표현이 마음에 들지 않아? 역사 시간에 매일같이 듣는 말이잖아? 아무개가 무기를 들고 일어나 아무개를 물리쳤고, 그런 이유로 또 다른 아무개가 일어나 또 다른 아무개를 무찌르고, 계속 이런 식이지. 어이, 친구들, 역사는 바로 이렇게 흘러가잖아. 타도의 연속이라고. 이렇게 말할 수도 있지 뭐."

그는 말을 계속하기 위해 숨을 돌리는 것 같았다. "그럴 수도 있고. 아닐 수도 있지……."

에롤은 기타를 끌어안은 채 컵을 들었다. "나는 내기를 걸었어. 내 아버지의 운명을 무너뜨릴 만한 운명을 찾아낼 수 있다고 말이야. 왕권을 무너뜨리듯 운명을 무너뜨리는 거지. 그럴 수 있어! 불시에! 만일 그렇게 못 할 경우……."

에롤은 팔을 뻗어 기타 줄을 조율한 다음 연주를 시작했다. 무슨 의도가 숨겨진 것 같았다. 반항적인 아들이 부르는 노래였다.

"거기서 물러나시오, 내 아버지여. 나는 사자보다 더 사나운 상태, 총알이 내 몸에서 빠지지 않고 심장을 꿰뚫는구나……."

목소리들이 높아졌다. 간드러진 목소리와 거친 목소리가 베르사유 살롱과 우리가 있는 보금자리 사이의 복도에서 점점 커지기 시작했다.

"당신 지금 제정신이야? 이쪽으로 와."

"나사리오, 내가 원하는 건 단지……."

"당신이 뭘 원하든 상관없어. 손님들과 사진을 찍다니, 당신이 날 우습게 만들었어……. 조금만 있으면……."

"우리요, 이건 나를 위한 축제이기도……."

"네가 뭐라고, 이 멍청한 할망구가."

"당신 잘못이잖아. 나는 손님 맞는 게 싫단 말이야. 줄지어 서 있는 것도 싫고. 당신은 그저……."

"당신이 제대로 했으면 내가 이렇게 망신당하지 않았을 거야. 당신이 날 우습게 만든 거야. 내 손님들과 감히 사진을 찍어?"

"그게 무슨……."

"사진으로 공갈을 치겠다는 거야, 뭐야? 뭘 알고나 하는 짓이야……?"

"하지만 모두들 사회면에 나오는 사람들이잖아요."

"그래, 이 멍청아. 하지만 내 집에서는 아냐. 내 동료가 아니면……."

"무슨 말인지……."

"모르긴 왜 몰라, 이 바보야……."

에롤이 벌떡 일어나 복도로 뛰어나가 나사리오와 에스트레야 사이에 끼어들었다.

"엄마, 엄마 남편은 야만인이야."

"아가리 닥쳐! 이 뻔뻔한 놈아. 네 일이 아니면 참견하지……."

"그만해라, 얘야. 너도 어떤지 알잖니……."

"알지요. 이 늙다리 망나니 입에서 토한 냄새가 나는데요. 시큼한 악취가……."

"닥쳐. 네 잘난 친구들한테로 돌아가. 공짜로 줄 테니까 샴페인이나 퍼마셔. 식충이 같으니라고. 촌놈의 새끼들이."

"그만 들어가. 이건 네 아버지와 내 문제야."

나사리오 에스파르사의 눈이 술병 바닥처럼 번들거렸다. 그는 주머니에 손을 집어넣어 열쇠 수십 개가 달린 열쇠고리를 꺼냈다. (무슨 이유로?)

"꺼져, 넌 우리 집안의 저주야." 에롤에게 소리쳤다.

"난 아빠가 죽었다고 여기며 살아요. 하지만 아직 해골은 아니죠. 구더기들이 조금씩 조금씩 파먹어 가는 중이죠."

에롤의 말에 나사리오 씨는 입을 다물었다. 그뿐만이 아니었다. 나사리오 씨는 에롤의 말에 겁을 집어먹은 것 같았다. 아들의 저주가, 오래전부터 예언처럼 들려왔던 목소리와 함께 크게 울려 퍼지는 듯싶었다. 에스트레야 부인은 아들의 저주로부터 남편을 보호하려는 듯 남편을 얼싸안았다.

에롤은 방으로 돌아왔고, 그의 부모는 사막의 신기루처럼 사라져 버렸다. 예리고와 나는 계속해서 멍청한 표정을 짓고 있었다.

"봤지?" 에롤이 말했다. "난 잡초처럼 자랐어. 허허벌판에서, 선인장처럼 말이지."

이제 분명히 드러났다. 그날 밤은 에롤을 위한 밤이었고, 우리는 한마디도 끼어들 수 없었다.

에롤은 장마처럼 끈질겼다.

"비밀이 뭔지 알아? 내 아버지는 자기 자신을 스스로 망가뜨리고 싶어 해. 그래서 내가 그런 식으로 구는 거야. 내가 그걸 안다는 사실을 아버지는 견딜 수 없겠지. 아버지는 자신의 근본으로 돌아가고 싶어 해. 지난 과거를 부정하면서도 그 결과를 즐기기는 하지. 무슨 말인지 알아듣겠어?"

나는 아니라고 대답했다. 예리고는 어깨를 으쓱했다.

"저 사람들은 누구야?" 내가 물었다.

"아!" 에롤이 소리쳤다. "육만 사천 가지 의미가 담긴 질문이로군. 아버지가 무슨 이유로 집에서 파티를 열 때 사진을 금지하는지 너희는 알겠니?"

"글쎄." 예리고가 말했다.

"너희는 상상도 못 할 거다. 아버지가 무슨 이유로 저렇게 많은 사람들을 불러들여 샴페인을 대접하면서도 사진만은 찍지 못하게 하는지, 너희는 알겠니? 나는 몰래 숨어서 그 사람들의 역할을 살펴보고 앞뒤를 맞춰 보았지. 그래서 이런 얘기도 할 수 있는 거야. 그 이유가 뭐냐 하면, 여기서 나사리오 씨는 파티를 통해 자신의 세금을 줄이는 거지. '파티'를 통해서 말이야. '칵테일파티'로 위장한 사업 모임을 열면서 그걸 기밀비나 '업무 비용' 으로 처리하는 거야."

"어떤 사람들이 그런 파티에 참석하는데?" 나는 다시 물었다. 내가 받은 감정교육으로는 도저히 이해할 수 없는 내용이었다.

"모두들." 에롤이 웃음을 터뜨렸다. "하지만 아버지만 유독 영악해서 다른 사람들에게 알려지지 않도록 조심하는 거야. 그래서 숨어서 거래를 하지."

에롤의 웃음소리는 공허하고 쓸쓸했다.

"저놈의 꼰대를 아주 박살내 버려야 하는데! 저놈의 인간을 그냥!"

나는 기회를 포착해 질문을 던졌다. "네 아버지의 음모를 네가 깨뜨릴 수 있다고 생각하니?"

"아니." 에롤이 어깨를 으쓱했다. "단지 그와 다른 점을 끝까지 밀어붙일 뿐이야. 이해하겠어? 나는 부자야. 너희는 가난뱅이고. 하지만 내게는 극복해야 할 고통이 너무 많아."

에롤은 단숨에 술잔을 비웠다.

"알아 둬. 특권은 타고나는 거야. 만들어지는 게 아니고."

에롤은 전에는 볼 수 없었던 진지한 표정으로 우리를 노려보았다.

"그 외의 것은 모두 훔친 거야."

* * *

친애하는 생존자들이여, 앞서 얘기했듯이 나는 내 집(집이라고 할 것도 없지만)에서 달아나기 위해 그날 밤 에롤의 집을 찾아갔다. 에롤의 가족은, 뭔가 복잡하긴 했지만, 어쨌든 부자에 속했다. 세르반테스가 자신의 할머니에게 인용한 말이 옳았다면, 아니, 아직도 옳다면 말이다. 세르반테스는 이렇게 말했다. 세상에는 가족이 두 종류가 있다. 부유한 가족과 가난한 가족. 그렇다면, 어느 가족이 부유하고 어느 가족이 가난한지 어떻게 수치로 나타낼 수 있단 말인가? 사람들은 누구나 자신이 목격한 내용만 얘기한다. 나는 다음 내용을 설명해야겠다. 이는 아직까지 살아남아 도시와 동네와 가정에 모여 사는 사람들 덕분에 알 수 있는 것이다. 나는 멕시코시티의 베를린 거리에 있는 누추한 집에서 자랐다. 19세기 말엽, 멕시코가 수십 년 동안 혼란한 시기를 겪고 안정기로 접어든 것처럼 보였을 무렵(독재 체제에 의한 무정부 상태도 있긴 했지만 거의 눈에 띄지 않았다.) 멕시코시티는 소칼로-플라테로스-알라메다라는 원래의 범위에서 벗어나 넓게 팽창되기 시작했다. '콜로니아'로 불리는 새로운 구역에는 다양한 유럽풍 저택들이 들어섰고, 특히 파리풍과 북구풍이 많이 나타났다. 그러한 경향은 런던과 베를린 사이의 어느 지점에서 시작되었지만 그 문화의 운명은 철저한 애국심에 따라 '후아레스'라고 불리는 동네에 남게 되었다. 하지만 유럽 도시에서 이름을 딴 동네들도 많았다.

내 첫 번째 기억은 베를린 거리와 삼 층짜리 집이다. 그 고풍스러운 집에는 작은 탑과 원뿔 지붕이 있었고, 돌이 깔린 좁은 마당에는 나무 한 그루 자라지 않았으며, 거주자는 달랑 두 사람뿐이었다. 유년 시절부터 나를 돌봐 준 여자와 나. 내 이름은 여호수아 나달이다. 이건 내 잘린 머리가 게레로 해변에 야자열매처럼 버려진 채 물결에 휩쓸리며 넋두리를 늘어놓기 시작했을 때부터 독자들이 알던 사항이다. 유년 시절부터 나를 돌봐 주었던 여자는 마리아 에힙시아카(이집트 여인) 델 리오이다. 그녀의 이름은 콥트족 이름처럼 들리기도 하지만 대중의 풍요로운 상상력을 바탕으로 세례명을 짓는 나라에서는 전혀 이상하게 들리지 않는다. 멕시코에는 에르메네힐도, 에우랄리오, 판크라시오, 판필로, 나티비다드, 파스토라, 일라리아, 오르펠리나와 같은 이름이 아주 흔하다.

그녀의 마리아 에힙시아카라는 이름도, 나의 여호수아라는 이름도 특별한 주목을 받지 않았다. 북미 사람들도 태어나면서부터 성경에 나오는 이름을 얻지 않았는가. 나타나엘, 에스라, 헵시바, 예디디야, 사바디엘, 게다가 란사로테, 마르마두케, 인크레아세라는 이름도 있는 것이다.

원한다면 이러한 명명법을 신세계의 종교적인 이름 붙이기 탓으로 돌려도 좋다. 태초에는 원주민 이름으로 세례를 받아도 시간이 흐름에 따라 기독교적이거나 아프리카적인 이름으로 다시 한 번 더 세례를 받았던 것이다.

내가 이런 이야기를 늘어놓는 이유는 마리아 에힙시아카를 그 누구도 항의할 수 없는 적확한 명칭으로 부르기 위해서다. '어머니', '계모', '유모', '아줌마', '보호자', '대모' 따위로는 도저히 그녀를 규정지을 수 없기 때문이다. 나는 감히 내가 곁에서 자란 여자를 어떤 여자라고 함부로 규정할 수 없다. 그녀는 항상 자신의 정체를 내게 감췄다. 그녀는 교묘하게 내가 그녀를 '어머니', '대모님', 혹은 '새엄마'로 부르지 못하도록 했다. 애정과 경멸이 뒤섞인 마리아의 태도는 근원이 다른 물줄기가 섞인 흐름 같아서, 내가 싫어하는 기색을 비치면 흘러넘치는 정으로 나를 감싸 주었고, 내가 애정을 표시하면 발끈 화를 내곤 했다. 우정이냐 적의냐를 매 순간 선택해야 하는 밀접하지만 냉철한 관계에서는 언제나 명쾌한 무언가가 생기게 마련이다. 내가 성장함에 따라 그녀와 나의 관계는 명확하게 확립되었고, 나는 그녀를 나의 일부로 받아들였다. 그녀는 작은 몸집에 성격이 엄격했고, 벨트와 넓고 하얗고 빳빳하게 풀을 먹인 칼라가 달린 검은색 옷을 항상 입었다. 그래도 불그스름한 짧은 곱슬머리를 귀엽게 빗고 다녔다. 얼마 전부터 사람들이 '파마머리'라고 부르는 스타일이었다. (파마머리는 일종의 신탁처럼 에롤의 어머니 머리를 언급한 이후 재차 등장한다.) 마리아의 근엄한 복장은 그녀가 작은 키를 감추기 위해 신고 다녔던 굽 높은 구두와 영 어울리지 않았다. 그녀의 작은 키가 구두 덕분에 과분한 보상을 받기는 했다. 베를린 거리에 있는 덩그렁 넓기만 한 집은 그녀의 에너지로 넘쳐 났다. 그 집은 마치 생쥐 두 마리가 차지한 코끼리 우리 같았다. 삼 층짜리 건물에 그녀와 나 단둘이 살았던 것이다. 우리가 살던 집은 현관 입구, 거실, 부엌, 이 층에 있는 방 두 개, 그리고 맨 위층의 신비스러운 공간으로 이루어져 있었다. 꼭대기 층에는 아무도 올라가지 않았다. 그녀도 나도 마찬가지였다. 오랜 세월 동안 그 집을 들락거렸던 이전 거주자들이 남기고 간 잡동사니가 아니라 집안의 미친 여자가 그곳에 살고 있는 것 같았다.

그뿐만이 아니었다. 베를린 거리의 집은 1985년의 대지진으로 심각한 타격을 입었지만, 누구도 금이 간 벽을 수리하지 않았고, 그 집의 장식물 겸 전망대 역할을 했던, 통풍이 잘되던 다락방을 복구하지 않았다. 그런 이유로 아직 어린 꼬마였던, 잊힌, 잊어버리기 잘하는, 쉽게 잊을 수 있는(그랬을 것이다.) 내가 그 집에 도착해 살기 시작했을 때, 그 집은 버려진 혹은 잊힌, 무너진 상태 이상으로 엉망이었다. 마치 그 집은 황폐화된 도시라는 거대한 바다에서 길을 잃은 한줄기 시냇물 같았다. 멕시코시티는 군대에 의한 파괴, 가난, 불평등, 배고픔, 혁명 등으로 항상 시달려 왔지만, 그런 수많은 재난에도 불구하고, 아니 그 덕분에, 매번 집요하게 부활하여 더욱더 혼란스럽고, 정력이 넘치고, 엉뚱한 곳으로 변해 갔다. 멕시코시티는 이 나라의 나머지 지역에 거대한 바이올린과 같은 인상을 남겼다. 무수한 파리들이 거미줄로 몰려들듯 사람들이 멕시코시티로 몰려들었고, 그 도시는 사람들을 영원히 사로잡아 버렸다.

마리아 에힙시아카가 두 명이었던가? 어느 순간에 내 삶이 베를린 거리에 있는 그 연두색 저택에서 시작되었는지 기억나지 않는다. 내가 언제 태어났는지 아무도 알지 못했고, 다른 자료들도 없었기 때문이다. 우리는 그저 보내지는 곳에 가서 살 뿐이었다. 우리가 성질이 얌전하고 건강에도 문제가 없다면 누군가 우리를 받아들여 이렇게 얘기할 것이다.

"너도 알지? 난 네 엄마가 아냐. 네가 태어나자마자 널 입양했거든……."

마리아는 절대로 내게 그런 은혜를 베풀지 않았다. 그렇지만 나는 가끔 일시적인 애정을 품고 그녀를 떠올리며, 그때마다 그녀에게 감사한다. 무언가에 대한 보답으로 감사를 표하는 것과 그냥 아무 이유 없이 감사를 표하는 것은 전혀 별개의 것이다. 처음 것은 일종의 미덕이라고 할 수 있지만 두 번째 것은 멍청한 짓이나 다름없다. 은혜는 되풀이되지만 감사하는 마음은 새로운 것으로 변하지 않는 한 그대로 사라져 버린다. 높이 나는 새와 같은 사랑이나, '날개 없는 새'(바이런)가 아니라 사랑보다 잡기 수월한 새(열정적으로 높이 날지만 육체적인 열정은 부족한)인 우정으로 변하지 않는 한 말이다. 마리아 에힙시아카는 내 유년 풍경의 일부를 차지했다. 그녀는 아주 특이한 방법으로 나를 먹여 주었다. 그녀는 토막 난 속담을 읊조리며 내게 숟가락을 내밀었다. 마치 속담의 성령이 내려와 내 어린 영혼에 빛을 비춰 주기를 기다리는 것 같았다.

"날이 새기 훨씬 전에……."

"먹고 노래하는 이는……."

"비가 오기를, 비가 오기를……."

"꽉 다문 입에……."

"어느 할망구가 죽어서……."

마리아 에힙시아카의 진짜 정체가 무엇이었건 간에, 그녀가 보기에 내 정체는 영원한 어린아이였을 것이다. 나는 어렸을 때 감히 "당신은 누구야?"라고 물어보지 못했다. 나는 그때 이미, 그 연두색 집의 썰렁한 고독 속에서, 나의 '본질'에 대해서는 몰랐지만 나의 '존재'에 대해서는 익숙해 있었던 것이다. 사실상 그녀는 나를 단 한 번도 '아들'이라고 부른 적이 없었다. 실수로 그런 말이 입에서 튀어나왔다 해도 그건 '야'랄지 '꼬마야'랄지 '이 녀석' 같은 말과 다름없었다. 나는 그 여자가 일상적으로 사용하는 언어에서 별표와 같은 존재였다. 그녀는 나를 돌봐 주기는 했지만 아무런 설명도 하지 않았고, 나와 어떤 관계인지 절대로 밝히지 않았다. 하지만 나는 불안하지 않았다. 나는 그런 대접에 익숙해졌다. 나는 마리아 에힙시아카의 정체에 대한 의문점을 깡그리 지워 버렸다. 나는 칼사다데라피에드라 공립학교로 보내졌다. 그곳에서 많지는 않았지만 몇몇 친구를 사귈 수 있었다. 나는 친구들을 절대로 집으로 초대하지 않았고 친구들 집으로 초대받지도 못했다. 내게는 사람들의 접근을 막는 아우라가 있었던 모양이다. 나는 '이상한 놈'이었다. 다른 사람들이 본능적으로 알 수 있는 그 무엇, 다시 말해 가족이나 가정 따위가 내 뒤에는 없었던 것이다. 사실 나는 고아였다. 나는 정확한 시간에 나타났다 사라지는 집배원 같은 존재였다. 나는 한동안 아무런 문제도 일으키지 않았다. 하지만 중학교에서 문제가 발생했다. 내 커다란 코가 문제였다. 그런데 예리고라는 친구나 나타나 내 유년 시절의 모든 고독을 채워 주었다. "넌 코쟁이가 아냐. 네 코는 가늘고 길긴 하지만 그다지 큰 편은 아니야. 저따위 개망나니들 때문에 주눅 들 필요 없어."

코는 얼굴에서 전진 초소와 같다. 신체 부위 중에서 가장 앞선 것이며 다른 부위를 대표하는 것이다. 나는 마리아와의 관계에서 무언가가 변했다는 것을 내 코를 통해 알 수 있었다. 불행하게도 그녀는 빨랫감을 담아 둔 바구니에서 정액으로 뻣뻣해진 내 팬티를 발견했던 것이다. 내 치욕스러운 첫 번째 사정은 얼떨결에 이루어졌다. 나는 길모퉁이 노점에서 우연히 미국 잡지를 보았고, 부끄러움을 무릅쓰고 그 잡지를 손에 넣었으며, 흥분한 채 잡지를 뒤적거렸다. 나는 내가 병에 걸렸다고 생각했다.(하지만 바로 이어진 행동으로 놀라움은 쾌감으로 돌변했다.)
나는 더러워진 팬티를 어떻게 처리할지 몰라 셔츠나 양말 따위
를 담아 두는 바구니에 별생각 없이 던져 버렸다. 일주일에 한
번씩 찾아오는 세탁부가 속옷에 이런저런 오물이 묻었다고 해
서 크게 신경 쓰지는 않을 거라고 확신했던 것이다. 속옷이 왜
'속옷'이겠는가.

내가 깜박했던 사실은 마리아가 세탁물을 세탁부에게 넘겨
주기 전에 옷가지를 하나하나 자세하게 살펴본다는 점이었다.
그녀는 내게 아무 말도 하지 말아야 했다. 그녀는 태도가 돌변
했고, 나는 다른 어떤 것 때문이 아니라 내 더럽혀진 팬티 때문
에 그녀가 변했다는 사실을 즉시 알 수 있었다. 나는 생각해 보
았다. 보통 엄마들 같으면 그 일에 대해 입도 뻥긋하지 않고 다
정스레 자식에게 다가가 "우리 아들이 벌써 어른이 다 되었네."
와 같은 실없는 소리를 들려주었을 것이다. 그런 엄마들은 절대
로 그 일을 구체적으로 언급하거나, 특히 벌을 줄 목적으로 그
얘기를 꺼내지는 않을 것이다. 그래서 나는 마리아가 내 친엄마
가 아니라는 사실을 알 수 있었다.

"돼지 새끼. 추잡스러운 새끼." 그녀는 험악한 표정으로 씹어
뱉었다. "내 얼굴에 똥칠을 하다니."

바로 그 순간부터 나를 담당한 간수는(나는 그녀를 다른 식으
로 생각할 수 없었다.) 끊임없이 나를 괴롭혔다. 그녀는 나를 따
돌리며 궁지로 몰아넣었고, 결국 나는 그녀의 빗발치는 욕지거
리에 철저하게 무반응으로 대응했다.

"나중에 뭐가 되려고 그러니?"

"공부는 해서 뭐해?"

"무슨 목적으로 사는데?"

"쓸모없는 녀석 같으니."

"내가 널 평생 먹여 살릴 것 같아?"

"이 책들이 다 무슨 소용이야?"

나는 신경병이 도지고 말았다. 그 병은 사실상 탈출구도 없이 나를 포위한 현실 앞에서 내 신체적인 방어 능력이 무너져 내린 것을 의미했다. 나 자신, 내 목적, 내 성기능, 내 뿌리를 둘러싼 수수께끼들이 거대한 성벽을 형성했던 것이다. 내 아버지와 어머니는 누구인가, 무슨 목적으로 이 많은 책들을 읽었단 말인가.(나는 헌책방 주인들이 보여 주는 책을 꾸준히 사들였고, 그들과 일시적으로 사귀기도 했으며, 나중에는 필로파테르 신부의 추천으로 더 많은 책을 읽어 댔다.)

의사는 사춘기에 나타나는 신경성 질환이라고 진단하며 보름 정도 간호사의 보살핌을 받으며 휴식을 취할 필요가 있다고 처방했다.

"나도 애를 돌볼 수 있어요."

마리아가 인상을 구기며 끼어들었지만 의사는 그 즉시 마리아의 말을 끊고 다음 날부터 간호사가 나를 간호하러 갈 것이라고 선언했다.

"좋아요." 마리아가 물러섰다. "만일 어르신께서 지불하신다면……"

"당신도 알다시피 어르신께서는 모든 것을 지불하십니다. 제때에 넉넉하게 지불하시죠." 의사가 무뚝뚝하게 말했다.

그렇게 젊은 간호사 엘비라 리오스가 내 인생에 등장했다. 까무잡잡한 피부에, 땅딸막한 키에, 깜찍한 아가씨. 그러나 그녀는 이내 마리아 에힙시아카 델 리오로부터 엄청난 미움을 받았다. 그 이유는 실로 어처구니없었다. 두 사람 모두 물결을 의미하는 성을 지녔지만, 마리아에게는 물결이 한줄기밖에 없었던 반면 간호사에게는 수많은 물줄기가 있었던 것이다.('리오'는 강을 의미하며, '리오스'는 리오의 복수이다.)

"저것 좀 보라지. 까무잡잡한 주제에 온통 흰색으로 차려입었네. 우유 컵에 빠진 파리 같잖아."

"어머나, 저 곱슬머리 좀 봐. 아주 풍성하군그래." 자그마한 간호사는 마리아의 말이 끝나기도 전에 되받아쳤다.

하지만 지금은 듣기 싫은 소리보다 듣기 좋은 소리를 위해 필로파테르 신부와 그의 가르침 얘기로 돌아가야겠다.

* * *

필로파테르 가라사대,

철학자 바루흐(브누아, 베네딕트, 베네딕투스) 스피노자(암스테르담 1632년~헤이그 1677년)는 벽 한 귀퉁이에서 침략적인 베일처럼 퍼져 나가는 거미줄을 자세히 관찰한다. 단 한 마리의 거미가 거미줄 전체를 다스리며, 만일 스피노자의 기억이 틀리지 않았다면, 그 거미줄은 얼마 전까지만 해도 존재하지 않았던 것으로, 소리 소문 없이 생겨나 이제는 텅 빈 수도사의 방에서 가장 중요한 존재로 부상한다. 그 방은 스피노자와 같이 하늘에서 내려 준 소명이 없는 사람에게는 너무 황량해 보인다.

그 방에 있는 것이라고는 엉성한 침대 하나, 종이와 펜과 잉크가 놓인 책상 하나, 세면기 하나, 의자 하나가 전부다. 거울은 없다.(돈이 부족하다거나 허영심이 없어서가 아니다. 혹은 그 두 가지 이유로 거울이 없을 수도 있다.) 책들은 방바닥에 흩어져 있다. 창문 하나가 돌이 깔린 안마당 쪽으로 나 있다. 그리고 인내심이 강하고 느긋하며 끈기 있는 벌레가 지배하는 거미줄. 벌레는 천체와 같은 고독 속에서 아무런 도움 없이 자신의 우주를 창조하고, 철학자는 그 고독을 깨기로 결심한다.

길거리에서(네덜란드에는 거리가 아주 많다.) 방에 있는 거미와 똑같이 생긴 거미를 한 마리 데려온다. 생김새는 똑같지만 적이다. 스피노자로서는 어려울 것이 없다. 길거리 거미를 방 안에 있던 거미줄에 살짝 내려놓기만 하면 방 안의 거미가 전쟁을 선언한다. 길거리 거미 또한 자신이 평화주의자가 아님을 밝히고, 그래서 두 거미 사이에 전쟁이 시작되고, 철학자는 넋을 놓고 그 싸움을 지켜본다. 삶의 공간을 확보하고 계속 살아남기 위한 그 전쟁에서 둘 중 어떤 거미가 승리할지 철학자는 확실히 알지 못한다. 거미의 생명은 누에가 공기 중에서 뽑아내는 생사처럼 너무나 약하지만 그 잠재적인 인내만큼 길기도 하다. 그러나 똑같은 거미가 그 영역에 등장하면 새로 온 녀석은 원래 있던 놈의 불구대천의 원수로 변해 싸움이 벌어지며 한쪽의 승리로 대미를 장식한다. 그러나 누구의 관심도 끌 수 없는 그 전쟁은 끝난 후에도 아무도 승리에 관심을 두지 않는다.

그러나 여기, 상상력이 부족하지 않은(누가 이런 말을 할 것인가?) 철학자는 싸움에 싸움을 추가하기 위해 파리 한 마리를 거미줄로 집어 던진다. 그 즉시 거미 두 마리는 서로 싸움을 멈추고 파리가 꼼짝없이 붙잡혀 있는 곳을 향해 차분하지만 위협적인 발걸음을 옮기기 시작한다. 어딘지 모르는 곳에서부터 날개를 잡혀 온 파리는 연두색(베를린 거리에 있는 집의 벽처럼 연두색이다.) 눈에 불을 켠다. 마치 이 세상에 있는 모든 파리들에게 구조를 요청하며 이 가혹한 종말로부터 구해 달라고 외치는 듯하다. 거미 두 마리가 그 파리를 잡아먹을 것이다. 거미 두 마리는 일상 행위로 침입자 파리를 잡아먹어 허기를 채우고 나면 다시 서로를 잡아먹기 위해 싸움을 벌일 것이다. 이것이 죽음이다. 잘못된 만남. 이것이 거미다. 정원사에게 이로운 식충류인 것이다.

스피노자는 깔깔대고 웃으며 밥벌이 작업으로 돌아간다. 그는 크리스털을 연마한다. 안경과, 얼마 전에 네덜란드인 자하리아 얀센이 발명한 그 신기한 현미경에 사용되는 유리를 세공한다. 자하리아 얀센은 수렴 렌즈 두 개를 연결하는 기발한 아이디어를 생각해 냈다. 하나는 관찰 대상의 실제 이미지를 포착하기 위한 것이고 다른 하나는 그 이미지를 확대하기 위한 것이다. 그 덕분에 우리는 사물을 근접해서 볼 수 있었지만, 그와 동시에 일그러지고 확대되거나 혹은 그저 상상력에 의해 변형된 사물의 이미지를 보게 되었다. 철학자는 생각한다. 오감에 근접한, 손으로 붙잡을 수 있는 세계가 있는 반면, 실제와 허구를 구별할 수 있어야만 존재하는 상상의 세계, 환상의 모든 권리를 갖춘 그런 상상의 세계가 존재한다. 그렇다면 신이란 과연 무엇인가?

스피노자는 자신이 사는 시대에 대해 잘 알고 있다. 그는 우리엘 데 아스테가 1647년에 교회 당국에 의해 처벌받았다는 사실을 알고 있다. 그의 죄? 그는 영혼의 불멸성과 세상의 계시를 부인했다. 모든 것이 자연이기 때문에 자연이 제공하지 않는 것은 교황도 루터도 소유할 수 없다고 했다. 스피노자는 후안 데 프라도가 1656년에 파문당했다는 것을 알고 있다. 그의 죄? 그는 영혼이 육체 안에서 죽는다고, 신은 철학적으로만 존재할 뿐이라고, 신앙은 지상에서의 충만한 삶을 방해하는 족쇄라고 주장했다.

스피노자는 이베리아 반도의 통일이라는 정치적 광기 때문에 추방된 포르투갈 유대인의 후손이다. 그는 출생이나 종교로 보면 이스라엘 사람이다. 그는 자신의 이단적인 철학을 회개하지 않았다는 이유로 유대인 회당에서 쫓겨났다. 유대인 랍비들의 판단은 옳았다. 스피노자의 철학은 박사들의 독단론을 부정했고 정통파에게는 가장 위협적인 새로운 길을 개척했다. 그것은 바로 교리에 얽매이지 않는 자유로운 사고였다.

스피노자는 쫓겨난 것이 아니다. 스피노자는 스스로 추방당하기를 원했기 때문에 추방당했다. 랍비들은 그에게 회개할 것을 요구했다. 철학자는 거부했다. 랍비들은 그를 붙잡아 두고 싶었다. 랍비들은 스피노자에게 연금으로 천 플로린을 제시했지만, 스피노자는 자신은 타락한 인간도 위선자도 아니라고, 자신은 진리를 추구하는 사람이라고 대답했다. 스피노자는 이스라엘이 자신을 위험스러울 정도로 유혹한다고, 자신이 그 유혹에 넘어갈지도 모른다고 생각하고 유대인 회당에 등을 돌렸다. 그러자 위대한 랍비는 스피노자를 향해 '나두이', '셰렘', '샤마타'라고 선언했다. 우리로부터 분리하고, 추방하고, 뿌리 뽑겠노라.

철학자는 독립을 원했기 때문에 유럽의 신흥 프로테스탄트 부르주아의 합리적인 자유주의라는 유혹에도 넘어가지 않았다. 이스라엘에 반항한 스피노자는 칼뱅, 루터, 오렌지 가문, 프로테스탄트 공작들에게도 반항했다. 스피노자는 친구들에게 부탁했다. 좌우지간 내 생각을 비밀로 해 주기 바란다. 하지만 어느 날 밤, 한 광신도가 녹이 잔뜩 슨 단검으로 스피노자를 암살하려고 달려들었다. 철학자는 칼날에 찢어진 망토를 방 한구석으로 던졌다.

"모두가 날 좋아하지는 않는 모양이로군."

스피노자는 직장도, 성당 참사원 자리도, 교수 자리도 받아들이지 않았다. 그는 가구가 비치된 방에서 소박하게 친구도 없이 살았다. 그는 어떤 타협도 하지 않았다. 그의 사상은 무소유의 삶에 기반을 둔 것이었다. 그는 벌이가 시원치 않은 고독하고 힘든 노동으로 생존해 나갔다. 생각은 자유로워야 한다. 그렇지 않으면, 모든 억압이 달려들 것이고, 모든 행위는 죄가 될 것이다.

스피노자는 홀로 외로이 살면서, 크리스털을 갈면서 긴장감 넘치는 드라마를 연출했다. 거미를 죽이는 거미, 파리를 잡아먹기 위해 힘을 합하는 거미들, 작은 물고기를 잡아먹는 큰 물고기, 그 두 마리 물고기를 동시에 잡아먹는 악어, 악어를 죽이는 사냥꾼, 철모를 장식하기 위한 악어가죽을 얻기 위해 생사를 걸고 싸움을 벌이는 사냥꾼들, 수많은 전쟁터에서 무수히 죽어 가는 사람들, 여성들과 어린아이들과 노인네들을 상대로 한 범죄의 확산, 유대인과 이슬람교도와 기독교인과 반역자와 자유주의자를 상대로 한 범죄. 자유주의자들은 결국 이단이다. 나는 선택하노니, 이단 사상과 자유와…….

이것이 과연 무엇이란 말인가? 결국 광학 효과가 아니란 말인가? 바루흐(브누아, 베네딕트, 베네딕투스)는 크리스털 위로 몸을 기울이며 생각한다. 그는 알고 있다. 금욕주의에, 겸손함에, 가난에, 정조에 몸을 맡기는 자는 그와 같은 철학자뿐이라는 것을.

하지만, 이것이 모든 죄 중에서 가장 악랄한 죄가 아니란 말인가? 그토록 겸손했던 루시퍼의 반항이 가장 중한 죄가 아니란 말인가? 바로 하느님을 능가하고 싶어 했던 그 죄 말이다.

바루흐 스피노자는 어깨를 으쓱한다. 거미가 파리를 삼킨다. 죽음은 잘못된 만남일 뿐이다.

필로파테르 신부는 그렇게 말했다.

* * *

페드레갈의 저택에서 가족 간에 꼴사나운 장면을 연출하고 얼마 지나지 않아 에롤은 집을 나와 버렸다. 에롤이 그와 동시에 예비 학교 1학년 과정에서 학교도 자퇴해 버렸기 때문에 우리는 그가 집을 나왔다는 사실을 알 수 있었다. 우리는 에롤의 집으로 찾아가 보기로 결정했다. 우리의 운명(예리고와 나의 보잘것없는 운명)과는 판이하게 다른 운명을 살아가는 그 녀석에 대해 궁금증이 치밀어 오르기도 했지만 그만큼 걱정되기도 했다.

그날 오후, 페드레갈의 집은 음침해 보였다. 마치 엄격해 보이는 집의 윤곽선 위에 내가 앞서 묘사한 집 내부의 복잡함이 더해진 것 같았다. 양지와 음지의 확연한 차이, 이것이 결국 모든 장면을 요약해 보여 주었다. 빛은 어스름에 밀려나 있었고, 집은 외면의 완강한 저항에도 불구하고 내면의 음산한 분위기가 외면까지 오염시켜 놓은 것 같았다.

우리는 입구의 문이 열릴 때까지 기다릴 필요도 없었다. 문이 열리면서 강인한 인상의 젊은 여자와 우리가 파티에서 본 적이 있는 비쩍 마르고 안색이 검붉은 하인이 밖으로 나왔다. 두 사람 모두 가방을 들었고, 여자는 도자기로 만든 과달루페 성모상을 가슴에 꼭 껴안고 있었다. 그들만이 아니었다. 그 여자 뒤로 에롤의 어머니인 에스트레야 부인이 앞치마에 손을 닦으며 나타났다. 부인은 그때까지 우리에게 보여 준 적 없었던 강렬한 눈빛으로 하인들을 바라보며 폭포처럼 쏟아지는 남편 나사리오 씨의 욕지거리를 묵묵히 듣고 있었다. 나사리오 씨는 가벼운 셔츠와 반바지에 가죽 테니스화 차림이었다.

그것은 마치 되새김질하는 증오와 욕설의 폭포 같았다. 아버지의 목소리에서는 오물과 배설물로 더럽혀진 구정물이 흘러나와 어머니의 목소리로 스며들었고 다시 그 순간 가장 화가 많이 나 있을 두 하인의 이상한 침묵 속으로 고여 들었다. 에스트레야 부인은 하인들을 쫓아내며 쓸데없이 욕을 퍼부었다. 뻔뻔한 것들 같으니, 내 믿음을 남용하다니, 꺼져라, 네놈들은 필요 없어, 나는 너희보다 청소도 더 잘하고 음식도 더 잘 만들어, 쓸데없는 놈들 같으니, 게으른 놈들, 산으로 돌아가. 에스트레야 부인은 하인들을 향해 분통을 터뜨리느라 우리가 나타난 것을 알아채지 못했다. 그러다 눈에 보이지 않는 구경꾼이었던 예리고와 나를 돌아보았고, 다시 남편인 나사리오 씨를 쳐다보았다. 그 순간 나사리오 씨는 조깅복 차림으로 멀리 떨어져 있었지만 전지전능한 주피터로 보였다. 그는 부인의 몸을 밀어내고 하인들의 몸을 짓밟았다. 하인들은 끈덕지게 입을 다물었다. 시선은 돌처럼 굳어 있었고, 몸은 움직이지 않았다. 그것은 소극적인 저항이었으며 속에 쌓인 분노의 표현이었다. 하루하루 쌓여 온 분노가 에스파르사 부부가 상상도 못 한 방식으로 어느 순간 터져 나올 것만 같았다. 그러나 오랫동안 하인들은 주인에게 복종하고 굴복했기 때문에, 에스파르사 부부는 하인들이 어떻게 나올지 예상했을 것이다. 한바탕 소동으로 감정을 발산하고 나면 모든 것이 정상으로 돌아갈 것이었다.

에스트레야 부인은 쫓겨난 하인들을 밀어냈다. 나사리오 씨는 에스트레야 부인에게 욕을 퍼부었다. 하인들은 가방을 들고 떠나는 대신 묵묵히 남아 있었다. 여자는 성모상을 치켜들었다. 마치 쏟아지는 욕지거리를 들어 마땅하다는 듯이, 혹은 남자 주인이 여자 주인에게 퍼붓는 욕을 즐기기라도 하듯 웃지도 않고 가만히 있었다. 나사리오 씨는 연속해서 욕을 퍼부었다. 마치 영원무궁토록 욕을 할 운명인 사람 같았다.

"중국 꽃병은 어디다 둔 거야?"

"병신 같은 것들이 지랄하고 자빠졌네. 그런 년을 용서하다니……."

"그걸 깨 먹었다고 인정하란 말이야!"

"노인네가 아니라……."

"카나리아는?"

"넌 어려서부터 바보였어……."

"무슨 이유로 밤새 죽었느냔 말이야?"

"잘났어, 정말……."

"왜 죽은 놈을 새장에 그냥 두었느냔 말이야?"

"그래, 너 잘났다."

"무슨 이유로 새장 문을 열어 놓은 거야?"

"대체 왜 그러는 건데?"

"내가 미치는 꼴을 보겠다는 거야?"

"뭐가 그리 무섭다고 그래?"

"거기 그렇게 멍청히 서 있지 말란 말이야."

"혼자 살겠다는 거야, 나랑 같이 살겠다는 거야?"

"어서 움직이라고 했잖아."

"너무 그러지 마. 돌아오라고 해. 넌 정말……."

에스트레야 부인은 입을 쩍 벌리고, 눈을 꼭 감고, 남편을 향해 돌아섰다. 그녀는 옆으로 비켜섰다. 나사리오 씨가 등을 돌렸다. 하인들은 다시 집 안으로 들어갔다. 이런 일에 이미 이골이 난 사람들 같았다. 하인들은 남자 주인이 여자 주인에게 퍼부은 욕지거리로 무장했다. 그들은 그 욕지거리를 무슨 트로피처럼 방 안에 걸어 둘 것이다. 하인들만이 사용하는 습하고 어두운 방, 그 방 한쪽 벽에는 성모마리아 초상이 압정으로 붙어 있을 것이고, 저주를 퍼붓기 위한 에스파르사 가족의 사진도 붙어 있을 것이다.

이게 얼마 만이야! 이게 얼마 만이야! 다음 날 우리가 에롤의 비좁은 아파트를 찾아갔을 때 그는 그렇게 외칠 것이다. 테란 장군 거리, 혁명 기념물 그림자에 가린 방 두 개짜리 아파트. 안색이 검붉은 하인은 친구의 새로운 주소지를 우리에게 알려 주었다. 그는 우리에게 비밀을 지켜 달라고 요구했다. 에롤 도련님의 부모님은 아드님이 어디에 사시는지 모르시거든요.

"언제 집을 나갔는데요?"

"열흘 전에요."

"어떻게 나갔죠?"

"악마가 꾀어냈나 봐요."

"왜 집을 나갔죠?"

"그건 도련님께 직접 물어보세요, 제발……."

우리는 에롤이 집을 나왔다는 사실에 그다지 놀라지 않았다. 다만 그 이유를 알고 싶을 뿐이었다. 거대한 최신식 주유소의 그늘에 가려진 작은 아파트는 가구도 없이 썰렁하기만 했다. 방바닥에 굴러다니는 방석 하나, 책상 하나, 의자 두 개, 문이 빠끔히 열린 화장실 하나, 그리고 우리 친구 에롤. 우리는 그 친구를 때로는 부러워했고 때로는 불쌍히 여겼다. 우리가 이전에 보았던 기타. 새로 구입한 드럼 세트. 구석에 놓인 색소폰.

분노가 그를 몰아냈던가? 에롤은 장발을 늘어뜨리고, 눈을 가늘게 뜨고, 팔짱을 끼고, 방바닥에 앉아 연설을 하듯 우리에게 물었다. 아니지, 두려움이 그를 몰아붙였지. 부모에 대한 분노라기보다는 두려움이라고 해야 더 정확할 거야. 가족과 함께 있다가 그 부모와 같은 꼬락서니로 변하지 않을까 하는 두려움. 그 원시인 같고, 유령 같고, 욕심쟁이인 인간들. 발걸음마다 죽음의 냄새를 남기는 그 불구대천의 도깨비들. 에스트레야는 평생 동안 결혼식에 가는 사람의 얼굴을 하고 다니며 행복한 결말을 포기하지 않아. 모든 정황으로 볼 때 그 정반대인데 말이지. 근거 없는 그녀의 행복. 순전히 습관적인 그녀의 흐느낌. 침실 바깥 복도에서 그녀를 기다리는 환상 속의 관. 맞아. 내 어머니가 무슨 일을 할 수 있겠어? 봉사를 불신하는 것? 이게 그녀의 유일하게 긍정적인 면일까? 내 죽음을 연장시키기 위해 다른 사람들, 그저 막연한 '다른' 사람들의 죽음을 상상하며 눈물짓는 것?

"하지만, 엄마, 난 여기 있단 말이야."

그는 기타를 마구 두드렸다.

"아버지가 어머니에게 화를 터뜨릴 때면 어머니는 화장실로 도망가 노래를 불러."

그녀가 유일하게 매달리는 것은, 삶에서 유일하게 확실한 죽음이야. 그리고 성모마리아. 그녀는 신앙이 그녀를 미움받는 하녀에게 가까이 이끈다는 사실을 인정하지 않아. 같은 신앙을 믿으면서 자신보다 사회적으로 뒤떨어진 신앙인을 무시한다면 어떻게 그런 사람이 기독교인이 될 수 있단 말이야? 함께 나눈 신앙과 사회적으로 분리된 신분이라는 두 극단을 어떻게 화해시킬 수 있단 말이야? 누가 더 기독교인다운 사람이지? 과연 누가 낙타의 눈을 통해 천국으로 들어갈 수 있을까? 과연 누가 꽉 잠긴 좁은 문을 통해 천국으로 들어갈 수 있을까?

예리고와 나는 눈길을 주고받았다. 우리는 에롤의 심정을 이해할 수 있었다. 에롤은 마음속 격정을 달래기 위해 떠들어 댈 필요가 있었고, 그래서 우리가 필요했다. 그의 마음속 격정은 부모와의 관계를 폭로했고, 결국 에롤과 에롤의 관계를 드러내는 것이었다. 어린 에롤과 어른이 된 에롤, 보호받는 에롤과 버림받은 에롤, 그가 되고 싶어 하는 예술가 에롤과 반항아 에롤. 하지만 에롤은 반항아일 뿐이었다. 결코 예술가가 될 수 없는 반항아. 왜냐하면 개인적인 반란은 예술적 상상력이 보내는 신호가 아니기 때문이다. 에롤은 즉시 아버지 얘기로 돌아갔다.

돈이 가득 든 전대를 강도에게 빼앗기지 않기 위해 허리춤에 차고 해외여행을 다니는 사람을 어떻게 생각해야 할까? 맛이 밍밍한 프랑스 음식에 맛을 내기 위해 고추를 가득 채운 특이한 가방을 들고 여행하는 사람을 어떻게 생각해야 할까?

에롤은 잠시 입을 다물었다. 우리에게 말을 시키지도 않았다. 그의 비난은 아직 끝나지 않은 것 같았다.

"내 아버지가 어떻게 성공했는지 내가 얘기해 준 적이 있는데, 아직 기억하지? 그가 행동하는 인간, 충실한 남편, 성실한 가장이었을까? 처음에는 가난한 동네의 목수였어. 가구를 만드는 사람. 여러 군데 호텔에 의자와 침대와 테이블을 납품하는 상인. 가구 공장들, 호텔들, 극장들. 기억나지? 현대의 성 요셉. 하지만 그의 동정녀 마리아는 그에게 구세주가 아니라 밀고자를 낳아 주었지. 그때 얘기하지 않고 빼먹은 게 있어. 내 아버지라는 양반을 이루는 연쇄 고리 중에서 하나를 빼먹었단 말이지. 주머니 속에서 권위 있게 열쇠를 철거덕거리는 열쇠공처럼 말이지. 가구 공장에서 호텔로 넘어가기 전에 사창굴이 있었지. 내 운명의 첫 번째 고리는 사창굴이야. 내 아버지가 사창굴에서 방석을 팔고, 사창굴에서 침대를 사용했으니, 하인들을 멸시하고 자식을 무시하는 한 부부의 가톨릭적이고 부르주아적이고 존경할 만한 운명은 바로 그 사창굴을 기반으로 이루어진 거지. 사창굴에서 말이야."

우리가 무슨 말을 할 수 있었겠는가? 에롤은 아무것도 기대하지 않았다. 그의 고백은 우리에게 아무런 영향도 주지 못했다. 그건 에롤의 문제였던 것이다. 확실히 에롤로서는 상처를 헤집어 보인 것이었지만, 우리는 그런 일에 관심을 가질 수 없었다. 가족들의 지형도나 소위 말하는 개인들의 '과실'에 대해 예리고와 내가 공유한 가치관은 그런 일과는 상관없는 것이었다. 예리고와 나는 그런 일에 대해서는 어느 정도 알고 있었다. 예리고와 나는 우리가 공유한 독서 경험을 통해 이미 철학적이고 윤리적인 도약을 이룬 상태였고, 그것은 우리가 필로파테르 신부와 스승과 제자로서 우정을 맺었다는 사실을 의미했다. 에롤의 가정사는 우리에게는 일종의 교훈이었지만, 그에게는 부모와 자식 사이, 상승과 하강 사이에서 벌어지는 유전적인 승부에 있어서 승리와 패배를 인정하는 과정이었다. 내 가족이 아닌 여자들에 대해, 나의 네메시스인 마리아 에힙시아카와 내 간호사인 엘비라 리오스라는 두 여자 외에 누구에 대해 내가 말할 수 있단 말인가? 예리고는 또 어떤가? 이제는 완전히 잊어버린 예전 가족에 대해 침묵을 지켜 온 예리고는 누구에 대해 말할 수 있단 말인가? 그와 나, 예리고와 여호수아가 자신들 외에 누구에 대해 말할 수 있단 말인가? 우리의 인생에서는 친구 관계와 똑같은 가족 관계에 대해 우리가 무슨 말을 할 수 있단 말인가? 이러한 확연한 고독은 우리의 확실한 연대 의식의 조건이었다. 에롤과 그 가족의 시시껄렁한 사건은 마치 우리들 삶의 방향을 인도하는 확실한 이정표처럼 예리고와 나의 우정을 더욱더 군건하게 만들어 주었다. 비록 피를 나눈 형제는 아니었지만 우리는 지성을 함께 나눈 형제였고, 서로의 기질을 알았고 신속하게 가까워지는 것을 느꼈다.(적어도 나는 그랬다.) 하지만 우리의 나머지 삶 동안 어떻게 될지는 아무도 확신할 수 없었다. 바로 지금처럼 떼려야 뗄 수 없는 친구로 영원히 남을 수 있을까? 정오에 열두 번 울려 퍼지는 종소리는 우리에게 무엇을 남겨 줄 것인가? 저녁 예배의 웅얼거리는 기도 소리는 우리에게 무엇을 남겨 줄 것인가?

필로파테르 신부가 우리를 카스토르와 폴룩스로 지칭한 것은 어쩌면 부당한 처사였다. 우리는 친구 에롤 에스파르사의 진정한 고아 상태와는 처지가 달랐다. 에롤은 자발적으로 부모 곁을 떠났던 것이다. 그는 우리보다 훨씬 더 능력과 고독의 영원한 투쟁에 붙잡혀 있었다.

　잠시 후 화장실에서 젖은 머리에 발가벗은 젊은이가 나와 우리에게 인사를 건넨 후 드럼 앞에 앉자, 에롤은 기타를 집어 들었고, 두 사람은 「라스 골론드리나스(제비들)」를 록 버전으로 연주하기 시작했다.

　음악에 조예가 깊은 사람은 쉽게 알아들을 수 있었다.

* * *

　나는 그녀가 우리를 감시하리라는 것을 이미 알았다. 엘비라 리오스는 그녀가 베를린 거리의 집으로 발을 들여놓기 전부터 마리아 에힙시아카에게 위협적인 존재였다. 내 여간수의 머릿속으로, 앞에서도 밝혔듯 어떤 혈연관계인지 도무지 알 수 없는 그녀와 나, 달랑 두 사람만 사는 그 엄청나게 큰 집으로 엘비라 리오스가 들어왔다. 그건 마치 다른 짐승이라곤 없이, 원수진 짐승들 두 마리가 다 차지하던 거대한 밀림 속으로 어느 날 제삼의 짐승이 들어와 기존에 있던 짐승 두 마리를, 적어도 서로 좋아하지 않는 그들을 방해하는 것과 마찬가지였다. 내 감시자와 나 사이에 증오가 있었던가? 그랬을 것이다. 우리 사이에서는 애정이나 호감을 전혀 찾아볼 수 없었고, 그래서 우리는 항상 다투었고, 우리의 관계는 적대적이었다. 한 사람이 무슨 짓을 하는 순간 상대방이 그걸 알아차리고 즉각 그에 반하는 행동을 하기 일쑤였다. 내가 투덜대거나 늦잠을 자기라도 하면 마리아 에힙시아카는 곧바로 달려와 물었다. 무슨 일이니? 왜 그러는 건데? 내가 어떻게 해 줄까? 그와 반대로 내가 동이 트기도 전에 일어나기라고 하면 그녀는 즉시 독이 묻은 칼을 휘두르기 시작했다. 오늘 무슨 일이 기다리는지 모른단 말이지. 이제야 숙제가 생각났단 말이야? 왜 어제 하지 않았는데? 이제 더 많은 숙제를 받아 오겠구나. 시간도 부족하고 능력도 부족하니, 대체 뭐가 되려고 그런 식으로 나가는 거야? 그러다간 영영 '라테(낙오자)'가 되고 말 거다……. 마리아 에힙시아카가 프랑스어로 그렇게 말할 때마다 나는 내 여간수가 대체 어떤 교육을 받았는지 궁금해하지 않을 수 없었다. 나는 그녀가 책 읽는 모습을, 심지어 신문 읽는 모습조차 본 적이 없었다. 그녀는 영화도 보지 않았고 연극도 보지 않았다. 비록 밤낮없이 라디오를 틀어 놓고, 하루 온종일 엑스이더블유 방송국의 「멕시코에서 들려주는 라틴아메리카 소리」라는 프로그램에 매달려 있기는 했지만 말이다. 그 가엾은 여자도 배운 게 있기는 있는 모양이었다. 어느 날 간호사 엘비라 리오스가 환한 빛처럼 나타났을 때 마리아 에힙시아카가 이렇게 토를 달았던 것이다.

"경박하기는. 그건 볼레로 가수 이름이잖아."

"당신 이름은 '델 리오'고 그녀 이름은 '리오스'라서 그러는 거 아냐? 그래서 못마땅한 거지?"

"물이 많든 적든, 누가 먼저 물에 빠져 죽는지 두고 보라지."

간호사가 등장하기 전까지는 그래도 어느 정도 숨을 쉴 수 있었다. 적어도 밖으로 나가는 문과 학교로 향하는 문은 열려 있었으니까. 하지만 지금 의사의 지시와 함께 등장할 간호사의 존재로 압박감을 느낀 내 '계모'의 광기는 잔인함까지 띠었다. 그녀는 수단과 방법을 가리지 않고 내가 스스로를 쓸모없는 인간으로 느끼게 만들었다. 그녀는 온 집안이 떠들썩하도록 호들갑을 떨며 음식을 만들었고, 북을 울리듯 큰 소리로 쟁반을 덜컹거리며 내 방으로 올라왔고, 열대지방의 태풍과 같은 한숨을 토해 냈고, 심장병 환자처럼 신음 소리와 함께 음식을 내 방문 앞에 내려놓았고, 다시 그 음식을 들고 노크도 없이 내 방으로 들어왔다. 내가 팬티를 더럽혔을 때 내 더러운 인간성에 대해 욕을 퍼부은 이후로, 내가 혼자서 또 무슨 더러운 짓을 저지르는지 불시에 알아보려는 듯 그렇게 굴었다. 그녀는 음식 쟁반을 내 무릎으로 내던지지는 않았다. 그건 단지 음식을 치우고 청소하는 일이 그녀의 몫이었기 때문이다. 그녀는 내게 그런 일을 시키지는 않았다. 내게 그런 일을 시킨다는 것은 그녀 자신의 희생적인 역할을 포기하는 것이었으니까. 한편 그 집은 일주일에 한 번 오는 솜씨 좋은 파출부가 입장할 때까지 일주일 내내 구석구석 먼지와 쓰레기가 쌓였다. 파출부는 커튼을 걷고, 창문을 열어 신선한 공기와 햇살이 들어오게 만들었으며, 빨래를 하고, 다림질을 하고, 앞으로 일주일 동안 먹을 식료품을 채워 넣은 뒤, 올 때와 마찬가지로 말 한마디 없이 돌아갔다. 마리아 에힙시아카라는 집주인이 버젓이 버티고 있었지만 그 파출부의 일은 집주인과 전혀 상관이 없는 듯이 보였다. 딱 한 번 파출부가 내 여간수에게 이렇게 말한 적이 있었다.

"아이를 간호하기 위해 간호사가 온다고 하던데요. 원하신다면 꽃을 좀 가져다주고 싶은데요."

"그럴 필요 없어요." 마리아 에힙시아카가 냉정하게 잘라 말했다. "아무도 죽지 않았어요."

"이 무덤과 같은 집구석을 조금 밝게 해 주려는 것뿐이에요." 파출부는 그런 식으로 비꼬며 가 버렸다.

생존해 있는 여러분에게 솔직히 고백하는바, 나는 환자의 침상으로 기어드는 순간 매우 기분이 좋았다. 내게는 좋은 기회였다. 나는 그 기회를 이용해 첫째, 독서라는 '벌을 받지 않아도 되는 죄악'에 매달리기로 했고, 둘째, 나를 돌보는 일에 마리아 에힙시아카를 붙잡아 두기로 했다. 그녀는 마지못해 응하고, 성질을 부려 가며, 쓸데없는 잔소리를 늘어놓겠지만, 뭐니 뭐니 해도 그건 그녀의 의무였다. 그러나 그건 한 어머니가 자식에게 마땅히 품어야 하는 애정이나 의무와는 전혀 상관없는 것이었다. 그건 다만 그 '어르신', 의사가 냉정한 태도로, 무뚝뚝한 어투로 언급했던 그 신비스러운 후원자에게 잘 보이기 위해 하는 짓거리였다.

　　솔직히 말해, 그때 처음 들은 그 '어르신'과 관련된 이야기에 내 심정은 복잡해졌다. 마리아 에힙시아카가 내 물적 존재나 육체적 안락함의 근원이 아니라는 사실을, 그녀는 다만 이 집에서 단 한 번도 언급된 적이 없는 어떤 사람의 지시에 따르는 것일 뿐이라는 사실을 나는 알게 되었다. 의사는 정말로 경솔한 사람이라서 그런 말을 무심결에 털어놓았던 것일까? 그게 아니면 그 마음씨 착한 의사가 의도적으로, 마리아 에힙시아카를 일깨워 주기 위해, 그녀 역시 집주인이 아니라 일주일에 한 번씩 오는 그 파출부와 마찬가지로 고용인에 불과하다는 사실을 일깨워 주기 위해 은근슬쩍 그런 말을 흘렸던 것일까? 나는 의사의 발언이 내 여간수의 태도에 어떤 영향을 미쳤는지 가늠해 보고 싶었다. 그녀는 내가 앞에서 언급한 그녀의 태도를 조금치라도 바꾸지 않기 위해 조심했다. 내가 병에 걸려 휴식을 취해야 한다면 그녀는 나를 재우고, 먹이고, 입히고, 학교에 보내는, 본질적으로 아무것도 변함이 없는, 주부의 역할을, 흠잡을 데 없는 태도를 더욱더 열심히 지켜 나가야 할 것이다.

그러나 그와 동시에, "모든 것을 지불하고, 후하게 지불하고, 시간에 맞춰 지불하는" 어르신의 지시에 따라 나를 간호하도록 간호사를 보내겠다고 의사가 말했기 때문에, 마리아 에힙시아카는 새로운 희생자를, 자신의 기분에 따라 좌지우지할 수 있는 아주 연약한 희생자를 손아귀에 넣고 마음대로 의심하고 괴롭힐 수 있었다. 간호사와 나. 나와 간호사. 여러 요소들의 위계질서. 마리아 에힙시아카가 예견한 우리들 사이의 관계는 집안을 장악한 자신의 권력과 나를 돌보는 일에 있어서 간호사를 배제하는 관계였다. 어떻게 자신의 권력을 재확인하고 나를 돌보는 일에서 간호사를 배제할 수 있단 말인가? 우리의 영혼을 관통하는 의문점들은, 때때로, 오늘 태평양 해안가에서 죽은 채 밤을 지새우는 내 두개골에서 밖으로 흘러나오는 뇌수처럼 우리들 눈에 보이지 않기도 한다.

내 죽음이 훼방을 놓지 않았기 때문에 엘비라는 십사 년 전에 내 삶을 새롭게 만들어 줄 수 있었다. 중학생 시절 내 청소년기의 평범한 삶은, 조숙하지만 빈약한 내 상상력에 비추어 보았을 때, 영원히 그런 식으로 반복될 것을 약속했다. 육체적으로 커다란 변화가 일어나는 순간에 정신이 집요하게도 어린 시절을 연장시키고 싶어 한다는 점은 이상하지 않을 수 없다. 청소년기는 영원할 것이라는 믿음, 그 믿음은 어린 시절의 묵시적인 확신(혹은 관습)의 거울에 지나지 않는다. 비록 그렇지 않을 것임을 알아도 나는 영원히 계집아이로, 사내아이로 남아 있을 거야. 하지만 나는 어린아이, 다시 말해 생존자의 정신을 지닌 청년이 될 것이다. 진정으로 다른 사람들에게 의존하는 어린 시절 외에 우리는 과연 어떤 연령대에 속할 수 있단 말인가? 어린 시절에는 모든 것이 길게 느껴진다. 방학은 황홀하게도 영원히 이어질 것처럼 보인다. 수업 시간도 마찬가지다. 비록 학교에, 특히 가족에게 붙잡혀 있기는 해도, 우리를 얽어매는 어떤 시기보다 우리는 그 시기에 보다 많은 자유를 누릴 수 있다. 내가 보기에 그 이유는 아마도 어린 시절의 자유는 모든 것이 가능한 상상력과 유사하기 때문일 것이다. 가족 이외의 무언가가 될 수 있는 자유, 학교 이외의 무언가가 될 수 있는 자유는, 가장 높은 곳으로 날아올라 우리를 생존하게 하기 위해, 직업적인 삶의 리듬에 우리를 맞추기 위해, 전반적인 합의에 의해 전통적으로 전해 내려오고 우리가 받아들인 규범에 우리를 끼워 맞추기 위해 우리가 순응해야 하는 모든 연령층에서 벗어나서 살 수 있도록 허용한다. 우리는 어린 시절에 유별난 마법사들이었다. 어른이 된 우리는 온순한 가축 떼나 다름없다.

우리는 이 비참하고 쓸쓸한 숙명에 반항할 수 없단 말인가? 나는 이런 감정이 예리고와 나를 형제처럼 하나로 묶어 주었다고 믿기 때문에 이렇게 말하는 것이다. 나는 또한 그 누구보다 먼저 엘비라 리오스 간호사가 나타나 베를린 거리에 있는 집에 나를 가두고 마리아 에힙시아카의 보호를 받게 만든 관습적인 체제를 박살내 버렸기 때문에 이런 생각을 하는 것이다. 간호사는 '나를 해방하려고' 하지도 않았고, 그 비슷한 일도 하지 않았다. 단지 그녀는 내가 그때까지 알아 왔던 모든 사람들과 전혀 다른 존재일 뿐이었다. 마리아 에힙시아카는 줄곧 백인종을, 금발을 칭찬해 댔고, 세상의 운명을 그들에게 맡길 정도였고, 적어도 지성과 아름다움과 힘을 백인종의 독점물로 인정했다. 그녀는 아슬아슬한 정신적 혼란 상태에 빠져 있었고, 그래서 다음과 같은 말을 주절거렸다. "백인들이 우리를 다스리면 우리도 강대국이 될 수 있을 텐데." "인디오들은 우리의 걸림돌이야." "너도 알다시피 미국인들은 인디언들을 죽였고, 그래서 강대국이 될 수 있었던 거야." "깜둥이 놈들은 춤이나 추고 다니지." 그녀는 내 역사책을 뒤적일 때면 백인종인 합스부르크 왕가의 막시밀리아노 황제를 위해 한숨을 토해 내며 '인디오' 후아레스의 승리를 억울해했다. 1847년에 벌어진 미국과의 전쟁에 대해서는 잘 알지 못했지만, 편견으로 똘똘 뭉친 그녀는 미국이 멕시코의 전 영토를 차지하지 못한 것을 아쉬워했다. 나는 그런 이야기가 나왔을 때 감히 이렇게 말해 보았다. 그랬다면 멕시코는 개신교 국가가 되었을 텐데. 그녀는 순간적으로 당황하며 입을 열지 못했고, 나는 그다음 날이 되어서야 그녀의 대답을 들을 수 있었다. "과달루페 성모님께서 미국인들을 가톨릭으로 개종시켜 주셨을 거야." 아무리 뭐라 해도 개신교는 그녀에게 일종의 '이단'이었던 것이다.

엘비라 리오스 간호사가 드디어 나타났다. 피부가 까무잡잡한 그녀는 하얀색 옷을 입고 손에는 검은색 가방을 들었다. 그녀의 활달하고 전문가다운 태도는 무례함과 간섭과 농담을 용납하지 않았고, 그로 인해 마리아 에힙시아카 여사와 결투를 하기에 이르렀다. 나는 간호사가 여간수에게 내 방 출입을 금지하는 순간 그런 사실을 느낄 수 있었다.

"음식 쟁반은 어떻게 하라고요?" 마리아 에힙시아카가 거만하게 말했다.

"문밖에 두세요."

"당신이 직접 나르는 게 좋겠군요."

"기꺼이 그러죠."

"그리고 원한다면 요리도 직접 하시지."

"그것 역시 어려울 거 없죠, 부인."

엘비라가 말대꾸를 할 때마다 마리아 에힙시아카는 조금씩 구석으로 몰렸고, 마리아 에힙시아카는 결국 음식을 준비해 내 방문까지 들고 와서 간호사에게 물어보지도 않고 문턱을 넘으려고 했다.

"환자는 휴식이 필요합니다."

"이봐요, 아가씨, 내가 하지 않으면……."

"마지막 경고입니다."

"우리는 평생을 함께 살아왔어요!"

"그래서 신경이 약해진 거예요."

"이런 건방진!"

"난 직업상 이러는 거예요. 내 임무는 모든 신경성 불안으로부터 아이를 보호하고 아이에게 안정감을 주는 거예요."

"여긴 내 집이야!"

"아닙니다, 부인. 이 집에서 당신은 나와 같은 고용인일 뿐입니다. 부탁이니 문이나 좀 닫아 주시죠."

"이런 시건방진! 건방진 인디오 계집 같으니!"

이런 감미로운 대화(오래도록 베를린 거리의 집에 살면서 느꼈던 그 모든 긴장감을 복수라도 하듯 일시에 해소해 준)로부터 그 작고, 날렵하고, 날씬한 간호사에 대한 내 존경심이 탄생했다. 나는 그녀에게 그녀의 직업과 관련 없는 이야기를 시켜 보려고 시도했다. 하지만 그녀는 허락하지 않았다. 그녀는 나와 잡담을 나누기 위해서가 아니라 나를 돌보고 내 건강을 회복시켜 주기 위해 그곳에 존재했다. 나는 나 자신도 생전 처음 짓는 표정으로 그녀를 바라보았다. 거울에 비친 내 눈은 '목이 졸려 죽은 새끼 양의 눈'과 똑같았다.

내가 쳐다볼 때마다 엘비라는 애교 섞인 동작으로 내 입에 체온계를 물리는 것으로 대답을 대신했다.

그 자그마하고 어린 육체 속에 그토록 발랄하고 확신에 찬 태도가 깃들어 있다는 사실이 엘비라의 벌거벗은 몸 그 자체보다 더욱더 나를 흥분시켰다. 내 신경병을 치료하는 처음 며칠 동안 나는 우선 간호사의 하얀 유니폼 뒤에 가려진 몸을 상상하는 법을 배웠고, 그리고 즉시 그 몸을 갈망했다. 그녀의 벗은 몸은 어떤 모습일까? 저런 아가씨는 대체 어떤 모양의 속옷을 입을까? 아직도 처녀일까? 애인이 있는 건 아닐까? 혹시 결혼한 몸은 아닐까? 저렇게 어려 보이지만 혹시 자식들이 있는 건 아닐까? 그 모든 의문점들은 결국 단 하나의 이미지로 녹아들었다. 벌거벗은 엘비라. 내 시선은 그녀의 옷을 하나씩 벗겨 냈고, 그녀는 나를 생전 처음 흥분시켰던 잡지에 실린 인형 같은 아가씨들과는 전혀 다른 모습을 보여 주었다. 나는 한 가지 사실을 이해할 수 있었다. 온통 하얀색으로 차려 입은 그녀의 모습은 옷을 벗어 버린 그녀의 모습보다 훨씬 더 강하게 나를 흥분시켰다. 나체보다는 옷을 입은 모습이 내 상상력을 더욱더 강하게 자극했기 때문이다.

과거의 일상은 사라져 버렸다. 간호사의 존재가 추가된 일상이 그 자리를 대신했고, 내 상상력은 그녀의 날씬한 허리와 엉덩이 사이를 날아다녔으며, 계속해서 체온을 재고, 약을 먹고, 맥박을 재고, 얘기를 나누는 동안 나는 경험 부족에서 오는 미숙함이나 어른이 된다는 것에 대한 두려움을 드러내지 않고 내 어린 시절을 연장하고 싶은 막연한 욕구를 느꼈다.

그녀는 그 모든 것을 마리아 에힙시아카가 때때로 끼어들어 (이제는 내가 두려움을 느낄 필요가 없는 유령처럼 문 뒤에 숨어) '검은 다람쥐 눈' 혹은 '생쥐 눈'이라고 비꼬았던 그 지적인 시선으로 관찰한 모양이었다. 마리아 에힙시아카의 빈정대는 말도 그 전문직 여성에게 어떠한 해도 가하지 못했다. 여느 잔소리가 많고, 성질이 사납고, 오랫동안 권력의 맛을 보아 온 사람들처럼 함부로 나대는 그런 늙은이를 대하는 것보다 더 기분 나쁜 일에도 그녀는 이골이 난 것 같았다. 나는 엘비라에게 감사를 표했다. 그녀의 존재는 바로 나 자신의 해방이었다. 집은 예전의 모습으로 다시는 되돌아가지 않을 것이었다. 내 어린 시절의 독재자는 시간이 갈수록 권력을 잃어 갔다.

"날이 일찍 밝으면⋯⋯."

"미친놈이 먼저 일어난다."

"파리란 당연히⋯⋯."

"사람을 성가시게 하는 법이다."

엘비라는 마리아 에힙시아카가 끝맺지 못한 속담을 완성했다. 마리아 에힙시아카는 문 뒤에 숨어서, 쉰내 나는 한숨으로 자신의 정체를 드러내며 엘비라의 말소리를 들었다. 마리아 에힙시아카는 서서히 무너져 내려 갔다.

그렇게 일주일이 지나갔다. 열흘이 흘러갔다. 내 회복 기간도 끝나가고 있었다. 어느 날 밤, 무덤과 같은 정적이 흐를 때, 엘비라가 이렇게 말했다.

"이봐요, 총각, 신경을 건강하게 유지하기 위해서는 이것 한 가지만 더 보충하면 돼."

그녀는 즉시 내 앞에서 옷을 벗기 시작했고, 나는 내 상상력의 증인이 될 수 있었다. 사람들이 상상하는 것은 실제보다 나을 수도 있고 못할 수도 있다. 엘비라가 셔츠 단추를 푸는 동안, 그녀의 젖가슴이 내가 상상한 것과 다를까 싶어 나는 두려워졌다. 그녀의 아랫배가, 그녀의 보지가, 그녀의 엉덩이가 내 환상을 배반하지나 않을까 싶어 두려워졌다. 그렇지 않았다. 실제는 허구를 능가했다. 우리가 사랑을 나눈 그 십오 분 동안 엘비라는 침묵을 지켰지만, 그 침묵도 그녀의 입에서 흘러나오는 세속적인 신음 소리와 내 입에서 흘러나오는 기다란 감탄사에 의해 때때로 끊어졌다. 내 입에서 감탄사가 흘러나오면 그녀는 날렵하게 손을 들어 내 입을 틀어막았다.

어쩌면 내 기쁨은 나 자신이 그녀에게 기쁨을 선사했다는 감정에서 나왔을 것이다. 엘비라는 즉시 옷을 입고 간호사다운 태도를 취했지만, 나는 그 순간 내가 한 여자에게 기쁨을 안겨 줄 능력이 있다는 사실을 알 수 있었고, 그것이 내가 그때까지 배워 온 삶의 지혜 중 가장 중요한 것이라는 사실을 알 수 있었고, 앞으로는 그것보다 더 훌륭하고 지혜로운 것이 다시없을 것임을 알 수 있었고, 그리고 그와 똑같은 일이 다시는 반복되지 않을 것임을 알 수 있었다. 앞으로 내 인생에는 그보다 훨씬 길거나 훨씬 짧은 사랑이 있을 것이고, 그보다 더 중요하거나 덜 중요한 사랑이 있을 것이지만, 내 청춘을 치료해 준, 나를 성숙한 인간으로 만들어 준 엘비라 간호사의 품에서 느낀 그 첫사

랑을 대체할 수 있는 사랑은 다시는 없을 것이라는 사실도 알
수 있었다.

　일은 그렇게 진행되었다. 내가 병상에서 일어서던 날 엘비라
는 근엄한 표정으로 내게 작별을 고했고, 나는 거의 까맣게 잊
었던 내 여간수 마리아 에힙시아카의 침실로 들어가서, 흐트러
진 침대와 동그랗게 말린 매트리스를 발견했다.

* * *

　필로파테르 신부는 그의 우정으로 우리를 특별하게 대우했
다. 그는 학교 운동장에서 뛰어노는 모든 아이들 중에서 예리고
와 나를 특별히 선택해 이야기를 나누고, 토론을 하고, 함께 사
색에 잠겼다. 우리는 그가 특권을 지닌 사람임을 알았다. 하지만
우리는 우리가 예외적인 존재, 시기심을 불러일으키는 존재로
보여, 그래서 인간은 길을 걸으면서도 생각하는 존재라는 사실
에는 관심도 없고 오직 꾸벅꾸벅 졸거나 공을 차는 것에만 신경
쓰는 어중이떠중이 학생 녀석들에게 우습게 여겨지거나 놀림감
이 되는 것을 원하지 않았다. 왜냐하면 우리는 필로파테르 신부
와 항상 길을 걸어 다니며 이야기를 나누었던 것이다. 필로파테
르 신부는 굳이 아리스토텔레스를 언급하지는 않았지만 우리에
게 이런 점을 일깨워 주었다. 길을 걷는 행위에서 일종의 활기찬
우정이 형성되는데, 이런 우정에서는 우리가 책상에 앉아 높은
강단에 서 있는 선생-성직자(필로파테르 신부의 표현에 따르면
그 잘난 현학자-종교인들의 잘난 체하는 자세가 역력한)로부터 강
의(종교적이거나 일반적인)를 들을 때 드러나는 암묵적인 계급의

식을 찾아볼 수 없다.

내가 생각하기에, 걸으면서 대화를 나눈다는 것은 직관적인 방식이므로, 이런 방식으로라면 선생이 우리들과 눈높이를 맞춰 우리를 깔보지 않고 대화를 나눌 수 있는 것이다. 때때로 우리는 수업이 다 끝난 뒤에도 학교 운동장에 남아 있었다. 또 때로는 콜로니아로마의 거리를 돌아다니기도 했다. 아주 드물긴 했지만 차풀테펙 공원까지 간 적도 있었다. 사실상 우리가 대화를 나누는 동안 도시는 그 모습이 가물가물해지며 대화를 주고받는 광장이나 학술원으로 변해 버렸다. 그렇다면, 말은 과연 무엇이었단 말인가? 이성 혹은 직관? 확신 혹은 믿음? 증명할 수 있는 믿음? 합리적인 직관?

필로파테르 신부가 맨 먼저 우리에게 제기했던 문제는 그가 위험하다고 생각해 온 것이었다. 그는 우리의 독서와 지적인 취미에 대해 잘 알았다. 그는 우선 우리에게 다음과 같이 경고했다.

"극단으로 흐르지 않도록 조심해야 한다."

필로파테르 신부가 우리에게 말을 걸었던 바로 그 순간부터 토론은 시작되었다. 우리는 신부를 대단히 존경했고(우리는 우리 자신도 존경했다고 생각한다.) 그래서 자신의 생각을 표현할 수 있는 그의 권리를, 그에 반박할 수 있는 우리의 권리를, 우리의 반박에 다시 반론을 펼 수 있는 그의 권리를 의심하지 않고 받아들였다. 고백하는바, 예리고와 내가 바라고 필요로 했던 것은 바로 그것이었다. 당시 열여덟 살이었던 나, 당시 열아홉 살이었던 예리고, 우리는 우리 정신의 논밭을 적어도 열예닐곱 살 이후로 열심히 가꾸어 왔기 때문에 다른 사람의 씨앗을 충분히 받아들일 수 있을 만큼 비옥했다. 우리 두 사람은 열심히 책을 읽고 토론을 벌였지만 거대한 공허감이 여전히 그대로 남아 있었다. 우리는 무엇을 위해 고심했던가? 우리는 누구를 위해 고민했던가? 그 누가 우리의 자만심으로 가득한 어린 지식에 반박할 것인가? 그 누가 우리의 지식을 시험대에 올릴 것인가?

그 어느 것도 청년기의 지적 깨우침으로 인한 교만함과 비교할 수 있는 교만함을 불러일으킬 수 없다. 어둠이 사라진다. 날이 밝아 온다. 밤은 뒤로 물러난다. 그것은 지구가 태양 주위를 돌아서가 아니라 '우리' 자신이 태양이며, 지구가 '우리 것'이기 때문이다. 우리는 그걸 알고 있었다.

"너와 나는 바싹 말라 버릴 수도 있어, 여호수아. 우리가 같은 샘물을 마시면 우리는 옹졸한 인간으로 변하고 말 거야. 우리를 대항해 벽을 세우는 사람이 없다면, 우리가 우리 자신을 의심해 보도록 유도하는 사람이 없다면……."

나는 예리고의 이 말을 여기에 확실히 기록해 두는 바이다. 앞으로도 이 말을 여러 차례 되풀이할 기회가 있을 것이기 때문이다.

필로파테르 신부는 마치 우리의 생각을 읽고 우리의 걱정거리를 파악해 낸 듯 학교 운동장에 있던 우리에게 다가왔고, 은근슬쩍 산책을 함께하자고 초대했다. 우리는 신부와 함께 걸으며 건물들 사이에서 잠깐씩 걸음을 멈추었고, 시간에 대해, 도시의 변화무쌍한 빛에 대해, 낮의 가치에 대해, 능력에 대해, 도시적인 음악을 듣는 취미에 대해, 다른 사람의 주목을 끌지 않고 고개를 숙인 채 이야기를 나누었다. 우리는 특히 인간의 사고에 대해 많은 이야기를 나누었다.

"너희 두 사람은 두 작가에게 푹 빠져 있는 모양이로군. 내 말이 틀린 건 아닐 거야."

신부는 우리의 책을 살펴보았다. 우리는 그 책들을 책가방에 몰래 감추고 다니기도 했지만, 일전에 내 코를 놀려 대는 망나니들의 공격으로부터 예리고가 나를 보호해 준 이후로는, 그 지옥의 변방과 같은 학교로 함께 진학한 이후로는 여봐란듯이 책상 위에 올려놓기도 했고 유치한 허영심으로 쉬는 시간에 대놓고 읽기도 했다. 우리는 '특이한 놈들'이었지만 골대에 공을 집어넣는 방법은 몰랐다.

그 두 작가란 다름 아닌 성 아우구스티누스와 프리드리히 니체였다. 예리고와 나는 직관적이지만 논리적인 이유로, 쇠붙이가 자석에 이끌리듯, 그 상반되는 두 사상가에게 달려들었다. 정확하게 말해, 우리는 극단에서부터 시작하는 사고방식을 배우고 싶었다. 우리의 목표는 필로파테르 신부 같은 사람에게 고스란히 들통이 날 수밖에 없었고, 그는 신속하게 그 텅 비어 있는 중심부로 우리를 끌어당겼다. 우리가 상상했던 바와는 달리 그 자신도 우리와 마찬가지로 중심부에서 벗어나 있었다.

"너희는 너희가 좋아하는 식으로 생각하는 게 중요하겠지, 그렇지 않나?"

"우리가 생각하는 바를 자유롭게 표현하는 것도 중요합니다, 신부님."

"어떤 권위도 간섭할 권리가 없고?"

"당연하지요."

"종교 기관조차도 간섭할 수 없다는 말이겠지? 영원히?"

"특정 종교와 관련 없는 세속적인 국가에서는 종교 기관이 간섭할 수 없다고 생각합니다."

"무슨 이유로?"

"왜냐하면 국가는 정의를 실현하기 위해 특정 종교를 선택하지 않았고, 정의는 신앙과 관련이 없는 문제이기 때문입니다."

"그렇다면 자비심은?"

"자비심은 가정에서 시작됩니다." 나는 감히 장난스럽게 받아넘겼고, 필로파테르 신부는 나와 함께 웃음을 터뜨렸다.

필로파테르 신부는 우선 우리의 극단적인 면을 지적했다. 여기서 분명히 밝혀 두지만, 예리고와 나는 생각하는 방법을 우리에게 가르쳐 줄 수 있는 두 작가를 선택한 것이었지, 무조건 믿으며 우리가 믿는 바를 방어하도록 강요하는, 우리와 한통속인 사람들을 선택한 것이 아니었다. 필로파테르 신부는 그 사실은 인정했다. 우리는 그것을 기초로 대화를 이어 갔다. 우리는 철학자들과 결혼한 것이 아니었다. 다만 그들은 우리가 글을 읽고 토론하는 데 기준을 제공했다. 필로파테르 신부는 교회의 도그마에 얽매여 있었던가? 이런 생각으로 우리는 유리한 지점을 선점했다고 자부했다. 그러나 그것은 우리의 착각이었다. 어쨌든, 우리의 생각은 신앙과 반대되었고 사상의 충돌을 유발했다. 우리는 각각의 사상이 완벽하게 상반되는 것으로 결론지었고, 필로파테르 신부는 그런 사상을 투명하게 설명했다.

우리는 성 아우구스티누스의 글을 읽었다. 하느님은 이 세상 모든 것을 창조하고 오로지 홀로 세상을 유지한다. 악이란 우리가 소유할 수 있는 선을 상실하는 것이다. 인류는 타락하면서 원래부터 지녀 온 가치를 상실했다. 그 가치를 회복하기 위해서는 하느님의 은혜가 필요하다. 타락하고 불행에 빠진 인간은 혼자 힘으로는 은혜에 도달할 수 없다. 교회는 인간을 은혜로 이끄는 중재자다. 교회가 없으면 우리 인간은 죄악 덩어리인 인간 무리의 불행에서 영원히 벗어날 수 없다.

성 아우구스티누스는 이러한 사상을 옹호하며 이단자 펠라기우스와 끊임없이 싸웠다. 펠라기우스는 교회 없이도 구원이 가능하다고 믿었던 것이다. 너 스스로 구원될 수 있느니라.

이 미숙한 사상들의 다른 쪽 극단에서 니체는 우리에게 모든 형이상학적 확신으로부터 벗어나라고, 기존의 어떤 진리도 팽개치라고, 체념을 강요함으로 해서, 그러면서도 외양을 중시하고 그래서 진리로 향하는 우리의 욕구를 가로막는 잘못된 가치로 무장함으로 해서 형편없이 쪼그라든 기독교 문화를 거부하는 허무주의를 고통스럽게 받아들이라고 제안했다.

"어떤 진리?"

"어떠한 진리도 존재하지 않는다는 사실을 인정하는 것 말입니다."

필로파테르 신부는 교활한 면도 부족하지 않았다. 그래서 나는 그가, 이런저런 '인생 유전'에 대해 이야기하면서, 자신의 종교적인 임무를 수행하기 위해 우리를 신앙의 미덕으로 이끌거나 우리의 잘못을 일깨우려고 하지는 않았다고 생각한다. 하지만 나는 그 당시 그렇게 의심했는데, 지금은 그 생각만 해도 부끄러워진다. 나는 내가 품었던 의심이 내 잘린 머리가 누워 있는 이 모래사장 위에서 부질없이 흔들리도록 내버려 둔다. 필로파테르 신부는 니체를 비난하지도 않았고 성 아우구스티누스를 떠받들지도 않았다. 게다가 또 다른 가톨릭 신학자도 언급하지 않았다. 결국 우리는 놀랄 필요가 없었다. 신부가 우리를 위해 준비한 수업을 통해 우리는 유대인 공동체에 속한다는 뿌리 때문에, 기독교 공동체에 속할 수밖에 없었던 운명 때문에 '이단'으로 선고받은 한 사상가의 이름을 들을 수 있었다.

그래서 바루흐(브누아, 베네디트, 베네딕투스) 스피노자의 철학을 설명하기 전에, 필로파테르 신부는 추기경 모자도 아닌, 두건도 아닌, 검정색 둥근 모자를 머리에 올려놓으며 '이단'이라는 단어의 어원에 대해 이야기했다. '이단'은 '나는 선택한다.'라는 의미의 그리스어 '에소 테이로스(eso theiros)'에서 파생했다고 한다. 이단자는 선택하는 사람이다. 따라서 이단이란 선택하는 행위인 것이다.

"그렇다면 이단은 자유와 같은 의미겠네요." 예리고가 날름 끼어들었다.

"그건 좀 생각해 봐야 할 것 같은데. 자유가 뭐지?" 필로파테르 신부가 비꼬았다.

"좋아요. 그게 뭔데요?" 나는 친구 편을 들었다.

필로파테르 신부는 적절한 대답을 얻어 내기 위해서는 이단자 스피노자의 길을 따라가 보아야 한다고 말했다.

"너희는 좀 전에 생각의 자유를 믿는다고 얘기했어."

"그래요, 신부님."

"하느님을 믿는다고 생각하는 것도 자유일까?"

우리는 고개를 끄덕였다.

"그렇다면, 신앙도 자유일까?"

"복종을 강요하지만 않는다면요." 예리고가 말했다.

"정의로운 것이라면요." 내가 덧붙였다.

필로파테르 신부는 검정색 모자를 바로잡았다.

"뭐 뭐 하지 않는다면, 뭐 뭐 하지 않는다면……, 그렇게 부정적으로 나갈 필요는 없을 텐데. 너희들, 의지는 믿느냐? 지성은 믿어?"

우리는 '예.'라고 대답했다.

"하느님은 믿어?"

"어디 한번 보여 주세요, 신부님." 예리고가 지나치게 건방지게 말했다.

"이런, 얘들아, 이건 농담이 아냐. 만일 하느님이 존재한다면, 그는 복종을 강요하지 않는, 정의를 제시하는 하느님이야. 그는 분명히 지적이고 의지를 지닌 하느님이야."

"우리의 다른 점도 구원해 주시는……. 이렇게 말할 수도 있 겠죠." 내가 토를 달았다.

장난꾸러기 신부는 내 한쪽 귀를 잡아당기고 내 머리에 모자를 올려놓았다.

"착각하지 마. 하느님은 지적이지 않아. 하느님에게는 의지가 없어."

나는 웃음을 터뜨렸다. "신부님은 우리보다 훨씬 더 심한 이 단이네요!"

신부가 내 머리에서 모자를 가져갔다.

"나는 그 누구보다 진지한 정통파야."

"자세히 설명해 주시죠." 예리고가 거만을 떨었다.

"하느님께 지성과 의지가 있다고 생각하는 것은 하느님이 인 간이라고 생각하는 것과 다름없어. 그런데 하느님은 인간이 아 냐. 천박하게 '하느님은 신성한 존재다.'라고 말하지는 않겠어. 하 느님은 그저 다른 존재일 뿐이야. 하느님을 우리 미덕의 거울로, 우리 결점의 부정으로 삼는다 해도 얻을 건 하나 없어. 하느님은 우리와 같지 않기 때문에 하느님일 뿐이야."

"왜요?"

"하느님은 끊임없이 창조하는 존재이기 때문이지."

"우리 인간은 그렇지 않나요? 개인적으로, 집단적으로 혹은 전통적으로 말이죠."

"그렇지 않아. 우리의 창조성은 자유에 의한 것이기 때문이지. 하느님의 창조성은 필요에 의한 것이고."

"그게 무슨 뜻인데요?"

"하느님은 그 자신과 유한한 존재들, 너희들과 나, 존재하는 모든 것, 하느님으로부터 파생된 모든 것의 근원이라는 뜻이지. 하느님은 능동적이야. 그건 그가 자유롭기 때문이 아니라 모든 것이 필요에 의해 그로부터 파생되기 때문이야."

"그렇다면 그분이 저 높은 곳에 있는 수염 난 신사가 아니란 말인가요?"

"아냐. 촛불 빛과 전등 빛이 다르듯이 말이야."

"그렇다면, 그의 아들 예수는요?"

"그건 하느님의 셀 수 없을 정도로 수많은 모습 중 인간의 모습일 뿐이야. 하느님은 단 하나의 모습만 취했어. 다른 모습을 선택할 수도 있었는데 말이지."

"왜죠?"

"우리가 그 모습을 볼 수 있도록."

"그러다 나중에 무로 돌아가기 위해서요?"

"모든 것으로 돌아갈 수도 있지. 예리고."

"그건 또 무슨 뜻이죠?"

"하느님은 지적이진 않아도 무한히 광대하다는 뜻이야. 하느님은 무한한 존재야. 나눌 수 없는 존재."

"하지만, 인간이, 물질이 될 수도 있는……."

나는 얼버무렸다.

"맞아. 육체와 물질은 서로 다르기 때문이지. 우리는 다만 육체일 뿐이야. 돌은 다만 물질일 뿐이고. 하느님은 예수라는 육체가 될 수도 있고, 창조 그 자체가 되거나, 바다, 산, 짐승, 나무 등의 물질이 될 수도 있어. 게다가 우리가 알아보거나 감지할 수 없는 모든 것이 될 수도 있어. 우리가 보고, 알고, 만지고, 냄새 맡고, 상상하고, 원하는 그 모든 것은 하느님의 무한한 모습 중에서 일부에 지나지 않는 거지."

우리가 무척이나 당혹스러워하는 모습을 보았는지 신부는 싱긋 웃으며 이렇게 물었다.

"너희들, 우주 창조 이론에 대해 알고 있니? 사실상 우주 창조 이론은 단지 세 가지밖에 없어. 우주가 하느님의 명령에 따라 창조되었다는 이론. 원초적인 폭발에 따른 것이라는 이론. 여기서 진화 이론이 파생되어 나왔지. 시작도 끝도 없는, 천지창조도 세상 종말도 없는 무한한 우주에 대한 이론. 파스칼의 광대한 천체의 밤. 천체의 무한한 침묵. 그 기원도 소멸도 하나 중요하지 않은 덧없는 사건인 지구."

필로파테르 신부가 우주의 기원에 대한 일종의 메뉴를 우리에게 제시할 때 그가 제시한 세 가지 이론을 우리가 하나하나 살펴보기를 원했는지, 그가 알면서도 실수를 했는지, 나는 모른다. 그는 단지 우리가 우리 방식에 따라 생각할 수 있도록 이끌어 주고자 했고, 우리는 대화를 나누는 과정에서 우리의 근본적인 실수를 깨달을 수 있었다. 필로파테르 신부는 그 어떤 정통

이론도, 자신이 믿는 정통 이론도 우리에게 강요하지 않았다. 솔직히 말해 나는 나 자신에게 물어보지 않을 수 없었다. 종교적 신앙이 아니라면 우리 선생님의 철학적 설명이 과연 무엇이란 말인가?

필로파테르 신부는 우리에게 도대체 무슨 이야기를 하고 있단 말인가?

"만일 하느님을 믿기 싫더라도 우주의 존재는 믿도록 해라. 우주와 하느님은 같은 것이니까 말이다. 시작도 없고 끝도 없지. 따라서 오로지 하느님만이 수천 년 된 나무가 자라는 모습을 볼 수 있단다."

그럼에도 우리는 신부가 예로 든 스피노자에 관한 이야기를 통해 그의 개인적인 미련을 감지할 수 있었다. 필로파테르 신부는 일부러 그런 미련을 남겼던 것일까. 스피노자는 박해를 받아 유대교에서 추방당한 것이 아니었다. 필로파테르 신부의 설명에 따르면, 그는 고독에 대한 사랑으로, 고독을 사랑했기 때문에, 생각할 수 있는 시간을 얻기 위해 스스로를 추방했다. 종교를 지닌 신앙인들에게는 진리보다 권위가 더 중요하다는 사실을 폭로하기 위해 스피노자는 유대 공동체로부터 추방당하기를 원했다.

"너희 생각은 어떠냐?"

예리고와 나는 잠시 의논한 뒤 신부에게 말했다. 그 질문에 대해서는 신부님 스스로 대답하셔야 할 것 같은데요. 우리는 무례하게 굴었다.

"신부님, 만일 우리에게 덫을 놓으려 하신다면 말이죠, 내일 우리가 하지 않을 일에 대해 오늘 우리가 책임지게 만들고 싶으시다면, 우리 생각에 덫에 걸린 사람은 신부님 자신인 것 같은 데요."

"왜?" 신부는 최대한, 진정으로 겸손하게 물었다.

무슨 일이 있어도, 아무리 생각해도 필로파테르 신부가 자신의 종교적인 충성을 결단코 포기하지 않을 것이라는 말을 어떻게 할 수 있단 말인가? 신부는 그가 아무리 '이단적으로' 생각한다 해도, 그가 아무리 자발적으로 '선택한다' 해도 자신의 종교에 충실할 것이다.

아마도 신부는 그가 "왜?"라고 질문했을 때 우리가 들려주지 않은 대답을 짐작했을 것이다. 그 질문에는 신중하지만 미성숙한 두 학생들에 대한 책임감이 담겨 있었다.

"왜?"

신부는 감사와 신뢰와 애정이 담긴 시선으로 우리를 바라보았다. 우리는 신부의 그런 모습을 영원히 마음속에 간직하고자 했다.

"봐라, 얘들아, 내가 듣고 싶은 말을 하면서 스스로 만족하면 안 된단다. 그렇다고 해서 순전히 반대를 위한 반대만 해서도 옳지 않아. 진지해져야 한단다. 달아나면 안 돼."

신부는 자신의 길을 선택했지만, 우리의 길은 우리 스스로 선택해야 한다는 뜻을 신부는 그런 식으로 우리에게 전달했다. 내가 여러분에게 지금 들려주는 이야기를 신부는 간접적으로 표현했던 것이다. 신부는 진지하게 살기 위해서는 어쩔 수 없이 수많은 어려움을 겪을 수밖에 없다는 사실을 우리 마음에 영원히 각인시켜 놓았다. 스피노자는 추방당하여 독립을 쟁취하기 위해 의도적으로 반항했고 말썽을 일으켰다. 필로파테르 신부는 그렇게까지 하지는 않았다. 그의 경험으로 비추어 볼 때, 그 위대한 바루흐(브누아, 베네딕트, 베네딕투스)는 겁쟁이였단 말인가? 그래서 자신이 교회를 왕따 시키는 대신 교회가 그를 왕따 시키게 만들었단 말인가? 그리고 필로파테르 신부 역시 겁쟁이였단 말인가? 그래서 교회가 아니어도 지성을 발산할 수 있는 방법이 많다는 사실을 알면서도 교회라는 보호자와 타협했단 말인가?

"나는 반항과 말썽을 일부러 피했어."

우리가 마지막으로 만났을 때 필로파테르 신부는 그렇게 말했다. 머리가 굵어진 예리고와 나는 학교를 졸업한 이후로는 필로파테르 신부도, 동창생들도, 손을 덜덜 떨어 대는 솔레르 신부도, 글라디올러스를 짓밟아 대는 베르킨게토릭스 교장도 두 번 다시 만나지 않았다. 왜? 삶의 법칙이 다 그렇고 그렇기 때문이다. 청소년기의 관계는 어른이 되면 다 끊어지기 마련이며, 그 관계가 의미하는 가치를 상실해도 신경 쓰지 않는다. 결국 필로파테르 신부도 자만에 가득 찬 우리에게는 경멸의 대상이 되었다. 그 신부 역시 자신의 의견이 철저히 배제된 다른 사람들의 사상만 가르쳤으니까 말이다.

하지만 이 탐구 정신, '예리고'와 '여호수아'가 될 수 있도록 허용한 교육에 있어서 필수불가결한 요소인 질문하고 자문하는 능력은 도대체 어디에서 얻은 것이란 말인가? 나중에 가서야, 훨씬 나중에 가서야 우리는 겨우 알 수 있었다. 필로파테르 신부는 우리가 학교에 다닐 때 생각했던 것보다 훨씬 더 스피노자와 닮은 사람이라는 것을 말이다.

"그는 가족의 유산을 받아들이지 않았어. 그는 가난뱅이로 죽었지. 그걸 원했던 거야. 그는 아무것도 남기지 않고 죽었어."

자연은 작은 것으로 만족한다. 나도 마찬가지다.

촛불, 피로 가득한 항아리에 촛농이 방울방울 떨어진다.

* * *

마리아 에힙시아카의 텅 빈 침대는 베를린 거리의 그 썰렁한 집안에서 내가 버림받았다는 사실을 상징하는 것이었다. 엘비라 간호사는 사라졌다. 그녀는 두 번 다시 나타나지 않을 것이다. 그 거만한 의사는 돌아올 필요가 없었다. 이제는 안토니오 상히네스라는 변호사가 등장했다. 나는 나를 둘러싼 수수께끼를 풀어 보고 싶었다. 내 여간수 마리아 에힙시아카는 어디에 있단 말인가? 텅 빈 침대와 동그랗게 말린 매트리스는 도대체 무엇을 의미한단 말인가? 그 여자의 옷가지, 화장품(만일 있다면), 치약, 칫솔, 머리핀, 솔, 빗과 같은 자잘한 용품들은 다 어디로 사라졌단 말인가? 화장실도 침실과 마찬가지로 텅 비어 있었다. 수건도 없었다. 화장지도 없었다. 마치 유령이 이 집에 살았고, 나는 유령을 살아 있는 인간으로 여기며 살아온 것 같았다.

그녀가 어디에 있는지 궁금하기는 했지만, 그 궁금증은 홀로 있다는 외로움만큼 강하지는 않았다. 그 여인에 대한 수수께끼는 그저 수수께끼일 뿐이었다. 그러나 내 입장에서 봤을 때 그녀의 부재는 내 고독을 의미했다. 이상한 일이었다. 마리아 에힙시아카 부인의 익숙한 존재는 상반된 것도 없고 새로운 것도 없는 그 저택의 빈 공간을 어떤 식으로든 채워 주었다. 그 집은 아름답지도 않았고, 역사가 깃든 것도 아니었고, 추억을 불러일으키지도 않았다. 그저 크기만 했다. 나는 인정하지 않을 수 없었다. 거의 언제나 증오스러웠지만 그래도 때로는 다정했던 내 여간수의 존재는 지금 텅 비어 황량해 보이는 이 집의 모든 공간을 가득 채워 주었던 것이다. 그 공허함은 필로파테르 신부가 언급했던 우주의 공허함과는 다른 것이었다. 아무리 혐오스러워 보였다 해도 구체적이고 익숙했던 존재가 졸지에 사라져 버린 것이었다. 나는 부당한 행위 중에서도 최악의 것을 상상해 본다. 나치 체제가 만들어 낸 집단 수용소. 그리고 일종의 위로가 될 수 있는 습관을 상상해 본다. 다른 사람과 함께하는 고통. 아우슈비츠나 테레진이나 부첸발트의 수용소에 갇힌 포로는 다른 포로들의 눈에서 자신의 죽음을 읽을 수 있었다. 그것은 어느 누구도 그 희생자 집단에게서 빼앗을 수 없었던 자비였다.

한심하도다. 베를린 거리의 저택에 무의미하게 버려진 나라는 놈을 어찌 감히 나치의 인종주의 정책에 희생된 사람들의 운명과 비교할 수 있단 말인가? 내 허영심은 도대체 얼마나 크기에 내 보잘것없는 버림받음을 남녀노소를 포함한, 아무도 도와줄 수 없었고, 누구도 도와주려고 하지 않았던 수백만 명의 그 엄청난 버림받음 위에 놓고 생각할 수 있단 말인가?

그렇다. 지금은 나 자신도 희생자다. 나는 지금 남쪽 바다에서 파도에 흔들리는 잘린 머리일 뿐이다. 나 자신에 대한 연민일 뿐이라고, 그게 나의 잘못이라고 여러분이 욕해도 좋다. 습관적인 일상이 파괴되었기 때문에, 밉기도 했고 사랑스럽기도 했지만 오랫동안 살아오면서 길들여진 동료, 내 늙은 여간수가 사라졌기 때문에 어느 정도 향수를 느낄 수밖에 없었다. 나는 그때 나를 파고들었던 고독감을, 버림받았다는 느낌의 무게를 재보고 싶었다. 나는 버림받았다는 느낌 때문에 자칫 죄를 저지를 지경이었다. 이 세상은 이 세상에 대한 지각일 뿐이다. 이 세상에서 살아가는 나라는 특별한 존재가 버림받았다는 사실이 한 민족 전체를 대상으로, 종교나 인종을 대상으로 저질러진 범죄보다 훨씬 더 중요한 것이다. 그렇게 생각하기에 이르렀다.

나는 여러분 앞에서 솔직하고 싶다. 나는 지금 내 터무니없는 고뇌를 옹호하는 대신 내 편협한 이해력과 오만한 추측을 비판하려고 한다. 나는 그때 내가 외롭고자 했기 때문에 외로웠고, 박해받고자 했기 때문에 박해를 받았다고 생각했던 것이다. 하지만 나와 같은 상황에서라면 그 누가 자신의 개인적인 불행을 거대한 스크린에 비추어 보지 않겠는가? 보잘것없고 무의미한 슬픔으로부터 우리를 구원해 주는 집단적인 경험을 들먹이지 않겠는가 말이다. 나는 뒤를 돌아보고 나서야 다음과 같은 사실을 알 수 있었다. 내가 지각한 것은 이미 내 안에 있었고, 내 바깥에 있었던 것은 너무나 작아서 그것을 유지하기 위해서는 고통, 버림받음, 절망의 시간이라는 거대하고 총체적인 스크린에 비추어 볼 수밖에 없었던 것이다.

아직까지 생존해 있고 자신의 존재에 확실한 가치를 부여하는 여러분은 내가 앞서 얘기한 모든 것을 용서해 주기 바란다. 내가 지금 이러는 것은 나 자신을 처벌하고 내 청년기의 사소한 위기를 실제적인 경계선 안에 가두기 위해서다. 하지만 그 경계선이라는 것도 유동적이다. 왜냐하면 우리는 우선 그 경계선을 우주 전체로 확장시키며, 우리의 자잘한 문제점들을 전 우주적인 중요한 문제로 과대 포장하고, 무엄하게도 우리 자신을 안네 프랑크와 비교하기도 하고, 조금 더 겸손한 사람은 데이비드 코

퍼필드와 비교하기도 한다. 내가 지금 이런 이야기를 늘어놓는 이유는 다음과 같은 점을 밝히기 위해서이다. 내 병에서부터 파생된 마리아 에힙시아카의 실종, 엘비라 간호사와의 뜻밖의 만남, 내가 지금까지 믿어 왔던 나 자신이 아닐지도 모른다는 의구심, 이 모든 것 때문에 내 존재는 엉망이 되어 버렸고, 나는 마치 조난당한 사람처럼 베를린 거리의 그 황량한 저택 안에서 떠돌아다녔다. 나는 내 삶의 새로운 단계에 올라 해결책을 기다리고 있었다. 나는 그것이 하나의 단계가 아니라 극복할 수 없는 조건이 아닐까 싶어 두려웠다. 나는 장차 어떻게 될 것인가? 내 여간수 뒤를 따라 나도 역시 사라질 것인가? 나도 추방당할까? 이 고문과 같은 기다림은, 어이없게도 희생당한 유대 소녀와 버림받은 영국 소년과 나를 비교하는, 그토록 극단적인 상황으로 나를 몰고 가는 이 기다림은 얼마나 오래 지속될 것인가?

안토니오 상히네스 변호사는 어느 토요일 오전에 나타나 내게 상황을 설명해 주었다. 상황은 예전과 똑같다고. 다만 이제부터는 마리아 에힙시아카 부인이 나를 돌보지 않을 것이라고 말했다.

"왜요?"

나는 변호사의 냉정한 표정 앞에서 감히 물어보았다. 변호사는 키가 크고 침착한 남자였다. 그는 나를 보지 않으면서 나를 쳐다보았다. 눈꺼풀이 두꺼워서 그렇게 보이는 건지, 커튼과 같은 눈꺼풀을 통해 들어갔다 나왔다 하는 빛이 부족해서 그렇게 보이는 건지 알 수 없었다.

"그냥 그런 줄 알아." 변호사는 그렇게만 대답했다.

"죽었어요? 다른 곳으로 이사 갔나요? 그녀를 해고했나요?

일에 싫증이 났대요?"

"그냥 그런 줄 알아."

상히네스 변호사는 같은 말을 반복한 뒤 마치 아무 일도 없었던 것처럼 내 새로운 상황이 적힌 서류를 읽기 시작했다.

예비 학습 과정이 끝날 때까지 계속 베를린 거리에 있는 집에서 살 것이다. 그 후 내 진로를 선택하고 그 과정을 마칠 때까지 그 집에서 살 것이다. 그리고 때가 되면 내게 새로운 지침을 전달할 것이다. 내 필요를 충당할 수 있는 봉급을 받을 것이다. 모든 문제는 내 필요에 따라 조절될 것이다.

변호사는 그런 지침이 적힌 서류를 읽은 후, 서류를 접어 푸른색 줄무늬 상의 주머니에 넣고 자리에서 일어났다.

"누가 나를 돌보죠?"

나는 놀라서 물었다. 내게는 음식을 만들어 줄 사람도, 침대를 정리해 줄 사람도, 목욕물을 받아 줄 사람도 없었던 것이다. 나는 부끄럽지만 이따위 것들이 내게 부족하다는 사실을 인정하지 않을 수 없었다.

"그냥 그런 줄 알아."

상히네스는 같은 말을 반복한 후 인사도 없이 떠났다.

대답도 없는 그 많은 질문거리를 안고 살아갈 수 있을지 나 자신에게 물어보았다. 나는 저택에서 길을 잃었고, 내 재주와 상히네스 변호사가 들려주지 않는 대답에 내 운명을 맡겨야 했다. 도대체 내 필요라는 게 뭐란 말인가? 변호사가 나가자마자 낯익은 파출부가 들어와 한마디 말도 없이 자신이 맡은 일을 하기 시작했다. 익숙하지 않은 상황에서 익숙한 일이 다시 벌어지다니, 바로 그것이 무엇보다 나를 당황하게 만들었을 것이다. 나는 모든 것이 이전과 같을 것이라고 확신하며 내 마음을 달래려고 했지만 나를 몰아세우는 수수께끼를 도저히 풀 수 없었다. 마리아 에힙시아카는 과연 어떤 사람인가? 그녀는 어디 있단 말인가? 죽었단 말인가? 사람들이 그녀를 추방했단 말인가? 엘비라 간호사를 다시 만날 수 있을까? 나는 누구란 말인가? 누가 나를 먹여 살린단 말인가? 내가 살고 있는 집의 주인은 대체 누구란 말인가? 속담들은 어떻게 끝난단 말인가?

"날이 일찍 밝으면……."

"미친놈이 먼저 일어난다……."

"동굴에 사는 노파는……."

"파리란 당연히……."

"사람을 성가시게 하는 법이다……."

예리고는 마리아 에힙시아카가 얼버무린 속담을 완성시킨 후 내게 명령했다.

"내 아파트로 와서 같이 살자."

"하지만 변호사가……."

"신경 쓰지 마. 내가 다 처리할 테니."

"네가 못 하면?"

"천만에. 너는 반항하는 법을 배울 필요가 있어."

"하지만 그게 없으면……."

"아무것도 부족하지 않을 거야. 두고 봐."

"너 정말 간덩이가 부었구나, 예리고."

"때로는 이렇게 자문하며 내기를 걸 필요도 있는 거야. 누가 누굴 아쉬워할까? 그들이 나를, 내가 그들을?"

"우리는?"

예리고는 베를린 거리의 집에서 텅 빈 방들을 아니꼽다는 듯 둘러보았다.

"너 이곳에 있다가는 미쳐 버리고 말 거야. 가자고. 인생은 다 그렇고 그런 거야."

* * *

예리고는 프라가 거리에 있는 낡은 건물의 맨 꼭대기 층에 살고 있었다. 레포르마 거리의 녹색 파도가 차풀테펙 거리의 회색빛 자동차 물결과 끊임없이 다투는 소리가 들려왔다. 아무튼, 엘리베이터도 없는 아파트 건물의 칠 층에 산다는 것은 우리를 도시로부터 어느 정도 격리해 주었고, 다른 층에도 사무실밖에 없었기 때문에 저녁 7시 이후로 그 건물은 온통 우리 차지가 되었다. 이는 그 비좁은 거실에 대한 보상과 같았다. 그 거실에는 부엌(난로, 냉장고, 찬장)이 딸려 있었는데, 거실과 부엌을 구분하는 것은 우리가 식탁으로 사용했던 높은 받침대뿐이었다. 또한 그 거실에는 높은 의자가 두 개 있었다. 그 의자들은 이단자들이 묶여 군중의 비웃음을 사는 고문대, 죄인들이 묶여 주인들의 조롱을 받는 그런 고문대처럼 보였다.

그리고 또 무엇이 있었던가? 침실 두 개(하나는 다른 것보다 훨씬 작았다.)와 화장실 하나. 예리고는 내게 큰 방을 양보했다. 나는 그 방을 사용하기를 거절했다. 예리고는 일주일마다 방을 바꾸자고 제안했다. 나는 그 뒤에 숨은 꿍꿍이속을 알지도 못하면서 그의 제안을 받아들였다.

나는 베를린 거리에서 프라가 거리로(누군가의 말처럼 되블린에서 카프카로) 내 친구의 변변찮은 옷보다 훨씬 많은 옷을 가져 왔지만 우리는 옷장을 함께 썼다.

그리고 우리는 여자도 함께 썼다. 정확히 말해, 두랑고 거리에 있는 어느 한 집의 어느 한 여자를 우리는 함께 나누었다. 라 헤타라 사창굴, 내 친구의 말에 따르면 그 이름은 유서 깊은 가문에서 나왔다고 했다. 멕시코의 역사가 시작되던 초기에 두 여자가 그 도시의 사창굴 영업권을 놓고 다투었다. 라 반디다, 교활하고 말주변이 좋은 유명한 뚜쟁이. 그리고 라 반디다보다 훨씬 신중한 라 헤타라. 어느 날 밤 예리고는 라 헤타라가 운영하는 사창굴로 나를 데려갔다.

"꼭 목 졸려 죽은 새끼 양과 같은 표정이로군. 왜 그런지 난 알아. 넌 엘비라 리오스 간호사에게 완전히 빠져 버린 거야. 넌 몰랐던 거야. 간호사, 의사, 베를린 거리에 있는 그 집, 심지어 네 여간수였던 마리아 에힙시아카 부인까지, 그 모두가 덧없는 허깨비였다는 것을, 너의 유년 시절과 청소년기의 신기루, '철이 들 무렵'이 되면 여지없이 사라지고 말 그런 신기루였다는 것을 말이야."

"네가 그걸 어떻게 알아?"

나는 별로 놀라지도 않고 친구에게 물었다. 내 친구가 얼마나 눈치가 빠른지, 얼마나 머리를 잘 굴리는지 익히 알고 있었던 것이다.

"아하. 네 경우가 내 경우이기 때문이지⋯⋯. 내 생각엔⋯⋯."

갈수록 영문을 알 수 없어 나는 친구에게 자세히 설명해 달라고 요구했다. 나는 덩그렁 넓은 집에서 엄격한 관리인의 보호를 받으며 성장했고, 내 친구는, 겉으로 보기에는, 바람보다도 훨씬 더 자유롭게 성장했다. 내 친구는 가족도, 조상도, 심지어 성(姓)마저도 필요 없는, 완전한 무장을 갖추고 이 세상에 태어난 듯한 인상을 심어 줄 정도였다. 그가 사는 아파트, 말을 함부로 하고, 아무렇게나 살고, 창녀들을 찾아다니고, 마치 도시의 경계선이 존재하지 않는다는 듯(그런 것이 있기는 있었을까?) 소나로사와 콜로니아로마를 누비고 다니는 것만 봐도 알 수 있었다.

프라가 거리의 건물 입구에 달린 모든 초인종에는 사람 이름, 회사 이름, 사무실 이름이 적혀 있었다. 맨 꼭대기 층에는 단지 P. H.(펜트하우스)라고만 적혀 있었다. 이미 학교에 다닐 때부터, 특히 내가 학교에 근무하던 젊은 사무직원에게 예리고의 성이 무엇이냐고 물어본 그 사건 이후로, 나는 그 문제에 대해 좀 더 알아볼 용기를 낼 수 없었다. 사무직원은 그 일 때문에 물을 먹었다. 내가 질문한 이후로 나는 그 직원을 다시는 볼 수 없었다. 사무실 창구 뒤에 숨어 있는 모습조차 보지 못했다. 나는 이렇게 짐작했다. 학교 직원이 사라져 버린 것처럼 내가 친구의 성에 대해 파고들면 나 역시 사라져 버릴지도 모르고, 그렇게 되면 평범하지만 신비스러운 친구 예리고의 근원도 사라져 버리고 말 것이라고.

그럼에도 우리는 바로 이곳, 레포르마 거리와 차풀테펙 거리 사이에 있는 프라가 거리의 이 다락방(펜트하우스)에서 함께 지내며, 지붕과 화장실과 음식과 독서, 심지어 여자들까지 함께 나누었다. 정확히 말해 한 여자. 오로지 한 여자.

예리고는 유리구슬 커튼을 열어젖히고 라 헤타라의 살롱에 모인 스무 명 남짓한 아가씨들 사이를 유유히 돌아다녔다. 예리고는 내 눈을 힐끗 보더니 내게 눈을 감으라고 말했다. 왜? 우리 여자 친구가 우리를 기다리는 침실로 곧장 갈 테니까. 여자 친구? 우리? 우리 창녀 말이야, 여호수아. 우리? 내 것이 네 것이잖아. 넌 선택할 수 없어. 내가 이미 너를 위해 선택해 놓았어. 친구가 어느 침실 문을 열며 말을 이었다. 온갖 것이 뒤섞인 짙은 냄새(향수, 땀, 녹말)가 사방 벽에 배어 있어, 그 집이 무너지지 않는 한 누구도, 어떤 것도 냄새를 지워 버릴 수 없을 것 같았다.

벽에 무거운 커튼이 둘러쳐진 방이었다. 나중에 들라크루아의 그림에서도 발견했던 동양의 화려함을 의도한 듯싶었다. 넘쳐 나는 비단 더미, 벽걸이 천들, 양탄자들, 향로들, 부채들, 후궁들, 환관들······. 그 방에 있는 모든 것들은 후각을 관능적으로 자극했지만 눈에는 잘 보이지 않았다. 무더기로 쌓인 방석들, 양탄자들, 의자들, 희미한 거울들, 고양이 오줌 냄새, 배달 음식 냄새. 행위가 끝나면 창녀의 외로움은 오직 끝없는 허기의 원수인 식욕에 의해서만 보상받는 듯싶었다. 현대 여성의 법칙, 비쩍 마른 모델들이 유행시킨 법칙, 이브의 딸내미들을 식욕 과다와 식욕 상실 사이에서 방황하게 만드는 법칙.

어떤 여자가 우리를 기다리고 있단 말인가? 뚱보? 아니면 말라깽이? 희미한 빛조차 없는 침실은 너무나 어두워서 예리고의 욕망의 대상을, 우정이라는 강력한 힘에 의해 내 욕망의 대상이기도 한 그 여자의 모습을 자세히 볼 수 없었다.

나는 예리고가 하자는 대로 따라 했다. 나는 단추 구멍에 겨우 꽃을 한 송이 꽂고 다니는 학생일 뿐인 내 주제를 파악했다. 처녀성을 더럽히고 슬픔에 젖은 엘비라. 한편 예리고는 이슬람 권력자가 자신의 하렘을 돌아다니듯, 열아홉 살이라는 나이를 믿고 냉담하면서도 확실한 태도로 그 사창굴을 누비고 다녔다.

그는 술탄이었고, 판관이었고, 두목이었고, 바로 그 자신이기도 했다. 열여덟 살 청춘에 사창굴에서 보내는 내 첫 번째 밤, 나이 때문에 주눅이 들어야 할 것인가? 아니면 이보다 더 우쭐해야 할 것인가?

예리고가 극적인 동작으로 두툼한 비단 이불을 붙잡고 대번에 벗겨 내자, 이불 안에 숨어 있던 여자가, 웅장한 무대장치 뒤에 숨어 있던 여자가 모습을 드러냈다.

무슨 엄청난 것이 내 눈앞에 나타났던가? 별것 아니었다. 여자의 아랫도리는 여전히 무언가로 가려져 있었다. 오로지 그녀의 벌거벗은 등허리만이 어둠 속에서 잊힌 달처럼 빛을 뿜었다. 그리고 그녀는 얼굴에 베일을 쓰고 코에서부터 어깨까지 가리고 있었다. 오로지 날개 달린 야수와 같은 그녀의 두 눈만 밖으로 드러나 있었다. 시커멓고, 길쭉하고, 잔인하고, 바보스러우면서도 무관심한, 가려진 얼굴의 반쪽만큼이나 신비스러운 두 눈. 마치 그녀는 코밑으로 어떤 것을, 그 눈의 수수께끼와 어울리지 않는 천박하고 단순하고 멍청한 어떤 것을 감추고 있는 듯싶었다.

이미 말했듯이 나는 그 이상의 것은 볼 수 없었다. 우리가 옷을 벗자마자 여자는 예리고의 입맞춤과 나의 더듬거리는 손길 사이로 사라져 버렸던 것이다. 순서도 정하지 않고 사전 약속도 없이 벌거숭이가 된 우리 두 사람은 각자의 굶주린 육체만을 남기고, 여자에게 키스하고 몸을 만지고 마침내 소유하고 싶은 우리의 욕망만을 남기고 모든 것을 내팽개쳐 버렸다.

우리는 그녀와 말도 나누지 않았다. 그녀의 입을 가리고 있던 베일도 그녀가 말을 못 하도록 막았다. 그녀는 한숨도 토하지 않았고, 불평도 항의도 하지 않았다. 그녀는 객체에 지나지 않았고, 자발적으로 움직이는 사물일 뿐이었으며, 오로지 예리고와 여호수아를 위한, 카스토르와 폴룩스의 쾌락(바로 그 첫날밤의)을 위한 도구였다. 지금 이곳에서 다시 한 번 백조의 창녀 역할을 했던 레다의 자식들은, 바로 그 순간 같은 알에서 태어난 그 자식들은, 제우스의 자식들은, 태어나는 순간 꽃과 풀을 피어나게 했고, 백조의 알들을 깨뜨려 사랑과 전쟁을, 무력과 지성을, 근육의 떨림을, 지붕을 태우는 불길을, 공기의 피를 태어나도록 만들었다.

우리는 사랑 안에서 대를 이어받았다.

나는 훨씬 나중에 가서야 내 몸 밖에 존재했던 것을 기억 속에서 재구성해 보려고 시도했다. 마치 바로 그 행위 속에서 쾌락이 아닌 그 어떤 인상이 그것을 소멸시켜 버린 것 같았다. 베일을 쓴 여자는 생기가 없었다. 여자는 억지로 굼뜨게 몸을 움직였다. 여자는 기계적으로 몸을 움직여 우리 두 사람이 주도권을 잡도록 허용했다. 하지만 내 사랑은 성급했고, 내 몸은 부들부들 떨렸다. 나는 느긋하게 움직이던 엘비라를 생각하지 않을 수 없었다.

"그녀를 두근거리게 할 만한 말을 할 수 있겠어?"

예리고가 내 귀에 속삭였다. 예리고와 나는 여자를 가운데 두고 벌거벗은 채로 마주 보았다. 두 친구가 숨을 헐떡이며, 미소를 지으려 애쓰며, 눈이 멀어 버린 벌거벗은 몸으로, 여자의 허리 위에 손을 올려놓고, 서로의 손가락을 건드려 가며 마주 보고 있었다. 나는 창녀의 한쪽 엉덩이에 문신한 벌을 곁눈질로 바라보았고, 우리의 입은 우리가 함께 나눈 숨결로 하나가 되었다. 무언가를 갈망하는, 무언가를 의심하는, 수줍은 듯한, 흥분된 숨결.

"이 여자를 차지했던 모든 남자들을 상상할 수 있어? 그녀의 몸으로 들어가는 길을 이미 수많은 자지들이 들락거렸다는 사실에 흥분되지 않아? 기분 나빠? 흥분돼? 혐오스러워? 오로지 너와 나만 감동받은 것 같아? 따로따로 놀까 아니면 동시에 즐길까?"

나는 두란고 거리에 있는 라 헤타라의 집에서 보낸 그 밤들이 예리고와 나의 공범과 같은 우정(우리가 학교에 다닐 때부터, 함께 책을 읽을 때부터, 필로파테르 신부와 대화를 나눌 때부터 존재해 왔던)을 영원토록 증명해 주리라고 막연히 믿었는지도 모른다.

그렇지만 또 다른 무언가가 있었다. 내가 엘비라와 관계를 할 당시에는 느끼지 못했지만, 그날 밤에 느꼈던 성교 후의 비애감뿐 아니라, 예리고 본인이 굳이 내게 일깨워 준 추악함, 천박함도 문제였다.

"너도 그렇게 믿고 싶어?" 여자가 몸을 뒤집어 엎드려 눕는 동안 예리고는 만화 주인공처럼 잔뜩 멋을 부리며 기침을 해 댔다. "너도 그렇게 믿고 싶은 거야? 섹스는 바로크 양식의 위대한 시와 같고, 그 겉모습은 투명한 심원을 가리기 위한 음흉한 장식일 뿐이다, 그렇게 믿고 싶은 거야?"

그가 보기 흉하게 얼굴을 일그러뜨렸고, 나는 웃음을 터뜨렸다.

"날이 새면 밤 화장이 지워진 헤타라의 맨얼굴을 볼 수 있을 테지. 과연 무얼 보게 될까? 과연 무얼 알게 될까? 향수로 축축해진 반죽 덩어리. 이 베일을 벗겨 내면 과연 뭐가 나타날까? 혐오스러운 낯짝."

예리고가 여자의 엉덩이 쪽을 가리켰다. 왼쪽 엉덩이에 문신한 여왕벌 한 마리가 있었다. 그는 내가 이미 발견했다는 사실을 모른 채 그 문신을 보여 주었던 것이다.

"모든 게 겉치장이야, 사랑하는 여호수아. 환상은 던져 버려. 그리고 이 베일을 쓴 여자에게 다정한 작별 인사나 건네 줘."

나중에 가서야 기억해 낼 수 있었다. 나는 베일을 쓴 여자와 사랑을 나눌 때 눈을 감았다. 하지만 내 친구 예리고는 눈을 뜨고 그녀와 사랑을 나누었으며, 절정에 이르렀을 때도 아무런 소리를 내지 않았다. 예리고는 절정에 이르렀지만, 그녀는 아니었다.

"다 그렇고 그런 거야."

* * *

우리는 예비 과정을 마치고 법과대학에 입학했다. 우리는 그걸 당연하게 여겼다.

예전 우리의 철학적 방황(성 아우구스티누스와 니체의 글들, 필로파테르 신부와의 토론, 스피노자의 매력)은 다음과 같은 사실을 일깨워 주었다. 철학으로 이루어진 뼈대는 육체의 뼈와 같아서 경험이라는 살이 필요하다. 그리고 경험이란 스피노자에 대해 아무것도 모르는 버스 운전사나 요리사조차 얻을 수 있는 것이다. 우리(예리고와 나)는 위험하게도 사상은 그 자체로 충분하다고 믿어 왔다. 사상은 그 자체로 찬란하고 감동적이고 별과 같았지만, 불모지와 다름없었다. 우리는 우리의 생각에 현실성을 부여하기 위해 법을 공부하기로 결정했다. 법은 우리가 함께 나눈 지적 소명에 가장 가까운 것이었다.

우리는 한 여자를, 혹은 한 아파트를 함께 나누었다. 그것은 생각을 함께 나누는 형제가 빵을 나누어 먹는 것과 같았다. 카스토르와 폴룩스, 백조의 자식들, 같은 난소에서 태어난 제우스의 아들들은 이 세상에 꽃과 풀이 피어나게 했고, 사랑과 전쟁이, 무력과 지성이 탄생하는 데 협력하기도 했다. 우리는 단단히 붙어 있었기 때문에 다음과 같이 우리의 미래를 결정했다. 우리의 사상에 현실성을 부여하기 위해 변호사가 되기로 결심했던 것이다.

나는 우리의 공동 목표에 대해 확신이 있었다. 그렇지만 나는 예비 과정을 마치고 대학교에 입학하기까지 몇 개월의 방학 기간 동안 내 친구에게서 점점 불어나는 불안감을 감지했다. 우리가 밥을 먹을 때, 샤워를 할 때, 동네를 산책할 때, 도시에서 점점 사라져 가는 서점에 들를 때, 대중음악 음반을 파는 가게나 비디오 가게나 잡화점으로 쳐들어갈 때(혹은 그 사람들이 우리를 받아 주었을 때), 예리고는 더듬거리며 자신의 불안감을 토로했다. 예전에 예비 과정에 다닐 때도 우리는 길거리 생활을 어느 정도 경험할 수 있었다. 길거리는 넓었고, 사람들은 우글거리며 무질서한 개미 군단처럼 움직였다. 길거리는 점점 더 커져 가는 계층 간의 차이를 여실히 보여 주었다. 차를 타고 다니는 사람들과 걸어 다니는 사람들 사이에 깊은 심연이 가로놓여 있었고, 자가용을 타고 이동하는 사람들과 버스를 타고 이동하는 사람들 사이에도 깊은 심연이 자리 잡고 있었다. 멕시코의 계층 격차는 줄어들기는커녕 오히려 늘어나기만 했다. 마치 국가의 '발전'이 최면으로 인한 환상인 듯, 행복한 생활의 총합이 아니라 주민들의 수에 의해 결정되는 듯싶었다.

대도시의 수는 점점 더 늘어 갔다. 특권을 지닌 도시는 굴 껍질 안에 든 진주처럼 따로 분리되어 있었다. 예리고와 나는 어느 영화 동아리에서 프리츠 랑이 감독한 「메트로폴리스」라는 영화를 보았다. 그 영화는 철저하게 구분된 두 우주를 보여 주었다. 위쪽에는 정원을 갖춘 호화스러운 펜트하우스가 있었고, 아래쪽에는 기계화된 노동자들이 사는 거대한 지하 동굴이 있었다. 그곳은 온통 회색빛이었으며, 더 안쪽은 칠흑이었다. 정확히 말해, 빛이 없었다.

우리 도시에서 가난하지도, 그렇다고 부자도 아닌 젊은이들은 디스코텍에서는 부자 아이들과 어울리고, 홀로 있을 때에는 백화점과 영화관, 카페가 모여 있고 임시로 설치한 보호 천장이 있는 상업 중심지를 뚱한 표정으로 돌아다녔다. 그리고 그 바깥에서는 어떤 것이 어쭙잖게 유행을 쫓는 그 젊은이들을 기다렸다. 선택. 올라가느냐, 내려가느냐, 혹은 그 자리에 영원히 머무르느냐.

그 모든 것 덕분에, 이런 이야기를 생존해 있는 여러분에게 들려주는 나와 예리고는 우리 자신을 어느 정도 특권을 지닌 사람으로 여길 수 있었다. 나는 베를린 거리에 있는 집에서 감시를 받아 가며 편안하게 살았다. 그리고 지금은 프라가 거리에 있는 아파트에서 내 친구와 함께 살고 있었다. 나는 그때까지 예리고가 어떤 방법으로 돈을 얻는지 알지 못했다. 나는 이제 한 가지 의심을 품게 되었지만, 그 의심을 감히 내 친구와 함께 나눌 수 없었다. 보름마다 우편함에 내 이름이 쓰인 봉투가 나타났고, 그 봉투 안에 수표가 들어 있었다. 고백하건데, 나는 슬그머니 그 봉투를 손에 넣었고, 예리고에게는 아무 말도 하지 않았다. 하지만 예리고 역시 정기적으로 그와 비슷한 도움을 받는다는 사실을 짐작할 수 있었고, 아무런 증거도 없었지만 우리에게 학비를 대 주는 사람이 같은 사람일 것이라는 결론에 이르렀다. 사실상 내가 쓸 수 있는 돈은 다 합해 봐야 긴급한 필요를 해결하는 데는 충분했지만 그 이상은 아니었다.

내 친구와 나는 쌍둥이처럼 비슷한 삶을 꾸려 나갔기 때문에, 나는 친구의 수입도 내 수입과 별반 다르지 않을 것이라고 짐작했다. 우리는 그렇게 비밀까지 나누어 가졌다.

앞에서도 언급했듯이 예리고는 방학 동안 엉뚱한 얘기를 두서없이 더듬거리기 시작했다. 그 말들은 나를 향한 것처럼 보이기는 했지만, 나는 때때로 내 친구의 생각이나 근심이 엉겁결에 큰 소리로 튀어나오는 것으로 여기고 그냥 넘어갔다.

샤워를 할 때는, "여호수아, 우리가 겁낼 게 뭐 있어?"

아침밥을 먹을 때는, "함정 앞에서는 절대로 방심하면 안 돼."

오후 3시에 무언가를 먹을 때는, "다른 사람들 의견에 넘어가면 안 돼. 우리는 독자적으로 움직여야 해."

함께 동네를 산책할 때는, "자신을 과대평가해서도 과소평가해서도 안 돼. 있는 그대로 받아들여야지."

아파트로 돌아올 때는, "우리는 우리를 둘러싼 모든 것에 맞출 필요가 있어."

"아니." 나는 반박했다. "우리는 남들보다 뛰어나야 해. 우리에게 도전하는 것이 우리를 성장시켜 주는 거야."

그때부터 우리는 자주 말싸움을 벌였다. 우리는 맥주를 마시며 팔꿈치를 식탁에 기댔고, 내 두 손은 머리를 받치고 있었고,

예리고의 두 손은 내 앞에 활짝 펼쳐져 있었고, 때때로 그와 나는 똑같은 동작을 취했고, 우리는 우정으로 하나가 되었고, 나는 그 우정을 우리의 힘이라고 생각했고……

"사람을 망치는 게 뭘까? 명예? 돈? 섹스? 권력?"

"그 반대일 수도 있지. 실패, 무명으로 남는 것, 가난, 성불구."

나는 맥주를 홀짝거리며 서둘러 대답했다.

예리고는 싸늘한 미소를 지으며 말했다. 우리는 극단적인 경우를 배제해야만 해. 경우에 따라서는 내가 말한 것이 네가 말한 것보다 더 낫겠지만 말이야.

"타락하고, 파렴치해지고, 거짓말을 달고 살아야 하는데도? 세상에!"

"그게 바로 도전이야, 이 쌍둥이 친구야."

나는 친구의 주먹을 부드럽게 잡았다.

"우리가 무슨 이유로 친구가 된 건데? 넌 내게서 뭘 본 거야? 난 네게서 뭘 보고?"

나는 벌컥 화를 내며 따졌다. 공식적으로는 '할리스코'였지만 실제로는 '사제관'으로 불렸던 그 학교에서 거의 어린아이나 다름없었던 우리 두 사람의 첫 번째 만남, 그 추억이 꿈을 꾸듯 가슴 아프게 밀려들었다.

예리고는 대답하지 않았다. 친구는 여러 날 동안 침묵을 지켰다. 내게 말을 거는 것을 무슨 배신행위로 여기는 듯싶었다.

"무슨 수로 그걸 피해?" 가끔씩 중얼거렸다. "빌어먹을!"

나는 우리의 대화가 엉뚱한 방향으로 빗나가지 않도록 미소를 지으며 말했다. 그럼 기술이나 배우든지, 아님 깡패가 되거나.

예리고는 웃지 않았다. 칼로 베듯 냉정하게(그는 그런 친구였다.) 이렇게 말할 뿐이었다. 범죄자는 적어도 특별한 운명을 지니고 태어나는 거야. 진짜 끔찍한 것은 꽁무니 빼는 운명을 타고나는 거야. 유행하는 여론과 타협하는 것.

멕시코시티의 '가난한 민중'에게는 가난과 범죄 외에 다른 선택권이 없다고 예리고는 말했다. 예리고는 그중 무얼 선택할 것인가? 의심할 나위 없이 그는 범죄를 선택할 것이다. 예리고는 우리가 문신한 여자와 사랑을 나눌 때처럼 나를 뚫어지게 처다보았다. 가난도 일종의 위안이 될 수 있겠지. 감상에 젖어 상투적으로 하는 말 중에서 어떤 게 가장 혐오스러운지 알아? 예리고는 내 손에서 자기 손을 빼내며 덧붙였다. 가난한 사람들은 착한 사람들이라는 거야. 천만의 말씀. 가난은 잔인한 거야. 가난한 놈들은 돼먹지 못한 놈들이지. 운명에 굴복했기 때문에 돼먹지 못한 놈들인 거야. 놈들은 가난에 대항해 범죄자가 되어야 겨우 구원받을 수 있어. 범죄는 가난의 미덕이지. 나는 그 순간의 예리고를 잊지 못한다. 그는 시선을 내리깔고, 머리를 절레절레 흔들고, 내 손을 다시 잡고, 어정쩡한 미소를 지으며 나를 처다보았다.

"청춘은 모험을 강행하는 것이라고 나는 생각하는데, 넌 어때? 그에 반해 철이 든다는 것은 속마음을 감춘다는 의미지."

"그럼 넌, 예를 들어, 사람을 죽일 수도 있니? 예리고, 넌 살인도 저지를 수 있어?"

나는 깜짝 놀란 척하며 싱긋 미소 지었다. 예리고의 표정은 여전히 어두웠다. 그는 말했다. 필요를 쫓아다니는 것이 두렵다고, 필요한 것을 찾아다니다 보면 알게 모르게 특별한 것을 희생해야 한다고. 나는 말했다. 모든 인간은 태어났다는 그 자체만으로도 특별한 존재이며 존경받을 가치가 있다고. 예리고는 처음으로 경멸기가 가득 담긴 눈으로 나를 쳐다보았다. 나를 형편없는 놈으로, 상상력이 부족한 놈으로 얕잡아 보는 것 같았다.

"여호수아, 내가 존경하는 게 뭔지, 너 알아? 나는 이 세상 그 무엇보다 사랑하는 사람을 죽이는 살인범과, 자신이 좋아하는 것을 훔치는 강도를 존경해. 그건 필요에 의한 행위가 아냐. 그건 일종의 예술이야. 그건 자유의지, 전적으로 자유인 거야. 네가 길거리에서 날마다 마주치는 불만 많고, 멍청하고, 미련하고, 목적도 없는 어중이떠중이와는 전혀 다른 종류란 말이야. 더러운 소 떼, 눈이 먼 두더지 떼, 구름같이 몰려드는 똥파리 떼와는 전혀 달라. 무슨 말인지 알겠니?"

"우리 이웃의 평범한 운명보다 범죄자의 유별난 운명이 더 가치 있다는 말이야?" 나는 떨떠름하게 말했다.

"그게 아냐!" 예리고가 발끈했다. "내가 존경하는 건, 실제로는 살인자이면서도 능숙한 속임수, 위장술, 능청 따위로 자신의 정체를 숨기는 이웃, 희생자를 딸기 잼으로 만드는 그런 사람이야!"

예리고는 깔깔대며 우리가 대학 도시에 있는 법과대학에 함께 다닐 수 없다고 말했다. 예리고는 그다음 주에 장학금을 받아 프랑스로 건너갈 예정이었다.

그는 밑도 끝도 없이 갑자기, 부드럽지만 단호하게, 사전 예고도 부연 설명도 없이 그렇게 말했다. 예리고는 원래부터 그런 녀석이었고, 나는 바로 그 순간 녀석의 충동적인 성질에 대비해야만 했다. 하지만 우리의 우정은 역사가 깊고 두터웠다. 나는 내 친구의 니체를 닮은 '당돌함'이 다시 나타난 것이라고 생각했다.

세상에 대한 지각으로 세상에 대항하는 것. 그건 단지 청춘을 상징하는 선택의 순간으로 돌아간 것일 뿐이었다. 그건 마치 크기가 같지 않은 여섯 갈래 길이 갈려 나오는 동그란 광장으로 돌아간 것 같았다. 우리는 다른 다섯 갈래 길을 포기해야 한다는 사실을 알면서도 단지 하나의 길만 선택해야 한다. 두 번째 길에서, 세 번째 길에서, 네 번째 길에서, 다섯 번째 길에서 과연 무엇이 우리를 기다리고 있을지, 어느 정도 시간이 지나야 우리는 그걸 알 수 있을까? 우리는 이런 생각으로 우리 자신과 타협하는 것은 아닐까? 우리가 어떤 길을 선택하든 그건 중요하지 않다. 우리 마음속에는 진정한 길이 이미 정해져 있고, 다른 길들은 우리 자신의 본질과는 상관없는 우연이며, 풍경이며, 상황일 뿐이기 때문이다. 이렇게 치부하는 건 아닐까?

나로부터 자신을 떼어 낼, 게다가 자기 자신으로부터 자신을 떼어 낼 운명을 찾아 떠나기 위해 갑작스럽게 나를 저버린 순간 예리고는 그런 사실을 알았을까?

그건 혹시, 예리고가 예리고를 발견하기 위해 어쩔 수 없이 받아들일 수밖에 없는 발걸음은 아니었을까? 자기 자신도, 결국에는 나조차 중요시하지 않고 말이다. 예리고의 유럽행은 예리고를 나로부터 영원히 멀어지게 한 것이었을까? 아니면 그 어느 때보다도 예리고가 내게 더욱더 가까이 다가서게 만들었을까? 그 당시에 나는 정확한 답을 알 수 없었다. 저 멀리 떨어진 태평양의 해안가에 널브러져 있는 지금 이 순간에야, 나는 우리가 함께 나눴던 청춘의 순간으로 돌아갈 수 있을 뿐이다. 우리는 그때 우리의 자아뿐만 아니라 삶 자체를 이해하기 위해 노력했다. 미뤄진 공포의 예감. 외적으로는 폭력적이고 내적으로는 황폐한 청춘. 행방불명된 시절, 부서지기 쉬웠지만 어쩌면 아름 다웠을지도 모를 시절.

하지만 당시 나는 엉뚱하게도 다른 점을, 전혀 다른 문제를 걱정하고 있었다.

예리고는 어떤 이름으로 여행을 떠났단 말인가?

대체 어떤 성을 그의 여권에 써넣어야 한단 말인가?

* * *

안토니오 상히네스 교수는 법과대학에서 어느 면으로 보나 두드러진 인물이었다. 큰 키, 품위, 독수리와 같은 인상, 우울해 보이는 눈썹, 진지함과 냉소, 조롱과 관용을 동시에 보여 주는 두툼한 눈꺼풀 밑의 두 눈. 그는 흠잡을 데 없는 복장으로 강의실에 나타났다. 항상 그랬다. 완벽한 스리피스 양복(나는 단 한 번도 그가 웃옷과 바지를 짝짝이로 입은 것을 본 적이 없었다.)과 높고 단단한 목을 강조하기 위해 단추를 채운 줄무늬 재킷, 단색 넥타이, 그가 유일하게 자신의 환상에 양보한 것은 밝은 밤색 구두와 제비를 뽑았거나 애인에게서 선물 받은 것 같은 커프스 버튼. 상히네스 변호사가 미키 마우스 모양이 달린 커프스 버튼을 사는 모습은 상상할 수 없었던 것이다.

상히네스 변호사의 그런 모습이 우리 시대에 갈수록 광범위하게 퍼져 가는 유행과 극단적으로 대비된다는 사실은 군이 언급할 필요가 없을 것이다. 젊은이들은 예전에 거지나 철도 노동자들이 입었을 것 같은 옷을 입고 다녔다. 찢어진 청바지, 낡은 구두, 청재킷, 광고 문구나 구호가 적힌 티셔츠(키스해 주세요, 미친놈, 애인이 필요해, 텍사스를 잃다, 난 사냥을 좋아해, 나는 버림받은 놈이다, 내 물고기들이 울부짖는다, 메리다 메트로폴리스), 민소매 속옷, 수업 시간에도 벗지 않고 하루 종일 거꾸로 뒤집어 쓰고 다니는 야구 모자. 더욱더 안타까웠던 것은 상당히 나이를 먹은 남자들과 여자들이, 노인네들은 아니지만, 스포츠 모자와 버뮤다 반바지와 나이키 운동화 차림을 하고 청춘을 되찾은 듯 으스대는 꼴이었다.

그런 사정으로 상히네스 교수의 고상한 차림새는 시대착오적인 엉뚱함으로 보였고, 상히네스 교수는 젊은이들 사이에 유행하는 옷차림을 무의식적인 타락으로 간주했다. 교수는 이탈리아 시인 자코모 레오파르디의 죽음과 유행이 서로 주고받은 그 유명한 대화를 인용하기를 좋아했다.

유행: 죽음 부인, 죽음 부인.
죽음: 때를 기다리시오. 때가 되면 부르지 않아도 나타날 테니까.
유행: 죽음 부인!
죽음: 이런 빌어먹을. 네가 원치 않는 순간에 찾아간다니까.
유행: 날 모르세요? 나 유행이에요. 당신의 자매.

바로 이런 점 때문에, 죽음과 타락이 뒤섞인 그런 분위기 때문에, 나는 상히네스 교수에게 이끌렸다. 그는 국제공법을 강의했는데, 학생들의 능력과는 상관없이 정성을 다해 가르쳤다. 우리들 머리에 자료들을 잔뜩 집어넣는 대신 두세 가지 사상을 제시하고 기초적인 텍스트 한두 권을 언급하며 그 사상을 설명했다. 그는 어느 누구도 자신의 충고에 따르지 않을 것을 알면서도 (강의실을 힐끗 쳐다보는 것으로 충분했다.) 자신이 추천한 책을 읽으라고 진지하게 충고했다. 다시 말해, 그는 넌지시 비치기만 할 뿐 강요하지 않았다. 그는 내가 그의 강의에 진지하게 귀를 기울였다는 사실뿐만 아니라(그때까지 그의 강의는 사막에 울리는 외침에 지나지 않았다.) 그다음 한 달 동안 자신이 강의 시간에 제기한 문제를 내가 기민하고 충실하게 따라가고 있음을 머지않아 알아차렸다. 상히네스가 『군주론』을 언급하면 나는 마키아벨리를 읽었고, 그가 『사회계약론』을 언급하면 나는 루소를 파고들었다.

그가 먼저 나를 초대했다. 우리는 함께 대학 도시 경내를 산책했고, 그러다 나는 코요아칸에 있는 그의 집까지 따라가게 되었다. 그의 집은 식민지 시절에 지어진 오래된 저택으로 비록 단층짜리였지만 엄청나게 넓었다. 집 내부, 연속해서 이어지는 살롱들에 책들이 쌓여 있었다. 그 책들은 모든 역사를 아우르는 것은 아니었지만 이 세상의 지혜를 지탱해 주기에 충분할 것 같았다. 상히네스 교수는 내가 즐거워한다는 것을 알아챘고, 내가 향수에 젖어 들었다는 것도 눈치챘다. 상히네스 교수와의 만남은 오래전에 필로파테르 신부와 나누었던 대화를 상기시켰다. 또한 그 만남은 내 친구 예리고의 부재를, 우리가 때때로 느꼈던 형제로서 함께 보고 함께 행한 일들을 나누고 싶은 그 절박한 욕구를 일깨워 주었다. 멕시코에서 내가 느꼈던 것을 예리고가 유럽에서 느꼈는지 어떤지 나는 알 수 없다. 예리고가 곁에 있었다면 내 기쁨은 두 배로 늘어났을 것이다. 우리가 함께 있었다면 둘이서 안토니오 상히네스 교수의 강의를 평가할 수 있었을 것이고, 그 강의를 필로파테르 신부의 강의와 비교해 볼 수 있었을 것이고, 우리가 필로파테르 신부를 만난 이후로 그랬던 것처럼 우정이라는 단단한 시멘트로 우리의 지성을 형성해 나갈 수 있었을 것이다.

상히네스 교수의 집에는 한 남자와 그의 책들이 나누어 가진 공기가 흐르고 있었다. 그와 그의 책들은 국제법 학자의 윤리 속으로 섞여 들었고, 글로벌한 새로운 자유방임과 어울리지 않았다. 국제화는 기정사실이었고, 낡은 경계선을, 법률과 연설을, 케케묵은 습관과 절대 권력의 보호막을 단번에 쓸어버렸다. 안토니오 상히네스 교수는 그런 현실을 부정하지 않았다. 그는 단지 우아한 역설로 이 세상에 닥칠 위험(모든 이에게 미칠)을 경고할 뿐이었다. 마땅한 상대도 없이, 정당한 사유도 없이, 법률적인 취지도 없이, 균형도 없이 국제적인 결정이 득세하는 그런 세상. 그런 세상에서는 전쟁을 최후의 수단이 아니라 최초의 수단으로 사용할 것이다. 그 파국적인 미국의 이라크에 대한 간섭이 상히네스 교수의 이론을 뒷받침하는 증거였다. 권위는 실재하지 않았고, 깨지기 쉬웠고, 이미 빼앗긴 것이었다. 그들의 주장은 거짓말투성이였다. 이라크에는 대량 살상 무기가 없었다. 독재자를 무너뜨린다고 해결될 문제가 아니었다. 독재자는 쓰러졌지만, 테러가 등장했다. 그 나라는 최고의 질서(독재 체제)에서 최고의 무질서(무정부 상태)로 전락했고, 그 재난은 석유의 유통을 보장하지도 못했고, 가격의 하락을 유발하지도 못했다. 포토맥 강의 인회토는 메소포타미아의 화염으로 변했다.

"유일하게 승리하는 사람들은 전쟁의 첫판과 끝판을 이용해 먹는 용병들이지." 상히네스 교수는 이렇게 결론지었다.

이것이 만일 안토니오 상히네스 교수가 강의실에서 가르친 실용적인 교훈이었다면, 나는 개인적으로 교수의 다른 면을 발견했다. 국제적 범죄에 대한 교수의 질타는 모든 범죄에 대한 그의 관심의 일부에 지나지 않았다. 나는 이내 알아낼 수 있었다. 그의 도서관을 장식한 책들 중 절반 정도는 비토리아와 수아레스, 그로시오와 푸펜도르프의 고상한 사상을 다룬 것이 아니라 범죄와 범죄자에 대한 베카리아와 도스토옙스키의 음울하지만 심도 깊은 연구를 다룬 것이었다. 그리고 더욱더 섬뜩한 경찰에 대한 버틀워스의 책들과 감옥에 대한 리빙스턴과 오웬의 책들도 있었다.

상히네스 교수는 교도소 제도에 대해 설명하면서 주제별로 조목조목 오랜 시간을 투자했다. 안전성과 생활 조건, 허용된 특권, 건강과 외부 세계로의 접근, 편지, 합법적인 접촉, 가족이나 배우자와의 만남, 본국 송환, 내부 규율, 징벌, 격리, 감방, 확정 판결과 잠정 판결……

"교도소는 법과 제도에 의해 머리끝에서 발끝까지 붕대로 감아 놓은 미라와 같은 거야. 교도소 당국은 대부분, 좋은 일이든 나쁜 일이든 '규칙'에 따라 행동해. 이 '규칙'이라는 것은 엄청난 기지를 발휘해 그 규칙을 적용하기도 하고, 무시하기도 하고, 어기기도 하지. 그래서 상당수의 불문법이 생겨났고, 특히 멕시코에서는 이 불문법이 성문법을 대신하게 된 거지."

그가 그때 한숨을 쉬었는지 어땠는지 모르겠다.

"라틴아메리카 전역에서 법에 경의를 표하고는 있지만 그건 단지 더욱더 멋지게 법을 위반하기 위해서일 뿐이야. 멕시코 감옥은 브라질 감옥보다 더 열악하지 않아. 콜롬비아에서는 게릴라들이 국가의 법률을 무시하고 그들 나름의 형법을 강요하지. 중앙아메리카에서는 전쟁으로 인한 재앙이 수많은 '실제' 상황을 만들어 냈고, 그런 상황에서 권리는 죽은언어에 불과해."

해적처럼 차려입은 교수에게 어린 세 자식들이 뛰어들었다. 녀석들은 목이 터져라 소리를 질러 대며 교수의 머리로, 어깨로, 가슴으로 타고 올랐고, 교수는 웃음을 터뜨렸다. 교수는 부드럽게 아이들을 떼어 낸 후 재킷과 넥타이를 매만지며 결론적으로 이렇게 말했다.

"여호수아, 내가 법과 이론에 대해 아무리 떠들어도 감옥 생활을 너 스스로 가까이에서 관찰하지 않는다면 아무 소용도 없는 일이야."

그는 내가 생전 처음 보는 눈빛으로, 그러니까 무슨 꿍꿍이가 담긴 눈빛으로 나를 쳐다보았다. 그때까지 우리의 관계는 보통의 스승과 제자가 으레 그렇듯 직설적인 관계였다. 상히네스 교수는 눈을 감음으로써(그가 생각에 잠길 때면 늘 그랬다.) 내 의구심에 불을 댕기지 않고 자신의 눈에서 반짝이는 빛을 끄려고 시도했을 것이다. 무슨 말을 하고 싶었던 걸까. 법학 교과목 중에는 필수적으로 이수해야 하지만 주제는 자유롭게 선택할 수 있는 과목이 있었다. 바로 법률 실습 과정이었다. 그는 마치 어느 분야에서 법률 실습을 하고 싶은지를 묻는 것 같았다. 상업 소송 혹은 민사 소송. 이혼, 소유권 회수, 차압, 파산, 합병, 경계 설정, 경쟁, 평가. 교수는 자신의 과목인 국제공법에 대해서는 한마디도 하지 않고 이 모든 주제를 언급했고, 마지막으로 교도소 수감자의 권리에 대해 이야기했다.

그가 한숨을 쉬었던가? 명령했던가?

사실은 이랬다. 나는 안토니오 상히네스의 부추김을 받아 교도소에서의 법률 실습을 신청했고 그 과정을 마칠 수 있었다.

다른 무엇보다 가장 두려운 곳, 가장 유명하지만 가장 알려지지 않은 곳, 그 이상한 이름은 확연히 드러나지만 그 을씨년스러운 내부는 전혀 보이지 않는 곳.(나는 그렇게 추측했다.) 살아 있는 자들의 무덤. 죽은 자들의 집. 그랬다. 멕시코의 시베리아, 황무지 안의 황무지, 동굴 속에 있는 또 다른 동굴, 입구는 많고 많지만 출구는 하나도 없는 미로, 신에 대한 저주와 신성한 신성모독의 제단. 시커먼 구덩이. 처음부터 복부에 갇힌 채 시작되고 결국에 가서 수의에 갇히고, 요람에서 무덤까지 가정이라는 감옥에 갇혀 수많은 비밀에 얽매이는 우리 삶에 대한 은유. 교도소는 법률이라는 벽돌로 지어진 건물. 희망은 즈가리야의 감옥. 해방은 이사야의 소망.

이렇게, 이런 생각과 함께, 나는 변호사 과정을 마치기 위해 산후안데아라곤의 팔라시오 네그로 속으로 들어갔다. 그 옛적 콘술라도 강 지하에 건설된 곳. 도시의 떠들썩한 발걸음 아래. 나는 몰랐다. 감옥 중의 감옥인 그 깊은 곳에서 도시의 떠들썩한 소리가 마치 고문이라도 하듯 그렇게 크게 들릴 줄 나는 상상도 하지 못했다.

* * *

추치타는 눈에 눈물이 가득 고인 채 내게 다가와 손을 내밀었다. 다른 손에는 작은 거울을 들고 있었는데, 이따금 차분함과 두려움이 뒤섞인 눈으로 거울을 들여다보았다. 옷을 입혀 줘.

그녀가 말했다. 넌 옷을 이미 입었어. 내가 대답했다. 소녀는 허공을 향해 비명을 지르며 입었던 옷을 쥐어뜯기 시작했다. 그것도 옷이라고 할 수 있을까. 그녀는 산후안데아라곤의 지하 감옥에 갇힌 소녀라면 누구나 입는, 거친 자루처럼 보이는 슈미즈를 입고 있었다. 나는 싫어. 그녀는 기름때로 엉겨 붙은 머리카락을 쥐어뜯으며 소리를 질러 댔다. 벌거벗은 내 모습이 싫단 말이야. 넌 옷을 입었어. 나는 담담하게 대꾸했다. 그녀는 내게 달려들어 할퀴려 들었다. 옷을 입혀 줘. 소리쳤다. 옷을 입혀 달란 말이야. 그러더니 고개를 떨어뜨리고 뒤로 물러났다. 한편 그녀 곁에 있던 파란 옷을 입은 소년은 시멘트 바닥으로 몸을 숙여 눈에 보이지 않는 무언가를 찾고 있었고, 그보다 조금 멀리 떨어져 있던 아이는 끊임없이 등을 긁어 대며 쓰리고 아린 여드름에 대해 불평을 늘어놓았다. 피투성이 손톱으로 그 까무잡잡한 피부를 아무리 긁어 대도 여드름은 결코 아물지 않았다.

이사우라라는 소녀는 한 가지 생각에 붙잡혀 있었다. 포포카테페틀 화산. 나는 그녀 곁에 잠시 앉았다. 그녀는 다른 얘기는 하지 않았다. 그녀는 수시로 싱긋 미소를 지으며 음절을 하나씩 음미하듯 그 산의 이름을 발음했다. 포-포-카-테-펠. 나는 고쳐 주었다. 포-포-카-테-페틀. 그건 나우아틀 말로……. 나는 즉시 수정했다. 그녀가 내 말을 알아들었으면 싶었다. 그건 아스텍 말이야. 그녀가 반복했다. 포-포-카-테-펠. 나도 고집을 부렸다. 테-페틀. 그녀는 잔뜩 화가 난 눈으로 나를 노려보았다. 왜 화가 났을까. 마치 내가 그녀 내면의 비밀스러운 방을, 신성한 공간을 더럽힌 듯한 기분이 들었다. 나는 그녀가 나를 진짜로 때려 주기를 바랐다. 그러나 그녀는 그저 노려보기만 했다. 나와 온 세상을, 그녀를 이곳으로, 산후안데아라곤에 갇힌 소년 소녀들로 가득 찬 이 수영장으로 보낸 세상을 해치고 싶은 듯한 시선이었다. 내가 그녀에게 무슨 말을 할 수 있었던가? 내 존재와 따로 격리된 그녀 사이에는 그 어떤 길도 열려 있지 않았다. 그녀가 포-포-카-테-펠을 반복하며 멀어질 때에는 이미 나를 쳐다보지도 않았다.

내가 그다음에 만나 본 사람에 대해서는 이름조차 알려 주지 않았다. 남자인지 여자인지도 알 수 없었다. 고작해야 예닐곱 살 정도로 보였지만, 그 표정에는 무언가가 새겨져 있었다. 말로 설명할 수 없는 그 무엇, 아니, 달콤하지만 단정 지을 수 없는 공포. 그는 누구였던가? 알베르토. 소년. 아니다. 알베르티나. 소녀. 그는 눈물이 그렁그렁한 눈으로 나를 쳐다보았다.

열다섯 살쯤 되어 보이는 또 다른 소년은 허리에 찬란한 상처 자국이 있었다. '찬란한'이라고 말하고 싶다. 불행과 용기가 뒤섞인 우쭐거리는 듯한 표정으로 그 상처 자국을 보여 주었기 때문이다. 그는 집게손가락으로 상처를 가리켰다. 여기 좀 보란 말이야, 한번 만져 봐, 겁내지 말고…….

얼굴이 한없이 슬퍼 보이는 소년이 내 시선을 끌었다. 나는 감히 그의 이름을 물어볼 수 없었다. 열한 살 정도, 그 이상은 아니었다. 하지만 그의 시선에는 오래된 죄의식이 담겨 있었고, 그 죄의식은 양미간의 자잘한 주름 사이에, 입을 씰룩일 때마다 토르티야 부스러기와 스크램블드에그 찌꺼기가 엉겨 붙은 지저분한 입술 너머 보이는 새하얀 치아에 은근한 적대감을 비추며 드러났다. 내가 그를 관찰하고 있다는 것을 그가 눈치채는 순간 슬픔은 순식간에 분노로 바뀌었다.

"축하해!" 그가 소리쳤다. "축하한다고!"

그는 내게 달려들었다. 간수가 달려와 겨우 그를 뜯어말릴 수 있었다.

다른 아이들은 그에 비해 훨씬 더 수다스러웠다. 세페리노는 전혀 잘못한 일이 없다고 내게 주장했다. 죄라면 버림받았다는 것뿐이었다. 그의 부모는 어느 가난한 동네에 그를 버렸고, 그곳 쓰레기통에서는 개들조차도 먹을 것을 찾을 수 없었다. 그는 할 수 없이 개를 한 마리 잡아먹으려 했다. 하지만 쓰레기통 같은 동네에 그를 버린 부모를 찾아 잡아먹는 편이 오히려 나을 것 같았다. 그는 부모를 찾아다녔다. 얼마나 힘들었는지! 도시는 엄청나게 넓었다. 그의 부모는 그에게 무엇을 남겼던가? 멜빵바지 상표였다. 그에게 멜빵바지를 사 준 상점 이름. 상점 사람들은 그의 부모가 어디로 갔는지 그에게 알려 주었다. 그는 부모를 찾아 하루 종일 이 동네 저 동네 돌아다니다 살로스톡으로 가는 길가 술집에서, 파추카로 가는 고속도로 변에서, 다시 말해 싸구려 술집에서 부모를 찾아냈다. 아빠, 엄마. 그는 소리쳐 부르려고 했다. 나야, 아들, 페레스. 하지만 그는 부모를 보는 순간 알 수 있었다. 그의 부모는 아이가 일종의 짐이었기 때문에, 먹여 살려야 할 하나의 입이었기 때문에, 거추장스러운 방해물이었기 때문에 아이를 버린 것이었다. 그리고 그의 부모는 지금 보잘것없는 가게를 꾸려 가며 그를 까맣게 잊어버렸다. 그들은 '페레스'라는 아이를 먹여 살릴 필요가 없었기 때문에 그만큼이나마 성공할 수 있었다고 믿었다.(페레스는 그렇게 믿었다.) 그는 부모를 쳐다보았다. 부모는 웃는 표정은 아니었지만 행복해하고 만족해하는 것 같았다. 죄의식에서 벗어나지는 못했다. 그러나 이사를 해서 먹고살 만한 방도를 찾아낸 이후로는 그전 일을 모조리 잊어버렸을 뿐이었다. 그들은 아들이 살아 있다는 것도 몰랐다. 열한 살 먹은 아들이 얼음송곳을 움켜쥐고 자신들을 공격해 눈을 뽑아내고, 비명을 지르며 피를 흘리는 자신들을 그곳에 내버려두고 산후안데아라곤의 소년원으로 끌려가리라는 사실도 그들은 몰랐다.

그들은 살아남았던가?

나는 그들이 그대로 죽었기를 바란다. 무시당한다고 느끼고, 힘겹다고 느끼고, 지랄 같다고 느끼고, 자신들을 똥구멍, 개새끼라고 느끼며 살 바에야 차라리 죽으면 이 세상을 다시 보지 않아도 되고, 살아갈 방법을 궁리하지 않아도 될 테니까.

메를린은 장애아였다. 전신 장애는 아니었지만 몸이 상당히 불편해 보였다. 빡빡머리, 행복한 바보의 심술궂은 눈초리, 헤벌쭉 벌어진 입, 질질 흘러내리는 콧물. 나를 안내한 간수는 이 소년이 범죄 조직이 불법행위를 저지르기 위해 고용한 바보 무리의 일원이었다고 설명했다. 그들 무리는 자동차에 폭탄을 설치했고, 범죄행위를 할 때 바람잡이 역할을 했고, 미끼로 이용당했고, 가짜로 유괴된 아이들 역할을 했다. 그들 중 머리가 좋은 아이들은 첩자 역을 맡았다. 그들 중 거의 대부분은 가족이 돈을 받고 범죄 조직에 넘긴 아이들이었고, 골칫덩어리 아이들로부터 벗어나기 위해 부모가 그냥 내다 버린 아이들도 있었다.

내가 법률 실습 과정을 마칠 수 있도록 도와준 친절한 간수가 주위를 돌아보며 설명했다. 재주가 뛰어난 아이들도 많습니다. 하지만 찢어지게 가난한 환경에서 태어났다는 게 문제죠. 유일한 탈출구는(간수는 손바닥을 활짝 펴서 팔을 내밀어 커다란

원을 그렸다.) 범죄와 매춘입니다. 이 시커먼 수영장이 유혹의 공간 역할도 한다는 간수의 말에 나는 깜짝 놀라지 않을 수 없었다. 씁쓸한 운명이 아니라는 것이었다. 이곳에서 마치 유령처럼, 홀로 혹은 짝을 지어 우글거리는 아이들 모두는 다 떨어진 거친 카프탄을 입었고, 맨발이었고, 마치 서캐만이 그들의 유일한 위안거리인 양 박박 밀어 버린 머리를 긁어 댔고, 옆 사람의 배꼽을 찔러 댔고, 사타구니와 겨드랑이를 박박 문질렀고, 손으로 코를 풀었고, 아무렇지도 않게 똥을 누고 오줌을 쌌고, 멕시코 연방구의 추잡한 내장 속에다 시멘트로 만든 커다란 지하 수영장에 모여 있었고, 감옥살이라는 운명을 짊어지고 있었다.

무관심하면서도 어두운 간수의 눈은 바로 이런 의미를 내포했다. 알베르티나는 라스로마스의 어느 레스토랑에서 유괴당했다고 말했다. 그녀는 화장실에 가는 도중 사라져 버렸다. 부모가 그녀를 찾아 헤매는 동안, 그녀는 마약에 취한 채 유괴범들의 품에 안겨 레스토랑을 나왔다. 그녀는 유아복만 입고 있었다. 머리카락은 잘린 채 까만색으로 염색되었다. 그녀는 자신이 진정 누구인지, 누구였는지 절대로 알 수 없으리라는 생각에 얼굴이 항상 창백했다. 그녀는 오로지 도둑질하는 법, 방범 창살을 뚫고 들어가는 법만 배웠고, 그러다 결국 치유가 불가능할 정도로 완전히 미쳐서는 감옥 창살에 갇혔다.

우리가 어떻게 해 주길 바라니?

나는 혼자 옷을 입을 줄 몰라! 추치타가 소리쳤다.

허리에 상처 자국이 있는 소년은 예비 장기가 필요한 미국인들에게 그의 신장을 팔아넘기려는 납치범들에게 끌려 갔다. 야, 이 짜샤, 저 두 녀석이 네 몸을 파헤치지 못하도록 조심해. 그는 자신을 납치하고, 마약을 먹이고, 수술한 사람들을 찾아다녔다. 그들을 찾아내지 못한 그는 국경을 넘어가기로 결심했고, 병원들을 찾아다니며 화려한 아피사코 몽둥이로 다른 사람들의 신장이 잠들어 있는 병들을 깨부수기 시작했다. 깨진 유리 조각, 줄줄 흘러내리는 액체, 바닥에 널린 신장들. 그는 신장을 모아, 요리를 해서, 토르티야로 싸서 먹었다. 복수심에 불타는 멕시코 청년은 마치 그것이 거대한 미국식 타코라도 되는 양 꾸역꾸역 집어삼켰다. 그는 캘리포니아에서 추방당했다. 그것은 멕시코 사람들, 특히 영어를 못 하는 용의자들을 붙잡아 두는 미국의 정책과는 상반되는 조치였다. 카타리노(이것이 그의 이름이었다.)는 극히 위험한 인물로 밝혀졌다. 알카트라즈 감옥도 그를 감당하지 못했다. 그는 한니발 렉터처럼 사람도 잡아먹었던 것이다.

정의가 승리를 거두었던 것이다.

"수영할 줄 아십니까?"

간수가 내게 물었다. 나는 처음으로 간수의 얼굴을 쳐다보았다. 시멘트 수영장이라는 어린아이들의 작은 지옥에서 긴장하지 않을 수 없었다.

대답할 시간이 없었다.

수영장-감옥 옆구리의 높은 곳 네 군데에서 물줄기가 갑자기 터져 나와 수영장에 갇힌 아이들과 청소년들의 몸과 머리 위로 쏟아졌다. 야만스럽고, 발랄하고, 고통스럽고, 놀라움에 가득 찬 비명. 소나기처럼 쏟아지는 탁한 물줄기가 죽어 버린 강에서부터 이곳까지 터져 나와 아이들과 청소년들을 깔아뭉갰다. 그들은 물 위를 떠다니며, 팔을 휘두르며, 머리를 흔들며, 소리치며 울어 댔다. 그 작은 감옥 바다의 혼란, 수위가 점점 높아지면서 나 역시 옷을 입은 채 수영을 하지 않을 수 없었다. 나는 그 혼란 속에서 주위를 둘러보았다. 몇몇 아이들은 수영을 했고, 그보다 어린 아이들은 물에 잠겨 있었다. 아이들은 물에 붙잡혀 따로 또 함께 비명을 지르며 허우적거렸다.

"우리는 이런 식으로 강제로 목욕을 시킵니다." 간수가 말했다.

"수영을 못 하는 아이들은요?"

"이런 식으로 감옥의 인구밀도를 적절히 조절하는 겁니다."

"지금 무슨 말을 하는 겁니까?"

"그만큼 인구밀도가 높다는 얘깁니다."

"당신이 무슨 인구통계학자라도 된단 말입니까?"

누가 어린아이들의 제단 앞에 엎드려 멕시코를 위해 기도를 올린단 말인가?

* * *

친애하는 생존자 여러분. 내 친구 예리고가 떠났다고 해서 내가 구제불능의 외로움에 빠졌다고 얘기한다면, 그건 거짓말일 것이다. 다행히 그의 부재 시기는 내가 대학교에 다니던 시기와 일치했고, 그래서 나는 안토니오 상히네스 교수의 강의를 들을 수 있었으며, '법률 실습'이라는 명목으로 산후안데아라곤의 소년원을 방문할 수 있었다. 그 끔찍한 방문.

나는 거짓말은 하지 않았다. 다만 빠뜨렸을 뿐이다. 나는 내 잘못을 바로잡아야 한다. 나는 마음속으로 예리고의 부재를 자발적인, 이상적인 고독과 연결하려고 했다. 그러나 현실은 내가 공항에서 친구와 헤어지는 순간 나를 배신했다. 나는 살아 있는 사람들을 속일 수 있다. 그 많은(혹은 적은) 여러분 중에서 누가 과연 내가 지금 여기서 털어놓는 이야기에 반박할 수 있단 말인가? 내가 하는 모든 이야기는 순전히 내가 지어낸 것일 수도 있다. 여러분, 내 글을 읽는 아저씨, 아줌마, 아가씨는 내가 진실을 이야기하는지 아닌지 알 수 없다. 여러분은 심지어 내가 이 책 바깥에 존재하는지 아닌지조차 알 수 없다. 예리고라는 익숙한 동반자가 없는 내 성생활이 소금도 모래도 없는 사막과 같았다고, 소년원에 버금가는 깊고, 외롭고, 잔인하며, 시멘트로 이루어진 사하라 사막처럼 공허했다고 내가 주장한다면 여러분은 내 말을 믿을지도 모른다. 당신들이 원하는 대로 상상해 보라. 나는 엘비라 리오스 간호사를 찾아다니다 결국 만났다, 그녀가 유부녀였는데도 나는 그녀의 애인이 되었다, 그녀가 유부녀가 아니었는데도 나는 그녀의 애인이 되지 못했다, 그녀는 오로지 환자들을 위로하기 위해 환자들과 잠자리를 같이했기 때문에, 그리고 나는 스탈린주의 사회주의 리얼리즘(당시 사회주의 리얼리즘의 대중적인 작품들은 국립 예술 궁전에 전시됐다.)의 포스터처럼 건강해 보였기 때문에 그녀는 나를 거부했다. 내가 만일 이렇게 말한다면, 얼굴을 베일로 가리고 엉덩이에 벌을 문신한 창녀를 다시 한 번 만나기 위해 두란고 거리에 있는 사창가를 찾아갔다고 말한다면, 여러분은 내 말을 반박할 것이다. 진실? 거짓말? 나는 그녀의 이름도 몰랐다. 그녀는 없었다. 사라져 버렸다. 별명이 헤타라인 뚜쟁이 관리인 에바리스타 알몬테 부인의 정결한 표현에 따르면 '은퇴한' 것이었다.

신중한 독자를 속이는 짓이 되겠지만 나를, 내 인생을, 내 책을 믿어 달라고 요구하는 바이다. 멕시코시티 공항의 일 번 터미널에서 예리고와 헤어진 그 행위를 믿어 달라. 그 코끼리처럼 거대한, 모든 방향으로 뻗어 나가는 건물을 특징짓는 그 지옥 같은 혼란. 출구, 입구, 카페, 레스토랑, 주류 소매점, 폰초, 잡동사니, 챙이 넓은 조잡한 모자, 책과 잡지, 약국, 금은방, 제과점, 운동화 가게, 유아복, 복권 같은 하루살이 인생, 내 조국, 끊임없이 들락거리는 내국인 외국인 관광객 수천 명, 구경꾼, 소매치기, 택시 운전사, 짐꾼, 경찰, 세관 공무원, 항공사 직원, 유니폼을 입은 사람들, 정보를 잃어버린 사람들, 주변 도시까지 뻗어 가는 토속적이면서 이물스러워 보이는 건물. 나는 그 속에서 내 인생을 뒤바꾸어 놓을 일대 사건과 맞닥뜨리고 말았다.

앞서 얘기한 그 혼란에 지금부터 내가 얘기하려는 소동이 어느 순간 추가되었다. 모든 이들의 도시인 공항에서는 그런 일이 벌어지기 마련이다. 사람들은 어떤 목적을 향해 그곳에 가지만 결과적으로는 전혀 다른 일 때문에 그곳에 있었다는 것을 깨닫는다. 사람들은 자신이 방향을 안다고, 공항이라는 식인귀의 내장 속에서 자신의 인생이 가야 할 길을 안다고 믿는다. 하지만 예기치 않았던 일이 허가도 받지 않고 불쑥 끼어들기 마련이다. 사람들은 모든 것을 갖추었다고 믿는다. 그러나 어느 순간 광기가, 이성을 위해 마련해 두었던 자리를 차지하고 만다.

일은 이렇게 진행되었다. 나는 집으로 돌아가기 위해 지하철로 통하는 길을 우울한 마음으로 조용히 걷고 있었다. 그런데 갑자기 누군가가 내 품으로 쓰러졌다. 나는 그를 남자라고도 말할 수 없고 여자라고도 말할 수도 없었다. 그는 온통 가죽으로 뒤덮여 있었고(마지못해 그를 안는 순간 적어도 그 사실은 알 수 있었다.) 그의 얼굴은 커다란 고글에 가려 보이지 않았다. 어쩌면 머리에 썼던 가죽 헬멧에서 조종사용 보안경이 떨어졌는지도 모른다. 그는 발길질을 해 댔고, 그를 붙잡은 경찰들로부터 벗어나기 위해 내게 엉겨들었고, 자신의 성(性)을 밝히려는 듯 소리를 질러 댔다. 날카로운 여자 목소리가 속사포처럼 터져 나왔다. 엄마야! 그녀는 경찰들을 향해 마르멜로, 빨갱이, 수리부엉이, 물컷, 잡종, 파렴치한, 가장 먼저 몸을 판 창녀의 새끼들, 에바리스타, 마틸도나(그 이름은 귀에 익었다.), 개새끼 중의 개새끼, 씹새끼 중의 씹새끼라고 욕을 퍼붓다가 이내 말을 멈췄다.

나는 그녀를 끌어안았다. 경찰들은 그녀의 어깨를 붙잡았다.

"놔주세요, 제발." 나는 본능적인 동정심에 이끌려 경찰들에게 호소했다.

"이 여자를 알아?"

"내 아내입니다."

"그렇다면 간수를 잘해야지, 젊은이."

"라 카스타네다에 처넣어 버려." 가장 나이 많고 가장 인상이 험악한 경찰이 말했다.

"내 동료는 이 여자가 미쳤다고 하던데."

"무슨 일을 저질렀는데요?" 폭풍우 속에서 전봇대에 매달리듯 나를 붙잡고 늘어지는 여자를 끌어안으며 물었다.

"에어프랑스 비행기가 날아갈 활주로에 자신의 경비행기를 몰고 나타났단 말이야."

그 비행기는 내 친구 예리고가 파리로 가기 위해 올라탄 비행기였다.

"사고가 났나요?"

"우리가 제때 붙잡았지."

"우리가 경비행기를 압수했어."

"이 여자는 처벌받게 되나요?"

"경비행기를 압수했다고 얘기했잖아."

경찰이 그 말을 하며 신음을 토해 냈는지 어쨌는지는 모른다. 각막이 없는 그의 눈은, 조각상 같은 그의 눈은 움직이지 않았고, 그의 입술은 부적절한 공범 관계를 요구했다. 나는 그를 매수할 수 있을 정도로 돈이 많지 않았고, 뇌물은 철학적으로는 그렇지 않았지만 윤리적으로 내 마음에 들지 않았다. 하지만 그들은 내 삶을 편안하게 만들어 주었다. 그들은 여자를 그냥 풀어 주었고, 아스텍 지하의 신들은 나를 공항 정거장으로 보내 주었다. 돈으로도 매수할 수 없는 그들이 내게 등을 돌렸을 때, 나는 압수된 경비행기의 운명, 즉 그 비행기에서 나온 수입이 어떻게 분배될지 상상할 수 없었다.

"루차 사파타라고 해."

나는 그녀를 껴안고 복잡한 인파 속으로 끼어들었다. 나는 다른 여자와 시선이 마주쳤다. 그녀는 몸놀림이 경쾌한 젊은 짐꾼 뒤를 따라가고 있었다. 짐꾼은 짐을 공항으로 나르는 일이 부득이하지만 관능적인 연극 행위인 듯 행동했다. 그 세련되고 젊고 날쌔고 우아한 여자가, 표범 같고 짐승 같은 몸짓으로 고통스럽게 짐꾼을 따라가는 그 여자가, 무슨 이유로 덧없지만 강렬한 관심을 품은 채 나를 쳐다보았는지 나는 알 수 없었다.

"루차 사파타라고 해." 내 동반자가 다시 말했다. "나를 데려가 줘."

나는 그 우아한 여자를 더 이상 쳐다볼 수 없었다. 최소한의 연대감에 굴복했던 것이다.

* * *

산후안데아라곤 동네 전체가, 적어도 오세아니아에서 리오콘술라도까지가 시와 연방 정부의 합의에 따라 철거되었다. 이는 그곳, 수도 중심부와 시우다드네사의 무법 지대에 공화국에서 가장 규모가 큰 교도소를 세우기 위한 조치였다. 이것은 일종의 도전이었다. 법은 황폐하고 먼 그곳까지, 저마다의 규정에 따라 세워진 새로운 교도소 도시들이 모여 있는 그곳까지 미치지는 못할 것이 분명했다. 그것은 일종의 도발이었다. 법은 그 중심의 중심에, 가까이에 정착될 것이고, 그래서 범죄자들은 즉시 자신들이 유별난 인종이 아니라 죄수 시민이라는 사실을 깨달을 것이었다. 귀로는 자동차가 지나다니는 소리를 들을 것이고, 코로는 맛대가리 없는 튀김 냄새를 맡을 것이고, 손으로는 그 잘난 조국의 역사적인 벽을 더듬을 것이고, 그들의 발은 멕시코-테노치티틀란의 사라져 버린 강들과 죽어 버린 호수에서 얼마 떨어지지 않은 곳에 놓여 있을 것이다.

나는 실용적인 법률 실습 과정을 밟아 가며 다음과 같은 사실을 이해할 수 있었다. 미성년자들은 커다란 지하 수영장 안에서 삶과 죽음 사이를 오가고 있었다. 그들은 엉겁결에 물에 빠져 죽을 수도 있고, 타잔처럼 살아남을 수도 있었다. 나는 성인 죄수들은 지상에 갇혀 있다는 사실을 깨달았다. 그들은 소리를 모으는 기계를 만들어 외부 도시에서 들려오는 소음을 꼼꼼하게 수집했다. 단테가 그린 고통의 도시(città dolente)와 비교해 볼 때 자유와 기쁨을 마음껏 누릴 수 있는 진정한 대도시. 지상에서는 그런 세상이 나를 기다렸다. 그곳에서는 죄수들의 말소리를 알아듣기 힘들었다. 끊임없이 들려오는 도시의 소음, 자동차 클랙슨 소리, 모터 돌아가는 소리, 타이어 끄는 소리, 엄마들의 욕지거리, 장사꾼들의 외침, 거지들의 침묵, 창녀들의 수작, 연인들의 탄식, 아이들의 노랫소리, 학생들의 합창 소리, 자유에 대한 기억으로 죄수들을 고문하기 위해 확성기를 통해 요란하게 울리는 무릎 꿇고 기도하는 소리, 이 모든 소음이 죄수들의 말소리를 알아듣지 못하도록 방해했다.

나는 대학교의 필수 과정(법률 실습)을 끝까지 마치기 위해, 또 내가 존경하는 스승 상히네스 교수의 결정을 존중하기 위해 철저하게 나 자신을 무장했다. 어린이들의 수영장 위에 세워진 산후안데아라곤의 성인 교도소는 단층짜리 기다란 건물이었다. "여기서는 어느 누구도 높은 곳에 올라가 가득 찬 오물통을 우리에게 던질 수 없습니다." 나를 안내하던 간수가 웃지도 않고 그렇게 말했다. 하지만 그의 어깨에는 닳아빠질 정도로 빡빡 문질러 빨아 댄 흔적이 있었고, 그곳에서 똥 냄새가 은은히 풍겼다.

시보네이 페랄타는 쿠바 출신으로 백인과 흑인 사이에서 태어난 혼혈이었다. 나이는 서른 살 정도였고, 기다란 머리카락을 비비 꼬아 단정하게 하고 있었으며, 배꼽까지 상체를 드러냈다. 근육을 과시하기 위해, 탄탄한 이두박근과 가슴의 깊은 박동과 창자의 위협적인 허기로 상대방을 겁주거나 자신을 보호하기 위해 그러는 것 같았다. 그는 신발을 신지 않았으며, 누더기인 바지는 성기 높이까지 둘둘 말아 올려 성별을 구별하기 힘들었다.

그의 성기는 남자의 그것일 수도 있었고 여자의 그것일 수도 있었다. 그의 죄는 열정에 의한 것이 아니었다. 그는 이렇게 말했다. 그건 수수께끼야, 미스터리, 꼬마야.

"작은 미스터리인가요?"

"아니, 엄청나게 큰 미스터리야, 꼬마야."

시보네이는 자신이 왜 교도소에 있는지 그 이유를 몰랐다. 그는 머리가 돌아 버릴 정도로 음악을 사랑했다. 그는 온몸의 근육을 씰룩이며 음악의 힘에 대해 이야기했다. 우리는 음악이 시키는 대로 하지 않을 수 없다는 것이었다.

"나는 볼레로의 자식이야, 꼬마야."

시보네이는 볼레로에 복종했다. 노래 가사가 '나를 보세요.' 인데 여자가 그를 쳐다보지 않으면 시보네이는 성스러운 분노에 휩싸여 여자의 목을 졸랐다. 노래 가사가 '내가 당신을 사랑하는 만큼 나를 사랑하는지 말해 주세요.'인데 여자가 그를 돌아보지 않으면 그 여자는 적어도 시보네이식 몽둥이찜질을 당해야 했다. 자신만의 욕망이라는 고요한 우주에 갇힌 그는 낯선 여인에게 묻는다. 나를 어떻게 생각하느냐고. 그런데 그 여자가 침묵을 지키면 그는 의자, 창문, 접시, 꽃병 등 손에 잡히는 모든 것으로 여자를 묵사발로 만든다.

"당신의 약점을 알면서도 그걸 자제하지 못하는 겁니까?" 나는 우물쭈물 물어보았다.

시보네이는 깔깔대며 웃었다. 그건 내 약점이 아냐, 그건 내 취미야, 내 기쁨이라고. 마치 그렇게 말하는 듯싶었다. 이게 대체 무슨 일이란 말인가? 나는 속으로 중얼거렸다. 그는 노래 가사를 있는 그대로 믿을 뿐이다. 지금 이 순간 쓰고 있는 글을, 호기심 많은 독자 여러분에게 보여 주는 글을 내가 믿듯이 말이다. 시보네이 페랄타는 그 어쩔 수 없는 운명 때문에 노래 가사를 곧이곧대로 받아들이지 못하는 여자들의 목을 졸랐던 것이다.

브리얀티나스(화장품)와 고마스(머릿기름)는 사악한 목적으로 같은 감방에 수감되었다. 그 목적이란 두 사람이 강박적으로 훔치는 화장품과 머릿기름을 놓고 서로 싸우게 만드는 것이었다. 두 사람은 서로 알기 전부터 가장 희귀한 화장품과 가장 오래된 트라가칸토 머릿기름을 확보하기 위해 약국과 미용실을 털었다. 그 두 가지는 그들에게 통제되지도 않고 통제할 수도 없는 페티시였다. 간수가 내게 설명해 주었다. 교도소 당국의 원래 의도는 경쟁 관계에 있는 두 사람을 같은 감방에 수감해서, 그들이 욕망의 대상을 두고 싸우다가 급기야 화장품 병으로 서로를 죽이게 만들자는 것이었다. 간수가 덧붙였다. 그건 산후안데아라곤 교도소의 원칙입니다. 죄수들을 부추겨 서로 죽이게 만드는 거죠. 그럼 수감 인원도 줄어들 테니까 말입니다.

"한 놈이 죽을 때마다 먹여야 할 입이 하나씩 줄어드는 겁니다, 변호사 선생."

"나는 아직……."

"변호사 선생."

간수는 음흉한 눈으로 나를 쳐다보았다.

"변호사가 아니라면, 여기 있을 수 없을 텐데……."

그러나 고마스와 브리얀티나스는 그 어느 것에 대해서도 다투지 않기로 합의했고, 머리에 싸구려 머릿기름을 바르며 평화롭게 함께 살아 나갔다.

"저 두 사람이 서로 싸우도록 만들 수 있는 방법이 있을까요?"

"머리를 박박 밀어 버리면 되겠죠." 나는 퉁명스럽게 대답했다.

간수가 배꼽을 잡고 웃어 댔다. "빡빡머리에, 겨드랑이에 화장질이라, 변호사 선생."

변호사 얘기가 나온 김에 한마디 더 하자면, 나는 헤나로 루발카바 변호사의 감방으로 안내받았다. 내가 알기로 그는 법과대학에서 상당히 유명한 형법학자였다. 내가 감방으로 들어서자 그는 자리에서 일어나 최선을 다해 죄수복을 반듯하게 폈다. 반소매 회색 셔츠와 왜소한 변호사의 체구에 비해 터무니없이 큰 바지.

"당신은 어떠한 범죄도 저지르지 않았다고 하던데." 간수가 한쪽 눈을 찡긋하며 말했다.

"그렇소이다." 헤나로가 차분하게 말했다.

"말은 잘하지." 간수가 조롱하듯 토를 달았다.

헤나로는 어깨를 으쓱했다. 나는 즉시 알 수 있었다. 무슨 이유로 이곳에 계시는 거죠? 당신에게 어떤 죄목을 씌운 거죠? 그에게 이렇게 묻는다면 나는 변명과 불법으로 이루어진 출구 없는 미로 속으로 빠져들 것이 분명했다. 헤나로 자신(사십 대로 보이는 호리호리한 금발 남자)도 그렇게 생각했을 것이다. 그는 침대에 앉아 손으로 정성스럽게 침대를 두드린 후 내게 앉으라고 권했다.

그는 매우 차분하게 이야기했다. 감옥은 불만이 많고 어리석은 사람들로 가득 차 있다, 이 사람들은 자유를 원하지만 여기서 나가면 무엇을 해야 할지 모르고 당황할 것이다. 체념입니까? 아니, 적응이라네. 헤나로가 말했다. 젊은 친구(바로 나), 수감형은 세상으로부터 자네를 떼어 놓는 것이라네, 같이 있던 사람들로부터 자넬 떼어 놓는 거지. 자네는 절망에 빠져 죽을 수도 있고, 미국인들이 '큰집'이라고 부르는 곳에서 새로운 관계를 맺을 수도 있어. 하긴, 결국 이것도 조금 다르긴 하지만 집은 집이지. 자네가 버리고 온 집과 마찬가지로 바로 자네 집인 거야.

"선생님께서는 어떻게 지내십니까?" 나는 잘 훈련받은 학생의 가면 뒤에서 물었다.

"감옥이 내게 주는 것을 받아들이지." 헤나로가 어깨를 으쓱했다.

그는 내 눈에 어린 의문부호를 발견하고 말을 이었다.

"굴욕을 당하지 않으려면 해서는 안 되는 일이 무엇인지 확실히 알아야 해."

그는 내가 질문을 하기도 전에 먼저 말했다.

"예를 들면, 면회를 받아들이지 말게. 사람들은 약속 때문에 어쩔 수 없이 자네를 찾아오지만, 계속해서 시계만 쳐다본다네. 그들은 한시바삐 이곳을 떠날 생각만 하는 거야."

"멕시코에는 배우자 면회라는 게 있는데요."

그는 비꼬는 듯하면서도 씁쓸해 보이는 미소를 지었다.

"자네 마누라에게 다른 애인이 생겼다고 확신하면……."

"좋습니다. 하지만 무슨 수를 써서라도 찾아온다면……."

헤나로는 목소리를 높였지만 씹어뱉듯 말했다.

"그 두 사람은 자네를 배신해서 자네가 계속 감옥살이를 하게 만들 거야."

그는 미친 듯이 소리를 지르며 자리에서 벌떡 일어나 두 손으로 머리를 감싸고 귀를 잡아당기며 눈을 감았다.

그가 내게 달려들어 주먹을 휘둘렀다. 간수가 몽둥이로 변호사의 목덜미를 내리쳤고, 변호사는 울부짖으며 침대로 쓰러졌다.

네그로 에스파냐(스페인 깜둥이)와 페르피다 알비온(영국 화냥년)은 산후안데아라곤에 수감된 동성애자들이었다. 그들은 매춘에 강도와 암살 혐의로 가중처벌된 상태였다. 교도소 당국은 그들에게 원하지 않는 남성스러움을 회복하도록 강요하지 않았다. 그 반대였다. 그 두 사람은 하고 싶을 때면 교도소의 허락을 받아 화장품, 족집게, 색조 화장품, 가짜 속눈썹, 립스틱 등을 사용할 수 있었다. 다만 간수들은 그걸 부도덕하고 경멸스러운 짓으로 받아들였다. 간수들은 모두…….

"잘 만들어진 위선자들이지." 네그로 에스파냐가 뺨에 가짜 점을 그려 넣고 값비싼 빗을 흔들며 말했다.

그는 손가락으로 빗을 가리켰다. "세비야 만국박람회에 갔을 때 마련한 거야."

"벌써 오래전 일이지." 페르피다 알비온이 중얼거렸다. 내가 보기에 그는 영국인이었다. 더럽고 머리카락이 매우 짧은 남자였다. 그의 정체성을 알 수 있는 유일한 표식은 그의 가슴에 붙은 이사벨 여왕의 초상화였다.

네그로 에스파냐의 말에 따르면, 그들은 원래 '정상인들'이 그들을 그대로 내버려 두리라는 희망을 품고 각기 다른 감방에 수용되기를 원했다고 한다. 그런데 그 정반대의 상황이 벌어지고 말았다. 사내대장부라고 자부하는 죄수들이 여자 같은 네그로 에스파냐와 페르피다 알비온의 매력에 빠져 '피오레스나다'라고 소리 지르며 그들에게 달려들었다. 사랑을 나눌 때면 '프리실라'나 '엔카르나시온'이라고 불렀지만. 그 결과 더 많은 동성애자들이 나타났다. 영국인이 끼어들었다. 바로 그 때문에 우린 할 수 없이 다시 합쳤지. 우리 단 두 사람만 서로에게 '상처를 입히기' 위해서 말이야.

그들은 깔깔대며 웃었고, 뻔뻔스럽게도 서로의 몸을 애무하며 노래를 불렀다. 페르피다는 네그로를 위해 마드리드 사르수엘라의 아리아를 불렀고, 네그로는 페르피다를 기쁘게 해 주기 위해 길버트와 설리번의 작품을 노래했다.

"그 누가 우리를 보호해 줄까?" 두 사람은 이중창을 불렀다.

"우리 자신만이 우리를 보호할 수 있노라!" 두 사람은 힘차게 외쳤다.

도둑질할 때 창문을 뜯어내는 버릇 때문에 벤타나스(창문)라고 불리는 사람은 왜 감옥에 갇혔느냐고 내가 묻자 한바탕 웃음을 터뜨렸다. 그는 치아가 하나도 없었다.

"이를 몽땅 공공 자선사업에 선물해 버렸지. 나는 박애정신을 사랑한단 말이지. 꼬마야, 나는 그보다 더한 짓도 할 수 있어. 나는 사람들을 사랑할 뿐만 아니라 그들의 재산도 사랑한단다. 그래서 이 따위는 필요 없는 거야."

그는 침을 질질 흘리며, 요란한 기침을 터뜨리며 깔깔 웃어 댔다. 그는 예순 살 정도였을 것이다. 백 살이 넘어 보였지만 손을 떨지는 않았다. 그는 피아노 연주자 같은 솜씨로 끊임없이 손가락을 움직였다.

그가 말을 이었다.

"사람들이 나를 쇼팽이라고 불렀어. 그럼 나는 이렇게 쏘아붙였지. 쇼팽은 무슨 말라비틀어진."

그가 이야기했다.

"털러 들어간 집에서 빠져나오는 방법을 모르는 도둑놈들이 있지. 나는 항상 명심해 왔어. 들어가는 것도 중요하지만, 소리 소문 없이, 흔적도 없이, 어떤 낌새도 남기지 않고 달아나는 것도 중요하다는 사실을 말이야. 그러기 위해서는 혼자 작업하거나 열 살 미만인 아이들과 일을 해야 해. 아이들이 방범 창을 비집고 들어가 창문을 열어 주니까 말이야."

그가 느닷없이 너털웃음을 터뜨렸다. 그 웃음소리는 건반이 전혀 없거나 검은색 건반만 있는 피아노에서 울리는, 도저히 있을 수 없는 음악과 같았다. 그 깊숙한 목구멍에서, 치아가 몽땅 빠져 버려 더욱더 깊어 보이는 그의 목구멍에서 소리가 울려 퍼졌다.

"나는 수년 동안 항상 혼자 작업했어. 불필요한 짐을 지지 않고 말이야. 불사조라는 새처럼, 아무리 불에 태워도 다시 살아난다는 그 새처럼 가볍게 날아다녔어. 어느 누구도 나만은 불에 태울 수 없었지. 내게 무슨 짓을 할 수 있었겠어?"

그는 폭풍 같은 한숨을 내쉬었다. 그는 고독한 소매치기였다. 고령으로 인한 질환은 그에게 겨우 스무 살 먹은 애송이와 타협을 해서 자신의 죄목을 부풀리도록 만드는 데 한몫했다.

"그랬지. 민첩하고, 어리고, 멍청한 놈이었지. 들어가는 법은 알았어. 그러나 나오는 법은 몰랐지, 변호사 선생. 출구를 찾지 못한 거야. 그렇게 깔끔하게 들어가고 나서 말이야. 그 바보 멍청이 녀석은 아주 효율적으로 도둑질을 한 다음 그만 혼란에 빠지고 말았어. 방향을 잃어버린 거야. 나를 끌고 이쪽으로 왔다가 저쪽으로 갔다가, 저쪽으로 갔다가 다시 이쪽으로 왔다가, 경보가 울릴 때까지 그렇게 끌고 다녔단 말이야. 불이 켜질 때까지 우린 그곳에 남아 있었어. 정신이 빠진 채, 페드레갈데산앙헬의 헌병대에 포위된 채, 에스파르사 가족과 그 집의 도난 경보기를 원망하면서 말이야."

"어린 공범은 어떻게 됐죠?"

"감옥으로 끌려오는 차 안에서 내가 죽였어."

"뭐라고요?"

그는 두 손을 들어 올려 상상 속의 목덜미 위로 떨어뜨렸다.

내가 이런 일들에 대해 쓰는 이유는 그때의 경험이 사회와 국가와 인간을 보는 내 안목에 결정적인 영향을 주었기 때문이다.

* * *

루차 사파타. 그건 일종의 표적이었던가, 아니면 일종의 부름이었던가? 일종의 목적이었던가, 아니면 일종의 추억이었던가? 마인 캄프(Mein Kampf), 나의 투쟁, 혹은 내 사랑 투쟁(루차)이었던가? 그날 밤 아레나 멕시코의 루차 사파타. 싸우는 사람은 아무도 없었다. 나는 속으로 중얼거리며 자신이 비행기 조종사라고 주장하는 그녀를 다시 붙잡아 택시 안으로 밀어 넣었다. 그녀는 몸을 떨며, 몸을 자그맣게 만들며, 웅크리며, 즉시 내 품으로 달려들었다. 그것은 어린아이의 행동이 아니었다. 그것은 일종의 선언이었다. 나를 지켜 줘.

무엇으로부터?

나 자신으로부터.

그녀가 전하고자 했던 의미를 이해하기 위해서는 말이 필요 없었다. 완전히 버림받은 듯한 시선, 보호막의 완벽한 부재가 그녀를 내 손으로 넘겨주었다. 내 자비심에 맡긴 건 아니었다. 왜냐하면 동정심 위에는 오직 일시적인 감정만이 설 수 있고 원망이 추가되기 때문이다. 자비심은, 동정심은 기독교의 감정적인 무기였고 갈보리 언덕의 그 견딜 수 없는 멜로드라마의 무대였던 것이다. 루차 사파타는 젖가슴 사이에 십자가를 매달고 다녔던가? 그 꿰뚫을 수 없는 가죽옷이 나의 확신을 방해하고 내게 추측을 강요했다. 내가 하는 모든 말은, 내가 어떤 경우에도 감상주의에 빠지지 않았다는 사실을 내 위대한 독자 여러분에게 납득시켜야 한다. 오히려 나는 처음 나를 소개할 때부터, 내 명함 양면을 보여 줄 때부터 솔직해지기 위해, 직접적으로 말하기 위해 노력했다. 잘린 머리와 버려지고 벌거벗은 육신. 오래전에 누군가가 썼듯이, 그건 그다지 중요하지 않다. 현대사회에서는 비극을 볼 수 없다. 모든 것이 우리에게는 멜로드라마로, 소프 오페라(soap opera)로, 연속극으로, 서부영화로 바뀌고 만다. 서부영화(알폰소 레예스는 서부영화를 현대의 서사시, 바다가 아닌 황야의 신화라고 불렀을 것이다.)의 성공은 관객이 선인과 악당을 쉽게 구별할 수 있는 직설적인 단순성에서 기인한 것이다. 악당은 검은색 옷을 입는다. 선인은 하얀색 옷을 입는다. 악당은 수염을 기른다. 영웅은 수염을 깎는다. 선인은 이를 닦는다. 악인은 입에서 악취를 뿜어낸다. 영웅은 정면을 바라본다. 악당은 삐딱하게 바라본다.

어린 예리고와 내가 그리스 고전에서 읽은 내용은 비극에 대한 구체적인 생각을 우리에게 심어 주었다. 그것은 가치들의 투쟁이었지 미덕들의 대립이 아니었다. 안티고네가 옳았던 만큼 크레온도 옳았다. 안티고네는 가족이라는 입장에서 정당했다. 크레온은 사회적으로 봤을 때 정당했다. 가족의 법은 죽은 자들을 매장하라고 요구했다. 국가의 법은 매장을 금지했다.

"그렇다면 네가 말하듯 비극적 균형이라는 것도 그다지 올바르지 않아." 예리고는 그렇게 토를 달았다.

나는 물었다.

"가족의 법은 계속 이어져 나가지만 도시의 법은 일시적이고 폐기될 수 있는 거야. 그렇지 않아?"

나는 다 망가져 가는 택시 안에서 이 모든 것을 생각했다. 그 택시는 '신병을 인수당한' 여자와 나를 내가 알지 못하는 운명으로 이끌었다.

"손님, 어디로 모실까요?"

어디로? 차창을 통해 광대한 아니요 페리페리코 사막을 쳐다보는 것으로 충분했다. 우리가 먼저 재가 되기를 선택하지 않을 경우 우리를 기다리는 매장의 전조. 우리는 결국 희생당할 것이다. 우리는 돌고 도는 시멘트 회로 안에서 죽을 것이고, 그 회로는 새로운 도시를 보여 줄 것이며, 그 새로운 도시는 예전의 껍질을, 호수의 관능을, 불타는 신성함을 벗어던진 도시이자, 가장 귀한 진주라는, 아직 태어나지 않은 굴의 일그러진 보석이라는 바로크의 아름다움으로 대치된 도시이다. 멕시코시티는 용암으로 이루어진 제2의 기반 위에서 대리석을, 미소 짓는 천사를, 천사보다 명랑한 악마들을 자랑한다. 악마들은 부근 예배당에서 고문당한 그리스도들이 흘린 피눈물을 보상하려는 듯 즐거워한다. 제단은 그리스도의 어머니 성모마리아의 진주 눈물로 장식되고, 성모마리아는 우리의 신성한 동물인 이베리아 황소의 뿔 위를 날아다닌다. 신성하기 때문에, 그래서, 필요에 의해, 삼단논법에 따라 희생양으로 삼을 수 있는 황소. 인내심이 강한 무덤들과 추방당한 물줄기가 버드나무가 심긴 거리로 흘러나오고, 세상에서 가장 투명한 지역이라고 스스로 선언하는 눈 덮인 소나무 산으로 올라갔다가, 마침내 이곳 페리페리코에 도착한다. 음산한 시멘트로 이루어진 더러운 순대. 이백만 대 자동차들의 교수대 겸 무덤. 썩어 가는 택시들, 유물론자들의 버스들, 싸구려 폭스바겐들, 꼴사나운 알파로메오들이 커다란 도시의 터널 속으로 사라진다. 자동차 옆구리에 겨우 매달려 있는 승객들, 금욕적이며 그와 동시에 절망에 빠진, 파리 떼처럼, 포도송이처럼 차에 매달린 사람들 때문에 자동차가 보이지 않는다.

그런 벌거벗은 추악함을 무슨 수로 치장할 수 있었을까? 광고로. 상업광고는 페리페리코의 유일한 장식물이었다. 소비자들의 손에는 닿지 않지만 눈으로는 즐길 수 있는, 만족감을 주는 물건들의 세상. 욕망의 이미지들의 연속. 왜냐하면 그것들 중 그 어느 것도 도시 주민들의 물리적인 현실에도, 경제적인 가능성에도, 심리적인 화장에도 응하지 않았기 때문이다. 그날 밤 내가 무방비 상태인 한 여자와 함께 택시를 타고 돌아다닌 그 페리페리코. 그 용감한 여자는 내 품에 안겨 하나같이 금발인, 그래도 어느 곳에나 써먹을 수 있는 여자들이 줄줄이 지나가는 모습을 곁눈질로 바라보았을 것이다. 그 여자들은 맥주, 자동차, 속옷, 수영복, 해변의 콘도미니엄, 영화, 시청각 기기를 광고하고 있었다. 광고들. 엉뚱하지만 치명적인 파국을 기다리는 광고들. 어느 날, 한 경비행기가 순수 혈통의 말들을 가득 실은 수송기와 충돌해 산산조각이 났다. 아무도 비행기 조종사들을 생각하지 않는다. 바다로 떠나라는 휴가지 광고와 외곽 주거지 광고에 멕시코의 어느 가족이 나타났을 뿐이다. 셔츠 소매를 둘둘 만

행복한 아버지, 정숙하고 깔끔한 어머니, 아이들 한 쌍(사내아이와 계집아이). 그 가족은 물에 젖은 채 미소를 지으며 행복해했다. 위성도시에서 지상낙원을 발견한 가족. 그 낙원은 상업광고에서도 실제 생활에서도 결코 빠져나올 수 없는 안전한 감옥이었다…….

나는 내 외로운 동반자와 함께 어디로 가야 했을까?

프라가 거리에 있는 아파트로? 그 여자에게는 자신의 집이 없었던가?

나는 물어보았다.

그녀는 한마디 말도 없이 내 품으로 더욱더 깊이 파고들었다.

가죽 냄새가 났다. 알코올 냄새. 불에 탄 풀 냄새.

나는 그녀의 고글을 들어 올리고 모든 것에 정신을 집중했다. 우리를 태우고 가는 택시, 빠르게 달리는 시멘트 무덤, 내 행복한 동포들의 확고하고 연속적인 미소들. 그들은 린다비스타 지역의 아름다운 집을 소유했고, 빛도 물도 없는 해변에서 휴가를 즐겼고, 아침에는 경쾌한 소리가 나는 시리얼을 먹었고, 성적인 쾌감을 약속하는 속옷을 입었다. 어디? 어디? 침대에서. 에스파르사 가족의 재산을 만들어 준 침대들. 페드레갈에 엄청난 저택을 만들어 준 침대들. 침대들이 만들어 낸 돌과 유리의 대저택……. 나는 그 순간 상반되는 목소리들, 시각적인 모욕, 상업적인 방심, 단단한 현실로 만들어진 인간 침대였다. 나는 그녀를 위한 침대였다. 우리가 교차로에 도착해 마침내 페리페리코를 빠져나왔을 때 여자가 내 귀에 입을 대고 자신의 이름을 중얼거렸다.

"루차 사파타."

그녀는 극히 투명하면서도 그와 동시에 극히 혼탁한 눈으로 나를 바라보았다. 나이를 짐작할 수 없는 눈이었다. 내가 바랐던 만큼 젊어 보이기도 했고, 내가 원했던 만큼 늙어 보이기도 했다. 내 품에 안긴 그 연약한 육체가 갑작스러운 애정으로 인하여 나 자신의 몸으로, 스물네 살의 건강하고 (비교적) 젊은 남자의 육체로 변했던 것이다. 나는 이 점을 밝히고 싶다. 우리가 택시를 타고 있던 바로 그 순간, 그녀의 연약함과 나의 강함이 그 어떤 것이었든 간에, 그녀는 신비스러운 시선으로 내 살 속으로 파고들었고, 나는, 솔직히 말해, 무슨 마법의 유혹에 빠진 듯 그녀의 살 속으로 파고들었다. 나는 그녀의 젖가슴을 더듬어 거기서 즉각적으로 반응하는 약속을 찾아내고 싶었다. 그날 밤 그 다 망가진 택시의 어둠 속에서 내가 희롱했던 그 젖꼭지들은 마치 오랜 세월 나를 기다려 온 것 같았고, 아무리 많은 다른 손들이 이전에 그것들을 애무했다 하더라도 바로 그 순간부터는 영원무궁하게 오로지 내 것으로 남을 것 같은 인상을 받았다.

루차 사파타의 과거를 어떻게 알 수 있을까? 과거를 캐내려고 덤벼들어야 했던가? 내게 금지된 것은 아니었을까? 그녀가 주장하지 않았던가? 내 과거를 알고 있다고? 철저히 무방비 상태였던 그녀가, 길거리 개들처럼 눈물이 나도록 자포자기 상태였던 그녀가 이렇게 외치지는 않았던가? 나를 지켜 줘, 네가, 네 이름처럼, 나는 완전히 지쳤어, 어디든 원하는 곳으로 데려가 줘, 오늘 나를 살려 주면 내일 너를 구원해 줄게, 약속해.

나는 마치 그녀를 헝겊 인형인 양 짊어지고 계단을 올랐다. 비행기 조종사용 헬멧에 파묻힌 그녀의 머리는 내 가슴에 놓여 있었다. 그녀의 팔은 기절한 새의 날개처럼 내 목에 힘없이 걸려 있었다. 축 늘어진 그녀의 몸통에서 축축한 기운이 풍겼다. 그녀의 가녀린 다리는 내 팔에 걸려 있었다. 그녀의 구두가 벗겨져 계단으로 떨어졌다. 나는 구두를 집어 들기 위한 어떤 동작도 취하지 않았다. 나는 그녀를 위로 옮기기 위해, 그녀를 침대에 눕히기 위해, 그녀를 간호하기 위해, 그녀를 보호하기 위해 걸음을 서둘렀다.

구두는 내일까지 그곳에 있을 것이다. 그날은 일요일이었다.

* * *

미겔 아파레시도는 야릇한 미소를 감추며 나를 머리끝에서 발끝까지 훑어보았다. 그 미소는 경멸의 미소도 아니었고 그렇다고 무관심의 미소도 아니었다. 나 역시 나만의 시선으로 그의 시선을 맞받았다. 나는 그의 시선보다 더욱더 대담한 시선을 보여 주고 싶었다. 왜냐하면, 다른 무엇보다도, 나는 산후안데아라곤의 감옥을 나가면 도시의 혼란 속으로, 일의 홍수 속으로 들어갈 테지만, 그는, 미겔 아파레시도는, 누런 얼룩이 서린 검푸른 빛의 이상한 눈으로 감옥에 남아 그 사나운 눈빛을 울적함으로 부드럽게 빚어내야 하기 때문이었다. 마치 감옥에 들어오기 이전의 그의 삶이 너무나 복잡다단하여 그는 이제 오직 슬픈 운명으로, 그렇지만 동정심을 거부하는 그런 슬픈 운명으로만 이전의 삶을 보상할 수 있을 듯싶었다. 숱 많은 눈썹이 일자로 붙은 찡그린 표정은, 만일 그의 눈에 한줄기 빛이 빛나지 않았다면, 악마의 얼굴로 보였을 것이다. 내가 그에게서 짐작할 수 있었던 분명한 점은 그가 똑바로 서 있는 자세와 관련이 있었다.

그 자세는 마치 바라보지 않는 듯한 자세였고, 더욱더 지랄 같았던 점은 원한을 숨기려는지 도전하지 않겠다는 듯한 그의 인상이었다. 그에게서는 겉으로 드러나는 표식을 찾아볼 수 없었다. 풀이 죽은 기색도 초조해하는 기색도 찾아볼 수 없었다. 비록 공격적인 성향이 내비치기는 했으나 그는 그저 차분하게 서 있는 존재였다. 이 모든 것은 그의 남자다운 얼굴, 너무나도 소심하게 면도한 각진 턱, (나는 죄수가 아니라고 외치고 있었다.) 밝은 올리브 색 피부로 알 수 있었다. 다시는 기억하고 싶지 않은 내 여간수 마리아 에힙시아카라면 '점잖은 양반'이라고 불렀을 것이다. 하지만 그는 확실한 범죄자였다. 내 스승 상히네스 교수라면 이렇게 덧붙였을 것이다. 외모는 속임수를 쓴다, 특히 미겔 아파레시도처럼 외모가 영화배우 가엘 가르시아 베르날이나 미남 바리톤 가수 어윈 슈로트를 닮은 경우에는 말할 것도 없지.

내가 미겔 아파레시도의 감방으로 들어갔을 때 그가 코로 내 냄새를 맡는 것 같았다. 아주 곧고, 가늘고, 그래서 움직임이 거의 없는 코는 조심스럽고, 조바심치고, 도전적인 움직임을 보여 주어야 한다고 나는 생각한다. 역사책에 등장하는 조각상과 흡사한, 거의 로마인과 같은 그 죄수의 옆모습은 아무것도 보여 주지 않았다. 고의적으로 방어 자세를 취했던 것인지, 단지 타고난 자세였는지 알 수 없었다. 나는 그와 이야기를 나누며 로마인과 흡사한 그의 외모를 음미했다. 고집스러운 입술로 살짝 가려진 찡그린 표정. 그 입술과 앞쪽으로 빗었지만 뒤쪽으로 흘러내리는 반백 머리 때문에 그의 황제 같은 면모가 더욱 두드러졌다. 그 당시에는 그렇게 보였다.

상히네스 교수는 내게 미리 경고했다. 미겔 아파레시도는 강인한 사나이다. 그를 과소평가하지 마라.

그가 로마식으로 내게 손을 내밀었을 때 나는 알 수 있었다. 그는 내 팔뚝을 강하게 움켜잡으며 자신의 힘을 노골적으로 과시했다. 그 힘은 팔에서부터 일종의 붉은 토가처럼 생긴 옷을 걸친 어깨로 퍼져 갔다. 그 순간 나는 그 남자가 수십 년 동안 감옥에 갇혀 온 미친놈이라고 상상할 수밖에 없었다. 그는 자신의 개인 정신병원에서 아우구스투스 황제와 같은 존재였다. 그가 만일 국립 정신병원에 갇힌다면 카이사르나 칼리굴라처럼 행동하지는 않을지, 나는 문득 궁금해졌다.

"이십 년이야." 상히네스 교수가 내게 일러 주었다.

"무슨 죄목으로요, 스승님?"

"살인."

"그건 종신형이 아닌가요?"

"원칙적으로는 그렇지. 하지만 미겔 아파레시도에게는 감옥에서 나갈 수 있는 기회가 두 번 있었어. 첫 번째는 모범수로, 두 번째는 특별사면으로. 그러나 그는 감옥에서 떠나기를 거부했지."

"왜죠? 무슨 일이 있었나요?"

"첫 번째 기회에는 폭동을 일으켰고, 두 번째 기회에는 스스로 나가지 않겠다고 했어."

"왜요?"

"그래서 그 친구가 흥미롭다는 거야. 자네가 그 친구에게 직접 물어보게나."

자네가 그 친구에게 직접 물어보게나. 그것이 그렇게 간단한 일이란 말인가. 법과대학 학생인 나의 옹졸한 인류애, 사창굴의 조그만 난봉꾼, 나보다 훨씬 작은 아이들의 보잘것없는 동료, 심술궂은 수도사들의 꼬맹이 제자, 폭군 같은 관리인에게 휘둘린 어린 노예. 이런 보잘것없는 '나'는 지금 내게 이야기를 들려주는 남자의 질기고, 단단하고, 꿰뚫어 볼 수 없는(감히 만질 수 없는 몸, 야수 같은 냉혹한 시선. 나는 시선을 떨어뜨릴 수밖에 없었고, 몸이 닿을까 두려워 뒤로 물러날 수밖에 없었다.) 힘과 맞서 싸워야 했다.

"누가 죄인인지 자네가 어떻게 알 수 있단 말인가?"

나는 대답할 말이 없었다. 그는 관심도 무관심도 실리지 않은 눈빛으로 나를 쳐다보았다.

"법전이 알려 주는가?"

"우리는 성문법의 영향 속에서 살아갑니다." 나는 같잖게도 뭐라도 아는 듯 대답했다.

"그리고 우리는 관습법으로 죽어 가지." 죄수는 내게서 시선을 떼지 않고 덧붙였다.

"어느 정도는 그렇다고 할 수 있어. 그런데, 지랄 같은 건 말이야, 자넬 이곳에 처넣고 세상과 단절시킨다는 거야. 그럼 자네는 자네 스스로 하나의 세상을 만들어 내야만 하지. 세상은 다른 사람들과의 관계를 요구하고." 그가 말을 이었다.

"그게 문제란 말이지." 그가 처음으로 미소 지었다.

그는 내게 일종의 짤막한 강의를 하고 있었다. 그는 내게 침대로 와서 자기 옆에 앉으라고 청했다. 나는 그의 그 무시무시한 눈을 보지 못할까 싶어 두려웠다. 나는 몸을 살짝 비틀어 그를 관찰했다. 상히네스 교수가 무슨 이유로 나를 그곳으로 보냈는지 그는 알았을 것이다. 그는 교수에게 무언가 빚을 졌을 것이다. 그는 교수의 기대를 저버리려 하지 않았다. 그는 내가 내 텅 빈 머리처럼 텅 빈 손으로 돌아가기를 바라지 않았다. 내 텅 빈 머리는 초장부터 죄수에게 우롱당하고 있었다.

"자네는 새로운 관계를 만들어 내야 해. 그건 아주 골치 아픈 문제야." 그가 나를 외면한 채 반복했다.

"누군가가 자넬 보호해 주나 보지?" 나는 서로의 시선이 마주치지 않는 틈을 이용해 용감하게 반말을 사용했다.

그의 대답에 나는 깜짝 놀랐다.

"이곳에서 자네가 가장 먼저 배워야 할 것은 스스로를 보호하는 방법이야. 감옥에 갇힌 사람들 중 많은 사람들이 이곳에서 나간 후에 무얼 어떻게 해야 할지 모르고 당황해할 거야."

나는 무슨 뜻인지 모르겠다고 말했다. 감옥에 갇힌 다른 사람들이 출옥 후에 무엇을 어떻게 해야 할지 망설인다는 것을 안다면, 그는 왜 이곳에 계속 남아 있단 말인가? 그는 출옥 후에 무엇을 할지 확실히 알고 있는데 말이다.

그가 미소를 지었다. "불만만 많고, 멍청하고, 목표가 없는 인간들이지."

"누가?"

"잘 생각해 보게나." 그가 엄격한 표정으로 중얼거렸다.

"자네의 감옥 동료들." 나는 좀 더 대담해지기 위해 노력했다. "다른 사람들."

그가 고개를 돌려 나를 쳐다보았다. 그의 눈은 이렇게 말하고 있었다. 이곳엔 내 친구가 없어, 동료는 무슨. 그렇다면? 그의 오만함은 자화자찬을 허락하지 않았다. 그는 보통 사람이 아니었다. 나는 분명히 알 수 있었다. 그는 뛰어난 인간이었다. 아마도 그게 그의 비밀이었을 것이다. 그는 문을 활짝 열고 솔직하게 나와 상대했다. 그는 상히네스 교수와 시효가 없는 계약을 맺었을 것이다. 미겔 아파레시도, 내가 누군가를 자네에게 보내면 그 친구에게 솔직하게 털어놓거나, 빈손으로 보내면 안 돼. 명심해. 내게 빚을 졌다는 사실을.

감옥에 남아 있기 위해 다시 죄를 저질렀다니, 대체 무슨 이유로? 도대체 무슨 이유로 특별사면도 거부했단 말인가?

그는 직설적인 대답은 피했다. 감옥에 남아 있기 위한 방대한 음모의 일부를 그의 우회적인 표현을 통해 짐작할 수 있었지만 속마음은 전혀 알 수 없었다. 그는 내게 친절하고 다정하게 굴었지만 소용없었다. 미겔 아파레시도는 도대체 무슨 이유로 감옥에 계속 남아 있기를 원한단 말인가? 언제까지? 도대체 무슨 이유로 그는 자유를 원치 않는단 말인가?

그는 말했다. 자네가 처음으로 감옥에 갇힌다면(한눈파는 독자여, 정신 차리시기를, 그는 '내가 갇힌다면'이라고 말하지 않았다.) 자네 가슴속에서는 분노가 치밀어 오르겠지. 자넨 자넬 이곳에 처넣은 놈에 대한 복수심으로 눈이 멀고 말 거야.(누가 그를 감옥에 처넣었단 말인가? 법이 아니라 한 개인이?) 그러나 분노가 어느 정도 사그라지면 자네가 이곳에 갇혀 있다는 사실을 깨닫고 깜짝 놀랄 거라네. 죄가 없는데 이곳에 갇혔다는 것을 알고 말이지.(혹은 그렇다고 믿거나, 자신을 속이며.) 그는 설명했다. 바로 그 순간 자네는 낙담할 수도 있고 자만에 빠질 수도 있지. 자네는 딱지를 만들어 내는 법을 배우고, 정신적이거나 혹은 물질적인 딱지로 벌어진 상처를 가리는 법을 배우지. 만일 그렇게 되지 못하면 자네는 분노에 휩싸여 패배하고, 지금과 같이, 알겠나? 감옥의 엄청난 비명 소리에 둘러싸이겠지. 그는 나를 뚫어지게 쳐다보았다. 그의 눈썹 사이에서 욕망이 그 흉악한 모습을 드러냈다. 주먹질 당하는 놈들의 비명, 무자비한 놈들의 고함, 고문당하는 놈들의 침묵. 그리고 저 바깥쪽에서 들리는 맥 빠지는 도시의 소음.

"이곳에 신문기자가 한 명 있었다네. 성질 고약한 망나니였지. 그놈이 간수들을 위협했어. '여기서 나가면 네놈들을 고발하고 말 테다. 이 개새끼들아. 어디 두고 보자. 나가기만 하면.' 간수들이 그 녀석의 두 팔을 부러뜨렸지. 그 녀석이 출옥 후에 그 부러진 팔을 휘둘러 대며 떠들어 댈 것을 생각지 못했던 거야. 그 간수들이 지금은 감옥에 갇혀 있는 셈이지, 알겠나? 이 벽 너머에도 삶이 있다는 것을 생각지 못했던 거지. 세상은 이곳에서 끝난다고, 놈들은 진짜로 그렇게 믿는단 말이지. 사실이야. 출옥한 놈들이 글을 쓸 수도 있다는 사실을 모르는 거지. 놈들은 그런 걸 중요하게 여기지 않아. 놈들은 몸에 밴 습관을 버리지 못하는 거야. 교도소장은 어쩌면 그런 글을 읽거나 불평불만을 들을지도 몰라. 우리 내기할까? 자네 이름이 여호수아라고 했지?(내 이름은 여호수아다.) 자네가 이 불평불만들을 기록해서 보관하지 않는다면, 심지어 자네가 서류를 접수시킨다 해도, 자네는 아무 일도 할 수 없어. 말 그대로 아무 일도. 이 친구야, 알아듣겠나? 아무 일도."

그는 느닷없이 깔깔대고 웃었다. 마치 극단적인 감정 표현을 하지 않겠다는 자신과의 약속에서 벗어난 것처럼 보였다. 나는 그때 생각했다. 조각상과 같은 그도 냉혈한은 아니었다. 나는 미겔 아파레시도가 도대체 어떤 범죄를 저질렀는지 더욱더 알 수 없었다.

젊은 변호사인 내가 정의의 법을 이해해야 한다고 그는 주장했다. 모든 사람이 자신을 팔아먹어, 모든 사람을 돈으로 살 수 있어. 고문을 가하는 놈을 쫓아내 보게, 돈을 훔치는 놈을 몰아내 보게. 그다음에 오는 놈이 아무리 깨끗하다 해도 그놈 역시 금방 고문을 하고 돈을 훔쳐 낼 테니까.

"이 점을 자네 교수에게 상기시켜 주게나. 그가 무슨 말을 할지 궁금하군."

그는 마치 결론을 내리듯 깊은 한숨을 내쉬었다. 그러나 결론 따위는 없었다. 그는 숨을 고른 후 다시 말을 이어 갔다. 나는 확신했다. 그는 상히네스 교수에게 빚을 갚는 중이었다. 상히네스 교수가 이 죄수를 위해 무슨 일을 했는지 알아내기까지는 시간이 많이 걸릴 것 같았다. 이상할 정도로 차분하고, 이곳에 계속 남아 있겠다고 결심하고, 자유를 원치 않는다고 주장하는 이 완고한 죄수를 위해 상히네스 교수는 대체 무슨 일을 했단 말인가? 그리고 왜?

"여기서 고문을 당한 난폭한 놈이 있었는데, 그놈은 출옥하면 자신을 고문한 놈을 고발하겠다고 협박했지."

그는 자세히 보라는 듯, 존경해 달라는 듯 말을 멈췄다. (나는 이미 짐작했다.) 그는 이미 그 얘기를 했다는 사실을 잊어버린 것 같았다. (감옥 생활이 기억력에 어떤 영향을 미친단 말인가?)

"고문한 놈은 다만 이렇게 말했지. 너는 절대 나갈 수 없어, 이 멍청아."

그는 앞서 말한 그 검푸른 눈으로 나를 쳐다보았다. 축축한 새장에 갇힌 카나리아의 깃털과 같은 섬광이 그 눈에 서려 있었다.

"그는 절대로 밖으로 나가지 않았지."

나는 밖으로 나왔다. 내가 그 끝없는 복도를 걸어 미겔 아파레시도로부터 멀어질 때 내 귀에 들렸던 소리는 실제로 있었던 건지 아니면 환청이었는지 모르겠다. 산후안데아라곤의 출입 금지된 하늘에서부터 저주와 욕지거리와 고함이 뒤섞인 엄청나게 큰 합창 소리가 감옥 위로 떨어져 내렸고, 저주받은 아이들이 갇혀 있는 수영장까지 파고들었다. 나는 내가 원하지 않았던 것을 뼛속으로 느꼈다. 실패로 인한 분노, 질병과 같은 원한, 가능성 있는 구원과 같은 용기, 그리고 미겔 아파레시도가 내게 마지막으로 던진 말.

"누가 죄인인지 자네가 어떻게 알 수 있단 말인가? 특히 자네가 결백하다는 사실을 무슨 수로 알 수 있단 말인가?"

* * *

나는 그 문제를 잠시 접어 두었다. 단 한 사람의 관객, 즉 나한 사람을 위해 미겔 아파레시도가 코미디를 공연했단 말인가? 만일 그랬다면, 그는 안토니오 상히네스와 공모하여 그런 짓을 했단 말인가? 도대체 그 무엇이 피고인과 변호사라는 관계를 뛰어넘어 죄수와 교수를 하나로 묶어 주었단 말인가? 내가 감옥에 갇힌 자들을 찾아다녔던 것이 사악한 범죄에 대한 내 법률실습 과정의 일부분에 지나지 않는단 말인가? 교수가 드라마틱한 예로 포장한, 거의 오페라에 가까운 법률 실습 과정? 도대체 그 무엇이 미겔 아파레시도를 감옥에 붙잡아 두고 있단 말인가? 그곳에 갇혀 있고 싶다는 그의 의지뿐이란 말인가? 자료가 부족하고 경험이 미천하기 때문에 내가 감히 상상할 수 없는 어떤 비밀스러운 술책이, 어떤 복잡한 이해관계가 작용했던 것은 아닐까?

나는 이런 복잡한 문제 때문에 내 발등에 떨어진 시급한 의무를 회피할 수는 없었다. 공항에서 느닷없이 내 품으로 떨어진 여자, 그 여자를 보살펴야 했다.

나는 최선을 다해 그녀를 보살폈다. 그녀는 나 없이는 살 수 없는, 의지가 없는 인형이었다. 공항에서 벌어진 우발적인 사고는 그녀의 힘을 다 뽑아 버렸다. 에어프랑스 제트기에게 할당된 활주로로 침범했다는 이유로 그녀는 경비행기를 몰수당했고, 그로 인해 죽음 이후까지 쓰려고 누구나 비축해 두는 의지를 몽땅 잃어버리고 말았다. 루차 사파타는 완전히 지쳐 버렸다. 그때까지 영혼 속에 갈무리해 두었던 힘을 공항에서 탕진해 버렸기 때문이다. 그녀는 가볍게 패스를 하듯 내게 짐을 떠넘겼다. 나는 그녀의 옷을 벗기고, 목욕을 시키고, 예리고의 침대에 눕히고, 음식을 먹여 주었다. 그녀는 음식을 거의 먹지 않았고, 음식이 위에 도착하기도 전에 토해 냈다.

그녀를 어떤 식으로 묘사할 수 있을까?

그녀는 한 마리 새였다. 우연히 내 다락방으로 기어들어 와 둥지를 튼 상처 입은 새였다. 어떤 새? 우리는 새들의 천국에서 살아간다. 유카탄 반도 리오라가르토스 주변 호수에만 새들이 이백육십여 종이나 산다. 살티요 박물관에는 거의 육백여 종에 이르는 새들이 박제되어 있다. 새들은 이 나라의 거대한 열대 해안을 장식하고 있으며, 독수리 같은 종류는 가장 높은 봉우리까지 날아오른다. 새들은 도무지 알 수 없는 방법으로 도시의 치명적인 매연 속에서도 살아남는다. 루차 사파타 같은 여자를 어떻게 설명하면 좋을까. 그녀는 유카탄 반도의 어촌에서 볼 수 있는 장밋빛 홍학(붉은빛이 도는) 같았다. 자기 자신 속으로, 거의 무덤과 같은 신성한 침묵으로 파고드는 그런 새 같았다. 소리는 금물이었다. 예를 들어, 새를 날아오르게 만드는 모터 소리는 소리의 재앙이다. 새를 보기 위해서는 침묵이 필요하다. 예리고의 침대에 누워 있는 여자의 몸이 또렷이 보였는데도 나는 한 마리 새와 함께 있는 듯한 기분이었다.

루차 사파타는 한 마리 홍학이었다. 사전에서 설명하는 것처럼, '부리와 목과 다리가 매우 길고, 목과 가슴과 복부의 깃털은 하얗고, 머리와 꼬리와 다리와 등의 깃털과 부리가 새빨간 새'였다. 그러나 그녀는 아주 작았고, 자기 자신 속으로 파고들었으며, 침대에서 태아처럼 웅크린 채 누워 있었고, 두 팔은 상처투성이였다. 마치 다른 맹금류들이 평생 동안 끊임없이 그녀를 쪼아 댄 것 같았다. 그럼에도 불구하고 그녀의 작은 몸뚱이에는 무언가 꿈틀거리는 것이 있었다. 하늘로 날아오르겠다는 그 대담한 시도가 실패로 끝난 뒤 경찰들과 몸싸움을 벌일 때 나는 그것을 발견했던 것이다. 그녀는 비행기를 조종할 수나 있을까? 겨우겨우 비행기에 올라탄 후 그저 자동차처럼 활주로로 몰고 다니지나 않았을까? 격납고에서 비행기를 꺼낼 수나 있었을까?

나는 감히 아무것도 그녀에게 물어볼 수 없었다. 눈에 보이지 않는 울타리가 우리 두 사람 사이를 가로막았던 것이다. 그러나 그 울타리는 어느 모로 보나 저주는 아니었다. 그것은 축복의 울타리였고, 나는 그 울타리 너머에서 은밀하게 그녀를 보호해 주었으며, 그녀 역시 은밀하게 내게 감사를 표시했다. 그녀의 벌거벗은 몸은 나를 흥분시키기도 했지만, 그와 동시에 자연스러웠고, 경건한 마음을 품게 만들기까지 했다. 다시 말해, 루차 사파타는 스스로를 용서하는 죄를 저지르지 않았기 때문에 벌거벗은 몸을 보이면서도 부끄러워하지 않았다. 그녀는 보살핌과 애정을 필요로 하는 갓 태어난 아기처럼 예리고의 침대에 누워 있었다. 그녀는 음탕한 기색을 전혀 보이지 않았고, 내가 그녀에게 기대하는 바가 없었던 것처럼 나에게 기대하는 것이 없었다.

나는 무슨 이유로 그녀를 홍학과 비교하는가? 그녀의 피부는 장밋빛이 아니었다. 팔다리가 긴 편도 아니었다. 그녀의 털이 불그스름하기는 했다. 그래서 그녀의 머리카락과 거웃은 새의 깃털처럼 반짝였다. 만일 우리의 피부가 살로 만들어진 깃털이라면, 그녀의 깃털은 이른 새벽처럼 창백했고 조급한 밤처럼 상처가 심했다. 루차 사파타의 창백한 피부는 머리부터 발끝까지 상처투성이였다. 붉은 상처가 그녀의 팔과 다리에서 반짝였다. 특히 손목과 발목이 심했다.

그녀는 눈을 뜨고 자신을 바라보는 나와 마주 보았다.

그녀는 내가 이미 아는 사실을 침묵으로 내게 전했다. 그녀 몸에 난 상처는 다른 누군가의 짓이 아니라 그녀 스스로 저지른 결과였다.

아무튼, 나는 무슨 이유로 그녀를 그녀가 아닌 것, 저 멀리 떨어진 마야의 작은 호수에서 길을 잃은 홍학과 비교하는가? 그녀 속에 감춰진 두려움 때문이다. 그녀의 두려움은 보통 사람들이 느끼는 그런 두려움이 아니었다. 그것은 어떠한 접촉도 없는 천성적인 외로움이었다. 음흉한 호기심과 공격적인 편견으로 똘똘 뭉친, 그래서 경멸스러운 타인의 시선으로부터 벗어나려는 몸부림이었다.

루차 사파타가 나를 쳐다보았다. 그녀는 내 눈에서 나쁜 의도를 발견하지 못했다.

그녀는 그저 손을 뻗어 내 손을 잡으며 말했다. 옷을 입혀 줘, 내 생명의 은인, 나를 업고 내 집으로 데려다 줘. 거기 내 물건이 있어. 내 약도 있고. 서둘러. 급하단 말이야.

자비로운 독자들이여, 내가 뭘 할 수 있었겠는가? 지금부터 내게 짐으로 남을 이 의지가지없는 여자의 소원을 들어줄 수밖에, 무엇을 할 수 있었겠는가? 머리와 심장과 심지어 내 숨결마저 그렇게 말하고 있었다. 나는 내키지 않았지만 숨을 헐떡이며 축 늘어진 그녀의 몸을 들어 모포로 감싸고 품에 안았다. 나는 그녀를 안고 프라가 거리로 내려가, 택시를 잡고, 그녀가 내 귀에 대고 속삭여 준 주소를 반복했다. "독토레스 구역 전철역 옆의 세라다데치말포포카."

나는 두 곳의 주소를 사용하는 데 익숙해졌다. 프라가 거리에 있는 주소지로는 매달 정확한 시간에 수표가 배달되었다. 나는 그 돈으로 살아갔다. 나는 누가 수표를 보내는지 알아보려고 하지 않았고, 은행에 가서 그 사람의 이름을 알아보려고도 하지 않았다. 그 사람은 틀림없이 이름이 알려지는 것을 바라지 않을 것이며, 은행에서도 그 이름을 내게 알려 주지 않을 게 분명했다. 또 다른 주소지는 세라다데치말포포카에 있었다. 내 여자 친구 루차 사파타의 수수하고 휑한 작은 집. 무너져 내릴 것 같은 현관, 죽은 꽃들이 있는 안마당, 바닥에 매트가 깔렸고 가구를 치워 버린 구석방, 일본식 식탁, 긴 방석 몇 개, 치마와 바지가 여섯 벌 정도 걸린 옷걸이. 임시로 만든 옷장 뒤에 욕조와 샤위기를 갖춘 작은 화장실이 있었다. 다양한 종류의 약도 있었다. 내가 아는 약도 있었지만 대부분은 모르는 약이었다. 수건들도 무척이나 오래된 것이었다.

"여기 있어 줘. 날 버리지 마."

내가 어떻게 그녀를 버릴 수 있단 말인가? 나는 알지도 못하는 친척들(그들은 나를 돌보는 일을 굴욕으로 생각했고, 선심이나 쓰는 듯 여겼으며, 수치스러워했다.)을 책임질 수 없었기 때문에, 존경했던 스승들(필로파테르, 상히네스)도 제대로 모실 수 없었기 때문에, 친구(에롤 에스파르사)와도 오래 사귈 수 없었기 때문에, 인정이 많으면서도 그와 동시에 무뚝뚝했던 간호사(엘비라 리오스)와도 관계를 유지할 수 없었기 때문에, 마리아 에힙시아카 같은 혐오스러운 간수와도 관계를 유지할 수 없었기 때문에, 누군가를 책임지고 싶은 마음이 간절했다. 내게 남은 게 뭐란 말인가? 예리고와의 우정, 그건 중학교에 다닐 때부터 확실하고 꾸준했다. 하지만 당시 예리고는 내 곁에 없었다.

이제는 이 연약한 여자가 내 곁에 있었다. 하루는 축 늘어져 있다가 그다음 날이면 끊어진 전깃줄처럼 활력을 되찾는 그런 여자가.

나는 독토레스 지역에 있는 작은 집에서 그녀와 함께 살기 시작했고, 루차 사파타는 처음 며칠 동안 서서히 기력을 회복해 갔다. 나는 그녀가 기력을 완전히 회복하면 공항에서의 전투와 같이 나에게 익숙하지 않은 모험을 감행하지 않을까 두려웠다. 한동안 루차 사파타는 매트 위에서 파란색 베개에 머리를 누이고 비스듬히 누워, 때때로 거친 동작을 드러내 보이거나, 연약하고 감미로운 목소리로 우리의 만남을 떠올리며 이렇게 말했다.

내가 위험을 무릅쓰고 공항으로 달려갔던 데에는 다 그럴 만한 이유가 있어. 비행은 우리에게 우리의 운명을 가르쳐 주거든. 우리를 둘러싼 숙명에도 불구하고 내가 이렇게 존재하는 이유는 다 그것 때문이야.

나는 그녀가 항상 손에 들고 있는 마테차 빨대를 그녀와 번갈아 사용하며 이야기를 나누었다. 그녀는 말을 시작할 때나 끝마칠 때 항상 내게 마테차를 건네주었다. 우리는 의지에 대항하는 숙명에 대해, 자유로움과 너그러움에 대해 이야기를 나누었다. 그녀는 그런 식의 이분법을 무척이나 좋아했고, 내게 설명해 달라고 졸랐다. 내가 좋아하는 것은 선이 될 수도 있고 악이 될 수도 있어. 나는 그녀에게 말했다. 그러나 그건 내 의지를 표현하는 거야. 따라서 선이든 악이든 내가 행하는 것은 자유로울까? 내 자유가 자유로울 뿐만 아니라 미덕이 될 수 있으려면 나는 어떻게 행동해야 할까? 악을 위한 자유? 악은 악이라는 단지 그 이유만으로 자유롭지 않단 말인가?

"말을 빙빙 돌리지 마." 루차가 웃었다. "네가 하고 싶은 대로 하면 그만이지. 네가 있든 없든 세상은 굴러가게 되어 있어."

"그렇다면?"

"말을 빙빙 돌리지 말라니까. 인생을 그냥 굴러가게 내버려 둬, 내 생명의 은인."

그녀는 그런 식으로 애정을 담아 말했다. 그녀는 모든 것을 단순화했다. 하지만 그녀의 말은 이론으로 무장한 내 견고한 성을 파괴하지 못했고, 오히려 그 성을 더욱더 철옹성으로 만들었다. 독자들이여, 내가 하고픈 말은 바로 이것이다. 루차의 '상식'은 내 '이론'에 반드시 필요한 부분이었고, 그녀의 상식과 내 이론은 하나가 되어 '미적 감각'을 만들어 냈고, 미적 감각은 바로 삶의 예술이었다. 어떻게 살 것인가? 왜 사는가? 무엇을 위해 사는가? 질문은 위대했다. 현실은 보잘것없었다. 그녀는 미묘한 방식으로 나의 추상적 개념에 대항했고, 나는 별 두려움 없이 그녀의 미스터리를 받아들였다.

그녀에게는 어떤 미스터리가 있고, 그녀가 그 미스터리를 지키려 애쓰지 않는다는 사실을 나는 조금도 의심하지 않기 때문이다. 그녀는 미스터리를 지키지 않고 지워 버렸다. 루차와 이야기를 나눌 때에는 그녀의 나긋나긋하고 상처 입은 몸에서 희미하게 내비치는 과거의 베일을 뚫고 들어갈 수 없었다. 그녀는 결코 추억에 잠기지 않았다. 루차는 과거에 대해 전혀 입을 열지 않았다. 나는 입을 다무는 것이 과거를 드러내는 가장 효과적인 방법이 아닐까 하고 생각해 보기도 했다. 다시 말해, 나는 그녀가 말하지 않는 그 모든 것으로 그녀가 뭘 원했는지 상상할 수 있었고 나만을 위한 루차 사파타의 전기를 창작해 낼 수 있었다. 벌거벗은 여자의 몸을 가린 침묵의 장막을 통해 마음대로 그녀의 모습을 상상하다니, 그건 바보 같은 짓이었다.

내 전략 전술을 그녀도 짐작했을 것이다. 그녀는 때때로 생각에 잠긴 채 나를 보며 이렇게 말했던 것이다. 여자들이란 결코 알 수 없는 법이거든.

결코 알 수 없는……. 당시 나는 어렸고, 그래서 청춘기에는 시급한 문제를 선택할 수도 있지만 그 문제를 나중으로 미룰 수도 있다고 생각했다. 이런 내 생각은 루차에게 아무런 의미가 없었다. 이유는 간단했다. 그녀는 자신의 삶에서 과거를 지우면서 미래 역시 지워 버렸기 때문이다. 매트 위에 앉아 있는 것처럼 그녀는 지금 영원한 현재 속으로 파고들었다. 그녀가 그렇게 살고 있다는 것을 나는 알았다. 그녀는 삶의 시곗바늘이 이끄는 대로 따라갔다. 그녀는 바로 직전의 과거(공항에서의 사건, 나와의 관계. 그건 그녀의 삶에서 너무나 중요해서 나를 과분하게 대해 주었고, 나를 '생명의 은인'이니 '구세주'니 하는 엉뚱한 이름으로 부르기도 했다.)를 언급하기도 하고, 조심스럽게 미래의 일("뭘 먹고 싶어, 내 생명의 은인?")을 언급하기도 했지만, 지금 이 순간 벌어지는 일에 몰두했다.

새벽녘에 매트에 나란히 누워 있을 때면, 혹시라도 그녀가 과거를 회상하거나 미래를 구상하지나 않을까 싶어 은근슬쩍 유인하는 질문을 해 보았다. 루차, 다른 공항에도 쳐들어간 적 있어? 톨루카, 케레타로, 과나후아토, 아구아스칼리엔테스에도? 태양의 공항, 내 생명의 은인. 그녀가 대답했다. 루차, 직장 생활은 전혀 안 해 본 거야? 나는 실업자야. 일할 필요 없어. 사회로부터 쫓겨났다는 느낌은 들지 않는 거야? 사회가 나를 침략하기 전에 내가 사회를 먼저 침략할 수 있어. 루차, 내적인 갈등이라도 있는 거야? 나는 지금 세상에 맞서 싸우는 중이야. 사회에 대한 불만이 뭔데? 나는 영원한 채무자가 되기 싫어. 넌 사회에서 바로 그런 존재야. 영원한 채무자.

루차를 향한 나의 애정은, 지금쯤이면 아무리 미련한 독자라도 확실히 눈치챘겠지만, 나를 장님으로 만들지는 않았다. 그 여자는 내가 좋아하지 않는 일만 골라 했다. 이렇게 말할 수도 있을 것이다. 그녀는 잡식성 마약중독자였다. 담배, 헤로인, 코카인, 알코올. 내가 그녀를 알게 되었을 때 그녀는 그것들을 엄청나게 많이 숨겨 두고 있었다. 그래서 마약을 사러 집밖으로 나갈 필요가 없었다. 그 보물들을 어떻게 구할 수 있었단 말인가? 과거에 대해 언급하지 않겠다는 그 어설픈 약속 때문에 그녀가 내게 들려주기 싫어하는 이야기를 나는 차마 물어볼 수 없었다. 그와 반대는 나는 그녀의 길들여진 단순성을, 육체적인 고립을, 그녀의 복잡한 영적 세계의 미스터리를 소중하게 여기게 되었다.

그렇게 이 년이라는 세월이 흘러갔다…….

2부
미겔 아파레시도

이런 이야기가 있다. 한 남자가 지옥에 도착했다. 미니스커트를 입고 앙증맞은 파란색 모자를 쓴 금발 아가씨가 그 남자를 맞이했다. 모자에는 '지옥에 오신 것을 환영합니다.(Welcome to Hell.)'라는 글귀가 쓰여 있었다. 아가씨는 방금 도착한 손님을 화려한 스위트룸으로 안내했다. 킹사이즈 침대, 대리석 화장실, 자쿠지, 주간용과 야간용 여름 의상. 의복에는 매디슨 에비뉴, 카예 세라노, 비아 콘도티 상점들의 상표가 붙어 있었다. 값비싼 에나멜 구두, 샌들, 모카신도 다양하게 구비되어 있었다. 방금 도착한 손님은 스위트룸에서 유흥지로 안내받았다. 노천카페와 별 다섯 개짜리 레스토랑이 즐비하고, 그 옆으로는 야자나무가 심긴 열대 해변이 있었다. 코카나무도 무성했고, 타월도 빌려 주었다.

　"나는 다른 것을 기대했는데." 방금 도착한 손님이 말했다.

　아가씨는 싱긋 웃으며 숲 속에 가려진 어떤 장소로 그를 안

내했다. 무거운 철문이 나타나자 아가씨는 그 문을 들어 올렸다. 그 순간 뜨거운 화염이 문틈으로 빠져나왔고, 불꽃으로 뒤덮인 호수가 보였다. 호수에서는 벌거숭이 인간들 수천 명이 몸을 비틀어 대고 있었고, 뾰족한 꼬리가 달린 각양각색의 악마들이 벌거숭이 인간들을 괴롭혔다. 악마들은 죄인들을 조롱하며, 삼지창으로 찔러 대며 소리쳤다. 이 감옥에서 영원히 빠져나갈 수 없다, 너희는 절대로 용서받을 수 없다. 호수, 어둠, '거기에서 가슴을 치며 통곡할 것이다.(마태복음 25장 30절)'라고 했던 바로 그 장소, '꺼지지 않는 지옥의 불(마가복음 9장 43절)'이라고 했던 바로 그 공간. 이곳에 들어온 사람은 나갈 수 없다. 하느님의 보편적인 자비심 덕에 영혼들이 최후의 순간에 구원받는다는 이단 이론은 소용없다. 만일 하느님이 끝없는 자비라면 결국 하느님은 루시퍼를 용서하고 지옥에 떨어진 영혼들을 해방해야 할 것이다. 저주, 저주일 것이다. 하느님의 자비하심을 믿는 자들은 모두 지옥으로 떨어질 것이다.

이곳은 가톨릭 신자들을 위한 지옥입니다. 아가씨가 철문을 닫으며 말했다.

사실이 아니다.

나, 지금 죽어 있는 나는 그걸 확신한다.

그렇다면, 무슨 일이 벌어지는가? 당신들, 내 소설적인 음모의 덫에 걸려든 독자들은 마지막 페이지에 이르러서야 그걸 알 수 있을 것이다. 나, 여호수아, 다른 영역에 살고 있는 나는 중단된 이야기를 계속 이어 나갈 수도 있고 내 새로운 친구에게 도움을 청할 수도 있다. 에제키엘. 지금은 이름을 잊어버린, 확실히 이 세상에 속하지 않은 어느 장소에서 스페인식 카드놀이를 할 때 나는 그를 만났다. 그리고 그에게 혼자 하는 카드놀이를 그만두고 둘이서 놀자고 제안했다. 그는 내 말에 동의했고, 내게 졌다. 나는 그에게 노름빚을 갚으라고 요구했다. 그곳에서는 달러도 유로도 파운드도 통하지 않았다. 나는 그에게 날개를 빌려 달라고 했다. 이 세상 위로 날아올라 중단된 내 이야기를 계속 이어 나가고 싶었던 것이다.

누더기를 걸친 그 친구(좋은 친구였다. 그러나 그는 토가도 걸치고 있었다. 어쩌면 연속무늬가 있는 시트를 걸쳤는지도 모른다. 「로마」라는 텔레비전 연속극에서 제임스 퓨어포이가 입고 나왔던 그것처럼 말이다.) 에스겔은 자신도 나를 따라가고 싶다고 애원했다. 그가 말했다. 왜냐하면 내 구역은 옛 예루살렘 지역이거든, 그래서 이스라엘의 원수인 모압, 팔레스타인, 티베리아와 시돈의 국경선을 넘어가 본 적이 없어, 리블라로 통하는 사막에도 가 보지 못했고, 야훼께서 구약성경에서 그 자신의 힘을 증명하기 위해 파괴하겠다고 약속하신 도시 말이야.(신약성경에서는 예수그리스도가 슈퍼스타다.)

물론이다. 나는 멕시코시티를 알고 싶었다. 아주 오래된 연대기에서는 언급되지 않는 도시. 전설에서는 다루어지긴 하지만, 모든 이야기가 결국에 가서는 서로 비슷비슷해지고 만다. 도시들은 건설되고, 확장되고, 성장하고, 정점에 이르렀다가 몰락한다. 그 이유는 창조의 약속을 충실히 지키지 못했기 때문이다. 무엇보다도 패배한 전쟁으로 고갈되었기 때문이다. 제 시간에 말굽을 달아 주지 못했기 때문이다. 여왕벌이 죽고 여왕벌과 함께 수벌들의 위계질서가 무너졌기 때문이다……. 파리가 날아올랐기 때문이다.

그랬다. 나는 내 새로운 친구 예언자 에제키엘에게 말했다. 자기 자신을 파괴하려고 애를 쓰지만 성공하지 못하는 도시로 너를 데려다 주겠어. 엄청나게 변하기는 하지만 절대로 죽지는 못하지. 그 기반이 무척 특이해. 늪지 한 군데(이미 말라 버렸지.), 바위 한 덩이(이제는 주거지역으로 변했지.), 선인장 한 그루(카페 아도와 레예노를 요리하는 데 사용되지.), 독수리 한 마리(멸종된 종.), 뱀 한 마리(유일하게 살아남은 것.).

뱀 이야기는 꺼내지 말았어야 했다. 에제키엘이 소리쳤다. 뱀은 낙원의 주인공이었어, 에덴동산의 스타, 역사상 가장 유명한 파충류야, 이 세상에는 뱀이 이천칠백 종이 있어, 단순화한다면 뱀들은 모두 가족 집단 열 개로 나눌 수 있어, 놈들은 땅을 기어 다녀, 하지만 들을 수 있는 귀가 있단 말이야, 여호수아, 내 말 듣고 있는 거야? 뱀은 소리를 들을 수 있는 짐승이야, 청각이 열린 짐승이란 말이야, 큰북 소리, 작은북 소리, 노래하는 소리를 다 듣는단 말이야, 그리고 땅의 떨림도 수집하지, 놈들은 땅이 언제 떨리기 시작하는지 알고, 무덤의 흙이 움직이는 것을 감지하고, 아스팔트 고속도로가 깔려도 견디고, 무슨 일이 있어도 살아남아 유리와 같은 눈을 깜박이며 우리를 기다리지. 아주 어린 놈들은 혀로 맛을 음미하지 않고 냄새를 감지하지, 뱀들에게는 후각기관이 있어, 여호수아, 혀에 말이야, 놈들은 모든 것을 집어삼켜, 아래턱을 넓게 벌릴 수 있으니까, 놈들은 독수리도 잡을 수 있어, 맞아, 땅을 기어 다니는 짐승의 간악한 교활함으로 하늘을 날아다니는 짐승에게 복수하는 거지.

에제키엘은 즐기는 듯한 혹은 놀란 듯한 눈으로 나를 쳐다보았다.

"놈들은 양성을 모두 갖추고 있어. 그게 바로 자웅동체라는 거지."

나는 웃지 않았다. 에제키엘이 초조해했다.

"나는 왜 착한 걸까?"

"날기 위해서지, 예언자 양반."

나는 내 승리의 카드를 그에게 보여 주었다. 손을 뻗어 카드를 펼쳤다. 천사들의 포커, 천사 네 명, 얼굴 네 개, 날개 네 개, 남자 얼굴, 사자 머리, 황소 머리, 독수리 머리, 서로 붙은 얼굴 네 개와 날개 네 개, 내 손아귀에서 빠져나가려 안달하는 신경질적인 부채 안에 있는 듯. 나는 내 발꿈치에 달라붙은 에제키엘과 함께 하늘로 날아올랐다. 카드에 새겨진 그 놀라운 날개에는 얼굴뿐만 아니라 하늘(당신들은 모르겠지만 하늘은 눈들의 성좌다.)을 열기 위한 사람의 손도 달려 있었다. 우리는 사나운 바람에 몸을 맡긴 채 연소된 가스의 안개 속에 잠긴, 침식된 산들로 둘러싸인 계곡 위로 날아갔다. 나는 그곳을 매우 잘 알았지만 찾아내기 어려웠다. 우울한 하늘로부터 불화살 더미가 터져 나오듯 요란한 소리가 들렸다. 우리는 우리 날개로 하늘에 구멍을 뚫었다. 에제키엘과 나, 예언자는 갈수록 기운이 넘쳐 났다. 예언자가 실력을 발휘했다. 이 성경에 등장하는 다리 저는 악마는 멕시코 연방구의, 테노치티틀란의, 포위된 도시의, 공화국 수도의, 썩어 문드러진 케이크로 만든 갇힌 황소의 천장을 들어 올릴 능력이 있었다. 별로 낙관적이지 않은 예언자 에제키엘의 천둥과 같은 목소리를 듣고 나는 그런 점을 짐작할 수 있었다. 네 도시의 외관으로부터 떨어져 나가라,

얼굴 너머를 바라보라, 여호수아,

땅을 조사해 보라, 내 아들아,
잃어버린 장소를 찾아가라,
더럽혀진 지성소를 찾을 때까지 땅을 파 보아라,
전갈들 위에 앉아라,
똥 무더기 위에서 부정한 빵을 구워라,
인간과 가난과 전염병과 폭력에 의해
더럽혀진 지성소로 들어가라,
무너진 성전을 둘러보라,
우상의 발치에 내던져진 시체들을 보라,
받아라, 여호수아, 두루마리를 받아라,
두루마리를 먹고
반역자 집안의 역사를 이야기하라,
그들의 잘못을 견뎌라,
멕시코의 모욕당한 종족에 대해
나와 함께 예언하라,
너 자신을 더 이상 네 원수로 삼지 마라,
잠시 멈추어라,
장애물이 나타날 것이다,
기다려라,
네 영혼이 반란을 도모한다,
그들이 방어 태세를 갖춘다,
너는 참아야 한다, 여호수아,
라 혜타라 사창굴에 대한 기억을 지워라,
(소노라와 미라바예 광장 사이의 두랑고)
에스파르사 가족의 불행 앞에서 눈을 감아라,

(코아파와 쿨우아카 사이의 어느 지점)

마리아 에힙시아카의 집은 영원히 잊어버려라,

(암부르고와 마르세야 사이의 베를린)

루차 사파타 집의 고독을 잊어버려라,

(리오데라로사 남쪽의 치말포포카)

아라곤의 큰집에서 목격한 범죄를 잊어버려라,

(리오콘술라도 밑)

몬로이 집의 잘못을 예상하라,

(로스레메디오스의 산타페)

그리고 그 무엇보다, 여호수아,

예리고의 청년 시절 잘못을 용서하라…….

(레포르마와 암부르고 사이의 프라가).

에제키엘은 예언자의 열정(그에게는 직업이었고 천성이었다.)에 이끌려 소리쳤다. 저건 전갈들 위에 세워진 반역자들의 집이야, 폭탄으로 이루어진 왕좌, 저것들이 네 앞에 장애물을 설치할 거야, 너는 조심해야 해, 너는 도시의 잘못을 견뎌 내야 해, 너는 몰락과 치욕을 앞당겨선 안 돼, 그냥 살아, 그리고 다른 사람들도 그냥 살게 놔둬, 하지만 언젠가는 네가 그들 부모의 추악한 짓거리와 어중이떠중이들의 이름을 그들에게 알려 주게 될 거야. 네 두루마리를 꺼내 적어, 여호수아…….

에제키엘은 내 목덜미를 붙잡고 나를 허공으로 뿌리쳤다.

나는 거꾸로 떨어졌다.

그의 목소리가 들렸다. 네 집에 처박혀 있어.

나는 생각했다. 당신 말에 따르지는 않을 거야, 예언자 양반.

내 혀가 입천장에 달라붙어 있었기 때문에 나는 그 말을 입

밖으로 토해 내지 못했다.

잠시 후 날갯짓 소리가 들렸다. 내 등 뒤에서 멀어져 가는 요란한 소음. 나는 비록 쓰러져 있었지만 느낄 수 있었다. 하늘로 돌아가는 에제키엘이 내게서 점점 멀어질수록, 스스로를 영혼이라고 부르는 그 무언가가 서서히 내 몸을 뚫고 들어왔다. 하늘에서는 예언자들이 마치 소설가들처럼 과거에 가능했던 이야기를 쓰고 있었다.

내 입에는 종이가 물려 있었다. 나는 예언자의 얼굴을 기억할 수 없었다.

* * *

입에 종이가 물린 채로, 나는 땅에 떨어졌다. 나는 에제키엘이 집어 던진 곳으로 거꾸로 떨어졌다. 나는 비석 위로 떨어졌다. 내 입에서 피가 흘러나와 무덤으로 떨어졌고, 글자가 피에 젖어 선명해졌다. 내게 '써!'라고 명령했던 예언자가 이번에는 내게 '읽어!'라고 명령하는 듯싶었다.

나는 한참이 지나서야 정신을 차릴 수 있었다. 밤은 그 유명한 가톨릭 신자들을 위한 지옥처럼 시커먼 불이었다. 하지만 내가 있는 공간으로 떨어지는 빛은 머지않아 동이 터 올 것을 예고했고, 다급히 떠오른 태양은 나로 하여금 잠시 동안 밤도둑이 될 것을 요구했다. 살아 있는 자들이 죽은 자들을 위해 쓴, 그리고 죽은 자들이 살아 있는 자들을 위해 쓴 이 세상이라는 거대한 시는 꿈과 현실을 헷갈리게 만들었다.

독자 여러분, 나를 보라, 나와 함께 읽어 보라. 여명이 기다란 손톱이 달린 손가락으로 밤의 장막을 찢었고, 고원의 바람이 내가 누워 있는 무덤에 뒤덮인 먼지를 걷어 냈다. 나는 엎드린 채 비석에 새겨진 글자를 읽기 위해 손톱으로 비석을 박박 긁어 대기 시작했다. 마침내 글자가 드러났다.

안티구아
콘셉시온

그리고 그 밑으로 더욱 작은 글자가 보였다.

생몰 연대 미상

그 비석의 미스터리는 그것만으로도 충분했다. 만일 그것이 고인의 유언에 따른 것이라면? 나는 당장에 반박하고 싶었다. '안티구아 콘셉시온'(이름? 직위? 상징? 약속? 추억?)이라고 불렸던 여자의 그 무미건조한 묘비는 에제키엘과의 모험으로 달아오른 내 마음속에서 새로운 미스터리를 일깨워 주었다. 예언자가 그곳에 씨를 뿌렸고……. '안티구아 콘셉시온'은 내 가슴속에서 한 그루 나무가 자라나게 만들었다. 그녀는 누구였던가?

"당신은 누구십니까?" 나는 무기력하게 그곳에 누운 채 물었다.

"내게 그걸 묻다니, 기분이 좋군." 무덤에서 목소리가 대답했다. "나는 안티구아 콘셉시온이야."

내 눈에는 두려움 대신 화들짝 놀란 호기심이 떠올랐다. 그녀는, '안티구아 콘셉시온'은 내게 고마움을 표시하는 게 분명했다. 그 깊은 땅속에서 계속해서 말을 했던 것이다.

나는 안티구아 콘셉시온이야.

누군가가 내 무덤을 찾아 주기를 속절없이 기다려 왔지.

여기까지 오는 사람은 아무도 없어.

자넨 지금 자네가 어디 있는지 알아?

아뇨. 이 도시의 어느 한 곳에 있다는 것만 압니다. 나는 대답했다.

그렇다면 자네가 있는 곳을 가르쳐 주지 않겠네. 그래도 괜찮겠나?

좋습니다.

내 이야기는 자네만 알고 있게. 이런 얘기라네. 내 이름은 안티구아 콘셉시온이야. 내가 태어났을 때 인마쿨라다 콘셉시온데 마리아(성모마리아의 무원죄 수태)라는 이름으로 세례를 받았기 때문이지. 그러나 결국에는 '콘차'라고 불렸고, 급기야 '콘치타'라고도 불렸다네. 콘치타는 가짜 플라멩코 무용수를 이르는 말이고, 콘셉시온은 슬픔에 잠긴 성모를 이르는 말인데, 성모님은 누가 언제 자신을 임신시켰는지 몰랐지. 이제 곧 펜하모에 도착하겠군! 그 엄청나게 다양한 새들! 인마쿨라다는 성별되고 축복받은 항문 이름이야. 하하! 콘셉시오네로는 바다라고는 단 한 번도 구경한 적이 없는 파라과이 사람을 이르는 말이야. 하하! 그리고 콘셉시오니스타는 판초들(노래하는 삼인조 가수가 아니라 프란시스코 수도회 성인들 말이야.)을 섬기는 심부름꾼 수녀고. 멍청한 짓거리를 이르는 데도 콘셉시온이라는 말을 사용한단 말이지. 젊은이, 내게 정통 이론을 말해 보게나! 나는 어원적으로 이-단-자야. 나는 선택하기도 하고 선택하지 않기도 하지만, 선택당하지는 않아. 지금은 일 미터 깊이에 파묻혀 있지만 말이지.

그녀가 한숨을 내쉬자 땅이 그녀의 한숨만큼 들썩거렸다.

나는 어려서부터 축소사라면 치를 떨었어.

"축소사는 모든 것을 축소시킨단 말이야." 나는 발버둥 치며 소리쳤어. '훌리오'를 '훌리토'라고 부를 수 없고, '라파엘'을 '팔리토'라고 부를 수 없고, 나 '콘셉시온'을 '콘치타'라고 부를 수 없어. 이런 제기랄! 그녀가 야릇하게 깔깔대고 웃었다.

그럼 '안티구아'는?

나는 스무 살 나이에 내가 어떤 사람이 되고 싶은지 깨달았어. 내 능력이라고는 신비한 능력뿐이었지만 그건 아주 엄청난 능력이었지.

나는 결혼하고 내 평생의 모습을 받아들였어.

콘치타이기를 그만두었지.

나는 어린 처녀 콘셉시온 마르티네스로부터 벗어나 콘셉시온 마르티네스 데 몬로이가 되었지. 결혼한 거야.

나는 머리를 단정하게 뒤로 빗어 넘기고 머리에는 수녀들이 쓰는 두건을 둘렀어.

그리고 카르멜 수녀회의 가운을 입었어.

내 열쇠 꾸러미를 가운 안주머니에 깊이 감추었어.

두 번 다시 속옷을 입을 필요가 없었지.

나는 목화 위에 앉았어.

아무도 내 모습을 알아보지 못했어. 내 모습을 상상했던 사람들은 항상 실수를 저질렀어.

나는 깃발이 없는 왕좌를 차지했어.

내 자리에 구멍 하나만 있으면 그것으로 충분했어. 그 구멍을 통해 차기 대통령 초상화가 새겨진 도자기 요강에 볼일을 보면 되니까.

묻지 마. 최악의 상황을 만날지도 모르니까.

나는 1904년에 태어났어. 프란시스코 마데로가 대통령이 되기 칠 년 전이었지. 혁명의 사도인 그는 1913년에 찬탈자 빅토리아노 우에르타의 배신으로 암살당했지. 아옌데 대통령과 여자 목소리를 지닌 배반자 피노체트와 같은 경우지. 새로운 헌법이 비준되었을 때 내 나이 열세 살이었어. 알바로 오브레곤 장군이 대통령으로 있을 때에는 열여덟 살이었지. 그 외팔이는 셀라야에서 판초 비야를 무찔렀지만 한쪽 팔을 잃어야 했지. 판초 비야가 배신당해 죽었을 때 난 열아홉 살이었고. 에밀리아노 사파타가 암살당했을 때는 겨우 열다섯 살이었지. 그리고 수도 남쪽의 한 레스토랑에서 옥수수 빵을 먹고 있던 오브레곤 장군의 머리에 어느 보수 꼴통 가톨릭 신자가 총알을 박아 넣었을 때는 스물네 살이었지. 빵을 더 줘! 그게 장군의 마지막 말이었지. 기억에 남을 만한 말이었어. 나는 내 남편 막시밀리아노 몬로이 장군과 결혼했어. 나는 그가 암살당하지 않을 것을 알았던 거야. 그는 혁명을 창조한 바로 그 당사자 중 한 명이었어. 그들은 먼저 총을 쏘고 나중에 수습하는 그런 사람들이었지.

내 남편 막시밀리아노는 젊어서부터 유명한 난봉꾼이었어. 나는 강해지기 위해, 나의 독립을 위해, 그가 없어도 살 수 있도록 그의 사악한 성격을 이용했어. 나는 언제 임신해야 할지 알 수 있었어. 그때 내 나이 서른 살이었지. 그는 처음에는 여자를 좋아했고 결국 비참하게 끝났어. 나는 눈도 깜박이지 않았지. 그냥 하는 얘기야. 혁명을 하다 보면 영리해지기도 하고 비열해지기도 해. 하지만 무사히 빠져나올 수는 결코 없는 법이지. 내 남편은 아주 비열한 인간으로 변했지. 그는 1936년에 끝에서 두 번째 군사혁명을 주도했어. 이미 습관이 되어 버린 반항심에서 그런 짓을 저질렀을 거야. 완전히 멍청한 짓이었지. 시절이 변했다는 것을 몰랐던 거야. 혁명은 제도에 자리를 양보했다는 사실을, 게릴라들은 캐딜락을 타기 위해 말에서 내렸다는 사실을, 라스 로마스에서는 농지개혁이 아니라 매매에 의해 주거지역이 거래된다는 사실을, 노동의 자유가 뻔뻔한 지도자들이 이끄는 조합 노동자들을 끝장내리라는 사실을, 출판의 자유가 우리의 대부 아르테미오 크루스가 강화한 종이 독점권에 의해 허용되리라는 사실을 몰랐던 거지. 영웅들의 시대 말이야! 타협하지 않는 자는 전진도 못 한다. 예상을 하지 않고 산다는 것은 실수 속에서 산다는 거지. 나사리오 에스파르사 같은 악당 건달이 주최하는 칵테일파티에서 찍은 사진에 나오지 않으면 아무것도 아니라는 거야. 자기 딸내미를 수억(꽃, 교회에서의 결혼식, 초호화 연회, 사진, 비디오 촬영 등)을 들여 결혼시키지 못하면 그 딸내미는 화냥년이고, 그녀의 아버지는 가난뱅이고, 가난한 정치인은 실력 없는 정치인이고, 누군가 말했듯이……

그녀가 한숨을 내쉬었다. 지진이 일어난 듯싶었다.

이보게나, 젊은이, 돈이 무더기로, 엄청나게 굴러다니던 시절이었어. 대농장과 일꾼들, 족장들이 지배하던 구세계. 베니토 후아레스의 자유주의 승리가 포르피리오 디아스의 개인주의 독재에 의해 밀려난 시절. 자유 시장을 통해, 교회의 손아귀에서 벗어나 지주와 원래 소유자였던 농민들에게 토지가 돌아가게 되었지. 승리의 나팔을 불어 가며 제 어미를 욕보이는 짓. 이보게나, 젊은이, 농지개혁을 이루려 했단 말이지.

나는 공포에 휩싸였다. 외설적인 손가락 하나가 땅에서 튀어나왔다.

내가 이런 이야기를 하는 이유는 여기 이곳에 나와 함께 무엇이 묻혀 있는지 자네에게 알려 주고 싶어서야. 이 나라의 역사 말이야. 내 남편 몬로이 장군을 통해 드러난 우리의 과거. 그는 우리나라 희비극의 모든 장면에 등장하지. 이십 년이나 지속된 내전, 그로 인해 백만 명이 목숨을 잃었어. 전쟁터에서뿐만 아니라 술집에서 쏘아 댄 총을 맞고 말이지. 우리의 진짜 훌륭한 곤살레스 페드레호의 말에 따르면 그렇다는 거야. 하!

엄청나게 큰 웃음소리가 땅속 깊숙한 곳에서 터져 나왔고 손가락은 제자리로 돌아갔다.

인구가 천사백만 명인 나라에서 백만 명이 죽었지. 지금 우리 인구는 얼마나 될까?

일억 이천만입니다. 나는 사랑하는 여인의 귓가에 속삭이듯 무덤에 대고 속삭였다. (나는 그때 누구를 상상했을까? 엘비라 리오스 간호사를? 들어 봐, 엘비라, 날 사랑하지? 일억 이천만의 멕시코 사람 중 한 사람인 나를 사랑해 줘. 아니면 엉덩이에 벌을 문신한 그 창녀를? 일억 이천만의 나우아틀 사람 중에서 너를 선택한 거야. 아니면 의지가지없는 루차 사파타를 생각했을까? 이봐, 넌 혼자가 아냐, 사랑해, 일억 이천만이나 되는 시민들이 너를 둘러싸고 있어.)

일억 이천만! 무덤의 목소리가 소리쳤다. 도대체 어떻게 된 거지?

건강. 영양 섭취. 스포츠. 교육. 나는 그 모든 것에 대해 이야기하고자 했다. 그녀가 조금 전에 삶을 부인하기는 했지만 죽은 사람과의 대화에 통계를 끌어들이는 것은 어딘지 불경스러워 보였다. 죽음은 통계의 여왕이다. 비록 전쟁이 정확한 계산을 방해하기는 하지만……

이 나라는 배신의 나라야, 이것이 멕시코의 가장 난해한 부분이지. 안티구아 부인이 내뱉었다. 1910년, 자기 스스로 종신 대통령으로 믿던 포르피리오를 마데로가 배신했어. 1913년, 우에르타는 마데로를 죽이라고 명령했어. 1919년, 카란사는 사파타를 죽이라고 명령했어. 1920년, 오브레곤은 카란사를 죽이라고 명령했어. 1928년, 카예스는 오브레곤이 암살당하는 것을 모르는 척했어. 오직 우리 라사로 카르데나스 장군만이 학살을 끝장낼 수 있었지.

하지만 그가 당신 남편을 살해하지 않았습니까, 부인.

비열한 인간에게 사형을 내렸을 뿐이야. 그녀가 아주 부드럽게 말했다. 명령을 내리는 자는……, 그럴 만한 이유가 있었던 거야…….

하지만…….

됐어, 젊은이, 착각하지 마. 모든 것이 배신, 거짓말, 만행, 복수였어. 자네는 그저 선수만 치면 돼. 나를 본받으면 되겠지. 정부가 결정을 내리기 전에 미리 경제적인 힘을 비축해 둘 필요가 있어. 알랑거리는 놈들이 두려워하도록 만들어야 해. 이게 바로 안티구아 콘셉시온의 두 가지 원칙이야. 명심해. 돈을 모아 힘을 비축하고 알랑거리는 놈들을 짓밟아야 해. 명심하도록.

하지만 콘셉시온은, 콘치타는, 안티구아 콘셉시온은 말을 하지 않았다. 지금 그녀는 자기 남편 이야기만 계속 이어 갔다. 막시밀리아노 몬로이 장군은 진정한 혁명의 곡예사였어. 그는 비야를 위해 일한 만큼 오브레곤을 위해 일했고, 오브레곤을 위해 일한 만큼 카란사를 위해 일했고, 카예스를 위해 일한 만큼 카르데나스를 위해 일했어. 라사로가 제도권의 힘으로 반란을 진압했을 때, 막시밀리아노 장군은 패배를 인정하지 않고 국경 지대에서 마타모로스 계획(모로인 살해 계획)을 선언하고 '봉기'했지. 하지만 그로 인해 죽은 모로인은 그 한 명뿐이었어. 그는 술에 취한 채 목이 졸려 죽었어. 그가 숨어 지내던 미국 텍사스 주 브라운스빌의 술집에는 어느 곳에도 총알구멍 하나 생기지 않았고…….

그녀가 아내로서 불행에 슬퍼했는지 어떤지는 알 수 없었다. 그녀는 내게 시간을 주지 않았다. 그녀는 다음 이야기로 곧장 넘어갔다.

내 남편은, 몬로이 장군은 서른 살 때 내 곁을 떠났어. 게다가 내 옆에는 갓난아이 하나뿐이었어. 나는 주변에서 벌어지는 일을 힐끗 쳐다보기만 해도 어떤 결정을 내려야 할지 충분히 알 수 있었어.(자네가 지금 젊은 것처럼 나도 그때는 젊었지.) 미래를 위해 대비하는 거지. 다음에 다가올 일을 미리 내다보는 거야. 젊은이, 내 말이 무슨 뜻인지 알겠나? 나는 미초아칸과 할리스코에 있는 농장들을 물려받았지. 나는 농지법이 공표되기 전에, 특히 그 법이 시행되기 전에 농장들을 농부들에게 나누어 주었어. 나는 생각했어. 이십 년 동안 이어진 혁명으로 가난해지고 의욕이 떨어진 지방 사람들이 수도로, 이 나라의 중심부로 몰려들 것이라고 말이야. 나는 운이 좋게도 멕시코 연방구와 모렐로스와 에스타도데멕시코에서 사람이 살지 않는 땅을 구할 수 있었고, 땅값은 수천 배나 올랐어. 젊은이, 나는 생각해 보았어. 길이 필요할 텐데, 어디로 뚫릴까? 나는 땅을 사들였어. 황무지, 소나무 산, 바위투성이 지역, 닥치는 대로 사들였지. 그때는 좀 더 신속하게 바다로, 국경으로, 산속으로 달려갈 필요가 있었으니까. 먹을거리와 연료를 배달하는 트럭을 타고 말이지. 나는 전국적인 석유 판매 조직을 만들었어. 석유는 1938년에 국유화되었는데 내가 미리 선수를 친 거지. 서른 살 나이에. 멕시코만에서 보물단지를 차지했던 거야. 그것은 1932년부터 이미 내 재산이었고, 멕시코의 재산이기도 했어. 나는 그것을, 정신 바짝 차리고 듣게나, 젊은이, 정부와 멕시코 석유 회사에 양도했어. 내 결혼반지와 함께 말이야. 솔직히 말해 그 반지는 내게 있어 남편에게 진 빚이었고, 그래서 내가 죽으면 내 무덤에 오래전에 죽은 남편 막시밀리아노 몬로이 장군을(편히 쉬기를.) 함께 묻어 달라는 의미였던 거야.

그 여자는 무덤 속에서 내게 윙크를 보냈을 것이다.

나를 냉소적인 여자라거나 부지런한 여자로 생각하지는 말게나. 그녀가 말했다. 내가 자네에게 들려준 이야기는 모두 사실이야. 수많은 사람들이 움직였으니까. 화산과 사막, 산맥과 늪지대, 울창한 숲에 둘러싸인 해안, 첩첩산중으로 강요된 지역적인 분리는 사실상 끝나고 말았지. 아이들, 여자들, 소 떼, 기차, 말 떼 등이 사방으로 돌아다녔어. 소노라에서 유카탄으로, 리오산티아고에서 리오우수마신타로, 노갈레스에서 타파출라로, 북쪽 미국에서 남쪽 과테말라로. 말라 버린 토지와 잃어버린 추수 사이로. 사방 천지에 고아들과 과부들을 남겼지. 끝없는 가난 옆에서 새로운 부가 생겨났어. 젊은이, 자네도 알다시피 운수가 변할 때에야 비로소 우리는 자신이 어떤 사람인지 깨닫고, 그런 자신을 인정하는 법이니까…….

무덤 속에서 그녀가 눈으로 내게 요즘은 어떠냐고 물었는지를 나는 알 수 없다.

요즘은 마약에 찌든 시민들을 속입니다. 나는 내 의견을 밝혔다. 그녀는 과거 어느 한 지점에 머물러 있었다. 그녀는 내 말에 귀를 기울이지 않았다.

독자 여러분, 신사 숙녀 여러분, 무덤 속에서 들려온 한숨 소리를 들으셨는지? 이제 그 소리를 들어 보시기 바란다. 심각하다기보다는 익살스러운 한숨 소리다. 깊은 곳에서 울리는 소리가 아니라 땅 표면에서 들리는 가벼운 소리다.

안티구아 콘셉시온이 말을 이었다.

국유화된 석유와 농지개혁으로 자유를 찾은 농부들의 노동력 덕분에 산업화가 이루어졌지. 그리고 나는 그 산업화를 앞질렀지. 하지만 더 이상 아무도 앞지를 수 없었어. 1958년에 아돌포 루이스 코르티네스가 대통령직에서 물러났거든. 나는 생각했어. 이 사람은 멕시코 역사상 가장 훌륭한 대통령이다, 성숙한 인간, 엄격하지만 유머가 있는 인간, 거미보다 더 총명한 인간이다, 그는 냉철해 보이고, 우울해 보이고, 피곤해 보이며, 꿰뚫어 보는 듯한 가면 뒤에 숨어 있다, 그것은 자신의 뛰어난 지성을 감추기 위한 교묘한 작전인 것이다. 그리스, 로마의 지혜가 담긴 그의 머리는 끝이 하얀 나비넥타이에 감겨 있었어. 대통령이 손가락 하나 까딱하지 않고 멍청이들을 집어삼킬 줄 알았어. 그는 대통령이라는 허공에 매달린 외줄 위에서 육 년 동안이나 위태위태하게 걸으며 멕시코가 필요로 했던 사리분별, 냉정함, 아이러니, 관용의 모범을 보여 주었지. 눈을 뜬 관념론자들, 무식한 농부들, 수다쟁이 여자들의 할렘에서 거세된 수컷들, 정치라는 서커스의 곡예사들, 짚신을 신은 마키아벨리 추종자들, 마세라티를 타고 다니는 난봉꾼들, 자신의 모습을 거울에 비춰 보지 못하는 신체적 불구자들(이런 인간들은 거울에 비친 자신의 모습을 보면 꼭지가 돌아 세상에 울분을 토하고 밖으로 나가 살인을 저질러.)은 넘치고도 넘쳤어. 특히 혁명의 정당성을 더럽히고 민주주의라는 헛소문에 우리를 팔아넘긴 싸움꾼들은 차고도 넘쳤지. 아아!

나는 그녀의 '아아!'라는 탄식이 민주주의의 결점을 한탄하는 심정에서, 계몽적 전제주의를 그리워하는 마음에서 토해 낸 소리가 아닐까 싶었으나 감히 아무 말도 할 수 없었다. 그녀는 그곳에 있었다. 그녀는 말 그대로 '안티구아(옛날 사람)'였다.

그녀가 말을 이었다. 젊은이, 자넨 그저 이것만 명심해. 예전에 대통령이라는 사람은 정의를 베풀고, 불평에 귀를 기울이고, 청원을 받아들이는 사람이었어. 옛날의 왕과 같은 사람이었지!

그녀의 불평에 찬 외침이 허공으로 길게 이어졌다. 잠시 후, 안티구아 콘셉시온이 다음과 같은 말로 침묵을 깨뜨렸다.

젊은이, 그때 나는 일선에서 물러나 모든 허섭스레기를 내 외동아들 막스 몬로이에게 물려주었다네.

그녀는 한참 동안 말이 없었다.

나는 내 아들에게 만족해. 두고 보면 알겠지만, 내 아들은 비록 토속적이지는 않지만 나와 비슷해. 그 아이 역시 일이 벌어지기 전에 미리미리 앞질러 가지. 무슨 일을 해야 할지 그 누구보다 앞서 알아차리지. 언제 사고 어떻게 팔아야 할지 알아. 아주 신중한 아이야. 소문이나 험담은 그 아이의 삶과 무관해. 그 아이는 《올라》에 단 한 번도 실리지 않았어. 그 아이는 요란한 결혼식에는 절대로 가지 않아. 그 아이는 결코 해를 보지 않아. (그렇다고 위험한 아이는 아냐!) 그 아이는 밤과 많이 닮았어. 그 아이는 도시 서쪽 산타페의 어느 탑에서 살고 있어. 그를 찾아가 보게나. 자네와 잘 맞을 거야.

나는 그녀가 이렇게 결론을 맺었다고 믿는다.

환상을 품지 말게나. 재앙이 닥치기 전에 미리미리 착실하게 준비하도록 하게나…….

나는 나중에 안티구아 콘셉시온의 다음과 같은 말을 기억하게 될 것이다.

국가는 시기심이 강한 예술 작품이야. 자유로운 개인과 경제적 권력의 적이지. 내 가르침을 명심해. 정부가 조치를 취하기 전에 경제적 권력을 창조해야 해.

* * *

기억력이 변변찮은 독자를 위하여 다시 한 번 얘기하겠다. 프라가 거리의 집 우편함으로 한 달에 한 번씩 수표가 들어 있는 봉투가 배달되었다. 그 수표는 내 생활비였다. 이미 내가 그 정확함에 너무나 길들여졌기 때문에 그 약속된 은혜는 나를 감동시킬 수 없었다. 눈에 보이지 않는 친절한 내 후견인이 누구였든지 간에 시간이 두 가지 문제를 해결해 주었다. 반복해서 고마움을 표시하는 것도 비위에 거슬릴 것 같았다. 또한 기부자는 자신이 알려지지 않았기 때문에 기분 좋고 편안하게 잊고 지낼 수 있었을 것이다.

그런데 바로 그날이었다. 수표가 도착하는 날, 나는 옷을 갈아입기 위해 프라가에 있는 집에 들러 우편함을 살펴보았지만 수표가 보이지 않았다. 그 봉투는 원래 등기우편물이었기 때문에 나는 그다지 당황하지 않았다. 단지 어디로 가서 누구에게 따져야 할지 몰랐을 뿐이었다. 서두르다 보니 상히네스 교수에게 물어보는 게 좋을 것 같다는 생각이 들었다.

나는 서른아홉 개 층계를(마흔 개였나?) 오르는 동안 그런 생각을 했다. 꼭대기 층에 올라와 보니 방문이 활짝 열려 있었고 누군가 수표가 들어 있는 봉투를 두 손에 든 채 나를 뚫어지게 쳐다보고 있었다. 나는 그가 누구인지 이내 알 수 있었다.

드디어 돌아왔구나!

경험이 쌓여서 밝아지고 또 어두워진 방탕한 형제가 그곳에 있었다. 또 다른 디오스쿠로이, 내 쌍둥이, 백조의 또 다른 자식, 우리 삶의 표식과 운명인 황금 양털을 되찾기 위해 아르고 호를 타고 흑해로 위대한 모험을 떠났던 동료, 자기 자신을, 다시 말해 진리를 찾아 헤매는 영혼의 상징.

그는 수표를 내던지고 나를 끌어안았다. 힘껏 끌어안았지만 그게 감격으로 인한 것인지 아닌지 나는 알 수 없었다. 우리는 우리가 함께 나눈 과거를 끌어안았다. 그건 확실했다. 시간과 거리가 우리를 때때로 갈라놓겠지만 우리를 항상 하나로 이어 줄 미래를 껴안기도 했다. 파리, 런던, 피렌체, 로마, 나폴리, 빈, 프라하, 베를린, 그의 여행의 자취를 살펴볼 수 있게 만들어 준 우편엽서들. 그의 주거지는 늘 파리 2구 푸아소니에르 거리에 있었다.

스물다섯 살 청년의 눈에 그 모든 도시가, 그 모든 방향이 담겨 있었을까?

그는 몸이 상당히 여위어 있었다. 우리의 얼굴에서 결코 떠나지 않으려 했던 어린 시절의 토실토실한 볼은 이제 청춘의 여윈 허구에게 모습을 양보하고 사라져 버렸다. 마치 시간이 끌을 가지고 우리 얼굴을 깎아 내려, 어느 시점부터 우리는 우리의 얼굴에 스스로 책임을 져야 할 것처럼 보였다. 턱수염도 콧수염도 없었다. 게다가 군에 갓 입대한 신병처럼 머리도 빡빡머리였다. 얼굴에 털이 하나도 없어서인지 그의 맑은 눈이 그 어느 때보다 더욱더 밝게 빛났다. 납작한 코와 얇은 입술 때문에 두드러져 보이지 않는 그의 얼굴에서 두 눈은 주인공 역할을 맡았다. 빡빡머리. 반짝이는 두 눈. 그 눈은 예전과 같은 눈이었지만 달랐다. 그 눈에는 발랄한 과거와 성숙한 미래가 동시에 담겨 있었다.

그가 나를 껴안았고, 나는 익숙한 그의 체취를 맡았다.

예리고가 돌아왔던 것이다.

"고아원의 빡빡머리 같은데." 그에게 말했다.

"한 방 얻어맞았군." 그가 대답했다. 그러나 기억이 되살아난 듯 얼른 덧붙였다. "다 그렇고 그런 거야."

* * *

솔직히 말해 예리고의 귀환은 내게 상반된 감정을 불러일으켰다. 우리는 떨어진 상태에서 각각 이십 대 중반으로 접어들었고, 떨어져 보낸 시간은 어린 시설의 우정을 시험대에 올려놓았다. 다른 무엇보다 처음부터 우정이 문제였다. 나도 그도 시간의 고리대금으로부터 무관할 수 없었다.(나는 그렇게 생각했다.) 또한 내가 루차 사파타와 가까이 지내게 되었다는 것도 문제였다. 어디에서 이를 닦아야 할 것인가? 그와 함께 프라가 거리에 있는 아파트에서? 아니면 그녀와 함께 치말포포카에 있는 그녀의 작은 집에서? 그것도 날마다 고민해야 할 중요한 문제였다.

처음에 나는 둘 중 하나를 선택함으로 해서 내 기쁨을 망치려 하지 않았다. 예리고를 다시 만난 것은 나 자신의 청춘을 새롭게 해 주었을 뿐만 아니라, 이 점이 특히 중요한데, 내 청춘을 다시 일깨워 연장해 주기도 했다. 하지만 청춘을 잃기 시작할지도 모른다는 감미롭고도 씁쓸한 예감이 들기는 했다. 내 친구는 내 곁을 떠날 때까지, 지금까지 읽어 온 여러분이라면 익히 알 만한 바로 그런 친구였다. 독립적이고 대담한 소년이었다. 그는 중학교에서 내가 설 자리를 마련해 주었고, 불량한 아이들의 놀림으로부터 나를 구해 주었다. 내 커다란 코를 빌미 삼아 나를 놀려 대던 아이들, 사팔뜨기나 불구자를 놀리듯 순전히 재미를 위해 나를 놀려 먹던 아이들. 예리고는 '법정 중앙에' 딱 버티고 서서 '그 철부지들'(마리아 에힙시아카라면 그 녀석들을 그렇게 불렀을 것이다.)이 나를 존경하도록 만들었다. 그때부터 우리는 우정을 다져 갔다. 그런데 이제, 한동안 떨어져 있다 그가 돌아온 바로 그 순간, 우리의 우정이 시험대에 놓이게 된 것이다.

나도 인정한다. 프라가 거리의 아파트에서 돌아온 친구와 마주친 바로 그날 내 머릿속에서는 일련의 상반된 느낌들이 차례로 스치고 지나갔다. 그의 외모는 새로웠다. 더 좋아졌는지 어떤지는 모르겠다. 얼굴에서 고집스러운 젖살이 조금 빠진 것만은 분명했다. 좀 더 날카롭고, 좀 더 딱딱하고, 좀 더 신중해 보였다. 빡빡머리가 그에게 잘 어울렸는지는 모르겠다. 나는 그걸 유행이겠거니 여기고, 그 당시 머리 모양으로 자신을 표현하는 수많은 방법들(치렁치렁한 장발, 빡빡 밀어 버린 머리, 형형색색 머리 염색, 아프리카 스타일, 모히칸 스타일, 로마 집정관 스타일, 반항적인 드레드록 스타일 등) 중 하나로 받아들일 수 있었다. 다만 빡빡머리와 홀쭉한 얼굴의 조합이 황량한 시선의 이질감을 돋보이게 했다. 파랗고, 동그랗고, 확고하고, 맨송맨송한 빡빡머리 때문에 터무니없을 정도로 커 보이는 그의 두 눈이 내 마음속에 모순적인 느낌을 불러일으켰다. 나는 그의 눈에서 낯선 천진함을 발견했지만, 그 천진함은 그가 눈을 한번 깜박이는 것만으로도 냉소적이고, 위협적이며, 예민한 시선으로 변해 버렸다. 솔직히 말해, 나는 그렇게 순간적으로 변하는 인간 심리에 놀라지 않을 수 없었다. 그의 심리 변화는 변덕스럽기 짝이 없었다.

이상했던 것은(아니, 당연한 것이었을까?) 멕시코에 돌아온 이후로 그의 말투도 변했다는 것이다. 내가 익히 알던 냉소적이고 위협적인 남자와는 전혀 어울리지 않아 보였던 솔직함이 눈 깜박할 사이에 진지함으로 변했는데, 그 진지함이 바로 그의 야망이었다는 사실을 나는 한참 시간이 지나고 나서야 알 수 있었다. 우리의 우정은 다시 시작될 수 있을까?

그는 참으로 천진난만한 이야기를 들려주었다. 그는 콩코드 광장에 도착했을 때 무릎을 꿇고 앉아 땅에 입을 맞추었다고 했다. 나는 웃음을 터뜨렸다. 자유를 기리기 위해서? 단지 그 때문만은 아니었지. 그가 대답했다. 어쩌면 구세계(나는 신경질이 끓어올라 반박하고 싶었지만 겨우 참았다. 누가 감히 유럽을 '구세계'

라고 부를 수 있단 말인가?)에 대한 충성심의 표현이었을 거야. 그가 말을 이었다. 특히 프랑스에 대한, 죄를 예술로 승화시켜 모든 것을 포용하는 프랑스의 능력에 대한.

"나폴레옹이라는 브랜디가 있어. 하지만 히틀러라는 브랜디를 상상할 수 있어?"

나폴레옹이라는 '선한' 독재자와 나치라는 '악한' 독재자의 차이에 대해 토론을 벌일 수는 없었다. 예리고는 어느새 유럽 여러 나라들의 특징과 그 나라들에 따라다니는 진부한 표현(프랑스 사람들에게는 성생활이 있고, 영국 사람들에게는 뜨거운 물이 담긴 병이 있다.)을 비교하는 놀이에 푹 빠져 있었던 것이다. '우리가 영화에서나 보았던 모든 언어'를 알게 되었고, 레피크 거리, 에비 로드, 프라티나 거리, 푸에르타 델 솔 광장, 특히 나폴리의 거리와 광장 이름을 줄줄이 욀 수 있다는 것에 그는 열이 날 정도로 감탄하고 있었다. 그는 말했다. 나폴리에서는 별다른 이유 없이 누구라도 타락할 수도 있고, 부도덕해질 수도 있으며, 암살자나 도둑, 시인이 될 수도 있어. 마치 습성인 것처럼 말이지. 너무나 익숙한 자유로운 풍경, 그 전통에 죽어야 할 운명의 자취 같은 것은 남기지 않아.

"우리는 왜 나폴리 사람이 될 수 없는 걸까?"

그는 웅변을 하듯 소리쳤다. 바이런과 같은 오만함으로 나를 상대했던 그 친구가 시를 배반하는 듯한 모습을 보여 주었다. 그리고 더욱더 어처구니없었던 것은 그 모습이 단순하고, 유치하고, 천박해 보였다는 것이다. 왜 우리는 유럽에서 단지 코만치나 마리아치나 투우사로만 알려진 걸까?

그가 정신을 차리며 웃음을 터뜨렸다. "우리는 국가의 민속

품이 되지 않도록 조심해야 해."

내 옛 친구 예리고는 바로 그런 사람이었다. 경험의 체를 통과한 친구는 그 경험을 나와 함께 나누고 싶어 했다. 나는 그렇게 이해했다. 우정으로 똘똘 뭉친 우리는 함께 흥분해야 했고, 옷을 찢고, 몸부림치며, 눈이 부시다는 듯 인상을 찡그려야 마땅했다. 하지만 그러한 흥분도 빈정거리는 듯한 종잡을 수 없는 행동으로 끝나기 마련이었다.(나는 예리고를 잘 알았다.) 자신의 자아를 채찍질하는 듯한 그런 행동으로.

"콩코드 광장에서 무릎을 꿇었지."

그는 별안간 거실 한가운데에서 두 팔을 활짝 펼치고 무릎을 꿇었다. 괴기스러우면서도 눈물겨운 장면이었다. 나는 무의식적으로 그것을 청춘에게 보내는 일종의 작별 인사로 받아들였다. 관광객의 옷차림을, 여행 중인 여행객을 감싸고 있는 시골뜨기의 껍질을 벗어던지는 행위. '우리 모두가 가슴속에 품고 있는 아르헨티나인'의 영혼을, 다시 말해 슈퍼에고를 벗어던지는 행위.

나는 예리고를 점점 깊이 알아 가면서 그의 그러한 면이 예리고에게 일종의 약점이 아닐까 하는 의심을 떨쳐 버릴 수 없었다. 돌아온 친구의 겉모습 밑에 단 한 번도 떠난 적이 없는 친구가 숨어 있다는 사실을 내게 알려 주고 싶었던 걸까. 혹시 그 반대는 아니었을까. 그렇게 멀리 떨어져 있었던 시간에서 벗어나, 자신의 경험으로부터 벗어나, 우리가 헤어졌던 시점으로 다시 돌아갈 수 있게 해 달라고 내게 도움을 요청했던 것은 아니었을까. 그게 불가능하다는 사실을 알면서도 말이다. 우리는 같은 사람이었지만 다른 사람이기도 했다. 내게도 나 나름대로의 경험이 있었다. 멕시코 국립자치대학교에서의 수업, 상히네스 교수의 가르침, 산후안데아라곤 교도소 방문, 미겔 아파레시도와의 신비스러운 만남, 루차 사파타와의 야릇하고도 골치 아픈 관계. 얼마 전에 내게 보낸 우편엽서 외에 예리고가 내게 무엇을 줄 수 있단 말인가?

"자유." 마치 내 생각을 읽은 듯 그가 말했다.

"콩코드 광장에서 무릎을 꿇고 감사드리는 그런 자유 말이야?" 나는 퉁명스럽게 물었다.

그가 시선을 내리깔며 말했다.

"우리가 뭘 할 수 있는데?"

그가 그렇게 말하는 순간 우리의 운명이 바뀌고 말았다.

예리고는 자신을 바꾼 것처럼, 자신의 육체적 태도를 바꾼 것처럼, 자신의 얼굴을 바꾼 것처럼, 우리의 운명도 순식간에 바뀌어 버렸다. 자신의 짧막한 여행과 정신적인 자포자기에 대한 이야기로 서론을 끝낸 후, 그가 내게 퍼붓고 싶어 했던 질문들이 터져 나오던 바로 그 순간이었다.

우리가 뭘 할 수 있는데? 그가 반복했다. 성공 가능성은 엄청나게 많아. 어떤 것이 네 것이고 어떤 것이 내 것일까? 좋아, 여호수아, 너와 나에게 어울리는 성공이란 과연 무엇일까?

나는 내가 앞서 여러분에게 얘기한 이유, '경험'이라는 단어로 요약할 수 있는 그런 이유를 들어 가며 대답하고 싶지는 않았다. 오직 그 경험을 근거로 내 희망이, 아직까지 모호하기는 했지만, 서서히 모습을 드러내기 시작했던 것이다. 나는 알고 있었다. 예리고는 유럽에서의 경험에 대해 그다지 많은 이야기를 하지 않을 것이다.(나는 그 점을 알아차렸다.) 그는 내게 선물로 준 우편엽서 외에 다른 이야기는 결코 들려주지 않을 것이다. 그가 부재했던 시간들은 하나의 미스터리가 되어 갔다. 그리고 예리고는 내가 그 미스터리 속으로 파고드는 것을 절대로 허용하지 않았다. 내가 앞서 얘기한 바이런과 같은 태도에는 일종의 내기가 포함되어 있었다. 과거는 죽어 버렸고 미래는 오늘 시작한다. 좋으실 대로 생각하시라.

그 결과 나 역시 태도를 바꾸었다. 나는 그의 과거에 대해 묻는 대신 우리의 미래를 함께 나누자고 제안했다.

"우리가 뭘 원하는데?" 그가 반복하고 덧붙였다. "우리가 뭘 두려워하는데?"

그는 계속 말을 이어 나갔다. 그와 나는 우리가 될 수 없거나 할 수 없는 것을 알고 있었다.(혹은 알아야만 했다.) 그는 우리가 예전에 나누었던 대화를 상기시켰다. "열다섯 살짜리 아이들의 무도회에는, 춤을 추고 차를 마시는 모임에는, 세례식에는, 레스토랑이나 꽃집이나 슈퍼마켓이나 은행 지점 개업식에는, 대학 동창생 모임에는, 미인 대회에는, 소칼로 광장의 집회에는 절대로 가지 않는다." 러시아 백만장자 율리아노프와 결혼한 대중가수 타르시시아에게 절대로 관심을 갖지 않는다. 두 사람 다 맨발에다 목에는 하와이 꽃다발 목걸이를 걸고 있었다. 그리고 손님들은 아침 7시까지 해변에서 힙합 춤을 추며 밤을 새웠다.

"예리고, 신부의 아버지를 기리기 위해 소의 다리와 창자, 토마토, 고추 등으로 만든 요리를 처먹고 있었지……."

"소노라 출신이니 당연하겠지. 너라면 초대에 거절했을 테지?"

"당연하지, 예리고, 생각도 못 할 일이지. 나는 말이야, 관심 없어……."

"너 자신의 결혼식일지라도?"

나는 웃었다. 아니 웃으려고 했다. 삶을 매우 엄격하게 여기는 예리고의 능력에 대해 감탄하던 시절이 떠올랐다.

나는 그에게 시험을 통과한 듯한 느낌을 받았다고 얘기했다. 그렇다면 그는? 나는 당분간 루차 사파타, 미겔 아파레시도, 산후안데아라곤의 무시무시한 수영장에 갇힌 아이들 이야기는 꺼내지 않기로 마음먹었다. 예리고는 간접적으로 대답했다. 우리가 할 수 없는 일을 하지 않는 것만으로는 충분하지 않다고 그는 말했다. 이제는 우리가 무엇을 할지 결정해야만 했다. 그가 자리에서 일어나 내 어깨를 꽉 붙잡았다. 그리고 네덜란드 접시 같은 눈으로 나를 뚫어지게 쳐다보았다. 이건 확실해, 우리에게는 음악, 문학, 테니스, 수상스키나 산악스키, 자동차 경주 혹은 영화감독을 할 재능이 없어. 우리에게는 법원 서기, 회계사, 부동산 중개인, 수위, 보잘것없는 운명에 순응해 살아가는 모든 가여운 사람들이 지닌 영혼이 없어…… 그가 말했다.

"우리에게 남은 건 뭔데?"

나는 그에게 어서 말해 보라고 재촉했다. 나는 그게 뭔지 몰랐다.

"정치야, 여호수아. 분명해, 형제여. 네가 청소부나 작곡가로서 쓸모가 없다면, 네가 책을 쓰거나, 영화를 감독하거나, 다른 사람을 위해 문을 열어 주거나, 양말을 파는 데 소질이 없다면, 너는 정치를 할 수밖에 없어. 다 그렇고 그런 거야."

"우리가 그걸 할 거라고?" 나는 짐짓 놀란 척 되물었다.

예리고는 웃음을 터뜨리며 내 어깨를 놓아주었다.

"정치는 지성의 마지막 수단이지."

그가 나를 보며 한쪽 눈을 찡긋했다. 그는 말했다. 말로 권력을 괴롭히는 것이 지식인의 임무라는 것을 유럽에서 배웠지.

"그래서 뭘 하고 싶은데?" 내가 물었다.

"나도 아직 몰라. 뭔가 큰일을 하고 싶어. 시간을 좀 줘."

나는 입 밖으로 소리를 내지 않고 속으로 말했다. 자유는 불확실한 거야. 나는 그렇게 배웠다.

그는 내 생각을 읽지 못했다.

"성공할 만한 것이 엄청 많을지도 몰라. 너와 나에게 어울리는 성공은 과연 무엇일까?"

나는 뭐라고 대답해야 할지 알 수 없었다. 다른 느낌이 나를 방해했다. 게다가, 말과 태도를 떠나, 프라가 거리의 꼭대기 층에서 우리의 만남이 이루어졌던 그날 아침이 아직도 내 마음속에 남아 있다. 특히 내가 죽어 있는 바로 이 순간에는 그때가 공포의 한순간처럼 느껴진다. 우리의 우정을, 어린 우리를 하나로 묶어 주었던 공통의 호흡을 되살릴 수 있을까? 우리가 지금까지 살아왔던 모든 것은 단지 서론, 우리가 아직 뭐라고 단정 지을 수 없는(진짜로 그랬다.) 목표를 위한 준비 과정이었단 말인가? 우리의 우정이 우리 미래에 단 한 벌뿐인 누더기 외투에 지나지 않았단 말인가?

예리고가 나를 껴안으며, 내 모든 의문에 대답이라도 하듯 영어로 말했다. "Let's shrug it out, bitch.(싹 무시해 버리자고, 이 짜샤.)"

* * *

예언자 에제키엘의 날개를 타고 하늘을 날아다녔던 모험과 안티구아 콘셉시온 부인이 누워 있는 땅속 깊은 곳으로의 착륙으로 나는 정신이 몽롱했고, 하늘을 날며 그 사연 많은 이야기를 듣느라 힘이 다 빠져 버렸고, 엄청난 약속들로 지쳐 버렸다. 나는 그런 상태로 후아레스 구역을 향해, 프라가 거리의 아파트를 향해 어기적어기적 걸어갔다. 내가 어디서 왔는지, 비밀스러운 묘지가 어디에 있는지 나는 몰랐다. 비밀스러운 묘지는 자동차 소음, 숨 쉬기 어려운 공기, 자전거의 딸랑거리는 소리, 잔뜩 흐려진 하늘로부터 들려오는 천둥소리 사이로 사라져 버렸다. 나는 내가 벌어들인 경험을 뒤로 물리치고 특별한 사건에, 즉 인간의 약점에, 비록 역사적인 호칭은 없지만 나름대로 이름이 있는 남자들과 여자들의 자잘한 악습과 미덕에 정신을 집중하려고 노력했다.

예언자 에제키엘이 들려준 날짜를 알 수 없는 묵시록적인 이야기에도 취했지만 안티구아 콘셉시온 부인이 들려준 연대기적인 이야기에도 나는 몹시 취했다. 나는 프라가 거리의 집에 도착해, 인내심을 최대한 발휘해, 겸손한 마음으로 계단을 올라갔다. 나는 다시 한 번 예리고와의 우정을 지키고 루차 사파타를 보호하는 일에 나 자신을 집중시킬 준비가 되어 있었다. 처음에는 그럴 생각이었다. 하지만 나를 맞이하는 예리고의 허둥대는 듯한 찡그린 표정을 보는 순간 처음 생각은 산산이 부서지고 말았다.

"페드레갈로 가자. 에롤의 어머니가 돌아가셨어."

나사리오 에스파르사의 독재적인 악취미 탓에 우스꽝스러운 신 바로크식 소굴로 변해 버린 그 초현대적인 저택을 한동안 찾아가 보지 못했다. "아무것도 보지 못한 척하란 말이야." 에롤은 그렇게 주문했다. 부모의 말다툼을 얘기하는 것인지, 드라큘라

성과 같이 무시무시한 그의 집을 얘기하는 것인지 알 수 없었다. 내가 기억하기로, 에롤은 우리 앞에서 부부 싸움이 벌어지게 만든 이후로 두 번 다시는 말썽을 주도하지 않았다. 어쩌면 내 기억이 틀렸는지도 모른다. 나는 옛 학교 동창을 육칠 년 정도 보지 못했고, 그동안 그의 집도 찾아가지 않았다.

저택 입구에 걸린 검은색 상장이 그 집에 초상이 났다는 사실을 알려 주었다. 나는 그 집이 평생 동안 상복을 입어 왔다고 생각했다. 탐욕의 자물쇠가 채워진, 동정심이 부족하고, 불신이 가득하고, 사랑이 부족하고, 평온함이 없는 그 집은 초상난 집이나 다름없었다. 예리고의 뒤를 따라 에스트레야 부인이 누워 있는 관으로 다가갈 때에야 나는 비로소 알 수 있었다. 그 음산한 집에도 동정심과 평온함은 있었던 것이다. 동정심과 평온함은 적어도 에스트레야 부인의 죽음을 기다리면서, 부인의 있는 듯 없는 듯했던 존재감 속에서 살아왔던 것이다.

나는 죽은 부인을 바라보았다. 밀랍 같았던 그녀의 얼굴은 얼굴에 분칠을 한 죽음의 차가운 손에 의해 더욱더 창백해졌고, 장의사 직원(어쩌면 그 악당 나사리오가 그랬는지도 모른다.)이 그녀의 희뿌연 얼굴에 칠해 놓은 화장품과 립스틱 탓에 더욱더 우스꽝스러워 보였다. 부인의 머리는 잘 손질되어 있었다. 마치 가발 같았다. 1940년대 조안 크로포드의 머리 모양처럼 높고 풍성한 가발 같았다. 유령 같은 그녀의 두 손은 가슴에 놓여 있었다. 순간 나는 깜짝 놀랐다. 부인은 가정부와 하녀와 요리사가 입는 앞치마를 두르고 있었다. 나는 앞치마에 대해 예리고에게 말해 주고 싶었다. 앞치마는 사악한 나사리오의 최후의 조롱이었다. 그 사악한 인간은 자기 부인을 저세상의 하녀로, 천국의 가정부로 보낸 것이었다. 나사리오 씨는 냉정한 표정으로 눈도 깜박이지 않고 저명한 손님들의 조문을 받았다. 조문객들은 애도의 뜻을 전하고 즉시 흩어져 소리의 장막 뒤로 사라졌다. 알아들을 수 없는 대화 소리, 간식을 나르는 발걸음 소리. 모든 사람을 극진하게 대접하는 단 한 명의 상주, 다양한 방법으로 다양한 사람들을 맞이하는 솜씨. 조문객들 중에는 나사리오 씨의 비참했던 시절에 대해 아는 사람들도 있었고, 현재의 최고 경지에 이르렀을 때 만난 사람들도 있었으며, 월급쟁이 호텔 경영자들도 있었고, 호텔 체인 경영자들도 있었다.

나는 사람들과 마주치지 않기 위해 에스트레야 부인을 쳐다보았다.

그 모든 것에도 불구하고 시신은 짐짓 행복한 표정을 과시하고 있었다. 그 영원한 미소는 별로 중요하지는 않지만 인사치레를 해야 하는 결혼식에 참석한 사람의 미소와 같았다. 죽음 속에서 에스트레야 부인은 따분해했다. 그녀가 우는 버릇을 잃어버렸다 해도 그건 그녀의 잘못이 아니었다. 단 한 가지가 조화를 깨뜨렸다. 앞치마는 일종의 유니폼이었던 것이다. 부인은 목에 손수건을 감고 있었다.

피부가 불그스레하고 키가 크고 화려하게 차려입은 나사리오 씨는 관습에 따라 조문객들을 맞이했다. 그 자리를 피했으면 좋았을 것을. 나는 조문객들의 행렬에서 벗어날 수 없었다. 예리고가 내 앞에 서 있었다. 윗입술에 빈정대는 듯한 빛이 한 줄기 흐르기는 했지만 예리고는 그런대로 그 자리에 맞는 표정을 짓고 있었다. 나사리오 씨가 나를 쳐다보지도 않고 내게 손을 내밀었다. 나 역시 그를 쳐다보지 않고 손을 내밀었다. 나는 에롤을 찾아보았다.

"없어." 예리고가 중얼거렸다.

"무슨 일 있나?" 내가 물었다.

"넌 그 친구가 올 거라고 예상했던 거야?"

"솔직히, 그랬어." 나 자신보다 내 감정이 먼저 입을 열었다. "자기 어머니……."

"나는 아냐." 예리고는 내 생각 따위는 개의치 않고 말했다.

우리는 조문객들의 물결을 뚫고 길을 열었다. 나는 조문객들의 얼굴을 살펴보았다. 이 가족을 좋아하는 사람은 아무도 없었다. 심지어 나사리오 씨조차 좋아하지 않았다. 에스트레야 부인도 좋아하지 않았다. 도저히 용납할 수 없는 딴따라 동성애자인 에롤은 말할 것도 없었다. 모두들 그곳에 의무적으로, 필요에 의해 모여 있었다. 모두들 나사리오 에스파르사에게 무언가를 빚졌다. 나사리오 씨는 그 모든 사람을 손아귀에 쥐고 있었다. 사랑은 없었다. 비탄도 없었다. 희망도 없었다. 우린 뭘 기대하는 거지? 나는 사람들을 헤치고 길을 열어 가며 예리고에게 눈으로 물었다. 모든 사람들이 밀림 같은 장례용 화환에 둘러싸여 있었다. 멕시코의 장례식은 꽃 장수들에게 떼돈을 벌게 해 주었다. 돈을 벌고 싶다면 꽃 장수가 되란 말이야, 우리 모두 언젠가는 죽을 테니까.

나는 밀림과 같은 그 장례식장 한가운데에서 어느 여자와 부딪쳤다. 나는 여자에게 사과했다. 장소에 어울리지 않게 그 여자는 한 손에는 담배를 다른 손에는 샴페인 잔을 들고 있었다. 여자가 내게 몸을 부딪쳤다. 담뱃재가 내 가슴으로 떨어졌고, 라비우다 샴페인이 넥타이로 떨어졌다. 여자가 걸음을 멈추고 나를 보며 미소 지었다. 나는 그녀가 누구인지 생각해 보았으나 소용없었다. 나는 속으로 중얼거렸다. 이전에 어디서 저 여자를 봤더라? 나는 그녀를 쳐다보지 않았다. "우리가 어디서 만난 적이 있던가요?" 무언의 명령과 같았다. 나 자신도 납득할 수 없었다. 표범과 같은 몸짓으로, 사로잡힌 동물과 같은 몸짓으로 내게 다가온 아름다운 여인의 호의에 어울리지 않는 질문이었다. 염색한 금발, 태양의 붓질이 스치고 지나간 밝은 갈색 피부, 화장품으로 촉촉이 젖은 입술.

"이봐요." 그녀가 하인을 불렀다. "이 신사분께 한 잔 가져다주세요."

"죄송합니다. 지금은 이럴 때가 아닙니다." 내가 말했다.

"한 잔 부탁해요." 여자가 다시 주문했다. 하인이 잘 알아듣지 못했는지 되물었다.

"부인, 부인께서 주문하시는 겁니까?"

"한 잔이라고 했어요. 어서요."

하인은 그녀의 말에 대답하지 않았다. 하인은 나와 예리고를 쳐다보았다. 예리고는 나보다는 늦었지만 에스파르사 저택의 새로운 국면에 대해 알아차린 것 같았다.

하인이 우리에게 말했다. "어서 오십시오, 예리고 씨, 여호수아 씨. 편하게 지내시기 바랍니다."

하인은 부인이 주문한 술을 가지러 갔다. 부인은 샴페인 잔을 손에 들고, 담배를 입에 물고, 단조로운 검은색 샤넬 의상을 입고 있었다. 그녀는 장난기와 빈정거림이 쌍을 이룬 눈으로 우리를 쳐다보았다.

"에롤을 찾나요?" 여자가 상당히 의뭉스럽게 물었다.

우리는 고개를 끄덕였다.

"산티시마 거리의 싸구려 카바레에 가면 찾을 수 있을 거예요. 그곳에서 피아노를 연주하죠. 못돼 처먹은 인간 같으니!"

그녀는 우리에게 억지로 미소를 지어 보인 뒤, 등을 돌려 콧노래를 흥얼거리며 조문객들 사이를 파고들었다. 조문객들은 본능적으로 그녀에게 길을 열어 주었다. 모두들 그녀를 아는 것 같았다. 좋게 보자면 그녀를 존경하는 것 같았고, 나쁘게 보자면 그녀를 두려워하는 것 같았다…….

내 친구와 나는 말없이 눈으로 질문을 주고받았다. 저 멀리서 나사리오 씨가 병의 밑바닥 같은 눈으로 조문객들을 맞이하고 있었다. 멀리서 토악질 냄새가 풍겨 왔다. 그녀가 열쇠를 부딪치는 소리가 들렸다.

우리는 입구와 출구가 가려진, 소라가 뒤덮인 벽을 통과했다. 우리는 무언의 기억에 따라 에스트레야 부인을 추억했다. 부인의 자식과 하인을 제외하면 아무도 그녀를 기억하지 않았다. 우리는 우리와 쌍둥이인 에롤, 중학교 시절의 빡빡머리와 추억을 나누기라도 하듯 그녀와 관련된 자잘한 일들을 떠올려 보았다.

그녀가 농담을 듣고도 웃지 않던 이유는 그 농담을 이해하지 못했기 때문이었다.

그녀는 모든 사람이 그녀의 인생을 용서해 주리라 믿었다.

그녀의 남편은 그녀가 젊었을 때 멍청하기는 했지만 매력적인 여자였다고 얘기한 적이 있었다.

그녀는 남편의 그 말을 보석처럼 간직했다.

그녀는 항상 자신이 필요 없는 존재라고 생각해 왔다.

그녀는 '공연한'이라는 말의 뜻을 이해하지 못했다.

그녀는 하인들을 의심할 줄 몰랐다.(우리에게는 그 반대로 보였다.)

그녀는 사람들이 욕을 하면 상관하지 않겠다는 듯 노래를 불렀다.

"아빠의 운에 대해 어떻게 생각해?" "아주 좋아." "아니, 출신 말이야." "아이고, 애야, 넌 대체 왜 그러니?" "내가 뭐 어때서." "배은망덕하잖아. 아버지 덕에 먹고살잖니." "이런 제길." "상스럽게 굴지 마라. 네 아버지가 열심히 노력한 덕에 이렇게 사는 거란다." "노력? 요즘엔 범죄를 그런 식으로 부르나 보지?" "범죄라니, 애야, 무슨 범죄?" "아빠는 레넌 같은 인간이야." "레온, 사자 말이니?" "아니, 음악가 존 레넌 말이야." "무슨 말인지 모르겠구나." "아님 혁명가 레닌 같은 인간이거나." "애야, 내 머리를 더 이상 복잡하게 만들지 마라."

우리는 길거리로 나왔다. 그날 밤 거리는 춥고 황량했다. 예리고가 내게 물었다.

"이봐, 부인의 목에 감겨 있던 빨간색 손수건은 대체 무슨 의미일까?"

나는 그게 무슨 의미인지 알 수 없었다. 페드레갈 도로에는 으리으리한 자동차들과 지친 운전사들만이 길게 늘어서 있었다.

* * *

예리고가 돌아왔을 때 나는 루차 사파타와의 관계를 그에게 밝혀야 할지 아니면 비밀로 유지해야 할지 판단이 서지 않았다. 나는 비밀로 유지하기로 결정했다. 학교에 다닐 때부터 내 친구와 나는 사상뿐만 아니라 창녀까지 모든 것을 함께 나누었다. 우리는 거의 금욕적으로 살아왔다. 열심히 공부했고, '야심'이라고는 부를 수 없는 애매한 목표를 함께 추구했다. 카스토르와 폴룩스, 디오스쿠로이, 하나의 신과 한 마리 새의 자식들, 신격과 같이(그렇게 될 수 없었지만) 소중한 두 인간. 용기와 노련함으로 유명했던 인물들. 제우스에게 추방당해 천국과 지옥을 번갈아 오가며 살아야 했던 인물들.

독자 여러분은 알 것이다. 카스토르와 폴룩스, 여호수아와 예리고의 우정이 얼마나 견고했는지. 우리는 우리 나이 또래의 아이들과 거의 어울리지 않았다. 가족도 없었고, 애인도 없었고, 친구라고는 에롤 한 명뿐이었으며, 필로파테르 신부의 가르침을 함께 나누었을 뿐이었다. 그러나 이제 세월이 우리를 갈라놓았고, 예리고가 없는 동안 나는 안토니오 상히네스 교수가 이끄는 대로 따라갔고, 산후안데아라곤 교도소를 방문했고, 죄수들과 대화를 나누었고, 미겔 아파레시도라는 사악한 인간에게 영향을 받았고, 특히 루차 사파타라는 여자를 책임지게 되었다. 나는 전철역 옆에 사는 빨간 머리 아가씨의 존재를 숨겨 두기로 마음먹었다.

그녀의 존재를 예리고에게 밝히는 것은, 나로서는 손해 보는 일이었다. 그것은 그에게 내 모든 것을 까발리는 꼴이 되겠지만, 반대로 내가 그에 대해 알아낼 것은 거의 아무것도 없을 것 같았다. 내 친구가 유럽에서의 경험을 얘기할 때 보여 준 그 피상적인 유머 감각은 그의 투쟁적이고 예리한, 대담하고 풍자적인 성격과 전혀 걸맞지 않은 것이었다. 급기야 나는 예리고가 나를 속였다고, 유럽에는 가 보지도 않았다고, 누군가 다른 사람이 그 친구 이름으로 우편엽서를 내게 보냈다고 생각하기에 이르렀다. 해괴한 일이 아닐 수 없었다. 내가 이렇게 생각했던 것은, 독자 여러분도 기억하겠지만 예리고가 돌아오자마자 이상한 말을 영어로 씨불였기 때문이다.

Let's shrug it out, bitch.

내가 이해할 수도, 번역할 수도 없는 말이었다. 하지만 나는 그 말이 유럽 문화나 라틴아메리카 문화와는 전혀 어울리지 않는다는 것을 알 수 있었다. 이렇게 하나씩 제거하다 보면(나는 필로파테르 신부처럼 추론했다.) 그 말은 분명히 미국에서 쓰는 말일 것이다.

나는 그 점을 그다지 중요하게 생각하지 않았다. 언젠가는 그 문제가 명확히 밝혀질지도 모른다는 생각으로 나는 그 문제를 그냥 그대로 내 마음속에 묻어 두었다. 돈키호테도 산초 판사에게 이렇게 말하지 않았던가. 기적(극히 드물게 발생하는)은 미스터리(진실이 밝혀지면 더 이상 미스터리가 아니다.)로 남겨 두는 것이 좋다고 말이다. 지금 이 자리에서 솔직히 고백하자면, 나는 예리고에게도 내게 감춘 비밀이 있기를 바랐다. 나에게도 그에게 감춘 비밀이 있었으니까. 그 비밀의 이름은 루차 사파타였다.

이것 역시 밝혀 둬야겠다. 사파타라는 여자의 성격도 나를 시험대에 올려놓았다. 나는 때때로 그녀를 내팽개치고 싶은 충동을 느꼈다. 적어도 예리고가 아닌 다른 사람과 그 부담을 나누고 싶었다. 나는 비밀을 유지했다고 말했다. 그 이유는 친구에 대한 자존심뿐만 아니라 그 여자와의 관계에 있어서 핵심적인 사항이 비밀을 유지하라고 요구했기 때문이다. 이렇게도 말할 수 있을 것이다. 그 몇 개월 동안 루차 사파타는 내게 더욱더 의지하게 되었지만 나는 그녀에게 의지할 필요가 전혀 없었다. 예전에는 나도 다른 사람들에게 의지하고 살았다. 그런데 이제 의지가지없는 한 여자가, 자기 속에 숨어 사는 한 여자가, 내가 나타나야 겨우 모습을 드러내는 한 여자가(당시 나는 그렇게 생각했다.) 살아남기 위해 나에게 의존하고 있었다.

나는 그녀에게 마약을 끊으라고 강요했다. 그녀는 감추어 두었던 마약이 바닥날 때까지 계속해서 마약을 복용했다. 마약이 떨어지자 엄청나게 술을 마셔 댔다. 그러나 알코올만으로는 그 강력한 암페타민을 대신할 수 없었다. 나는 그녀가 위험한 경지에 이르렀다고 판단하고, 그녀를 더욱더 엄격하게 다루기로 결심했으며, 잠시만이라도 그녀의 건강을 회복시켜 주기 위해 모든 것(그녀의 절규, 그녀의 욕설, 그녀의 우울증, 그녀의 힐책)을 참아 냈다. 간단히 말해, 나는 십자가를 졌던 것이다. 그녀가 했던 말을 내가 지금 여기서 요약하는 이유는 그녀가 그 당시에 무슨 짓을 했는지를 설명하기 위해서다. 이런 일들은 그 성질상 카펫(루차 사파타의 경우에는 매트) 밑에 얌전히 들어앉아 있지 못한다. 이런 일들은 말을 위압하며, 말들을 쓸데없는 잿더미로 만들어 버린다.

"나는 나 자신과 모든 이를 위한 행복을 원해."

그녀는 흥분하면 이렇게 말하곤 했다. 그럴 때면 나는 그녀가 국제공항 격납고에서 비행기를 다시 훔쳐, 공중에서 도시로 전단지를 뿌려 대며, 깔깔거리고 웃으면서 우리 모두를 비난할 것만 같았다.

"나는 가난을 용납할 수 없어." 그녀는 곧이어 소리쳤다. "우리 국민 중 절반이 가난하게 산다는 사실에 치가 떨려. 구걸하거나, 도둑질하거나, 희망도 없이, 권력자들에게 피를 빨리며 정치인들에게 우롱당하며, 이유도 모른 채 가난한 운명에 끌려 다니는 사람들. 여호수아, 말 좀 해 봐, 우린 왜 평생 동안 비참하게 살아야 하는 거지? 말 좀 해 봐. 말 안 하면 여기서 당장 죽어 버릴 테니까……."

그런 식이었다. 루차 사파타는 흥분할 때면 과거(항상 골탕만 먹는 멕시코 사람들의 과거)를 조금 들추기는 했으나 그럴 때에도 자신에 관한 얘기는 거의 언급하지 않았다. 나는 때론 그녀가 우리가 만나기 전의 삶에 대해 이야기를 꺼내도록 함정을 파곤 했다. 나는 결코(솔직히 말해 거의 대부분) 그녀를 회상에서 끄집어낼 수 없었다. 그녀는 항상 우리가 만났던 공항 장면에서 멈췄다. 그녀는 항상 하늘로 올라가 집단적인 불행을 바라보았다. 그 불행은 그녀가 보기에 시간과도 무관한 영원한 것이었다. 멕시코는 태초부터 영원까지 골탕을 먹어 왔다. 어떻게 손 쓸 방법도 없이…….

"나는 나 자신과 모든 이를 위한 행복을 원해. 나는 가난을 용납할 수 없어. 구세주, 내가 어떻게 해야 할까?"

그녀는 때때로 격정에 휩싸이기도 했다. 그럴 때면 벽에 박치기를 해 댔다. 머리에서 뇌를, 그녀 말에 따르면, 차압당한 뇌를 뽑아내려고 발광하는 듯싶었다. 왜? 누구 때문에? 나는 물어보았지만 들려오는 대답이라곤 깊은 탄식뿐이었다. 그 탄식 소리는 담배와 마약 탓에 숯덩이로 변한 그녀의 폐가 투덜대는 소리처럼 들렸다.

그녀는 무방비 상태에 있던 나에게 낡은 베개처럼, 눈에 보이는 육체로부터 영원히 떠났다는 사실을 알고 침울해진 망령처럼 엉겨 붙었다. 그녀가 말했다. "내가 마약을 하기 때문에 사람들이 날 쫓아냈어, 나는 나쁜 년이야, 내가 만약 암에 걸렸다면 사람들은 날 쫓아내지 않았을 거야, 나를 돌봐 주었을 거야, 그렇지 않아, 구세주?" 그녀는 지극히 간절한 눈빛으로 나를 바라보았고 나는 더욱더 강하게 그녀를 껴안아 줄 수밖에 없었다. 그토록 다정다감한 순간에 그녀가 가벼운 한숨과 함께 삶에서 벗어나 영원히 내 곁을 떠나지나 않을까 나는 겁이 났다. 하지만 다음 순간 그녀의 한숨은 불꽃이 되어 내 목을 태웠다. 나는 그녀를 밀어냈다. 그녀는 증오로 눈을 빛내며 나를 쳐다보았고, 이곳에 자신을 가둔 나를 비난했으며, 내가 안마당으로 통하는 문을 열고 그녀를 밖으로 초대했을 때에도 그녀는 나를 향해 소름 끼치는 놈, 권력을 남용하는 놈, 권력의 형상에 따라 만들어진 놈, 박해자, 원수이자, 자신이 믿었던 구세주가 아니라고 소리쳤다.

"내 삶을 살아가게 그냥 내버려 두란 말이야!" 그녀가 그 짧은 머리를 쥐어뜯으며, 뺨을 할퀴며 절망적으로 외쳤다.

나는 힘으로 그녀를 제지했다. 그녀의 주먹을 잡고 내 얼굴 앞으로 잡아당겼다.

"좋아, 루차, 할퀴고 싶다면 내 얼굴을 할퀴란 말이야. 어서······."

그러자 그녀는 나를 구세주라고 부르며, 그렇게 너무 윽박지르지 말라고 애원하며, 내 뺨을 어루만지며, 상황에 걸맞은 노래를 불렀다. 나는 산에 사는 한 마리 가여운 어린 사슴, 나는 그렇게 유순하지 않아, 낮에는 물을 마시러 내려가지 않아요, 밤이면 조금씩 당신의 품에서, 내 사랑······.

나는 이 「가여운 어린 사슴」이라는 노래가 사랑을 뜻하는 암호라는 사실을 이미 알았다. 루차는 그런 식으로 하루의 절정을 이루는 행동으로 나를 초대했다. 어쨌든 그 순간은 에로틱했고, 과거의 폭풍과 예견된 미래의 돌풍을 잠재우는 진정제 역할을 했다. 그 순간은 한순간에 되찾은 평화의 완만한 비탈길 혹은 고요함의 전주곡이었다. 솔직히 말해, 그녀와 나는 그런 순간을 원했고, 어떻게 해야 할지 방법은 잘 몰랐지만 그 순간을 함께 나누고 싶어 했다.

마약을 끊고 알코올로 그것을 대신했기 때문에 그 모든 일들이 벌어졌다. 나는 마침내 깨달았다. 데킬라는 암페타민과 같은 '효과'를 주지 못했다. 그녀는 암페타민으로 다시 돌아갔다. 나는 감춰 두었던 마약이 없어지는 것을 발견했다. 세상에. 담배도 알코올도 마약을 대신할 수는 없었다. 그 모든 것은 바로 내 잘못이었다.

나는 잘 알았다. 이 세상 그 누구라도 루차 사파타와 같이 있으면, 마땅히 그녀가 책임져야 할 일이 발생해도 그 누군가가 '죄인'이 되고 말 것이다. 다른 이에게 그녀를 맡아달라고 부탁하는 것은 느릅나무에게 배를 달라고 떼를 쓰는 것과 마찬가지였다. 지기 싫어하고 격언을 좋아하는 마리아 에힙시아카는 그렇게 말했을 것이다. 루차 사파타는 죄를 뒤집어씌울 다른 사람이 필요했다. 내가 바로 그런 사람인 셈이지만, 나는 상관치 않았다. 나는 그녀를 절대로 비난하지 않았다. 그녀 역시 자기 자신을 비난하지 않았다. 나는 그녀의 비난과 난폭한 행동을 그대로 받아들였다. 앞에서 이미 말했지만 아주 단순한 이유에서였다. 나는 누군가 다른 사람을 책임지고 싶었던 것이다.

그녀가 더 이상 참지 못했던 바로 그날까지.

그러나 그 이전에 그녀는 노래를 불렀다. "나는 당신의 빛나는 귀고리에 달린 진주이고 싶어라, 당신의 작은 귀를 깨물고 당신의 뺨에 입 맞추고 싶어라."

* * *

우리가 함께 나누어 쓰는 프라가 거리의 아파트에서 내가 장시간 사라져도 예리고는 전혀 궁금해하지 않았다. 나는 예리고의 그런 태도에 놀라지도 않았고 고마워하지도 않았다. 나 역시 그의 삶에 주책없이 끼어들지 않았다.

나 나름대로 궁금한 점은 많았다.

예리고가 어떻게 여행을 할 수 있었을까? 어떤 여권을 지니고 다녔을까? 여권은 어디 있을까? 어떤 이름을 사용했을까?

예리고, 그리고 성은? 나는 비로소 알 수 있었다. 그는 학교 운동장의 왕초로서 의지할 곳 없는 코주부를 보호해 주었고, 나는 그에 대해 뿌리 깊이 감사하는 마음에 눈이 멀었던 것이다. 나는 로마법에서 '아미쿠스 쿠리아이(amicus curiae, 법정 조언자)'라고 칭하는 그런 빛이 아닌 다른 빛에 의지해 내 친구를 바라보아야만 했던 것이다.

두 사람이 함께 살 때 발생하는 가장 무서운 유혹들 중 하나는 다른 사람의 일에 함부로 끼어드는 것이다. 서랍을 열어 보고 싶은, 사생활이 담긴 일기와 편지를 읽어 보고 싶은, 옷장의 냄새를 맡아 보고 싶은, 다른 친구가 침대 밑 옷 가방에 무엇을 감춰 두었는지 확인하기 위해 바퀴벌레처럼 침대 밑으로 기어들어 가고 싶은 유혹…….

내 글을 읽고 있는 여러분은 모두 예외 없이 점잖은 사람들일 것이다. 그러므로 여러분에게 굳이 이런 말까지 할 필요는 없을 것이다. 기억력 좋은 여러분의 작가 여호수아 나달(바로 나)은 절대로 호기심에 굴복하지 않았다. 물론 나도 몇 가지 궁금한 점을 무시하고 넘어갈 수는 없었다. 그러나 궁금한 점들은 모두 확인할 수 없는 문제였기에 태어나기도 전에 죽어 버리고 말았다.

예리고는 어떤 성을 사용했을까?

유럽에서, 파리에 있는 그 주소지에서 실제로 사 년 동안 살았단 말인가?

그 연극적이고 유치한 유럽에 대한 추억은 거짓말이 아니었을까? 콩코드 광장에서 무릎을 꿇었다니, 설마. 조지 거슈윈의 음악을 들으며 진 켈리도 그렇게 했을까. 장 가뱅이나 장폴 벨몽도라면 그곳을 지나갈 때 눈 하나 깜박이지 않았을 텐데.

예리고는 일상적인 프랑스어에서 유행했던 그런 표현, 나로서는 오래된 누벨바그 영화를 보고 알 수 있었던 그런 표현을 무슨 이유로 사용하지 않았을까? 저런(Ça alors), 우아(A merveille), 그렇지만(Quand même), 존재 이유(Raison d'être), 할 수 있다(Savoir faire), 불간섭(Laissez faire), 프랑스식 영어(Franglais).

그 반대로, 무슨 이유로 미국 말이 그의 입에서 튀어나왔던 걸까? Shove it. Amazing. Let's shrug it out, bitch.

그리고 특히, 무슨 이유로 내가 모르는 젊은이들이 좋아하는 음악가들(저스틴 팀버레이크)을 언급하고 지역 텔레비전 방송의 프로그램(「안투라지」)을 언급했을까? Let's shrug it out, bitch.

나는 깊게 파고들지 않았다. 어떤 증거도 없이 의심하기는 했지만, 비밀을 유지하겠다는 약속을 깨고 싶은 마음은 없었다. 비록 《레포르마》의 '공연물' 섹션에서 저스틴 팀버레이크가 누구인지 「안투라지」가 어떤 프로그램인지 알아보기는 했지만 말이다.

　그보다 훨씬 중요한 또 다른 고민도 있었다. 때때로, 내가 아무런 설명 없이 루차 사파타와 밤을 보내고 집으로 돌아오면 예리고는 그 빠르게 돌아가는 머리와 어느 정도 유치한 대담성으로 무장하고 고민거리를 속사포처럼 쏘아 댔다. 여호수아, 우리는 누구지? 어떻게 우리지? 왜 우리지? 누구를 위한 우리지? 하지만 그는 대답을 듣지 못했다. 나는 어설픈 미소로 받아넘기며 화장실로 뛰어 들어가 몸을 씻고 면도를 하며 치말포포카의 헌병대와 같은 집에서 탕진한 기력을 회복했다. 예리고는 내게 구체적인 질문들(어디서 오는 거니? 어디서 밤을 지새운 거야? 그 이상한 냄새는 뭐야?)을 하지 않기 위해 추상적인 질문을 속사포처럼 쏘아 댔을 것이다. 나는 그렇게 의심했다.

　예리고의 질문들은 새로운 사건으로 말미암아 허공에 머물렀다.

　처음에는 텅 비어 있었던 우리의 다락방은 새로운 물건들로 점점 채워져 갔다. 그 물건들은 배달 트럭으로 우리가 사는 건물 앞에 도착했고, 힘이 좋고 수염이 듬성듬성하며 피부가 까무잡잡한 남자들이 그 물건들을 우리 다락방까지 지고 날랐다.

　레이저 팩시밀리와 화면이 사십육 인치(혹은 오십삼 인치, 혹은 칠십 인치)나 되는 텔레비전을 누가 우리에게 보냈단 말인가? 누가 우리의 시커멓고 고장 난 낡은 전화기를 이탈리아 영화에 나오는 하얀색 전화기로 바꿔 주었단 말인가? 소니 워크맨 휴대전화 두 대가 도착했고, 그리고 잠시 후에는 음악과 영화와 달력과 주소록을 이용할 수 있는 최신형 크리에이티브 젠과 삼성 YT-T9이 도착했다. 누가 그런 것들을 우리에게 보내 주었단 말인가? 나는 특히 주소록을 이용할 수 있다는 것이 마음에 들었다. 내 주소와 루차 사파타의 주소 이외에 내가 아는 주소가 또 있었던가? 화면이 즉시 켜졌다. 소니 워크맨 휴대전화 화면에 안토니오 상히네스의 이름과 그가 사는 집의 전화번호와 코요아칸에 있는 집의 전화번호와 레포르마 거리에 있는 사무실 전화번호가 나타났다.

그리고 다음과 같은 메시지가 나타났다.

7월 2일 오후 6시, 내 집에서 너희를 기다리겠다.

변호사 안토니오 상히네스

너희를 기다리겠다. 너를 기다리겠다가 아니었다. 너희. 복수였다.

나는 먼저 예리고를 기다렸다. 예리고가 머리를 높이 들고 웃으며 나타났다.

우리는 다시 두 사람이었다.

선생님은 코요아칸에 있는 넓은 저택에서 우리를 맞이했다. 선생님은 여느 때와 마찬가지로 시끄럽게 떠드는 어린아이들에게 둘러싸여 있었다. 아이들은 세발자전거를 타고 돌아다녔고, 두 팔을 벌리고 비행기 엔진 소리를 내며 날아다녔고, 결국에는 의자로 올라가 선생님의 귀밑으로 기어올랐고, 선생님의 무릎에 편안하게 앉아 있거나 어깨 위로 타고 올라 위험한 상황을 연출하기도 했다.

"애들아, 나가 놀아라." 상히네스가 웃으며 말했다. 그리고 호흡을 끊지 않고 예리고와 나를 쳐다보며 말했다.

"들어들 오게나."

그는 즉시 우리를 로마법에서 '카피티스 디미누티오(capitis diminutio)'라는 위치에 놓으려고 했다. 인격의 축소. 루돌프 솜가라사대, 자유 신분의 상실로 인해, 시민 신분의 상실로 인해 혹은 가족으로부터 추방당해 신분이 조금만 바뀌어도 그렇게 된다.

나에게는 충분히 그럴 만도 했다. 나는 법과대학에서 그의 제자였고, 그는 내 독서를 이끌어 주었고, 내 진로의 방향을 잡아 주었다. 그는 나를 산후안데아라곤 교도소로 보내 그 유명한 '법률 실습'을 하게 했다. 하지만, 예리고는? 예리고가 상히네스와 무슨 관계가 있단 말인가? 나는 그 두 사람이 인사를 나누는 방법을 관찰하며 그들의 관계를 밝혀 보려고 했다. 인사하는 방식은 많은 것을 드러내 보여 준다. 포옹, 악수, 축소사와 증대사, 속으로 감춘 의혹, 은근히 숨긴 기쁨. 이베리아 아메리카도 이탈리아 아메리카도 마찬가지다. 우아한 외면의 땅, 아름다운 모습에 대한 찬양, 빛을 상기시키기 위해 혹은 모욕을 잊어버리기 위해 끊임없이 변해 가는 마키아벨리즘의 기억.

상히네스는 우리에게 단지 "들어들 오게나."라고 말했을 뿐이지만 그 말에는 "자리에 앉게나."라는 의미도 포함되어 있었다. 집주인의 고급스러운 안락의자 앞에 가죽 의자 두 개가 놓여 있었다. 우리는 단지 자격시험을 치르는 두 학생에 지나지 않았다.

아이들이 밖으로 나갔다. 제자들은 의자에 앉았다. 요약해서 이야기하겠다. 상히네스는 예리고와 내가 하나의 과정을 이수했다고 생각했다. 그로써 나는 중세로 따지면 하나의 길드에 포함된 셈이었다. 그것은 라틴아메리카에서라면 자긍심을 느낄 법한 일이다. 라틴아메리카는 역사상 가장 강력한 나라인 미국과는 다른 대륙이다. 멕시코에서 페루에 이르기까지, 우리는 교회나 국가가 중재하지 않은 자유를 결코 허용하지 않는다. 하지만 미국인들은, 자신들은 의식하지 못하지만, 펠라기우스주의자들이다. 그들은 펠라기우스라는 이단자의 자손들인 것이다. 펠라기우스는 교회의 간섭이 배제된 개인의 자유를 주장했다. 그에 반해 그의 상대였던 히포의 성 아우구스티누스는 교회의 중재가 없는 한 인간은 은혜를 받을 수 없다고 주장했다. 미국인들에게는 펠라기우스도 중세도 없었다. 다만 그들에게는 루터, 종교개혁, 청교도주의, 칼뱅주의, 교회가 간섭할 수 없는 자유를 주창하기 위해 필요한 모든 이단 사상(다시 한 번 말하지만 이단은 '선택'과 같은 말이다.)이 있었다. 하지만 우리는 그렇지 않았다. 비록 예비 학교 과정에서 필로파테르 신부가 그와 유사한 교훈을 끊임없이 우리에게 심어 주었지만 말이다.

상히네스가 내 생각을 읽은 듯싶었다. 그가 즉시 내 운명을 결정했던 것이다. 나는 내 과정을 끝마칠 것이고(내게는 단지 일 년의 과정과 자격시험을 통과하기 위한 과제 두 개가 남아 있을 뿐이었다.) 또 산후안데아라곤 교도소에서 법률 실습도 끝낼 것이다.

"논문 쓸 준비를 하게나. 주제는 마키아벨리와 국가의 탄생이네."

그는 그렇게 말하고 나서 얼른 덧붙였다.

"미겔 아파레시도와의 면담을 끝내는 일도 아주 중요해."

이제 그는 예리고를 쳐다보며 말했다.

"자네는 과정을 계속하기를 거부했어. 경험이 가장 훌륭한 대학교라고 믿으며 말이지. 자네를 시험해 보아야겠네. 내일 아침 로스피노스 공화국 대통령 관저로 출두하게나. 그쪽에 연락해 두었네."

그리고 나를 돌아보았다.

"여호수아, 신도시라고 할 수 있는 산타페 지역에 위치한 막스 몬로이의 사무실에서 사람들이 자네를 기다리네."

그는 마치, 이제는 정숙한 모양으로 돌아갈 수 없는 도시가 안타까운 듯 한숨을 토해 냈다. 그리고 자리에서 일어나 갑자기 면담을 끝내 버렸다. 나는 입맛이 씁쓸했다. 언제나 친절하기만 했던 상히네스 교수와 어울리지 않는 무뚝뚝함 때문에 그랬는지, 아니면 그보다 더욱더 심각한, 작별의 순간처럼 울컥 치밀어 오르는 울적한 마음 때문에 그랬는지 알 수 없었다. 마치 그곳에서 내 인생의 한 과정이 끝나는 것만 같았다.

예리고와 나는 택시를 잡기 위해 대학로 쪽으로 걸어갔다. 우리는 딴생각에 팔린 채 코요아칸의 비베로스 공원을 가로질렀다. 미리 의식하지는 않았지만 우리는 숨을 깊이 들이마셨다. 질식할 것만 같은 대도시에서 찾아보기 힘든 청정지역 중 한 곳에 있었던 것이다.

"어떻게 생각해?" 예리고가 물었다.

"좋지 뭐." 나는 어깨를 으쓱했다. "나야 항상 그렇잖아."

"아냐, 변한 건 너야. 막스 몬로이는 권력이 막강한 사람이야."

"헐! 그런 사람이라면 별로 만나고 싶은 생각이 없는데."

그러고 나서 덧붙였다.

"예리고, 너는 어떻고. 내 생각에 너는 대통령을 만나게 될 뿐만 아니라……."

예리고가 내 말을 가로막았다.

"그는 나를 보지 않고도 나에 대해 알 수 있을 거야." 그러고는 덧붙였다. "이봐, 서둘러, 너 자신을 받아들여. 우린 스물다섯 살이야. 이대로 기다리고 있을 수만은 없어. 우린 자리가 필요해. '나는 생각해.'라거나 '나는 나야.' 같은 말을 명함처럼 내밀수는 없잖아. 우린 무언가가 되어야 하고 무슨 일이든 해야 해."

나는 웃었다.

"사람이라면 누구나 영원한 젊음을 유지하는 노인이 될 수있어. 젤리 롤 모턴이나 콤파이 세군도나 믹 재거처럼 말이야."

독자 여러분은 눈치챘을 것이다. 나는 예리고를 시험해 보고싶었다. 앞에서 말한 것처럼 내가 의심스러워했던 프랑스에 대한 의도적인 충성심과 미국의 대중문화가 도대체 무슨 관계가 있단 말인가. 만일 네가 재즈 음악이나 록 음악을 얘기하는 것이라면 그건 네가 앵글로아메리카에 착륙했다는 뜻이야. 프랑스는 재즈를 사랑해, 하지만 그저 사랑일 뿐 다른 건 없어.

예리고는 내 말에 상관하지 않았다. 우리는 누구인가? 우리에게 무엇이 있단 말인가? 이름? 직업? 직위? 우리는 미개간지가 아닌가?

"Terrain vague.(막연한 땅.)" 나는 슬쩍 떠보았다.

예리고는 전혀 놀라지 않았다.

"무언가 실패한 것들의 쓰레기통? 잃어버린 차변과 대변 목록? 혹은 냄비 밑바닥? 대체 뭐란 말인가? 젠장!"

"물건들이 쌓이는 시끄러운 바구니."

나는 네루다를 인용해 덧붙였지만 마음속으로는 내게 남겨진 과제를 생각했다. 법과대학 과정뿐만 아니라, 그 신비스러운 죄수 미겔 아파레시도뿐만 아니라, 그 무엇보다 한 여인과의 고백할 수 없는 약속을, 보호를 필요로 하는 여인을, 홀로 방치할 수도 없는 제멋대로에 의지가지없는 여인을…….

루차 사파타라는 이름이 내 혀끝에 걸려 있었다. 문이 열린 새장 속의 한 마리 새처럼. 새장에서 나가 하늘로 날아올라야 할지 아니면 새장에 그대로 남아 주인에게서 먹이를 받아먹어야 할지 모르는 한 마리 새처럼.

예리고는 더 이상 말을 하지 않았다. 우리가 코요테스의 넓은 공원에서 빠져나갈 때 예리고의 마음속에는 길들여지지 않은 새로운 비밀이 자리 잡았다. 그건 상히네스가 그에게 제시한 자리, 지금 우리 머릿속을 가득 채운 그 자리와 연관된 것이 분명했다. 나는 시간을 거슬러 올라가 생각해 보았다. 예전에는 볼 수 없었던 선생님의 그 냉정한 태도가 예기치 않았던 예리고의 출현으로 인한 것이라면, 그래서 선생님이 떨떠름한 표정을 지은 것이라면. 내 마음속에 이중적인 감정이 치밀어 올랐다. 예전에 선생님이 내게 보여 주었던 관심이 그리웠고, 또한 현재의 상황이 못마땅했다.

작별 인사도 없었다. 예리고는 위험하게도 막 출발하려는 버스에 뛰어올랐고, 나는 루차 사파타의 집으로 가기 위해 택시를 잡았다. 어느 곳이 내 집인지, 어느 쪽이 내 진짜 주소지인지 확실히 알 수 없었다.

적어도(나는 미소 지었다.) 미겔 아파레시도가 나를 기다리고 있는(그가 무슨 이유로 나를 기다리는지 누가 알겠는가.) 감옥은 내 집이 아니었다.

"다 그렇고 그런 거야." 예리고가 버스에서 소리쳤다. Shrug it out!

* * *

그날 밤, 내가 시끄러운 독토레스 전철역 옆에 있는 세라다데 치말포포카의 집에 도착했을 때 루차 사파타는 신경이 곤두서 있었고, 이상하게 낯설고 멀어 보였다. 그녀는 정물화와 같은 동작으로 간식을 준비했다. 그녀는 내 시선을 피하며 아구아카테를 둘로 잘랐고, 토르티야를 데웠고, 그 토르티야에 으깬 푸른색 과일과 멕시코산 옥수수의 신맛을 줄여 주는 기름기 많은 핵과를 발랐다. 내가 내 여자 친구의 가정주부다운 '전문가 기질'에 대해 존경심을 담아 감탄한다는 것을 그녀는 알았다. 알코올과 마약으로 뒤범벅된 그녀의 무질서한 삶과 달리 가정교육은 착실히 받은 모양이었다. 그녀는 뛰어난 요리사였고, 나는 그녀가 언제라도 요리 솜씨를 발휘할 수 있도록 시장에서 제공하는 온갖 종류의 선물을 선반 가득 채워 놓았고, 그 선물들은 거지들의 나라를 위해 신들이 베풀어 준 재능에 의해 멕시코 음식으로 바뀌었다.

입속에서 녹아드는 그 맛. 뚱뚱한 고추, 아바나 고추, 사프란, 붉은 토마토, 위틀라코체, 멕시코 차, 마차카, 코치니타, 차요테, 치차론, 오레가노. 나는 아침 일찍 라메르세드로 나가 그런 것들을 사들였다. 메데아 바타야 부인이라는 건초 빛깔 머리에 활기 넘치는 할머니가 나를 도와주었다. 부인은 앵두 같은 눈을 빛내며 내 앞에 나타나 말을 걸었다. "괜찮으시다면 내가 도와드리죠, 변호사님." "어떻게 아셨습니까?" 나는 깜짝 놀라 물었다. 부인이 한쪽 눈을 만졌다. "척 보면 압니다, 변호사님. 변호사라면 멀리 있어도 알 수 있죠. 악취를 맡는 것과 비슷하다고나 할까."

나는 광주리 하나 분량 이상은 사지 않았다. 루차는 내가 사온 재료를 눈먼 석수장이들의 소스로, 옥수수 이삭 수프로, 우체포로, 모렐리아나로, 광장에서 파는 엔칠라다로, 속이 꽉 찬 차요테로 변신시켰다. 그녀의 흐트러진 삶과는 전혀 어울리지 않는 집중력과 솜씨에 나는 감탄하지 않을 수 없었다. 나는 생각했다. 어디서 요리를 배웠느냐고 그녀에게 묻는다면 그녀는 그걸 핑계 삼아 고집스럽게 틀어박혀 있는 망각 속으로 더 깊이 들어가 버릴지도 모른다고.

그녀는 자신을 방어했다. 그녀의 기억은 튼튼한 자물쇠로 채워져 있었고, 그녀의 요리 솜씨는, 내가 이해한 바로는 가르칠 수 없는 격세유전적인 일반 서민의 지혜였다. 멕시코에서 태어나는 바로 그 순간 요리하는 법을 알았던 것이다. 그래서 나는 가장 좋은 음식 재료를 공급하기 위해 최선을 다했다. 언젠가는 맛있는 음식을 먹으면서 과거를 회상하고, 좀 더 편하게 살 수 있으리라는 막연한 기대를 품고 있었다.

그 희망은 너무나 허약해서 함부로 입에 올릴 수 없었다.

"맥주 가져왔어?" 그녀가 비틀거리며 자리에서 일어나 내게 물었다.

"깜박했네." 나는 상히네스와 예리고를 만난 후 지금 막 집에 도착했던 것이다.

"가여운 악마." 그녀가 입술을 비틀며 미소 지었다. 웃음이 터져 나왔다. "맥주를 마시면 속이 시원해지는데." 밑도 끝도 없이 그렇게 덧붙였다.

나는 애원했다. 진정해, 자리에 누워, 내가 어떻게 해 줄까? 나는 알고 있었다. 이런 여자에게 '진정해.'라고 말하는 것은 '넌 미쳤어.'라고 말하는 것과 다름없었다.

그녀는 돌연 부드러운 목소리로 아구아카테 때문에 몸에서 힘이 빠져나갔다고 말했다. 나는 지금 당장 달려 나가 좋은 것을 사 오겠다고 말했다. 나는 후회했다. 루차는 나를 필요로 했다. 그녀는 외로웠고, 한 발짝 너머에 죽음이 도사리고 있었다…….

"내게서 뭘 원해?" 그녀가 깊은 동굴 속에서 말했다.

나는 아무 말도 하지 않았다.

"내 과거. 너는 내 과거를 알고 싶어 미칠 지경이겠지. 주책바가지." 그녀는 나와는 전혀 상관없는 것으로 나를 나무랐다. 주책바가지라니, 내가 예리고와 어떻게 지냈는지를 알면 그런 말은 하지 않았을 것이다. "주책바가지. 염탐꾼. 코주부."

그녀가 내 코를 향해 사납게 달려들었다. 나는 가볍게 그녀의 손을 피했다. 그녀가 매트 위로 쓰러졌다. 그녀는 엄청난 고통이 담긴 눈으로, 그보다 훨씬 큰 원망이 담긴 눈으로, 멕시코의 실패라는 가공할 만한 핑계가 담긴 눈으로 나를 노려보았다. 패배했다는 느낌, 항상 패배자라는 기분, 오로지 패배의 축복으로 구원받을 수 있다는 기분. 우리는 승리를 축하하지 않는다. 예외가 있다면 모든 면에서 종국적인 패배를 알리는 일시적인 광고

뿐이다.

"봤지?" 그녀가 중얼거렸다. "너는 강해. 너는 제멋대로야. 너는 나를 밀어뜨렸어. 너는 나를 바닥에 내팽개쳤어. 내가 왜 이런 식으로 사는지 이제 알겠니? 왜냐하면 권력은 제멋대로이기 때문이야. 제멋대로, 제멋대로······."

"변덕스럽지." 나는 그와 비슷한 말을 그녀에게 알려 주고 싶다는 멍청한 생각에 그렇게 말했다.

"변덕?" 루차 사파타가 내 말을 비꼬았다. "살고 죽는 것이 오로지 변덕일 뿐이라고 생각하는 거야?"

"그런 뜻이 아냐." 나는 멍청하게도 변명하고 싶었다. 나는 서 있었고, 그녀는 매트 위에 꿇어앉아 나를 올려다보았다.

"그렇담 뭐야?" 그녀는 패배와 승리가 뒤섞인 뜨겁고 건조한 목소리로 물었다.

나는 아무 말도 하지 않았고, 그녀는 내 무릎을 얼싸안고 중얼거렸다. 날 사랑해 줘, 구세주, 내겐 너밖에 없어, 날 버리지 마, 어떻게 하면 날 더욱더 사랑해 줄 수 있어? 내가 어떻게 해야 네가 나에게 필요하다는 사실을 알아주겠니?

그녀는 그녀의 말처럼 내가 진짜로 '구세주'라도 되는 듯 무릎을 꿇고 나를 바라보았다.

나는 정말로 그녀의 과거를 알고 싶어 했던가? 노래 가사처럼 필요한 것만 얻고자 했던가? 구세주, 난 너 없이는 살 수 없어, 나를 길바닥으로 쫓아내지 마, 너와 함께 여기 있고 싶어, 하지만 넌 내가 필요한 것을 줘야 해, 제발, 구세주, 좋은 점을 되찾고 나쁜 점을 버릴 수 있도록 도와줘, 우선 한숨 돌려야겠어, 그다음에 맹세할게, 앞으로는 잘할 거야, 착한 여자가 될 거야, 더 이상 내 몸에 자해하지 않을 거야, 구세주, 생명의 은인, 어서 나가 내게 필요한 것을 구해 와, 맹세해, 정신 차릴 거야, 알아줘, 내 안에는 내가 두 명 있어, 이중인격자, 또 다른 내가 나보다 더 막 강해, 무얼 버려야 할까? 내가 정신을 차릴 수 있도록 도와줘, 구세주, 내가 착한 여자라는 건 너도 알잖아, 내가 사악한 것을 좋아한다고 여기지 말아 줘, 내가 추악한 것을 좋아한다고 여기지 말아 줘, 난 이런 여자지만 그래도 착한 여자가 되고 싶어, 제발, 너와 함께 아이를 낳고 싶어, 구세주, 지금 당장 아이를 낳게 해 줘, 나를 구원해 줄 아이를…….

그녀가 마침내 잠이 들었다. 그녀의 잠이 죽음의 예고편이라는 것을 나는 이미 알았다. 나는 그녀가 원했던 것을 구하러 밖으로 나갔다. 돌아왔다. 그녀를 지켜보았다. 밤을 꼬박 지새웠다. 아침 6시, 루차 사파타가 잠에서 깨어나 아무것도 깔리지 않은 매트에 누운 채 고뇌에 찬 눈빛으로 나를 쳐다보았다. 나는 그녀의 눈에 서린 애원의 빛을 주사기로 즉시 달래 주었다. 나는 그녀가 팔을 묶는 걸 도와주었고, 그녀가 지옥에서 천국으로 날아올라 다시 잠으로 빠져드는 모습을 지켜보았다.

나는 그날 밤 돌아왔다. 앉는 자리는 짚으로 엮여 있고 등받이에는 색이 칠해진 멕시코 특유의 의자에 벌을 받는 계집아이처럼 그녀가 앉아 있었다. 나는 그녀를 향해 미소 지었다. 그녀가 시선을 들어 올렸다. 독이 퍼진 하늘이 그녀의 눈꺼풀 사이에서 몸부림쳤다. 그녀는 터져 나오려는 분노를 애써 참아 가며 자신의 몸을 꼭 끌어안았다.

"넌 내가 후회하기를 원하지, 그냥 재미 삼아." 그녀가 내게 침을 뱉었다. "너도 딴 놈들과 다를 게 하나 없어."

나는 그녀의 머리를 쓰다듬었다. 그녀는 더럽다는 듯 머리를 뒤로 뺐다.

"나를 길들일 수 있다고 여기는 모양이지?" 그녀가 웃음을 터뜨렸다. "사랑도 나를 길들일 수 없어. 사랑에 빠지는 것은 굴복하는 것과 같아. 나는 자유로운 인간이야."

"아니지." 나는 슬픈 기색도 없이 담담하게 말했다. "넌 마약에 의존하지. 넌 불쌍한 노예야, 루차. 너는 자유롭다고 말할 자격이 없어. 웃기지 마. 널 보면 너무나 안타까워."

그녀는 짐승과 같이 비명을 질렀다. 그야말로 상처 입은 야수의 비명이었다. 제멋대로, 제멋대로. 그녀가 울부짖기 시작했다. 넌 습관으로 날 길들일 수 있다고 믿겠지, 하지만 그 누구도 날 길들일 수 없어, 내 조종사 헬멧 어디 있어? 나는 하늘로 올라가야만 마음을 진정할 수 있단 말이야, 날 공항으로 데려다 줘, 내게 비행기를 달란 말이야, 내가 자유로운 새처럼 날아다니도록 내버려 두란 말이야······.

그녀가 의자에서 벌떡 일어나 나를 껴안았다.

"네 엄마를 위해서라도 제발 그렇게 해 줘."

"난 내 엄마가 누군지 몰라."

"그럼 자비심으로."

"난 그런 거 몰라."

"네가 가진 건 뭔데?"

"사랑과 동정심."

"너 자신이나 불쌍하게 여겨라, 이 개새끼야."

어쩌다가 이 지경이 되고 말았단 말인가?

* * *

    친애하는 독자 여러분은 이렇게 생각할 것이다. 루차 사파타의 집에서 나와 미겔 아파레시도가 갇혀 있는 감옥으로 가는 것은 한 지옥에서 다른 지옥으로 건너가는 것이라고. 그렇지는 않았다. 세라다데치말포포카의 집과 비교하자면 산후안데아라곤의 감옥은 일종의 연옥과 같은 장소였다.

    나는 상히네스 교수가 빌려 준 통행증을 지니고 있었다. 나는 무수한 철창을 지나고 지나 미겔 아파레시도의 감방에 도착했다. 죄수가 나를 보고 자리에서 일어났다. 나는 그의 얼굴에서 설익은 호의를 발견해 냈지만 그는 내게 미소를 보이지 않았다. 내가 감방으로 들어가기 전에 우리는 잠시 마주 보았다. 분명했다. 우리 두 사람은 그 시간을 즐기고 싶어 했다. 그는 내게 뭘 원했을까? 나는 그에게 뭘 원했을까? 내 논문을 위한 더 많은 정보, 그것뿐이었을까? 상히네스가 이미 내 논문의 주제를 정해 버렸다. 마키아벨리와 국가의 탄생. 나는 생각해 보았다. 그 피렌체의 사상가와 멕시코의 죄수 사이에 대체 무슨 관계가 성립할 수 있단 말인가?

    나는 머지않아 깨달았다.

    미겔 아파레시도의 태도에는 어떤 특징이 있었다. 그는 여러 가지 이야기를 조금씩 꺼내곤 했는데, 나를 가르치려는 의도로 그랬는지도 모른다. 사내대장부다운 강인한 인상, 의지의 기운과 함께 운명의 아우라가 깃든 표정. 그는 팔짱을 낀 채 자리에서 일어나 나를 맞이했다. 소매를 둘둘 말고 있어, 거의 금발에 가까운 털에 뒤덮인 팔뚝이 빛이 희미한 감방 안에서 두드러져 보였다. 그 팔뚝은 집시와 같은 외모와 올리브색 피부와 죄수의 눈(노란 점이 있는 검푸른 눈)과 대비되었다.

"감옥에서 나가려고 하지 않아." 상히네스가 내게 미리 알려 주었다. "첫 번째 형기를 마쳤을 때 나갔다가 감옥으로 돌아가기 위해 곧바로 죄를 저질렀지."

"무슨 이유로?"

"자네가 철저히 조사해 보게나! 나도 헷갈리니까."

"선생님께서 그 사람을 변호하시죠?" 나는 용기를 내서 감히 물어보았다.

"자유로부터 구원해 달라고 내게 지시를 내렸지."

"대체 왜?"

"자네가 직접 물어보게나."

나는 그렇게 했고, 미겔 아파레시도는 애매한 미소를 내게 선물했다.

"내가 왜 감옥을 좋아하느냐 그 말인가, 젊은이? 뭐 이런 식으로 대답할 수도 있겠지. 외면으로부터 자유로울 수 있으니, 그래서 좋다고. 이 안에 있다 보면 내가 아닌 나를 만들어 낼 필요도 없고, 다른 사람들이 원하는 대로 내 모습을 꾸밀 필요도 없어. 여기서는 예절과 같은 모든 관습을 비웃어 줄 수 있거든. 어떻게 지내십니까, 얼마나 마음에 드십니까, 말씀만 하십시오, 명령에 따르겠습니다, 언제 만날지 약속을 정하시죠, 가족들도 건강하신지요, 휴가 때 어디로 가시는지요, 이 멋진 시계는 가격이 얼마나 됩니까, 제가 시간을 뺏는 건 아닌지요……."

나는 억지로 웃었고, 그는 심각한 표정을 지었다.

"여기서는 어느 계층에 속하지 않아도 되니까, 그래서 좋은 거야. 특히 우리가 그렇게나 염원하는 중산층에 들지 않아도 되니까. 자네도 알다시피, 그들은 자유를 원하지. 나는 죄수가 되기를 원하고."

"중산층은 많습니다." 나는 다시 용기를 냈다. "도대체 누구로부터 자유롭고 싶으신 겁니까?"

그가 웃었다. "말을 놓게나. 안 그러면 여기서 쫓아낼 테니까."

그가 사나운 투로 그렇게 말했다. 나는 주눅 들지 않았다. 내가 무얼 믿고 그랬는지 알 수 없다. 상히네스 교수의 대리인. 예리고와의 차이점. 루차 사파타를 돌보는 일, 그건 나날이 치러야 하는 시험이 되어 나를 강하게 만들어 주었다. 혹은 최근에 깨달았듯이 우수한 학생이라는 자신감 때문에 그랬는지도 모른다. 나는 자유로운 인간으로서, 한 시민으로서 재범자와 당당히 맞섰다. 그가 위대해 보이는 것은 감옥에 영원히 남아 있겠다고 그가 결정했기 때문이다. 영원히? 언제까지?

내가 그 첫 번째 카드를 열어 보기도 전에 미겔 아파레시도가 먼저 내게 방아쇠를 당겼다. 그는 말했다. 내가 아직 너무나 어려서 그런 일들을 이해하지 못할 것이라고. 뭘? 청춘은 대담한 행동을 한다는 것을. 늙는다는 것은 대담함을 잃는 거지. 그가 그렇게 말했다.

"당신은 무슨 대담한 짓을 저질렀는데?" 나는 물었다. 그의 요구대로 말을 놓기는 했지만, 그는 접근하기 어려운 상대였으므로 반말도 쉽지가 않았다.

"살인." 그는 간단하게, 담담하게, 통명스럽게 대답했다.

나는 감히 "왜?" 혹은 "누구를?"이라는 질문을 계속 이어 갈 수 없었다. 그런 질문을 미리 하면 대답을 들을 수 없을 것 같았다. 나는 즉시 결론을 내렸다. 미겔 아파레시도는 그 질문을 유보해 두었다. 왜냐하면 그 질문에 대답을 한다는 것은 줄거리의 결말을 알려 주는 것이고, 나는(이제 겨우 말을 놓게 된 나는) 머리말을 들을 수 있는 권리밖에 없었던 것이다.

"감옥에서 가장 비참한 게 뭔지 아나?" 죄수가 다시 주도권을 잡았다. "이곳에서 자네는 아무것도 아니라는 거야. 우선 자넨 아무도 아냐. 세상에서 멀리 떨어져 있는 거지. 자넨 이곳에서 다른 세상을 창조해 내야 하고, 그 세상과 새로운 관계를 맺어야 해. 자네가 만든 세상은 오직 자네한테만 중요한 거지. 어이, 애송이 친구, 무슨 말인지 알겠나?"

"변호사." 나는 위엄 있게 말했다.

그가 웃음을 터뜨렸다. "좋아, 변호사 친구. 누구라도 이곳에 들어오면 먼저 자신에게 이렇게 묻지. 누가 날 보호해 주지? 그러나 잠시 후면, 모욕, 구타, 거짓말, 지켜지지 않는 약속, 고독, 고문, 주먹질, 똥을 싸느라 그러는지 자위를 하느라 그러는지 알 수 없는 신음 소리, 간수들의 오만함, 다른 죄수들의 가학증, 이 모든 것을 겪고 나면 스스로 자기 자신을 보호할 수 있는 방법을 배우게 되지. 어떻게?"

그가 내 어깨를 잡았다. 나는 두려웠다. 그건 다만 나를 떼어 놓기 위한 동작이었다. 그는 내 눈을 뚫어지게 쳐다보았지만 내 눈에서 회피하는 기색을 찾아내지 못했다. 나는 비록 게레로 해변에서 파도에 흔들리며 생을 마감했지만 다음과 같은 사실을 덧붙여야겠다. 나는 그 무시무시한 미겔 아파레시도와 함께 있는 동안 내 삶의 예전 환경과는 전혀 다른 곳에서 실제로 내 목을 졸라 대기 시작했던 것이다.

"자네는 부당하게 감옥에 갇힌 건가?" 내 어린 심장에서 고전적인 목소리가 그렇게 물었다.

그가 대답했다. 어느 정도 그렇다고 할 수 있지. 하지만 전체적으로 보면, 사실상 그렇지 않다고 할 수도 있어.

그는 내 표정에서 심각한 질문을 읽어 냈다.

"나는 엄청난 부정에 의해 이곳에 있는 거야." 그가 말했다.

"하지만 자네가 좋아서 이곳에 계속 남아 있는 거잖아?" 나는 별로 강조하지 않고 덧붙였다.

그가 가볍게 고개를 저었다. "아니지. 내 의지에 따라 이곳에 있는 거야."

"무슨 말인지 모르겠는데."

그가 침대 주변을 서성거렸다. "우선 자넨 화가 치밀어 오를 거야. 약이 오르는 거지."

그는 감방 안을 빙빙 돌며 목소리를 조절했다. 나는 그의 말보다 그의 행동에 더욱더 놀랐다. 그는 턱을 네모나게 만들었다. 곧은 코가 떨렸다.

"그다음에는 이곳에 있다는 사실에, 그 최초의 공포를 이겨내고 살아남았다는 사실에 놀라겠지, 애송이, 아니, 변호사 친구." 그가 나를 보며 미소 지었다. "그리고 곧바로 자신이 패배자라고 느끼겠지, 완전하게 불행으로 곤두박질쳤다고."

그가 걸음을 멈추고 얼굴을 흉하게 일그러뜨리며 나를 쳐다보았다.

"마지막에는 다시 화가 치밀어 오르겠지. 이번에는 복수심으로 화가 나는 거지."

"누구한테?" 나는 몽테크리스토 백작의 함정으로 빠져들며 물었다.

"누구라니, 애송이, 누구랄 것도 없어. 딱 한 사람."

나는 기대감에 부풀어 그를 쳐다보았다. 우리 두 사람은 섣부른 대답이 없으리라는 것을 알고 있었다. 그것은 우리 사이의 '신사협정'과 같았다. 시간이 되기 전에는 그 어떤 섣부른 대답도 있을 수 없었다.

나는 조금 전에 에드몽 당테를 생각했던 것처럼 이제는 닥터 마뷔즈 쪽으로 시선을 돌렸다. 그는 베를린의 어느 감옥에서 자신의 범죄를 다스리는 죄수였다. 이 감옥의 역사에서 새로운 것이 존재할 수 있을까? 나는 미겔 아파레시도를 바라보며 속으로 그렇다고 대답했다. 이야기 줄거리는 모두 비슷비슷하다. 모두 같은 운명에서 나온 것이기 때문이다. 잃어버린 자유. 다른 그 어떤 장소에서보다 감옥에서 우리는 다음과 같은 사실을 깨우친다. 우리는 하루하루 겨우겨우 살아가기 때문에, 우리의 목표가 허망하고 허약하고 그래서 끝내 손에 닿지 않기 때문에, 죽음이 우리의 계약을 해약해 버리기 때문에, 그리고 죽은 우리는 무엇이 우리 뒤에 살아남을지 모르기 때문에, 우리와 함께 무엇이 죽었는지 또 때로는 우리보다 먼저 무엇이 죽었는지 모르기 때문에 자유란 존재하지 않는다. 사람들이 벅적거리는 길거리를 돌아다니며 죽음을 향해 걸어가는 인생들에게 다가가 쓸데없이 따져 보는 것으로 충분할 것이다. 그 엄청난 집단적인 익명성 속에서 사라져 갈 운명에 놓인 인생들에게 죽음을 앞당겨 주거나 부정해 준다고 해서 뭐가 달라진단 말인가? 음악가, 작가, 예술가, 철학자, 건축가는 예외라고? 그런 사람들일지라도 얼마나 오래 버티겠는가? 오늘은 유명하지만 내일이면 잊힐 사람도 있지 않겠는가? 오늘은 이름이 없어도 내일이면 알려질 사람도 있지 않을까? 정치인과 군인들은 극히 소수만 살아남을 뿐이다. 셰익스피어가 글을 쓸 당시 이사벨 1세의 시종은 누구였던가? 허먼 멜빌이 선원과 서기로 우울하게 살아갈 당시 미국의 국무성 장관은 누구였던가? 후안 룰포가 『페드로 파라모』를 쓸 당시 전국농민총연합회 사무총장은 누구였던가? Eheu, eheu. 허망하고도 허망하도다. 나는 그 유명한 로마법 강의에서 배웠다. 허망함은 우리의 운명이지만 자유는 우리의 야망이며, 자유를 위한 투쟁 말고는 자유를 얻을 수 있는 방법이 없다는 사실을 배우기까지 오랜 시간이 걸린다. 나는 내 앞에 있는 죄수를 바라보며 순식간에 그런 사실을 알 수 있었다.

그렇다면 이 남자는 무슨 이유로 자유를 거부했던 것일까? 도대체 무슨 이유로 감옥에 계속 남아 있으려 했으며, 자신이 죄수라는 점을 자랑스러워하기까지 했을까? 나는 한눈에 알 수 있었다. 미겔 아파레시도는 그런 식으로 자신의 진실을 감췄던 것이다. 나를 바라보는 그의 눈빛으로 충분했다. 그는 그의 미스터리에 대한 나의 인내심을 시험했다. 내 미래와 내 자유의 일부분이 이 이상한 죄수의 삶과 연관되어 있었다. 종신형에 따라 부과된 감금 기간을 이해하면 그것으로 충분했다. 그는 구체적인 어떤 것을 이야기했으며 명시적인 어떤 것을 내게 요구했다.

"여기서 나가는 방법은 단 세 가지뿐이야. 죽거나, 형기를 마치거나, 탈옥하거나."

나는 나도 모르게 질문이 담긴 눈으로 그를 쳐다보았다.

"죽지 않으면 탈옥하는 수밖에 없어. 여기서 내보낼 수밖에 없을 정도로 피곤하게 굴거나 막강한 영향력을 있다면 나갈 수

있지." 그가 말을 이었다. "어제 여기서 죄수 한 명이 나갔어. 순
전히 영향력 때문이었지. 그게 날 화나게 만드는 거야."

악마의 존재를 인정한다면, 그 순간 미겔 아파레시도는 내 눈
에 루시퍼, 사탄, 메피스토, 어둠의 왕자처럼 보였다. 쌓이고 쌓
인 복수, 빼앗긴 욕망, 연기된 의지, 변덕스러운 운명, 빛 없는 밤
이라는 거대한 역사의 그늘이 그를 뒤덮고 있었다.

"그자를 부당하게 풀어 준 남자와 여자를 응징해야 해."

내가 그날 아침 그 악마와 같은 미겔 아파레시도의 손에서 어
떻게 살아남을 수 있었는지 지금도 알 수 없다.

"자네 친구 에롤 에스파르사를 만나 보게. 그에게 복수를 해
야 한다고 전하게."

감옥의 침묵, 그 광활한 공허 속에서 명령하는 소리가 울려
퍼졌다.

"복수해야 한다고."

"대체 누구를?"

"남자는 나사리오 에스파르사. 여자는 사라 페레스, 사라 P,
라 헤타라 사창굴의 늙은 창녀."

* * *

미겔 아파레시도가 명령한 복수극은 다른 긴급한 문제들 때
문에 뒤로 연기되었다. 상히네스는 예리고를 로스피노스로 보
내 대통령 집무실의 젊은 보좌관으로 일하게 했다. 그리고 나는
막강한 권력자 막스 몬로이가 경영하는 기업의 핵심부에서 일하
게 되었다. 사무실은 야만스러운 멕시코시티의 외곽 신도시인

산타페에 있었다.

　도시의 변두리 지역에 있는 두 동네는 두 시간을 여행해야 갈 수 있을 만큼 멀었다. 프라가 거리의 아파트에서 루차 사파타의 집이 있는 세라다데치말포포카까지. 그런데 산타페라는 예기치 않았던 목적지가 더해진 것이었다. 그 거리는 로테르담에서 헤이그까지, 헤이그에서 암스테르담까지의 거리와 맞먹었다. 산후안데아라곤까지의 거리를 계산에 넣지 않아도 그 정도였다.

　내게 무슨 일이 남아 있었던가? 내 혼란한 정신은 나를 밖으로 내몰았다. 이름 없는 공동묘지(그곳이 어디에 있는지 나는 몰랐다.)에 묻힌 부인을 찾아가 조언을 구하라. 죽은 자들에게는 시간표가 없다. 영원은 바늘 없는 시계이며 그 속에서 시간이 녹아내린다.

　나는 레포르마 거리를 걸어가며 그렇게 중얼거렸다. 나는 내 운명, 아니 복수로 말해 내 운명들에 대해 확신이 없었다. 바로 그 순간 하늘이 어두워지면서 독립 기념탑 꼭대기에서 그곳에 있던 천사가 날아 내려와 비명인지 울음인지 한숨인지 알 수 없는(그 모든 소리가 뒤섞여 있었다.) 소리를 지르며 내 목덜미를 움켜쥐고 하늘로 날아올랐다. 천사는 내 정신을 빼놓으려는 듯 이렇게 물으며 나를 조롱했다.

　"천사들이 남자인지 여자인지 알 수 있어?"

　나는 대답하고 싶었다. 천사들에게는 성이 없어, 그래서 천사인 거야. 나를 하늘로 데리고 올라간 존재는 내 말을 가로막고 남자 목소리로 내게 말했다. 귀에 익은 목소리였다. 그는 바로 내 옛 친구 에제키엘이었다. 그 예언자가 폭풍으로 몸을 감싸고 나를 데려갔다. 성들과 마천루, 화려한 언덕과 헐벗은 산, 진흙탕 동네와 장미가 만발한 정원이 눈에 보였다. 예언자는 하늘을 날며 내게 충고했다. 조심해야 해, 그들을 두려워할 필요 없어, 네 말을 듣지 않더라고 말해야 해, 금식하라고, 그들 사이에 예언자가 나타날 것이라고 그들에게 전해, 대중의 목소리에 귀를 기울이라고 전해. 예언자 에제키엘이, 한가한 시간에는 독립 기념탑의 천사로 둔갑하기도 하는 에제키엘이 나를 떨어뜨렸을 때 나는 요란한 웃음소리를 들었다. 나는 천사의 다리들 중 하나가 빛나는 것을 보았다. 그러나 그것은 송아지의 다리였다.

폭풍이 내 추락을 조종했다. 갑자기 나타난 땅이 내 추락을 멈추게 했다. 파란 숲이 내 추락을 다독여 주었다.

나는 거꾸로 떨어졌다.

내 앞에 다시 무덤이 나타났다.

안티구아 콘셉시온

그리고 귀에 익은 목소리.

내 무덤을 세 바퀴 돌아, 여호수아. 혼자 와 줘서 고마워. 우리는 경호원들과 함께 살고 있어. 경호원 없이는 아무도 움직일 수 없어. 안전 때문에 그렇다고 말들 하지. 순전히 거짓말이야. 그건 오로지 두려워서 그런 거야. 우리는 두려움 속에서 살아가지. 우리는 성을 부르며 인상을 쓰지. 예의를 차리느라 성을 부르면서 말이야.

한숨 소리에 땅이 흔들렸다.

자네는 아냐. 그녀가 말을 이었다. 자네는 두려워하지 않아.

그래서 혼자서 나를 만나러 온 거지. 고마워. 자네 홀로. 자네 영혼만 동반하고. 자네가 믿지 못하더라도 자네에게는 영혼이 있어, 젊은이. 그 영혼을 잘 간수해. 그 영혼을 렌즈콩 한 접시나 강낭콩 한 접시와 바꾸면 안 돼.

"부인, 부인의 아들 막스 몬로이의 사무실에서 일하게 되었습니다. 부인……."

이미 알고 있다네.

"누가 알려 줬죠?"

땅이 흔들려. 그게 그가 말하는 방식이야. 땅이 흔들릴 때마다 내게 소식을 전해 주는 거야.

"아!"

나는 놀란 가슴을 진정하고 재빨리 덧붙였다.

"어떤 종류의 소식 말입니까, 부인?"

자네가 새로운 세상으로 들어간다는 소식, 젊은이. 예전에, 내가 알던 세상에서, 그는 공화국 대통령으로 정의를 베풀었지. 불평불만에 귀를 기울였고 청원을 받아들였지. 예전의 왕처럼! 나는 내 불평불만과 청원을 전하러 마지막 대통령이었던 아돌포 루이스 코르티네스 대통령을 찾아갔지. 그는 나를 쳐다보지도 않았어. 이렇게 말했을 뿐이야. 날 귀찮게 하지 마. 그래서 나도 쏘아붙였지. 당신은 대통령이 아냐. 그가 시선을 들어 올렸지. 나는 햇빛에 취한 그의 눈에서 권력이 무엇인지 확인할 수 있었어. 호랑이의 눈, 상대방이 눈을 내리깔게 만들고, 상대방에게 두려움과 수치심을 안겨 주는 그런 눈.

바로 그 순간 부인이 묻혀 있던 땅은 거대한 태풍의 눈이었을 것이다.

그녀가 내 생각을 읽은 것 같았다.

똥구멍처럼 놀지 마. 그녀는 내가 익히 알던 으스대는 듯한 상소리를 내뱉었다. 내 아들과 함께 일을 한다면 정신 바짝 차리는 게 좋을 거야. 막스 몬로이는 내 상속인이야. 그는 혈통이 다른 인간이야. 바로 내 자식이란 말이지. 옛날 부자들도 막스 몬로이 옆에서는 동냥아치나 다름없어. 명심해, 나는 그놈들을 다 알고 있었어. 그놈들은 혁명에 빌붙어 부자가 된 거야. 혁명이 그놈들을 밑바닥에서 위로 끌어올렸고, 예전에는 하층민들에게 허용되지 않았던 기회를 제공했던 거야. 페데리코 로블레스는 오브레곤과 함께 셀라야에서 비야와 맞서 싸웠고, 그때부터 그 외팔이는 페데리코 로블레스를 귀여워하며 그를 정치판으로 끌어들였으며, 정치판이 위험해져서 버티기 어려워지자 다시 그를 당시로서는 처녀지라 할 수 있었던 장사판으로 이끌었고, 자신의 말마따나 강하지만 감상적인 남자였으므로, 로블레스는 전쟁으로 황폐해진 땅에서 국가를 재건하기 위해, 자신의 양심을 더럽혀 가며 국가를 재건하기 위해 자신의 이상을 희생하기로 결심했지. 그는 모든 것에 대해 권리가 있다고 믿었어. 그가 혁명을 이끌었으니까. 그는 자본주의라는 권좌에 앉아 견고한 중산층을 만들어 냈고, 멕시코의 진정한 권력을 창조해 냈지. 페데리코 로블레스는 이렇게 말했지. 멕시코의 진정한 권력자는 힘을 분산시키는 것이 아니라 나라의 목덜미를 붙잡아 위대한 망나니가 되는 것이다. 분명한 사실은 그는 바로 그런 사람이면서도 사랑하는 여인을 묘사해 낼 능력도 있었지. 그는 그녀를 존경했고 그녀를 추어올리지도 깔아뭉개지도 않으며 사랑했어. 감미롭지만 거칠게. 그는 한 여자(그녀가 바로 오르텐시아 차콘이야.)

에게 힘을 선사했어. 여자가 자신의 삶을 사랑하고 받아들이기
위한 힘을 말이지. 나는 그렇게 알고 있어. 무일푼에서 백만장자
가 된 사람들 중엔 아르테미오 크루스도 있어. 그 역시 베라크
루스 움막집 출신이야. 그는 배신으로 돈을 벌었어. 이 집단에서
저 집단으로 수도 없이 옮겨 다녔지. 신문사를 차지하기 위해,
차기 권력자를 섬기며 돈을 벌기 위해 세상 사람 절반을 배신했
지⋯⋯. 결국, 그 차기 권력자는 바로 아르테미오 크루스 본인이
었지⋯⋯.

또 지진과 같은 한숨 소리.

아아! 하지만 그는 사내대장부였어. 다양한 사랑을 했고 그
사랑을 모두 잃어버리기도 했지. 아르테미오 크루스에게는 상처
가 있었어. 젊은이, 자네에게도 상처가 있나? 자네 몸에서는 흉
터를 찾아볼 수 없는데⋯⋯.

"그럼 뭐가 보입니까, 부인?"

아, 자네 자신에 대한 무지가 보이는군. 자네는 자네 자신이
누군지 몰라. 아직까지는 몰라. 아르테미오 크루스에게는 사랑
으로 인해 벌어진 상처가 있었고, 그는 평생 동안 그 상처를 꿰
매기 위해 노력했어. 실패했지. 그것도 자기 자신의 잘못으로 실
패했던 거야. 그뿐이야. 그에게는 용감한 아들이 한 명 있었어.
그 아들을 잃었어. 그에 반해, 북쪽 국경선의 그 칼리프, 레오나
르도 바로소, 그는 용서를 모르는 인간이야. 그는 동정심이라고
는 조금도 없는 뚜쟁이였어. 흠이 많은 자신의 아들에게도 가차
없었지. 아들의 부인을 빼앗아 창녀로 만들어 버렸지. 내 말 듣
고 있나? 미첼리나 라보르데라는 여자야. 최고 입찰가로 팔려
나가는 상류사회 창녀들. 그녀들은 어떠한 수치심도 느끼지 않

아. 수치심을 느끼려면 머리가 있어야 할 테니까. 그냥 머리통만 달려 있는 거지. 그 상류사회 얼간이들은 눈이 계산기처럼 깜박거리긴 해도 목을 움직여 유리구슬이 찰랑거리는 소리를 내지. 레오나르도 바로소는 미국인들에게 아첨하는 추접스러운 놈이었어. 그는 또한 잔인하고 여자를 싫어하는 또 다른 자식의 아버지였어. 앞서 얘기한 미첼리나와의 근친상간으로 태어났으니 아들 겸 손자였지. 하지만 그는 용감하고, 영리하고, 심술궂은 한 여자의 할아버지이기도 했어. 마리아 델 로사리오 갈반이라는 여자야. 자네의 새로운 인생에서 이제 곧 만나게 될 거야. 세대가 이어질수록 점점 더 타락해 가는군!

나는 침묵 속에서 질문을 던졌다. 그녀가 침묵을 읽었다.

젊은이, 자네 아나? 나는 가끔씩 느끼는데……, 지나간 시간에 대한 향수랄까. 이제 우리에게는 더 이상 금화가 없어, 예전처럼, 우리가 살아왔던 시절을 기념할 수 있는. 우리에게는 사진이 있고, 우리에게는 영화가 있고, 우리에게는 텔레비전이 있어. 그게 우리의 기억이야. 사진으로 찍을 수 있고, 필름에 담을 수 있고, 기록으로 보존할 수 있는. 이제는 모든 것이 변했고, 내 아들 막스 몬로이의 역사가 저기 다가오고 있어. 부전자전, 그 나무에 그 부스러기라고나 할까. 아니지. 막스 몬로이는 부스러기가 아냐. 그는 몸통이야. 오아하카에 있는 툴레의 나무처럼. 높이가 사십 미터, 넓이가 사십이 미터, 수명이 이천 년인 그 거대한 나무. 막스 몬로이의 나이는 이제 겨우 팔십몇 살에 지나지 않지만 그 녀석은 마치 수천 년을 살아온 듯 지혜롭고 교활하지. 비록 내 아들이기는 해도 그는 그런 인간이야. 그가 아비로부터 물려받은 것이라고는 그 자신의 서사시로 인해 파괴된 한 나라의 희미한 기억밖에 없었으니까. 젊은이, 그것만으로는 영원히 살아갈 수 없어. 서사시 말이야. 멕시코에서는 혁명의 서사시가 모든 것을 정당화했어. 진보와 후퇴, 건설과 부패, 평화와 정치. 모든 것이 혁명의 이름으로 이루어졌지. 심지어 틀랄텔롤코 광장의 학살도 혁명의 이름으로 발가벗겨졌지. 발가벗겨져 피똥을 쌌단 말이지.

서사시에 어떻게 대항해야 할까? 부인의 목소리가 떨렸다. 그 목소리에 부인이 자기 자신과 함께 자기 자신에게 만족해하는 듯한 느낌이 고스란히 실려 있었다…….

그도 역시 나처럼 전진해 나갔지. 무덤에서 확신에 찬 목소리가 들렸다. 그건 이미 얘기했지. 그는 모든 면에서 나를 앞질렀어. 그래서 나는 내 아들 막스 몬로이에게 독립적인 재산을 물려주었어. 대통령에게 의지하지 않아도 되는, 정치적인 상황에 따라 휘둘리지 않는 그런 재산을 말이지. 그런데 내 형편없는 남편이 그걸 몽땅 탕진해 버렸어. 장군은 모욕, 육체적인 결투, 터무니없는 칭찬, 진수성찬, 돌발적인 실수에 의해 들볶이는 격정적인 세상을 살았어. 고독했지. 멕시코에 존재했던 그 수많은 개자식들이 전혀 죄책감을 느끼지 않았다는 사실을 자네는 믿을 수 있겠나? 믿을 수 있어?

막스 몬로이! 눈에 보이지는 않지만 지칠 줄 모르는 그의 어머니가 무덤 속에서 울부짖었다. 막스 몬로이!

잠시 후, 그녀가 목소리를 낮추어 시간이 뒤죽박죽된 이야기를 늘어놓기 시작했다. 죽은 사람들이, 말라 버린 들판이, 엉망이 되어 버린 추수가, 고아들, 모두들 산으로, 항상 도망 다니는, 아이들, 여자들, 소 떼, 산으로, 산으로, 산으로……. 어느 날 우리는 조용히 있어야만 했어, 우리는 단념해야 했고 복종해야 했지…… 사람들이 지쳐 버린 거지. 아니, 가난과 부정의 결혼이 사람들을 맥 빠지게 만들어 버렸던 거지. 누가 알겠어?

목소리가 점점 꺼져 갔다.

부인은 자신이 잊어버리고자 했던 기억 속에서 길을 잃었다.

앞일에 대해서는 전혀 알 수 없었지…….

"과거와 똑같았습니다, 부인." 나는 부인을 도와주기 위해 감히 말을 보탰다.

죽음, 추수, 자손…….

"제가 아드님께 말씀을 전해 드릴까요? 무슨 하실 말씀이라도 있는지?"

요란한 웃음소리가 터져 나왔고 죽음과 같은 침묵이 뒤를 이었다.

우리의 영혼은 흡혈귀처럼 훨훨 날아다니지…….

강을 건널 때, 개들은 군인들 뒤에 남게 되고…….

군인들은 새끼 산양의 가죽을 벗기고, 돼지를 굽고, 그렇게 끝났어!

내 젖가슴은 일 년 내내 부풀어 올랐어.

내 아들에게 젖을 먹이기 위해.

자, 내 무덤을 세 바퀴 돌도록.

* * *

나는 루차 사파타 집의 매트 위에서 잠에서 깨어나 혼란한 정신으로 희미하게 밝아 오는 빛을 바라보았다. 즉시 떠오른 기억

속에는 공동묘지도 내가 떠나온 집의 주소도 우편번호도 남아 있지 않았다. 그 황량하고 메마르고 질식할 것 같은 고원에 존재 하지 않았던 강이 있을 뿐이었다. 그 강은 끝이 잘려 나간 손가 락처럼 바다로 향하는 길을 내게 가리켜 주었다.

내 삶의 대단원을 이미 아는 여러분은 내가 '사후에' 과거의 사건들을 조작해 낸다고 생각할 수도 있을 것이다. 여러분에게 맹세하지만 절대 그렇지 않다. 그날 새벽에는 내가 안티구아 콘 셉시온의 무덤에서 있었던 시간과 루차 사파타의 집에서 깨어 났을 때를 자연스럽게 연결해 주는 놀라운 흐름이 존재했던 것 이다.

마치 막스 몬로이의 이미 고인이 된 어머니의 목소리가 바로 나, 이 이야기의 화자인 여호수아 나달의 살아 있는 애인의 목 소리 속에서 계속 살아 있는 것 같았다. 루차 사파타는 맨발에 하얀 나이트가운을 걸치고 매트에서 부엌으로 걸어갔다가 다 시 매트로 돌아왔다. 그녀는 마치 몽유병 환자처럼 무언가에 넋 을 빼앗긴 채 이야기를 늘어놓았다. 너무 오래되어 잊어버린, 어 디인지 알 수 없는 더러운 골목에서 누군가를 만났다는 것이다. 루차는 밤의 한 귀퉁이에서(루차는 그렇게 표현했다. 이제부터 나 오는 말들은 내 말이 아니라 루차의 말이다.) 누더기를 걸치고 신 문을 뒤집어쓴 한 남자를 만난다. 칠흑 같은 어둠이다. 남자의 눈은 매우 새카맣고 반짝반짝 빛이 난다. 눈만 빼고 그 남자의 모든 것이 닳아빠졌다.

두 사람은 서로 쳐다본다. 남자가 루차에게 손을 내민다. 남자 가 자리에서 일어나 한마디 말도 없이 밤의 길거리로 여자를 끌 고 걸어간다. 두 사람은 불이 켜진 어느 창문 앞에서 걸음을 멈춘다. 안에서는 파티가 벌어진다. 분명 가족 모임일 것이다. 여덟에서 아홉 살 정도 되어 보이는 여자아이가 공중제비를 넘으며, 재미난 이야기를 들려주며, 노래를 부르며, 모두를 즐겁게 해 준다. 루차는 그에 감동받아 문을 열고(문은 이미 열려 있었다.) 안으로 들어가, 모두의 주목을 한 몸에 받는 여자아이 쪽으로 움직인다. 루차가 다가간다. 여자아이가 루차를 보고 뒤로 물러난다. 여자아이는 점점 뒤로 물러나다 급기야 응접실의 어두운 구석으로 몰린다.

루차가 여자아이를 구석으로 몰아붙이자 여자아이는 딱딱한 의자에 앉는다. 마치 벌을 받는 것처럼 보인다. 루차가 내게 말한다. 여자아이는 그곳에 있어, 실제로는 아주 멀리 있지만. 여자아이는 우단으로 만든 곰 인형을 껴안는다. 여자아이는 침대용 모포로 몸을 감싼다. 이제는 안전해 보인다.

"넌 누구야?" 여자아이가 루차에게 묻는다. "여기서 뭐하는 건데? 우린 널 좋아하지 않아. 여기서 꺼져."

루차는 그 여자아이에게 무슨 말을 하고 싶지만 말이 입 밖으로 나오지 않는다. 루차는 여자아이가 무슨 이유로 자신을 거부하는지 이해하지 못한다. 모욕을 당한 기분이다. 밖으로 달려나간다. 루차는 꽃바구니로 장식한 하얀색 세발자전거에 걸려 넘어진다. 루차는 벌떡 일어나 거리로 뛰쳐나와 피부가 까무잡잡한 남자의 품에 안기고, 남자는 루차를 그곳에서 멀리 떨어진 곳으로 데리고 간다.

갑자기 내리막길이 나타난다. 엄청나게 큰 밤이 두 사람을 에워싼다. 카니발처럼 도저히 물리칠 수 없다. 루차는 자신의 생각에 몸을 맡긴다. 그녀의 생각은 그녀가 있는 곳에서 그녀를 멀리 데려간다. 밤이 그녀를 변화시키고(그녀가 말한다, 그날 아침 내게 말한다.) 그녀를 다른 세상으로 이끈다. 그곳에서 그녀의 감각은 평화와 충만함을 느끼는 동시에 처참하게 요동친다. 갈수록, 영원히 더 많은 것을 요구하고……

"이거 알아, 구세주?" 루차가 느닷없이 내 쪽을 향한다. "기쁨은 자존심의 극히 일부일 뿐이야. 자신을 향한 증오가 훨씬 더 크지. 절망적인 느낌. 영생의, 청춘의 감정과 함께……."

그녀는 자신이 어느 조직의 일원이었다고, 그 조직이 그녀를 보호해 주었고 그녀에게 필요한 것을 제공해 주었다고 말한다. 그녀는 예전의 고독과 비교해 보았고, 가족의 따뜻한 정을 잊어버렸다. 이제는 또 다른 조직의 일원이었던 것이다.

그녀가 이름들을 말했다. "막시 바타야(대전투), 엘 플로리도(화려한 꽃), 엘 타사혜아도(쪼가리), 엘 카코믹스틀레(판다), 대지의 맛."

나와는 상관없는 사람들이었다. 그녀도 그걸 알았지만, 이야기를 계속했다.

"너는 아웃사이더 집단의 일원이 된 거야. 이상한 사람들이거나 외국인들. 너 좋을 대로 생각해. 네 삶은 그 누구의 것도 아니야. 낮에는 잠만 자지."

어느 날 밤(그녀가 이야기를 이어 간다.) 그 얼굴 없는 익명의 집단에서 한 사람이 튀어나온다. 그는 피부가 까무잡잡하고, 키가 크고, 날씬한 소년이다. 그녀는 말한다. 두 사람 사이에 사랑의 감정이, 정감이, 서로를 인정하는 감정이 생긴다. 이끌림.

"나는 그 밤의 군중 속에서 얼굴이 없었어, 여호수아."

나는 아무 말도 하지 않는다. 그녀가 처음으로 과거를 기억

한다. 나는 절대로 그녀의 말을 끊을 수 없다. 나는 그 수수께끼 조각들을 나중에 맞춰 보기로 결심한다. 그녀가 한 남자를 두 번씩이나 새로 사귀었다는 얘기가 아니다. 꿈에는 나름대로의 논리가 있고, 우리는 그 논리를 이해할 수 없다. 그리고 그녀가 이름을 '기억하는' 집단을 '익명'의 집단이라고 부르는 것도 잘못이다.

"맞아."

그 남자와 함께 있으면서 완전히 자유롭고 마음이 탁 트이는 듯한 느낌을 받았다고 그녀는 말했다. 그 남자가 그녀에게 탈출구를 마련해 주었던 것이다. 관습적인 가치로 돌아가는 것이 아니라 생각해 볼수록 창조적이며 고유한 가치로 나아가는 것이었다.

"나는 그에게만은 솔직해지고 싶었어. 그와 함께 그 집의 불이 켜진 창문으로 돌아가고 싶었어."

루차 사파타가 눈을 떴다. 나는 그녀가 그 모든 말을 나를 쳐다보지 않고 했다는 것을 알아차렸다.

"그는 이해했어. 내가 어디서 왔는지 알고 있었어. 내가 얼마나 많은 것을 뒤에 남겨 두고 왔는지, 내가 얼마나 반항적으로 내가 남겨 두고 온 것을 거부했는지, 그는 알고 있었어…… 어느 날 밤, 우리는 나란히 누워 자고 있었어. 그가 잠에서 깨어나더니 나를 자기 몸 쪽으로 끌어당겼어. 새벽녘이었는지 황혼 녘이었는지 모르겠어. 그건 확실했어. 나와 함께 그 불 켜진 집에 다녀온 뒤였어. 그는 나처럼 될 준비가 되어 있었어. 내 말이 무슨 뜻인지 알아? 그로선 가능한 일이었지. 그가 내 몸을 열었고, 나는 절정에 다다른 순간 그와 함께라면 나도 행복해질 수 있을 거라는 생각이 들었어. 우리는 내가 떠나온 세상으로도, 그가 나를 만난 세상으로도 돌아가지 않을 거야. 우리는 힘을 합해 우리의 세상을 만들어 갈 거야."

그녀는 그것이 양보였다고 말했다. 두 사람이 이 고통스러운 도시에서 빠져나갈 것이라고 말했다. 그것이 루차의 양보였다. 그가 양보한 것은 인공적인 낙원에서 보들레르를 떠올리며 그녀와 함께 마지막 밤을 보내는 것이었다. "아름다움의 사랑으로 불타올라 내 무덤이 될 심연에게 내 이름을 밝힐 수 없을 것이다." 왜냐하면, 그 두 사람이 몰랐던 것은 그의 몸은, 성적으로 그녀의 몸이었던 그것은 유기적으로는 그녀의 것이 아니었다는 사실이었다.

"나는 그를 깨우려고 애를 썼어." 그날 아침 루차가 소리쳤다. "그를 마구 흔들었어, 구세주. 그를 만져 보았어. 그는 얼어붙은 죽음의 조각상이었어⋯⋯. 구세주, 내가 그때 무슨 짓을 했는지 알아? 그를 버렸어. 호텔 방에 그의 시체를 버렸어. 나는 거리로 나갔어. 내가 죽으면 그가 살아날지도 몰라, 그렇게 되기를 바라며 밤의 심연으로 떨어져 내렸어."

나는 그녀를 붙잡기 위해 매트에서 일어났다. 그녀는 팔을 휘두르며 손으로 자신의 눈을 후벼 팠다. 그녀가 그냥 내버려 두라고, 자신의 살갗을, 야만적이고 맹목적이고 폭력적인 자기 자신을 벗겨 내야 한다고, 죽고 싶다고(나는 그녀를 꼭 끌어안았다.), 죽음을 희롱하고 싶다고(나는 그녀의 두 손을 잡았다.), 갈수록 험악해지는 삶에서 튀어나올지도 모르는 그 모든 창조적인 목적을 허무의 커튼으로 가리고 싶다고 소리쳤다.

그녀가 내 목에 매달렸다.

"구세주, 나는 살아 있는 기억의 죽은 애인이야. 내게 내일 같은 건 없어. 시간이 모든 의미를 잃어버렸어. 오늘은 어제와 또 내일과 똑같아. 날이면 날마다 똑같아. 구세주, 어떻게 이럴 수 있느냔 말이야!"

"원한다면." 내가 말했다. "네 죽음을 더 이상 뒤로 미루고 싶지 않다면, 루차 사파타."

"뒤로 미루지 않아." 그녀가 대답했다. "빨리 끝내고 싶어."

* * *

안젤로 형제, 어느 누구도 내 선한 의도를 부정하지 않을 거야. 나는 건축가가 되고 싶었어. 나는 창조자가 되고 싶었어. 나는 베네치아 사람이야. 나는 티에폴로의 흔들리는 빛을 보지. 그리고 그 빛을 팔라디오의 빛나는 건축물에 입히지. 그 빛과 이 건축물 사이에서 이탈리아 북부가 번성하고 있어. 우리에게는 빛이 있고 또 우리에게는 형태가 있어. 나는 팔라디오에 버금가는 건축가가 되고 싶었어. 나는 티에폴로에 버금가는 빛의 창조자가 되고 싶었어. 안젤로 형제, 그러나 그 두 가지는 모두 나를 외면했어. 나는 교황청 주재 베네치아 대사인 프란체스코 베르니에르의 수행원으로 베네치아에서 로마로 건너갔어. 그때 내 나이 스무 살이었지. 나는 그 폐허의 영원함을 바라보았지. 나는 교황을 통해 로마의 허망함을 바라보았지. 교황이 죽으면 조정이 바뀌지. 로마는 직위, 은혜, 임무를 요구하는 새로운 가족들로 가득 차지. 영원한 도시라고? 덧없고 허망한 도시야. 영원한 도시라고? 오로지 말 없는 돌멩이만 변함없을 뿐이야.

그래서 나는 건축가가 되고 싶었던 거야, 형제. 나는 무기력한 세상을 보았고, 건축물로 그 세상에 생기를 불어넣고 싶었어. 창조하고 싶었어. 타성에 젖은 세상은 내게 말했어. 천만의 말씀. 과거의 작품과 현재의 작품이 이미 차고도 넘쳐. 건축가는 더 이상 필요 없어. 네가 만들 수 없는 작품에 대해서는 꿈도 꾸지 마. 안 된다고? 아! 그렇다면 나는 내가 만들 수 없는 작품에 대해 생각해 보겠다.

나는 후원자를 한 명도 구할 수 없었어. 후원자가 없으면 아무것도 할 수 없어. 그러다 마침내 후원자를 찾았어. 로마라는 도시가 내게 요청했어. 피라네시, 지오반니 바티스타 피라네시, 내가 자네 후원자가 되겠네, 나 이 로마가 내 폐허를, 내 알려지지 않는 구석들을, 내 불타는 쓰레기장들을, 내 파괴된 돌무덤들을 자네에게 제공하겠네, 하지만 피라네시, 조건이 있네, 내 비밀을 드러내선 안 돼, 한낮의 태양빛에 내 모습을 드러내선 안 돼, 오직 미스터리의 가장 어두운 심연에서만……

사람들이 자네에게 소리 지르던데. 나체화를 그리면 더 좋을 텐데 왜 그러지 않느냐? 무슨 이유로 고집스럽게 곱사등이, 불구자 따위만 죽자 사자 그리느냐? 무슨 이유로 미학적 진실을 보여 주지 않는 거냐? 왜? 왜? 왜?

왜냐하면 나는 미학적 부정확함에 돈을 걸었기 때문이지. 그게 추악한 것일지라도? 아니지. 거기엔 또 다른 아름다움이 있어. 혐오스러운 것의 아름다움? 혐오스러움은 알려지지 않은, 이제 막 태어나기 위해 고동치는 아름다움으로 접근하기 위한 조건이라고 할 수 있지. 그럼 자넨 과거의 아름다움을 무시하는 건가? 아니지. 나는 과거가 되기 거부하는 것을 찾아냈을 뿐이야. 그게 도대체 뭔데? 이 세상에 늙지 않는 것도 있단 말인가?

나는 내 감시인들을 불러 모으지. 내 증인들을 소집하게나, 안젤로 형제. 돌사자들, 시선들. 돌다리들, 한숨 소리. 돌벽들, 감금. 벽돌블록, 감옥.

나는 감옥 공간에 기계와 쇠사슬을, 밧줄과 사다리를, 작은 탑과 깃발을, 썩은 가로대와 병든 야자나무를 도입할 생각이네. 일종의 무대장치지. 보이지 않는 연기. 사기꾼 하늘. 형제여, 우리가 무엇을 호흡하나? 어떤 하늘이 우릴 비춘단 말인가? 장막들. 그것들은 그곳에 있어, 하늘과 연기 속에. 하지만 그것들은 불확실해, 만질 수 없어, 무대의 일부, 일시적인 기분 풀이, 무대조명. 입구도 출구도 없는 감옥을 위한 연기와 빛, 완벽한 감옥, 감옥 안의 감옥 안의 감옥 안의 감옥. 탈옥의 낭비. 빠져나갈 곳이 없지. 이곳으로 들어오는 자는 영원히 이곳에 남게 되지. 살아 있는 것이 죽어 군살로 변하지. 그리고 군살은 폐허로 변하고.

이 세상이 감옥이라고? 감옥이 세상이라고?

내 작가적 기질이 예견한 설계도에서 감옥이 자신으로부터 벗어날 수 있을까? 나 지오반니 바티스타 피라네시가 말하는 거야. 나의 이미지를 감옥에 가둔 것이 바로 나의 이미지가 아닐까?

이곳엔 인간이 없어. 하지만 빛의 근원에 대한 인간적인 질문은 있어. 만일 질문만 있고 빛이 없다면, 그 질문은 운명의 거부로, 이런 감옥과 같은 어둠으로, 영원히 논쟁에서 벗어날 수 없는 하늘의 무덤과 같은 방으로 변하고 말지. 잃어버린 하늘에는 인간이 존재하지 않아. 죄수만 있지. 그 죄수가 바로 자네야.

안젤로 신부, 나는 내가 조각할 때 사용하던 산에 중독되고 말았어. 내 예술이 나를 죽였어. 내 감옥은 살아남을 수 있을까?

나는 그렇다고 믿어. 왜냐고? 그건 바로 내가 할 수 없었던 작품이니까. 그건 바로 내가 건축할 수 없었던 건물들의 잔해니까.

하지만, 나는 새로운 우주를 설계하겠다는 야망을 품고 죽었어. 아무도 내게 그걸 요구하지 않았기 때문이야. 나는 단 하나의 괴로운 질문으로 시작해야 했어. 죽음을 무너뜨리기 위해서는 삶을 어떻게 감금해야 하는가?

내 그 질문을 자네에게 던지겠네, 내 사랑하는 안젤로 피라네시 형제여, 자네는 트라피스트 수도회 소속으로 말을 할 수 없으니까 말이네.

* * *

생각할수록 씁쓸하다. 내 어린 시절과 청소년 시절의 여간수였던 마리아 에힙시아카 부인은 가족으로부터 시작되는 방대한 인간관계 속에서 내 하잘것없는 존재를 언급함으로써 그 대단한 애정을 회수하곤 했다. 운명이었는지 행운이었는지, 나는 그 후 인간관계를 몇 번 더 맺을 수 있었다. 허망한 관계(엘비라 리오스 간호사), 어느 정도 지속적인 관계(괴롭게 살아가는 루차 사파타), 세속적이면서도 신비로운 관계(엉덩이에 벌을 문신한 창녀).

이제, 안토니오 상히네스 변호사의 결정(결코 거부할 수 없을 것만 같은)이 산타페의 새롭게 번창하는 지역에 위치한 바스코 데키로가 빌딩의 입구로 나를 이끌었다. 산타페, 톨루카로 가는 길목에 위치한 버려진 황무지, 모래질의 벼랑과 회색 석고의 미개간지가 가득한 곳, 바로 그런 곳이 하룻밤 사이에, 멕시코 대도시 속 거대한 중심부의 폭발에 자극받아 뒤흔들렸다. 처음에는 시멘트와 유리의 거대한 계곡 속에 수직으로 뻗은 마천루, 수평으로 퍼진 슈퍼마켓, 지하 주차장이 들어섰고, 그 모든 것은 강렬한 햇빛을 막기 위한 거대한 선글라스와 같은 시멘트와 유리의 보초병들에게 감시를 받았다. 별을 향한 지역을 열기 위해 멕시코에 세워진 스칸디나비아 건축의 도전에 대한 복수. 그곳에서 우리 선조의 지혜는 몸에 극히 해로운 태양빛과 싸우기 위해 넓은 벽과 긴 그늘과 물소리와 뜨거운 커피를 요구한다.

이상하단 말이야. 나는 바스코데키로가의 빌딩으로 다가가면서 생각했다. 산타페는 같은 이름의 스페인 고위 성직자가 이제 막 정복한 원주민 부족을 보호하고 그들에게 새로운 사회, 토마스 모어의 사상에 영향받은 또 다른 사회를 제시하기 위해 유토피아를 건설했던 곳이다. 평등과 우애는 있지만 자유는 없는 유토피아, 모든 것을 평등하게 만들기 위해 세워진 계획처럼 그 유토피아의 법칙은 매우 엄격하고 편협했다.

빌딩 앞에는 성직자의 하얀 동상이 있었다. 성직자는 선 채로 어느 고개 숙인 원주민 소년의 머리를 쓰다듬고 있었다. 빌딩 한쪽 입구는 고전적인 경비원들이 지키고 있었다. 빡빡머리, 하얀 셔츠, 유행이 지나간 나비넥타이, 검은색 의상과 구두, 호주머니는 직무상 반드시 필요한 도구를 담아 불룩해져 있었다. 경비원들은 아무것도 이해하지 못한 채 원주민 보호자 동상을 무심하게 쳐다보았다. 물론 그들 역시 21세기의 불안하기 짝이 없는 멕시코에서 정치인들의, 유력자들의, 심지어 성직자들의 무장 경호원 일이 유토피아의 보수 좋은 일자리라는 것을 확실히 알았을 것이다. 그러나 사실상 경비원들의 커다란 검은색 선글라스 뒤에는, 그들의 균형 잡힌 탄탄한 몸뚱이 안에는, 그 어떤 유토피아에 대한 기본적인 생각도 존재하지 않았다.

　나는 경비원들의 요구에 그대로 따랐다. 나는 전 우주적인 의심의 개선문을 통과했다. 엘리베이터로 달려가 십이 층에서 내렸다. 한 아가씨가 나타났다. 작은 키, 까무잡잡한 피부, 피에로와 콜롬비나의 사랑을 대변하는 듯한 흰색과 검은색이 뒤섞인 커다란 안경테. 비서나 간호사나 점원들처럼 가지런히 빗은 머리가 안경테 위로 흘러내려 머리에서 달아나려는 것처럼 눈썹 근처에서 춤을 추었다. 아가씨는 그 익숙한 표현을 써서 "이쪽입니다, 선생님."이라고 말했고, 나는 또박또박 당당하게 걸어가는 (그 당당한 발걸음이 죽음보다 못한 운명으로부터 그녀를 구해 내는 듯싶었다. 나는 그녀가 궁지에 몰렸다고, 능욕을 당했다고, 채찍으로 얻어맞았다고, 굶주림에 시달렸다고 추측했다. 왜 아니겠는가? 운명의 독수리냐 태양이냐? 그것으로 충분했다.) 그녀의 뒤를 따라가며 허용된 승리의 뒤를 따라간다는 숙명적인 확신이 들었다. 그녀와의 거리는 겨우 일 센티미터였고, 아가씨가 입을 열었다.

　"엔세나다라고 합니다. 잘 부탁드립니다."

　"성입니까? 이름입니까?"

　"그 모든 거예요. 저는 거기서 태어났습니다, 선생님."

　내 작은 안내인은 거대한 기업의 복도를 걸으며 무뚝뚝하게 말했다.

　"엔세나다 데 엔세나다 데 엔세나다 데." 나는 짐짓 놀란 척 중얼거렸다.

　그녀는 내 반응을 달가워하지 않았다. 그녀는 어떤 방문을 열고 그곳에서 다른 여자의 손에 나를 넘기고 인사말도 없이 떠나 버렸다. 나는 두 번째 여자에게, 걱정거리가 많은 상냥한 중년 부인에게 내 이름을 말했다. 그녀는 자리에서 일어나, 서구식 삼나무 문을 열고, 수족관 같은 곳으로 들어가라고 말했다.

좋은 표현이다. 내가 있던 사무실의 불빛은 그 근원을 감춘 채 밖에서 들어오는 불빛을 받아 헤엄치고 있었다. 투명하며 연한 청색 크리스털에 의해 걸러진 불빛, 안쪽의 보이지 않는 불빛과 바깥쪽의 걸러진 불빛이 서로 얼싸안으며 굴복해 버린 권력과도 같은 분위기를 자아냈다. 나는 이런 표현이 실제보다 더 강렬한지 아니면 실제보다 덜 풍부한지 알 수 없다. 내가 하고 싶은 말은 바로 이것이다. 그 사무실의 조명은 자연의 빛과 인공의 빛을 이용한 일종의 창작물이었으며, 그것은 단순한 장식물이나, 어떤 기능 혹은 강조하지 않아도 알 수 있는 어떤 권력의 상징으로 끝나지 않는 가시적인 공간을 창조하기 위한 수단이었다.

나는 이내 알 수 있었다. 나를 맞아들인 공간은 나나 다른 사람을 위해 창조된 공간이 아니었다. 회전식 책상 옆에 있는 안락의자에서 방금 몸을 일으킨 여자를 위한 공간이었다. 그녀는 수족관의 물고기처럼 그곳에서 많은 시간을 보냈다. 사무실은 그 여자의 몫이었지 내 몫이 아니었다. 나는 침입자가 된 기분이 들었다. 그녀가 자리에서 일어났다. 나는 이스파노아메리카의 예절에 대해서는 막연히 알았을 뿐이었다. 남자가 나타났을 때 여자들은 자리에서 일어날 필요가 없는데.

문제는 아순타 호르단(여자는 그렇게 자신을 소개했다.)이 흔히 볼 수 있는 보통 여자가 아니었다는 것이다. 나는 사무실의 조명과 그 상징성으로 그런 점을 알 수 있었다. 그녀는 막강한 여자이긴 했지만 권력을 지닌 여자도 권력에 빌붙은 여자도 아니었다.

나는 진작부터 알고 있었다. 나는 그 위대한 막스 몬로이의, 강인하고 부자이며, 신비스러운 공동묘지에 묻혀 있는 내 환상의 여자 친구 안티구아 콘셉시온의 아들인 팔십 대 남자의 영토를 밟고 있었다. 나는 한때 나와 그의 어머니와의 관계가 그에게 직접 다가갈 수 있는 통로를 마련해 주리라는 환상을 품었다. 그런데 이제 아순타 호르단이 나타나 내 앞길을 막았다. 그녀는 정중하게 내게 자리를 권한 뒤 곧바로 쓸데없는 교훈적인 독백을 늘어놓기 시작했다. 나는 플라톤의 동굴 속으로 잠겨 드는 것 같았다. 그곳에서는 실재하는 도시의 불빛이 사무실의 반반한 하늘에서 애매하게 파도치는 그림자로 보였다. 나는 그녀의 말에 귀를 기울이면서도 다른 것에 신경을 곤두세우고 있는 것만 같았다. 키는 보통이지만 더 커 보이고 싶어 하는 여자, 강인하고 빈틈없고 프로다운 몸을 지닌 여자. 나는 그녀의 몸을 머리끝부터 발끝까지 짐작해 보기 시작했다. 먼저 검은색 구두, 굽이 엄청나게 높고 구두 앞코가 넓게 벌어져 있었다. 나는 그것으로 그녀의 바탕(근본, 태생)을 짐작할 수 있었다. 그리고 그녀의 꼰 다리. 그녀는 내가 자신의 다리를 쳐다보는 것을 깨닫고 다리를 늘어뜨렸을 것이다. 그리고 치마(그녀는 본능적으로 팔찌를 낀 손으로 침착하게 허벅지 쪽으로 치마를 잡아당겼다.) 밑으로 이어지는 살색 스타킹. 포도주색 블라우스를 속에 받쳐 입은 짙은 푸른색에 줄무늬가 있는 짧은 수제 정장 재킷. 목에는 진주 목걸이, 귀에는 반짝이는 다이아몬드 하나. 턱 끝을 치켜든 얼굴. 그 모습은 마치 반쯤 벌어진 입술과, 어두운 눈과, 경계하는 빛을 띤 코와, 질문도 대답도 없는 이마와, 캐주얼하게 다듬은 반짝이는 짧은 머리카락의 조용한 대결을 예고하는 것 같았다.

나는 그 여자의 실재와 미스터리를 조사했고 이내 다음과 같은 사실을 알아챘다. 실재는 미스터리였고, 그녀는 누군가 자신을 쳐다보았을 때 실재는 단지 실재일 뿐이라고 믿도록 만들기 위해서 그 미스터리를 조심스럽게 간직했다. 나는 아순타 호르단을 처음으로 자세히 바라보며 여성스러운 것에서 얻었던 내 예전의 경험을 떠올렸다. 나는 속으로 중얼거렸다. 한 여성의 '미스터리'에 대해 말할 때면(그리고 지나치게 말을 많이 할 때면) 남성의 미덕을 돋보이게 하기 위해 여성의 결점을 수없이 들추어내거나, 그 반대로 여성의 미덕을 언급함으로써 우리 남성의 결점을 암묵적으로 드러낸다. 예를 들어 어느 쪽에서 비밀을 더 잘 지키는가? 여성들인가, 아니면 우리 남성들인가? '본성에 따라 산다.'라는 근본적인 의미(필로파테르 가라사대)에서 어느 쪽이 더 금욕적이란 말인가? 그것은 그 자신과 일치하는 모든 결점과 모든 미덕을 예언하기 때문에 모든 해석에 기여한다. 그 신비스러운 높은 곳에서 윤리적인 천박함에 이르기까지, 그 신성함에서 섹스에 이르기까지 본성이 그의 왕국에서 예외로 용서해 주는 것이 있단 말인가?

아순타 호르단을 보는 순간 그 모든 생각이 밀려들었다. 미리 생각했던 것이 아니라 순간적으로 내 이중의 질문이 일원론적인 하나의 긍정으로 녹아들었던 것이다. 아순타 호르단의 겉모습은 의무에 의해 갖추어진 겉모습이었고, 그곳에서 그녀의 의상과 목소리와 업무는, 그 수족관 같은 사무실 분위기 때문인지 몰라도 실무 비서의 그것이라기보다는 요정의 그것에 더 가까웠다. 그 모든 것은 감각으로 알 수 있는 것을 초월한 게 아니었던가? 변덕이라기보다는 일종의 초대가 아니었을까?

나는 그녀의 가려진 눈(경비원들의 눈도 그렇게 가려져 있었다.)을 쳐다보았다. 그녀가 갑자기 안경을 벗어 눈을 드러냈다. 그렇게 엄격하지만 않았다면, 따지는 듯한 눈빛만 없었다면, 그렇게 거만한 빛만 없었다면(그래도 아름다웠다.) 그녀의 눈은 내가 말한 그 모든 것에도 불구하고 더욱더 아름다워 보였을 것이다.

"내 말을 듣고 있지 않군요, 선생."

"예." 나는 대답했다. "당신을 살펴보고 있었습니다."

"예절을 지키시지요."

"이곳에서는 자세히 살펴보는 것이 첫 번째 예절이라고 생각되는데요."

그녀가 웃었는지 화를 냈는지 모르겠다. 그녀의 입가에는 많은 의미가 담겨 있었다. 그녀의 새카만 눈은 햇빛과 같은 그녀의 머리가 염색한 것임을 암시했고, 좀 더 은밀한 조사를 요구했다. 당시 나는 그렇게 생각했다.

* * *

제가 제 말만 끊임없이 늘어놓는다거나 제가 다른 사람의 충고에 귀를 기울이지 않는다고 말할 사람은 아무도 없을 것입니다. 균형을 찾아야 합니다. 이 나라에 조화를 가져와야 합니다. 멕시코에 승리의 기운을 가져와야 합니다. 그리고 특히, 대통령 각하, 전임자를 저주하거나 각하를 지지했던 사람들에게 은혜를 베푸는 데 시간을 낭비해서는 안 됩니다.

예리고가 내게 얘기해 주었다. 공화국 대통령 발렌틴 페드로 카레라는 로스피노스의 집무실에서 그렇게 주장하는 예리고를 맞이했다. 대통령은 예리고에게 행정부 수반의 의자보다 훨씬 낮은 의자에 앉으라고 권하며 넓고 텅 빈 집무용 책상을 장식한 영웅들(이달고, 후아레스, 마데로)의 흉상을 손가락으로 더듬었다. 책상 위에는 영웅들의 흉상 외에 많은 전화기가 놓여 있었고, 예리고가 앉아 있는 의자 뒤에는 조용하지만 끊임없이 영상을 내보내는 텔레비전 수상기 세 대가 놓여 있었다.

대통령은 예리고에게 신선한 아이디어를 내놓을 수 있는 새로운 피를 항상 찾아 왔다고 말했다. 상히네스 변호사는 예리고를 정치 경험은 전혀 없지만 외국에서 공부한 교양이 높고 머리가 뛰어난 청년이라고 추천했다.

"나쁘진 않군." 대통령이 웃었다. "내 잘못을 그때그때 고쳐 주게나, 예리고." 대통령은 그 즉시 소탈하게 말을 놓았으나 나이 차이에서 오는 권위가 묻어났다. 발렌틴 페드로 카레라는 거의 오십 줄에 가까운 나이였지만 농담 삼아 "사십 대 이상은 배를 적시면 안 된다."라고 말하곤 했다.

"교양이 매우 높다고 했지? 그렇다면 날 세심히 보살펴 주게나. 나는 교양이 없으니까 말이야. 주저하지 말고 그때그때 내 잘못을 고쳐 주게나. 브라질 여류 소설가 사라 무구 여사, 아랍의 여성 철학자 라비나 타고라 같은 말이 내 입에서 나오지 않게 해 달란 말일세."

대통령이 다시 깔깔대며 웃었다. 마치 예리고가 긴장을 풀고 기분이 좋아지도록, 카레라 대통령 각하가 무슨 말을 하고 싶어

하는지 알아차리도록 만들려는 웃음 같았다.

"내 철학은 말이야, 젊은이, 여기서는 개개인이 돌고 돌아야 하지만 사회계층은 그렇게 될 수 없다는 거야. 개개인은 돌고 돌 필요가 있어. 만일 그렇게 하지 않았다간 만날 같은 얼굴만 보는 것에 싫증 난 사회계층이 난동을 부릴 수 있거든. 하층민들이 주로 난동을 부리지. 왜냐하면 상류층이 계속 머무르면 하층민은 자신들이 소외되었다는 사실을 깨우치니까. 상류층도 난동을 부리는데, 그 이유는 노인네들이 자리를 영구히 장악할까봐 두려워서 그러는 거야. 그렇게 되면 젊은이들이 차관직에서, 중간 간부직에서, 하급직에서 벗어나지 못하니까."

대통령은 중국인-아리아인처럼 보일 정도로 눈을 가늘게 떴다. 그래서 스페인으로부터 물려받은 그의 이목구비가 까무잡잡한 얼굴과 어우러졌고, 그 모습에 다시 동양인 같은 눈이 섞여 들었다.

"내가 지금 추진 중인 계획에 도움이 될 만한 사람을 얻기 위해 내 오랜 조언자 상히네스와 상의한 끝에 자네를 부르게 되었다네."

대통령은 하얀색으로 변해 가는 불그스름한 콧수염을 쓰다듬었다.

"내 철학을 자네에게 설명해 주겠네. 멕시코 고원은 단지 지리학적인 문제로만 볼 수 없어. 역사적인 면도 중요해. 그것은 평평한 고지대 혹은 높은 평원이라고 할 수 있어. 우리는 이곳에서 시간의 높이를 볼 수 있지."

예리고는 하품을 참기 위해 눈을 반쯤 감았다. 장광설이 터져 나올 것만 같았다. 그러나 그렇지 않았다.

"본론으로 들어가서, 예로……. 자넬 예로라고 불러도 되겠나?"

고개를 끄덕여 승낙할 수밖에 '예로'가 무슨 말을 할 수 있었 겠는가? '예로'는 겁을 먹지도 않았고, "원하시는 대로 하십시 오, 대통령 각하."라고 대답하며 고개를 숙이지도 않았다.

대통령은 설명을 계속했다. 사람은 빵만으로는 살 수 없는 거 라고, 잔치도 벌여야 하고 환상도 품어야 한다고.

"영웅들을 꾸며 내 후손들에게 물려줘야 하는 거야." 카레라 는 청동으로 만들어진 이 나라 영웅들의 죄 없는 머리를 쓰다 듬으며 말했다. "사람들의 관심을 딴 데로 돌릴 수 있는 '시간'을 만들어 내야 한단 말이지."

"그렇습니다." 예리고가 용기를 내서 말했다. "사람들에게는 기분 풀이가 필요합니다."

"당연하지." 대통령이 말을 이었다. "이것 좀 보게나." 대통령 이 머리 세 개를 차례로 쓰다듬었다. "독립과 개혁과 혁명은 내 가 부재한 상황에서 지나가 버렸어. 나는 민주주의의 자식이야. 나는 선출되었고, 따라서 내게 표를 던진 사람들만 책임질 수 있을 뿐이야. 다시 말하지만, 투표만 해서는 민주주의를 살 수 없어. 이곳과 중국에서는 사람들에게 자긍심을 안겨 줄 수 있는, 건망증 환자에게는 기억을, 불만족한 사람들에게는 미래를 안 겨 줄 수 있는 기념일을 만들어 낼 필요가 있어."

그는 '이상'이라고 말하지 않았어. 하지만 우린 알 수 있었지. 예리고는 질문이 담긴 차분한 시선으로 행정부 수반을 바라보 았다고 얘기한다.

"기념할 만한 날은 중요하지 않은 날에서 태어납니다." 내 친 구는 모험을 걸었다. 그리고 눈치챘다. 대통령은 쩔쩔매는 듯한 모습을 사람들에게 보이기 싫어했다.

카레라가 말을 이었다. "대통령이라면 쾌락주의자다운 면도 갖춰야 할 테지."

예리고는 짐짓 바보 같은 표정을 지었다. 카레라에게 대통령다운 허영심이 다시 돌아왔다.

"사람들의 기쁨과 행복과 취미를 측정할 필요가 있어. 자네는 교양이 높다고 하니까……." 아이러니가 꼬리를 흔들었다. "행복에 대한 학문이 존재한다고 생각하나? 평균 정도의 멕시코 사람에게 행복이 얼마만큼 필요할까? 많이, 조금, 전혀? 내 말 잘 듣게. 경험에서 나온 목소리가 들려주는 얘기야. 천만에!"

심술궂기 그지없는 분노가 담긴 시선이었다.

"이 나라는 항상 가난에 시달려 왔어. 항상 그랬어. 항상 착취당하기만 하는 대중, 그리고 우리 위에 소수의 수탈자가 있었지. 내 말을 믿게나, 예로, 모든 것이 계속 이런 식으로 나가길 원한다면, 착취당하는 사람들이 이렇게 믿도록 만들어야 해. 착취당하는 생활이 자네나 나보다 훨씬 더 행복하다고 말이야."

대통령의 표정이 차분하게 가라앉았다.

"그럴지도 모르지, 내 사랑하는 예로. 나는 멕시코 국민이 부자가 되는 걸 원치 않아. 나는 그들이 행복해지기를 원해. 미국인들을 보면 알 수 있을 거야. 번영이 그들의 표정을 어떻게 바꿔 놓았지? 쉬지 않고 일하고, 형편없이 먹고, 의심할 바 없이 시간에 쫓기고, 임시변통으로 만든 교외에 살고, 휴가도 없고, 사회보장도 없고, 나이 오십에 은퇴하여 잔디 깎는 기계 옆에서 죽어 가는 거지. 일은 많고 돈은 많지만 만족감은 부족해……. 행복이라고! 적어도 멕시코에서는 어느 정도 여유 있는 시간이 항상 있었어. 어떻게 설명해야 할까? 목가적인 여유라고나 할까. 여기서는 토르티야 한 장이면 행복해질 수 있고, 저기서는 데킬라 한 잔이면 행복해질 수 있지……."

다시 식인귀의 얼굴로 돌아갔다.

"이제 다 끝났다네, 젊은이. 정보가 넘쳐 나고, 욕구가 넘쳐 나고, 질투심이 넘쳐 나지. 막스 몬로이는 그 간편한 기계를 이용해 전국 방방곡곡 구석구석으로 정보를 퍼뜨렸어. 예전에는 아주 비밀스럽게 나라를 통치할 수 있었지. 사람들은 9월 1일에 발표되는 연차 보고서를 믿었어. 통계가 많을수록 더 행복하다고 느꼈단 말이야. 예로, 이런 빌어먹을! 이젠 그렇지 않아. 사람들은 서로 정보를 교환하고, 불만을 표시하고, 공허한 부분을 채우라고 내게 요구한단 말이야. 범국가적인 축제로, 뭔가를 기념하는 행렬로, 상상력을 대신하고, 욕구와 갈증과 허기를 다독일 수 있는 축제로 채우라고 말이야."

대통령이 예리고의 뺨을 장난치듯 살짝 두드렸다.

"나는 젊은 피가 필요해. 아이디어가 있고 준비된 새로운 사람이. 자네와 같은. 상히네스가 자넬 보증했어. 내게는 차고도 넘쳐. 그 사람 좋은 변호사는 단 한 번도 나를 실망시키지 않았어. 내가 이 자리에 있는 것도 모두 안토니오 상히네스에게 크게 덕을 봤기 때문이야. 이런!" 대통령이 한숨을 토했다. "이 나라는 크림, 물 탄 우유, 요구르트, 더러운 과자로 분열되었어. 자네가 결정해."

대통령은 이제 막 사면받은 사형수를 바라보듯 예리고를 쳐다보았다.

"긍정적으로 생각하게나, 젊은 협력자. 행렬과 축제의 효력에 대해 생각해 보게나. 의식은 우리 모두가 누더기를 가리기 위해 어깨에 두를 수 있는 품위 있는 망토야. 내게 아이디어를 가져오게나. 스포츠와 운동선수를, 노래와 가수를, 맥주 상표와 국산 과자를 기념할 수 있어. 심지어 이전의 지도자들을 기념할 수도 있어. 명성을 만들어 내게, 젊은이. 박물관을, 더 많은 박물관을 만들어 내는 거야. 행렬을, 더 많은 행렬을. 많은 음악을, 많은 나팔을. 많은 멕시코 행진곡을. 나의 정치적 통찰력을 무시하지 말게나. 자네 자신에게 물어봐. 사람들은 무엇이 자신들에게 유익한지 알고 있을까? 막스 몬로이는 사람들이 그걸 알기를 원해. 나 역시 그들이 그걸 무시하지 않을 것이라고 생각해. 그걸 기념식으로 대체하기만 하면 되는 거야. 몬로이는 장기적으로 사치품을 필수품으로 만들려고 하고 있어. 예전에는 비쌌던 물건들을 사람들에게 반드시 필요한 것이라고 설득해 값을 깎아서라도 사도록 만들려고 하지. 만일 그런 식으로 나가면, 예로, 권력은 사람들의 결정적인 요구에 밀려 끝장나는 거야. 만일 부가 필수품이 되면 권력은 불필요한 것으로 전락하고 말지. 사람들은 오직 다른 사람들이 갖지 않은 것이 있어야만 만족하게 되고, 권력은 다른 사람들이 이미 가진 것만으로 만족해야 하기 때문이야. 그게 아니라면, 말해 보게나, 우리가 도대체 뭘 약속할 수 있단 말인가?"

대통령이 자리에서 일어났다. 건장한 팔을 내밀었다. 반지들이 예리고의 살에 상처를 입혔다. 대통령이 예리고를 뚫어지게 쳐다보았다. 호랑이가 사로잡은 먹이를 노려보는 것 같았다.

"내가 지나치게 말이 많다고 생각하진 말게나."

"아닙니다, 대통령 각하."

"내가 한 말을 다른 사람에게 흘리면 아무도 믿지 않겠지만, 내 그 대가를 톡톡히 치르도록 해 주겠소."

"그럴 리가 있겠습니까, 대통령 각하."

"내 비호 아래 당신이 정치권력을 쌓기 시작하겠다는 생각은 하지도 마시오."

"그렇게 생각하신다면 지금 당장 저를 해고하십시오."

대통령은 크게 웃으며 이전의 '자네'로 호칭을 바꾸었다.

"걱정하지 말게나. 내 자네에게 연금을 줄 테니까. 그리고 또……."

"말씀하십시오, 각하."

"나를 상대로 음모를 꾸미지 마시오."

전화벨이 울렸다. 대통령이 전화기로 다가가 전화를 받았다. 한참 듣고 있다가 조용조용 말했다.

"당신 말을 잊지 않겠소……. 내 비서에게 계속 연락하시오……. 한번 만났으면 싶은데……. 언제가 좋을까……."

"나도 모르겠어." 예리고가 내게 말했다. "무슨 이유로 그 의미 없는 말들이 내 귀에는 위협적으로 들렸는지."

게다가 대통령은 예리고와 헤어질 때 조심할 것을 요구했다. 공연히 참견하지 말라고, 못 들은 척하라고.

"조심하게나, 함부로 끼어들지 말고, 못 들은 척해."

그리고 예리고는 다만 이렇게 생각했다. "이게 도대체 무슨 일이란 말인가?"

* * *

나는 충성심이 강한 남자야. 그날, 상황에 떠밀려 산후안데아라곤 교도소로 돌아갔을 때 미겔 아파레시도는 내게 그렇게 말했다.

"나는 내가 원해서 이곳에 있는 거야." 그가 덧붙였고, 나는 이미 그런 사실을 알고 있었기 때문에 고개를 끄덕였다.

그는 안색이 변하지 않았다. 그가 그 말을 반복했던 이유는 그게 필요하다고 생각하기 때문이었다. 어쩌면 그 말은 단지 서론이었을지도 모른다.

"나는 법이 내게 판결한 형벌이 아니라 삶이 내게 강요한 형벌을 끝마치기 위해 이곳에 있는 거야."

나는 계속 그의 말에 귀를 기울이고 있다고 말했다.

"나는 충성심 때문에 계속 이곳에 있는 거야. 이 점을 이해해주길 바라네, 여호수아. 나는 내가 좋아서 계속 이곳에 남아 있는 거야. 내가 이곳에서 나간다면 누군가를 죽여야 할 테니까. 그것도 내가 의무적으로 더욱더 좋아해야 할 사람을."

"의무적으로?" 나는 용기를 냈다.

아무도 그에게 이곳에 남아 있으라고 강요하지 않았다고, 그가 원해서 이곳에 있는 것이라고 그는 말했다. 여기서 나간다면 용서받을 수 없는 짓을 저지르게 될 것이라고 말했다. 감옥에 남아 있어야 구원받을 수 있다는 듯 말했다. 나는 그를 믿었다. 미겔 아파레시도는 정직한 사내였다. 우리에 갇힌 호랑이, 그의 옷소매는 항상 둘둘 말려 있었고, 팔뚝에 난 거의 금발에 가까운 털을 그는 항상 쓰다듬곤 했다. 그의 팔뚝은 전투에서 승리를 두려워하는 외로운 전사의 무기처럼 보였다.

"내가 이런 말을 하는 이유는, 여호수아, 자네가 내 딜레마를 이해해 줬으면 싶어서야. 나는 내가 원해서 이곳에 있는 거야. 나는 감옥이 좋아. 감옥이 나 자신으로부터 나를 지켜 주니까. 나는 감옥이 좋아. 내가 이해하고 나를 이해하는 세상이 이곳에 있으니까."

그가 깡패와 같은 미소를 지었으나 나는 두렵지 않았다.(그는 내가 두려워하기를 원했을지라도.) 나는 갇혀 있지도 않았고, 마피아의 포로도 아니었기 때문이다. 왜냐하면, 여러분, 나는 자유로웠기 때문이다.(혹은 그러리라 믿었다.)

그는 그저 웃기만 했다.

"아무 죄수에게나 물어보게나. 네그로 에스파냐나 페르디다 알비온과 얘기해 보게나. 시보네이 페랄타에게 물어봐. 이봐, 자네, 그 친구들과 얘기해 봤겠지? 그 친구들은 무덤과 같은 놈들이야. 애쓰지 말게나. 그래도 자네가 그 친구들에게 나에 대해 물어보면 그들도 내가 한 말과 똑같은 말을 들려줄 거야. 산후안 데아라곤의 감옥에는 나름대로의 제국이 있고 내가 그 머리야. 젊은이, 이곳에서 내가 모르는 일은, 내가 원하지 않거나 내가 조절할 수 없는 일은 결코 일어나지 않아. 명심하게나. 돌발적인 폭동조차도 순전히 내 의지에 따라 발생하는 거지."

그가 손으로 얼굴을 문질렀다. 사포로 문지르는 소리가 났다. 그는 내게 거짓말을 하고 있었다.

그는 공기의 냄새를 맡을 수 있다고, 분위기가 지나치게 무거워지면 주변을 청소하기 위해 내부적으로 한바탕 난투극을 벌여야 한다고 말했다. 그가 말했다. 진지한 폭동이 벌어질 때면 이곳은 완전히 난장판이 되고 말지. 의자가 벽으로 날아가 부서지고, 식당 테이블이 철문으로 날아가 산산조각 나고, 경찰이 부상당하거나 심지어 죽기까지 해. 위법행위, 월권행위, 처벌을 빙자한 성적인 쾌락, 내 말 알아듣겠어? 이곳에서 우린 자물통을 씹어 대는 거야.

무슨 이유로 내게 거짓말을 했을까?

"그러고 나면 연기가 사라지지. 한 줌의 재를 남기고. 하지만 우리는 다시 평화로 돌아가. 평화는 감옥에서 반드시 필요한 거야. 죄가 없는 수많은 사람들이 이곳을 거쳐 가지." 그는 광신도와 같은 눈빛으로 나를 쳐다보았고, 나는 그 눈빛에 마음이 흔들렸다. "그 사람들을 존경해야 해. 수영장에 있는 아이들은 자네도 이미 봤을 거야. 그 아이들이 영원히 벌을 받아야 한다고 생각하나? 좋아, 내가 얘기하지. 이 감옥이 거의 대부분의 감옥과 같은 곳이라면, 그러니까 집단 수용소처럼 간수들이 극악무도한 범죄자들이고, 경찰이 마약과 섹스를 거래하는 데다 극악무도한 범죄자보다 더욱더 악랄하게 구는 곳이라면, 나는 자살하고 말 거야, 이 친구야. 이곳이 난장판이 된다면 그건 내게 질서를 회복할 힘이 없을 때에야 그렇게 될 거야. 여호수아, 더도 덜도 말고 딱 이것만 있으면 돼. 산후안데아라곤의 감옥이 천국도 지옥도 될 수 없게 만드는 데 있어서 필수불가결한 질서. 너무 많은 것을 바라는지는 몰라도 감옥은 연옥으로 남아 있으면 그걸로 충분해."

그가 숨을 쉬지 않았기 때문에 나는 깜짝 놀랐다. 내가 보기에 미겔 아파레시도는 철인과 같은 존재였다. 어쩌면, 사실상 내가 그에 대해 몰랐기 때문에 그렇게 보였을 것이다. 그가 내게 거짓말을 했던 것일까?

그가 내 어깨를 붙잡고 호랑이가 먹이를 바라보는 듯한 눈빛으로 나를 쳐다보았다.

"내가 손을 쓸 수 없는 일이 이곳에서 벌어지면 나는 약이 올라 미칠 지경이야."

그가 음절을 하나하나 끊어 가며 반복했다.

"약-이-올-라-미-칠-지-경-이-야."

그가 숨을 쉬고 말을 이었다. 언젠가 어떤 사람이 이곳에 나타났다. 미겔은 처음에는 그에게 그다지 신경 쓰지 않았다. 오히려 그를 조금 우습게 여겼다. 그는 마리아치였다가 나중에 경찰이 된 사람이거나 혹은 그 반대였다. 어쨌든 결과는 마찬가지였다. 그는 천성적인 사기꾼이었다. 마리아치든 경찰이든 그 누구든지 간에, 그 사람은 몇 년 전에 벌어진 감옥 내 폭동에 동참했다. 질서를 책임지는 경찰이 혼란이 없던 그곳에 혼란을 몰고 와 발생한 폭동이었다. 감옥 내 죄수들은 자체적으로 질서를 유지하며 다른 사람에게 해를 끼치지 않고 자신들의 죄를 다스렸기 때문에 질서 정연한 상태였다. 죄수들과 '질서 수호자들'이 어느 비극적인 밤에 서로 맞서게 되었고, 그날 밤 경찰들은 무더기로 희생당했다. 불에 태워졌고, 옷이 벗겨졌고, 벌을 받듯 발이 묶여 공중에 매달렸다. 다시는 이곳으로 돌아오지 마라, 이곳은 우리 스스로 다스린다. 그때 사람들이 그 경찰 혹은 마리아치를 흠씬 두들겨 팼다. 그 경찰 혹은 마리아치(이름이 막시밀리아노 바타야라고 했다.)는 살그머니 빠져나가 벙어리 중풍 환자 흉내를 내며 자기 어머니에게만 의지하며 살았다. 매우 온화하지만 감상적인 그의 어머니 마데아 바타야는 자식을 보살피고 먹였으

며, 휠체어에 태워 푸리시마 콘셉시온 성모 앞으로 나가 자식의
건강 회복을 위해 기도를 드렸다.

"어서, 막시, 노래해. 우리 성모님께 널 위해 기도드리잖아."

"그래서 막시는 노래를 불렀어." 미겔 아파레시도가 말을 이
었다. "얼마나 민요를 잘 불렀는지 어머니를 멋지게 속일 수 있
었지. 예술가 친구들(마리아치들, 경찰들, 고아들, 깡패들)이 그를
찾아오면 벙어리에 수족이 불편한 사람 흉내를 내며 어머니를
속였지. 막시는 친구들을 모아 시내에서 일련의 범죄를 저질렀
어. 미국에서 보내오는 편지를 훔치는 좀도둑질에서부터 시작했
어. 미국에서 일하는 노동자들은 너무나 무식해서 편지에 달러
를 동봉해 보내곤 하니까. 그러다 사거리에서 임신한 여자들을
공격해 강탈하는 짓까지 저질렀어. 신호등이 고장 나고, 교통경
찰들이 우왕좌왕하고, 자동차들이 내달리는 상황을 이용해서
말이지."

마리아치 패거리(그런 이름으로 알려졌다.)는 순전히 혼란을
조장하기 위해 상업 중심지로 쳐들어갔지만 아무것도 훔치지
않았다. 그들은 거지 부대를 이끌고 도시로 스며들었다. 그것은
두 가지 사항을 시험해 보기 위해서였다. 거지로 위장한 범죄자
에게는 아무 일도 일어나지 않는다는 사실과 거지는 모든 사람
들이 범죄자로 취급한다는 사실이었다.

"그건 일종의 내기야." 미겔 아파레시도가 매우 심각한 표정
으로 말했다. "그건 우연이야." 거의 기도하듯 덧붙였다. "알고
보면 바로 이거야. 마리아치 패거리는 그들의 심각한 범죄를 순
진한 장난으로 바꾸어 버렸고, 그 목적이 무엇이었든 간에 도시
에 혼란의 씨앗을 뿌렸어."

막시 패거리는 우편물에서 돈을 훔치는 단순한 범죄에서 벗어나 이주 노동자들을 대상으로 사기를 치기에 이르렀어. 아주 사악한 놈들이었지. 그놈들은 이주 노동자들이 자랐던 동네 사람들을 조직해 고향으로 돌아온 노동자들에게 돌을 던지도록 시켰어. 왜냐하면 그 노동자들이 없으면 더 이상 달러를 벌 수 없었으니까, 멕시코에서는(미겔이 나를 쳐다보지 않을 때 나는 미겔을 쳐다보았다.) 이주 노동자들이 보내 주는 달러가 없으면 사람들이 살 수가 없으니까, 사람들은 아무것도 만들어 낼 수 없으니까…….

"노동자들을 제외하면." 내가 말했다.

"절망이지." 미겔이 덧붙였다.

"그렇다면." 나는 이야기를 재촉하고 싶었다. "막시밀리아노 바타야가 무슨 일을 저질렀는데? 그가 무슨 짓을 저질렀기에 그를 용서할 수 없었는데?"

"살인." 미겔 아파레시도가 극히 냉정하게 말했다.

"누굴?"

"에스트레야 로살레스 데 에스파르사 부인을. 에롤 에스파르사의 어머니. 나사리오 에스파르사의 부인."

미겔 아파레시도는 마치 달갑지 않은 얘기를 꺼냈다는 듯 주제를 바꾸거나 처음 했던 이야기로 돌아갔다. 나는 벌어진 입을 다물지 못했다. 장례식 날 페드레갈의 집에서 본 에스트레야 부인의 시신이 떠올랐다. 나는 그 기분 나쁜 나사리오 씨를 생각했다. 나는 알고 있었다. 그 사람이라면 무슨 짓이든 저지를 수 있었다. 그 집의 새로운 여주인을 생각했다. 그 여자가 무슨 짓을 저지를 수 있을지는 알 수 없었다. 가장 확실하면서도 가장 희미한 내 기억이 중학교 시절의 우리 쌍둥이, 얼치기 깡패 두목 에롤에게로 향했다. 나는 감정을 억제했다. 산후안데아라곤의 죄수의 입을 통해 듣고 싶었다.

"희망이 뭘 의미하는지, 자넨 아나?" 미겔이 내게 물었다.

나는 모른다고 대답했다.

"자네 말이 맞아. 희망은 단지 불쾌함과 징벌과 환멸만 가져다줄 뿐이지."

그 남자에게서 감상적인 면을 발견한 것은 그때가 처음이었을 것이다. 환상은 내게 금물이었다.

"당신이 탈출하면 무슨 일이 벌어지는데?" 나는 용기를 내서 물었다.

"이곳은 난장판이 될 테지. 바깥세상은, 글쎄. 이곳에서는 사람들이 시들어 가겠지. 하지만 내가 이곳에 없으면 길거리는 시체로 넘쳐 날 테지."

"그리고? 무슨 말인지 모르겠어."

"달의 엉덩이를 보려고 애쓰지 말게나, 친구."

나는 법대 실습생이었다. 나는 막스 몬로이가 경영하는 회사에 다니는 젊은 직원이었다. 나는 대담한 사나이였다.

"당신을 풀어 주고 싶은데."

"자유란 단지 자유롭고 싶은 욕구일 뿐이야."

"미겔, 무엇으로부터 자유롭고 싶은데?" 나는 물었다. 나도 인정한다. 그 남자에 대한 애정이 갈수록 강해졌다. 그는 어느새, 알게 모르게, 내 친구가 되어 있었다.

"분노로부터."

성공에 대한 분노. 실패로 인한 분노. 섹스에 대한 분노. 원한에 의한 분노. 분함에 의한 분노. 사랑에 대한 분노. 이 모든 것이 내 머리를 스치고 지나갔다.

"자유롭고 싶어, 자유롭고 싶어."

어떤 충동(나는 그걸 우정이라고 부르고 싶다.)에 의해 죄수와 나는 힘껏 서로를 껴안았다.

"마리아치는 이곳에서 자유롭게 나갔어. 나사리오 에스파르사가 영향력을 발휘해 그를 풀어 주었지. 막시밀리아노 바타야는 위험한 범죄자야. 그놈이 자유롭게 나돌아 다니도록 하면 안 돼."

미겔이 재채기를 했다.

"여호수아, 이거 알아? 산후안데아라곤의 죄수들 중에는 소매치기만 있는 게 아냐, 죄가 없는 사람만 있는 게 아냐, 구해 줘야 하는 어린아이들만 있는 게 아냐, 이곳에서 죽어 가는 혹은 내가 손을 쓸 수 없는 폭행으로 죽어 가는 노인들만 있는 게 아냐. 내게 알리지도 않고 수영장에 물을 채우기도 하지. 몇몇 아이들이 물에 빠져 죽어. 내 능력에도 한계가 있어, 친구."

호랑이가 나를 쳐다보았다.

"이곳에는 살인범들도 있어."

그는 시선을 내리깔려고 했다. 그러나 실패했다.

"다른 방법이 없으니까 살인범들도 이곳에 있는 거야. 잘 들어, 자네가 상황을 검토해 보면 그들이 어쩔 수 없이 사람을 죽였다는 사실을 알게 될 거야. 그들에게는 다른 탈출구가 없었어. 범죄는 그들의 숙명이었어. 나는 그렇게 받아들여. 인내심이 밑바닥을 드러내 살인을 하는 사람들도 있어. 자네에게 솔직하게 말하는 거야. 직장 상사를 참아 내야 하고, 마누라를 참아 내야 하고, 악다구니 쓰는 자식새끼를 참아 내야 하지. 이런 제길.
일단 들어 봐, 여호수아. 내가 하는 말은 기가 막힌 이야기야. 나
도 알아, 비웃어도 좋아, 여호수아. 그 진절머리 나는 장모를 참
아 내야 하는 거야. 그러다 어느 날 뻥 하고 터지는 거지. 그것들
은 죽어야 마땅해. 일단 죽이고 보는 거야. 죽음 그 자체는 중요
하지 않아. 나는 범죄의 매력과 그 끔찍함을 잘 알고 있어. 날마
다 범죄와 함께 살고 있으니까. 나는 살인을 저지른 사람을 감히
심판할 수 없어. 그에게는 다른 방도가 없었으니까. 배고픔에 지
쳐 살인을 저지르는 사람들도 있어, 그걸 잊지 마……."

그가 갑자기 말을 멈춰 나는 놀랐다. 그의 강인한 몸이 아무
이유 없이 벌벌 떨렸다. 그래서 나는 더욱더 놀랐다.

"하지만 이유 없는 범죄는 아냐. 자네를 포함하지 않는 범죄.
자네에게 돈을 벌어다 주는 범죄. 유다의 범죄. 그런 건 아냐. 그
런 건 절대 용서할 수 없어."

그가 다시 나를 쳐다보았다.

"막시밀리아노 바타야가 이곳에 왔어. 나는 그의 얼굴을 읽
어 내지 못했어. 비겁한 백만장자로부터 월급을 받는 그 범죄자
의 얼굴을. 이런 나 자신이 너무너무 싫어. 그래서 자네에게 부
탁하는 거야."

"그걸 어떻게 알았는데?"

"내가 알던 죄수가 한 명 이곳으로 들어왔어. 그 친구가 내게
알려 준 거야. 마침내 나는 모든 것을 내 마음대로 다룰 수 있게
되었어. 마리아치 놈은 나팔조차도 다루지 못해. 멍청한 놈이지.
하지만 위험하기 짝이 없는 멍청한 놈이야. 그놈을 죽여 없애야
만 해."

미겔 아파레시도는 그 순간 부드럽고 상냥한 외모를 몽땅 벗어던지고 신성한 분노로 가득 찬 진정한 파괴의 천사 같은 모습을 드러냈다. 자기 자신조차 알아볼 수 없는 깊은 심연을 바라보는 듯싶었다. 우주에 순종이 부족한 듯싶었다. 행동할 수 있는 구체적인 형상을 요구하는 악마가 그의 몸에서 태어나기라도 한 듯싶었다.

"그 범죄자는 내 허락도 받지 않고 밖으로 나갔어."

그는 갑자기 표정을 바꾸어 애원하는 듯한 눈빛으로 나를 바라보았다.

"나를 도와주게나. 자네와 자네 친구들이."

나는 화가 치밀어 올랐다.

"당신이 여기서 나가면 당신 스스로 복수할 수 있잖아, 미겔. 알다가도 모르겠군. 당신 스스로 행동할 수 있을 텐데."

그날 그의 마지막 말은 일종의 패배인 동시에 일종의 승리였다.

"나는 이곳에 영원히 남아 있어야만 충성심 강한 사람이 될 수 있어."

* * *

막스 몬로이의 비밀은(아순타는 수족관과 같은 사무실에서 빛을 등지고 앉아 내게 강의했다. 그녀는 미끈한 다리로 나를 홀리기 위해 자세를 잡고 앉아 있었고, 그것이 그녀의 가장 확실한 시험이었다.) 미래를 내다볼 수 있다는 것이다.

"그의 어머니처럼 말이죠." 나는 주책바가지같이 끼어들었다.

"뭔가를 알고 있나 보지?"

"모든 사람들이 아는 내용이죠. 너무 신비스럽게 굴지 맙시다." 나는 그녀에게 미소를 되돌려주었다. "역사라는 게 있지 않습니까, 모르셨나요?"

"막스는 모든 면에서 앞서 나갔어."

아순타는 내가 이미 안티구아 콘셉시온의 입을 통해 알게 된 내용을 강의하기 시작했다. 막스 몬로이의 어머니를 통해 들었던 내용이 두서는 없어도 매력적이었던 반면 막스 몬로이의 대리인인 아순타의 입을 통해 들은 내용은 조리는 있었지만 답답하기만 했다. 아순타는 나라는 초심자를 위해 강의를 반복하는 것 같았다.

하지만 나는 그 여자, 내가 그때까지 알던 여자들 중에서 가장 매력적인(나도 인정하는 바이다.) 여자 앞에서 착한 학생이 되기로 결심했다. 엘비라 리오스도, 엉덩이에 벌을 문신한 창녀도, 내 현재의 동반자 루차 사파타도, 이 여자, 이 아름답고 매력적이며 세련되고 우아한, 너무너무 갖고 싶은 여자 앞에서는 빛을 잃었다. 그런 여자가 지금 나에게 한 기업가의 천재성에 대해 강의하고 있었던 것이다. 나는 그녀가 지겹기 짝이 없는 강의를 반복한다는 사실을 이내 눈치챘다. 그러나 너무너무 예쁘기 때문에 용서해 주기로 했다.

막스 몬로이가 무슨 일을 했는가? 내 머릿속에서 또 다른 아순타가 말한다. 그녀는 그 위대한 주인의 이름을 언급할 때마다 얼굴이 발갛게 달아오른다.

"막스 몬로이의 비밀이 뭐였죠?"

아순타가 말하기를 그에게는 비밀이 한 가지만이 아니었다. 별 무리와 같은 진리가 숨어 있었다. 그녀가 내게 말한다. 그는 어느 곳에나 닿을 수 있는 최신형 전화기를 최초로 설치한 사람은 아니었어. 하지만 그는 부족한 공급과 과도한 수요로 전화선에 장애가 발생할 수도 있다는 사실을 최초로 내다본 사람이었어. 그는 지금 구입하고 나중에 지불하는 방식을 도입했지. 하지만 조건이 있어. 막스 몬로이의 회사를 거쳐야 한다는 거야.

"왜 그랬을까? 막스 몬로이는 단 하나의 패키지로 전화, 컴퓨터, 보다폰, 오투(O2) 등을 모두 제공했어. 모두 패키지로, 여호수아. 가식적인 계약서도 없이, 골치 아픈 약관도 없이 말이야. 막스는 비용을 숨기려고 하지 않았고, 착취하려고도 하지 않았으며, 읽기도 힘든 글자로 약관을 추가하지도 않았어. 모두 커다란 글자로 써넣었어. 알겠어? 높은 가격과 우수한 편리성 대신 누구나 쉽게 사용할 수 있도록 낮은 가격과 지속적인 편리성을 제시했어. 이해하겠어? 막스 몬로이는 그런 사람이야. 그는 소비자들의 자유를 존중해. 그게 차이점이지. 막스가 소비자에게 기존에 사용하던 선을 버리라고 요청할 때면, 그건 강요가 아니라 선택권을 주는 거야. 막스는 모든 소비자들에게 이렇게 말했어. 기본적인 월간 패키지를 선택하십시오. 정가에 제공해 드리겠습니다. 우리 선에서 원하시는 모든 것을 사용할 수 있도록 허용하겠습니다. 영화, 전화, 정보 등 원하신다면 모든 것을 마음대로 사용하실 수 있습니다. 막스는 특수 그룹에 접근해서 정가를 제안했어. 그 대신 모든 애프터서비스를 감당했지. 운영비를 감당했고, 또 필요할 때면 사업비를 보조해 주기도 했어."

아순타는 자신의 유니폼인 짙은 푸른색에 줄무늬가 있는 짧은 수제 정장 재킷을 매만졌다. 그 때문인지 그녀의 입에서 '막스 몬로이는 위대한 재단사야.'라는 말이 튀어나왔다.

나는 웃었다.

그러나 그녀는 웃지 않았다. "막스 몬로이는 정말로 위대한 재단사였어. 내 말 좀 들어 봐. 막스 몬로이는 모든 사람들에게 똑같은 통신 서비스를 제공하지 않았어. 각각의 고객에게 이렇게 약속했지. '이건 오로지 당신을 위한 겁니다. 이건 당신 겁니다. 이게 바로 당신 옷입니다.' 그리고 그 약속을 지켰어. 우리는 모든 고객들에게 맞춤형 서비스를 제공하지."

그녀는 못마땅한 시선으로 내 복장을 훑어보았을 것이다. 나는 고전적인 회색 양복과 회색 넥타이 차림이었다. 그녀는 내가 생쥐라도 되는 듯 나를 쳐다보았다. 그녀의 눈은 말없이 내게 요구했다. "좀 더 대조적으로, 여호수아, 빨간색이나 노란색 넥타이, 좀 더 넓은 벨트나 눈길을 끄는 멜빵으로, 멋을 좀 부리란 말이야. 여호수아, 일을 하거나 사랑을 하기 위해 재킷을 벗으면 어떻게 보이겠어. 사무실에 출근할 때는 공무원들처럼 입으면 안 돼. 집에서는 어떤 옷을 입고 지내는데? 우아하고 편안하게 최신식 옷을 입으란 말이야. 알겠어?"

"Sans façon.(점잖지 못한.)" 그녀가 아주 나직하게 말했다. "Charmcasual.(캐주얼하면서도 우아한.)"

"뭐라고요?" 나는 물었다. 아순타 호르단의 흉내 내는 능력을 가늠해 보았다.

"아무것도 아니야. 막스 몬로이는 각각의 소비자를 위한 맞춤형 서비스를 개발해 냈고, 각각의 소비자들은 우리 서비스를 이용하면서 자신을 특별한 존재, 특권층으로 여기게 되었지."

"우리라뇨?" 나는 한쪽 눈썹을 찡그리는 나 자신을 받아들였다.

"우리는 방대한 가족이야." 그녀가 그렇게 말해야만 했기 때문에 나는 똥 씹은 듯 환멸을 느꼈고, 필로파테르 신부와 나눴던 철학적인 대화를 생각하며 잠시 추억에 잠겼다.

"다른 회사들이 압력을 가하지. 경쟁이 치열해. 지금까지 우리는 다른 회사들을 모두 눌러 왔어. 우리가 우리의 모든 역량을, 우리에게 가능한 모든 분야에, 우리가 상상할 수 있는 모든 소비자들에게 쏟아 왔기 때문이야. 우리의 전술은 전면전이야. 유용성을 동반한 성장. 한번 생각해 봐, 어때?"

아순타의 연설은 점점 희미해지다가 결국 멀리서 울리는 메아리로 변했다. 그녀는 몬로이에 대해, 그의 사업에 대해, 우리의 회사들에 대해 계속 설명해 나갔다. 나는 시간이 갈수록 여자를 감상하느라 넋을 놓고 말았다. 말들이 길을 잃었다. 인생도 마찬가지였다. 나는 그 순간 그 여자 앞에서, 알 수 없는 이유에서 생애 처음으로 이런 감정을 느꼈다. 그때까지 나의 어린 시절과 청소년 시절과 청년기의 초반은 확실하게 바다를 향해 나아가는 길고도 느린 강줄기와 같은 것이었다.

이제 그 여자를 바라보며, 상히네스 변호사(그의 보살핌에, 나와 예리고에게 쏟아부은 그의 지극 정성에 감사를 표해야 할지 욕을 퍼부어야 할지 나는 그 당시에는 알 수 없었다.)가 지정해 준 그 새로운 자리에 올라탄 채 나는 생각에 잠겼다. 나는 바다를 향해 평화롭게 노를 저어 가는 대신 강줄기를 거슬러 올라가고 있었다. 나는 자연의 이치를 거슬렀고, 일시적이고 성급한 동작으로 미쳐 날뛰듯 법을 어겼다. 나를 구원해 주기 위해, 그때까지 내 존재를 지배했던 법을 생명의(혹은 죽음의?) 속도로 어겨 가며. 나는 뒤로 움직이고 있었지만 실제로는 불행한 내일을 향해,

물리적으로 또 강제적으로 근원에 다가갈수록 점점 커져 가는 일순간을 향해 흘러가고 있었다. 사실상 오늘로부터 내 인생이 점점 짧아지리라는 사실을 깨달은 것이다. 이제 우리 모두는 그런 사실에 대해 알게 되었다. 그러나 나는 이미 그때부터 그 사실을 알 수 있었다.

아순타는 그런 여자였을까? 나를 건드리며 '위대한 사건', 헨리 제임스의 '중요한' 사건, 즉 죽음에 최소한 의미와 평온을 주는 그런 여자였을까? 그날 아침 산타페의 사무실에서 아순타 앞에 앉아 무슨 이유로 그런 생각을 했는지 나는 모른다. 내가 그녀 앞에서 숙명에 대해 느끼기 시작했던 건, 그와는 전혀 다른 욕망의 느낌으로 받아들인 건 아니었을까?

납덩어리 같은 태양이 뜬 그날 아침까지 그 전날 미겔 아파레시도와 나눈 대화가 연장되었던 것은 아니었을까? 그 죄수가 내게 부탁한 임무(우리의 쌍둥이 빡빡머리 에롤 에스파르사의 어머니를 위한 복수) 탓에 나는 어쩔 수 없이 울적해졌을까?

나는 입을 다물었다. 그 문제에 대해서는 여기서 얘기하지 않겠다. 그것은 막스 몬로이의 거대한 사업체와는 상관없는 문제였다. 내가 그때 짐작할 수 있었던 것은 이런 것이었다. 상히네스 변호사가 어느 날 갑자기 나를 밀어 넣은 사업의 세계는, 이 '신세계'는 사업과 관계없는 모든 것을 추방해 버렸다. 나는 이전까지만 해도 흘러가는 물결에 몸을 맡기기 위해 모든 가치를 내던져 버린, 중산층(나는 루차 사파타를 생각했다.) 안에서 얼쩡거리던 유치한 어린 학생에 지나지 않았던 것이다.

그렇다면 안티구아 콘셉시온은? 나는 그 순간 나 자신에게 물어보았다. 그녀는 미친 여자일까, 아니면 사업계의 거물일까?

아니면 그 둘 모두일까?

앞에서도 얘기했듯이, 아순타는 내가 짬짬이, 은밀하게 그녀의 다리를 쳐다볼 수밖에 없는 그런 자세로 앉아 있었다. 내 열정적인 감정이 태어난 곳은, 살색 스타킹을 신은 그녀의 길고 털이 없는 다리라는 생각이 들기 시작했다.

나는 열정이라고 말한다. 애정도 아니고, 사랑도 아니고, 감사도 아니고, 책임도 아니고, 열정이다. 더욱더 자유롭고, 의무에 얽매이지 않는, 근거 없는 열정. 어떤 감정이 아순타의 다리로부터 일부러 한눈을 파는 듯한, 억지로 신중하게 보이려는 듯한 내 시선으로 흘러들었다…….

세상은 욕망에 의해 변형된다. 이제부터 내가 노력 봉사해야 하는 막스 몬로이의 회사들을 아순타가 열거하는 동안, 내 모든 시간(내 과거, 내 현재, 내 미래, 정서적인 이름으로 부른다면 추억과 욕망, 기억과 예감)은 바로 그 순간에, 바로 그녀에게 쏠려 있었다.

삶은 빠르게 지나간다고 생각했다. 과거에는 그런 생각을 해본 적이 한 번도 없었다. 하지만 그때는 그런 생각을 했고, 허망함과 두려움을, 두려움과 매력을 연결시켜 보았다. 나는 인정할 수밖에 없었다. 아순타 호르단이 나를 유혹했던 바로 그 순간만큼 그렇게 강렬하게 나를 유혹했던 암컷은 없었다. 그리고 실로 위험했던 것은, 열정과 그 열정을 불러일으킨 여자가 내 허락도 없이 나 자신의 욕망을 변형하기 시작했다는 것이었다. 어떻게 된 일인지 내 욕망은 이제 나의 것이 아니었고, 그렇다고 해서 그녀의 것도 아니었다. 언젠가는 그녀의 것이 될 수 있을까?

지금부터 내 모든 미래는 바로 이 질문에서부터 시작할 것이라는 사실을 나는 알았다. 아순타는 본인이 의도하지 않았지만 나를 과격한 남자로 바꿔 놓았다. 조심해, 조심하라고! 나는 아무 소용이 없는 말로 나 자신을 질책했다. 나는 그 여자의 매력에 무너졌다고 생각했다. 그리고 바로 그 순간, 원하지도 않았고 알지도 못했지만, 그 의지가지없는 루차 사파타와 함께하는 삶이 끝장났다는 것을 알 수 있었다.

아순타 호르단의 매력은 도저히 말로는 설명할 수 없었다. 그녀의 매력은 변덕스러웠다. 내가 변덕스러웠던 것은 아니었을까? 그녀에 대한 욕망이 끓어오름과 동시에 그녀가 지겹기도 했던 것이다.

* * *

루차 사파타는 점쟁이였던가? 나는 그날 밤 세라다데치말포포카로 돌아가서 그녀에게 아무 말도 하지 않았다. 그녀는 또다시 비행기 조종사 옷을 입고 있었다. 그녀는 그 유명한 아멜리아 에어하트와 닮아 보였다. 나침반도 없이 남태평양 상공을 비행하던 도중 영원히 사라져 버린 그 용감한 미국 여성. 나는 그때까지 깨닫지 못했다. 루차는 아멜리아 에어하트와 어딘지 닮은 구석이 있었다. 아멜리아 에어하트는 주근깨가 많은 얼굴로 항상 미소 짓고 있었다. 태양을 향해 웃는 미국의 밀밭처럼 말이다. 그녀의 머리는 항상 단발머리였다. 아마도 비행에 유리하도록, 조종사 헬멧이 머리에 착 달라붙도록 하기 위해 머리를 짧게 잘랐을 것이다. 그녀는 바지와 가죽 재킷을 즐겨 입었다.

지금의 루차 사파타처럼 말이다.

"날 공항으로 데려다 줘."

나는 택시를 불렀다. 그녀와 나는 택시에 올라탔다.

나는 그녀가 무슨 말을 하든 상관하지 않았다.

"내게 아무것도 묻지 마."

"알았어."

"언젠가 내가 했던 말을 명심해. 이 사회에서 너는 영원한 빚쟁이야. 네가 무슨 일을 하던 결국 잃게 되어 있어. 사회는 네가 죄책감을 느끼도록 만들어."

나는 내 생각을 말하지 않았다. 나는 그녀의 잘못을 바로잡아 주지도 않았고 내 생각을 밝히지도 않았다. 내가 보기에 사람들은 자기 일을 하는 것이지 남들이 시키는 일을 하는 게 아니었다. 나는 그때 생각했다. 그녀는 그녀 자체였다. 그녀 스스로 그렇게 된 것이지 잔인하고 사악하고 천박한 사회가 그녀가 그렇게 되도록 만든 것이 아니었다.

"구세주, 넌 뭘 선택할 거야?" 그녀가 느닷없이 내게 물었다. 마치 시멘트 절벽을 따라 무너져 가는 도시의 지워 버릴 수 없는 추악함을 몰아내려고 그러는 듯싶었다.

"상황에 따라 다르겠지. 무엇과 무엇 중에서?"

"시급한 일과 다음 날로 미뤄 놓을 수 있는 일 중에서."

"무슨 말인지 모르겠는데."

"창밖을 보지 말고 나를 보란 말이야."

나는 그녀를 쳐다보았다.

"뭐가 보여?"

뜻밖에도 울고 싶어졌다. 하지만 참았다.

"다시 날아오르고 싶어 하는 한 여자가 보여."

그녀가 내 팔을 꽉 붙잡았다.

"고마워, 구세주. 내가 뭘 하려고 하는지 알아?"

"몰라."

"나는 자유롭고, 선택할 수 있어. 란체라 가수? 시인?"

"네가 말해."

"내가 리얼리티 쇼에 초대받은 거 알아?"

"몰라. 그게 뭔데?"

"너라는 인간 중에서 가장 수치스러운 면을 보여 주는 거야. 무릎 꿇고 먹을 것을 구걸하고, 술에 취해 넘어지고."

엘살토데아구아. 로스아르코스데벨렌. 호세마리아이사사가. 오래된 원형 지붕들. 현대의 폐허들. 네사우알코요틀. 라칸델라리아.

"그런 거야." 루차 사파타가 말을 이었다. "나치의 집단 수용소에서 사는 것과 마찬가지야. 그건 텔레비전이야. 마조히스트들을 위한 아우슈비츠. 자신을 포기하고. 자신을 짐승으로 만들고. 상한 음식을 먹고. 똥으로 더럽혀진 수건을 사용하고. 옷에는 벌레가 우글거리고. 잠을 잘 수도 없고. 밤이나 낮이나 구급차 사이렌 소리가 들리고."

그녀가 소리쳤다. "밤과 낮이 바뀐단 말이야!"

택시 운전사가 차를 멈추지 않고 나를 돌아보았다.

"무슨 일 있어요? 부인은 괜찮으십니까?"

"아무것도 아닙니다. 슬픔에 잠겼을 뿐입니다."

"아하." 택시 운전사가 한숨을 내쉬었다. "여행을 떠나시나 보군요."

택시 운전사가 노래를 한 구절 불렀다. "아름답고 사랑스러운 멕시코, 내가 멀리 떠나 죽게 된다면."

나는 그녀를 달랬다. 그녀를 부드럽게 다독였다.

"너 이거 알아? 미국에서는 여자들을 '번호', 넘버로 불러. 나는 몇 번일까?"

"몰라, 루차."

말을 해야 소용없을 것 같았다. 비행기 조종사 복장을 한 그녀는 1950년대 영화에 출연한 도로시 말론처럼 매우 지쳐 보였고, 매우 실망한 듯 보였다.

"이제는 조리 있게 말도 할 수 없어." 그녀가 중얼거렸다.

"진정해, 루차, 진정해."

우리는 이그나시오 사라고사 하이웨이로 들어서서 공항으로 통하는 길을 달려갔다.

"나는 술집 귀신으로 인생을 끝내고 싶지 않아."

"뭐?"

"술집 귀신, 술집의 단골손님 말이야, 구세주."

택시 운전사가 노래를 불렀다. "내가 잠들었다고 전해 줘, 나를 데려가 달라고 전해 줘……."

공항에 도착했다. 길게 늘어선 택시들과 특수차량들을 보니 이런 생각이 들었다. 그 많은 승객들을 수용하기에는 하늘이 너무 비좁은 것 같다는.

그녀를 부축해 택시에서 내렸다.

그녀가 헬멧과 고글을 착용했다.

"어디로 데려다 줄까?"

"여자들이란 알다가도 모를 족속이야." 그녀가 미소 지었다.

"돌아올 때까지 기다릴까?" 나는 그녀의 말을 못 들은 척하며 물었다.

"비행은 숙명이 무엇인지 가르쳐 주지." 그녀가 말을 마치고 혼자 걸어가기 시작했다. 두 팔로 몸을 꼭 끌어안고 약간 비틀거렸다. 나는 그녀를 돕기 위해 달려갔다. 그녀는 나를 돌아보며 안 된다는 표정을 지었고, 부드럽게 손가락을 움직였다. 작별 인사였다.

그녀가 공항의 인파 속으로 사라졌다.

반복되었다가 망각으로 빠져들었다가 다시 같은 꿈을 꿀 때 기억나는 그런 장면이 내 눈앞에 나타났다. 나는 다른 여자와 시선이 마주쳤다. 그녀는 몸놀림이 경쾌한 젊은 짐꾼 뒤를 따라가고 있었다. 짐꾼은 짐을 공항으로 나르는 일이 부득이하지만 관능적인 연극 행위인 듯 행동했다. 그 세련되고 젊고 날쌔고 우아한 여자가, 표범 같고 사로잡힌 짐승 같은 몸짓으로 고통스럽게 짐꾼을 따라가고 있었다.

나는 지난번과 마찬가지로 그녀를 쳐다보았다. 이번에는 그녀를 알아볼 수 있었다.

새로 등장한 에스파르사 부인이었다. 사라 P. 나사리오 에스파르사의 전부인의 장례식 때 여주인 역할을 맡았던 여자. 내 친구 에롤의 어머니 자리를 물려받은 여자. 산후안데아라곤의 죄수, 미겔 아파레시도 덕분에 나는 이제 그녀에 대해 알고 있었다.

그 여자는 살인범이었다.

내가 잠시 망설였을지도 모른다. '망설이다.'라는 단어 때문에 내가 지나치게 많은 시간을 허비했는지도 모른다. 멕시코 사람들은 그 단어를 잔치, 무정부 상태, 조롱, 무질서 등과 같은 의미로 받아들인다. 농담, 떠들기 좋아하는 사람, 우유부단한 사람. 이 말들의 대로는 곧장 '야유'의 광장으로 이어지며, 다시 여러 골목으로 나뉘어 세상을 카오스, 조롱, 무의미로 몰고 간다. 그 뒤에 또 다른 패러프레이즈인 '알부르(albur)'가 남는데, 이 단어는 우연 혹은 위험을 뜻한다. 하지만 요즘에는 이중의 혹은 삼중의 의미를 지닌 말장난으로 사용되기도 한다.

"저기 술집으로 들어가는 여자 보이지? 예전에는 내게 엉덩이까지 까 보이곤 했는데."

"그래, 내 마누라야."

"에고, 벌써 저렇게 자랐군그래⋯⋯."

내가 이런 잡다한 이야기를 하는 이유는 생존자 여러분에게 그 당시의 상황을 자세히 설명하기 위해서이다. 나는 짐꾼을 따라가는 나사리오 에스파르사의 두 번째 부인을 알아보고 난 후 귀중한 시간을 허비하고 있었다. 나는 그녀가 에롤의 어머니를 살해했다는 사실을 알았다. 산후안데아라곤 교도소에서 미겔 아파레시도가 그렇게 말했고, 그건 믿을 수 있는 정보였다. 짐꾼이 고객을 위해 나설 수도 있겠지만(무슨 이유로 그런 어이없는 생각이 들었는지 알 수 없다.) 나는 그따위 두려움은 떨쳐 버리고 그녀를 강제로 붙잡아야 했다. 오로지 내 힘으로(내가 그녀보다 힘이 더 셀까?) 그녀를 붙잡아, 공항 경비대로 끌고 가서 그녀를 넘겨야 했다. 내 친구 빡빡머리 에롤과 그의 어머니를 위해 정의를 구현해야 했던 것이다. 그런 생각들이 내 머리를 스치고 지나가는 동안 마리아치 한 무리가 내 망설임과 조급함 사이로 끼어들었다. 모두 여섯 명이었다. 촌스러운 복장. 줄무늬 바지를 입고 검은색 자루를 뒤집어썼다. 은 단추가 주렁주렁 달려 있었다. 테두리를 금으로 장식한, 천장만큼 챙이 넓은 모자 여섯 개가 그들의 얼굴을 가리고 있었다. 나는 그들의 얼굴에는 조금도 관심이 없었지만, 그 유명한 막시밀리아노 바타야와 마주칠까 싶어 조금 두렵기는 했다. 앞에서도 언급했듯이 부정한 방법으로 출옥 혹은 탈옥한 그 남자, 에스트레야 데 에스파르사 부인을 살해했을지도 모르는 그 남자…….

범죄자 사라 P가 마리아치들 사이로 사라졌다. 마리아치들은 그 기괴한 복장과 모자만으로는 부족하다는 듯 악기를 요란하게 울리며 전진했다. 그들의 역사적인 뿌리와는 달라도 너무 달랐다. 마리아치는 원래 결혼식에 동원되는 악단이었다. 제국(프랑스, 오스트리아-헝가리, 체코, 벨기에, 모라비아, 롬바르디아, 트리에스테)의 점령군에 속한, 결혼식을 위한 악단(musique pour le mariage)이었던 것이다. 점령군은 아리따운 멕시코 아가씨들과 결혼식을 올릴 때 마리아치를 불러 음악을 연주하게 했다. 그런데 이제 그 마리아치들이 내 의지에서 우러나온 정의를 방해했다. 나는 그 범죄자 혹은 용의자를 잡고 싶었지만 마리아치들의 연주와 노랫소리 때문에 꼼짝도 할 수 없었다. 그들이 노래했다.

멋쟁이가 지나간다.
투우사 옷을 입었구나.
아름답고 기름 바르고 용감한
거만한 멋쟁이로다.

그들은 바짝 마른 한 남자를 맞이했다. 그 남자는 비록 웃고 있었지만 쓸쓸해 보였다. 아래턱에 새로 생긴 흉터가 있었다. 머리에는 트라가칸토 기름도 발랐다. 그 머리가 팬들 한 무리 위로 솟아올랐다. 팬들이 그 투우사를 들어 올려 "투우사, 투우사."라고 외치고 있었고, 그 투우사라는 사람은 자신의 명성을 의심하는 것 같았다. 그는 손을 흔들어 팬들을 뿌리쳤다. 곧바로 죽어버릴 듯한 인상이었다. 투우사는 팬들의 열광을 씁쓸한 미소로 받아들였고, 마리아치들은 이제 박자가 맞지 않는 파소도블레를 연주하기 시작했다. 투우사는 억지로 인사를 건넸고, 승리를 축하받기보다는 이 세상에서 사라지고 싶어 하는 것 같았다. 수많은 관광객들이 그런 모습을 지켜보았다. 그 관광객들은 누구였을까? 미국인? 캐나다인? 독일인? 스칸디나비아인? 검게 그을린 피부, 기후변화에 익숙한 사람들. 그들이 끼리끼리 모여 있었다. 젊은이들, 젊어지고 싶은 늙은이들. 해변 샌들, 호텔, 클럽, 학교의 이름이 새겨진 샌들. 다른 나라에서 휴가를 즐겼다는 기쁨에 빠져 있는 사람들. 그들은 나이를 구별하기 힘들었다. 미국인들. 휴가를 주는 데 인색한 미국인들, 눈부신 대양에서 눈부신 대양으로 이어지는 그 끝없는 대륙을 종단하는 도전을 함으로써 사람들을 피곤하게 만드는 사람들. 그에 반해 유럽인들은 받아 마땅한 상을 받았다는 듯한 표정으로, 여름휴가를 잘 지냈다는 표정으로 줄을 서 있었다. 그들은 휴가가 끝나기 전에 알 수 있을까. 1936년에 프랑스 인민전선 정부와 레옹 블룸(레옹 블룸이 누구였더라?)이 없었다면 휴가라는 것이 가당키나 한 일이었을까.

나는 마리아치들을, 관광객들을, 투우사와 그의 팬들을 헤치고 길을 열었다. 나는 본능적으로 평화를 찾고 있었다. 내가 추적했던 대상은 썩은 음식 냄새와 미지근한 음료수 냄새 사이로 영원히 사라져 버렸다. 간이식당에서 햇볕을 한 번도 쐬지 못한 시큼털털한 냄새가 풍겨 나왔다. 세상의 모든 공항들과 똑같이 생긴 그 공항은 일종의 거대한 터널이었고, 그 터널에서 땀, 기름, 가스가 흘러나왔다. 필수불가결한 화장실의 배설물. 하지만 그 모든 것이 신선하게 변했다. 공기청정기에서 끊임없이 흘러나오는 신선한 공기. 희미한 향기. 박하, 카모밀라, 바이올렛. 어린 여학생들이 갑자기 나타났지만 참을 수 있었다. 여학생들은 단체로 여행을 떠나는 모양이었다. 모두 똑같아 보였다. 앙증맞은 비키니 때문이 아니라 감색 앞치마, 굽 없는 구두, 스타킹, 리본이 달린 밀짚모자, 카디건에 새겨진 학교의 엠블럼 때문에 그렇게 보였다. 여학생들은 어린아이 특유의 감미로운 땀 냄새를 풍겼다. 입에는 누에콩 수프 냄새가 배어 있었고, 이에는 애덤스 껌 향기가 남아 있었다. 여학생들은 유럽 여행을 앞두고 신이 난 모습을 일부러 보여 주려는 듯 난리를 피워 댔다. 여학생들의 얼굴에는 하나같이 '파리'라고 쓰여 있었고, '카카와밀파'라고 쓰인 얼굴은 하나도 없었다.

여학생들 뒤로 축구 유니폼을 입은 사내아이들이 나타났다. 사내아이들은 알아들을 수 없는 구호를 목이 터져라 외쳐 댔다. 그 아이들보다 더 오래된 구호였다. 그 소리를 듣는 순간 내 중학교 시절이 떠올랐다. 필로파테르 신부, 빡빡머리 에롤 에스파르사, 그리고 내 영혼의 형제 예리고를 만났던 그 시절, 내 새로운 삶이 시작되었던 그 시절. 아이들의 소란이 나를 과거로 끌고 갔다. 그러나 나는 현재 중에서도 가장 생생한 현재에 놓여야 했다. 아이들 한 무리가 내 어깨를 붙잡아 옷을 벗기고 내게 빨간색 유니폼을 입혔던 것이다. 팀, 학교, 분파, 리그, 연맹, 동맹, 연방, 도당, 일당, 부족, 무리, 결사, 동업조합, 클럽, 반, 회사, 조. 그 유니폼이 어디에 속한 것이든 그건 중요하지 않았다. 문제는 그것이 가장 강하지만 가장 덧없는 단체였다는 것이다. 청춘 클럽. 엉덩이를 걷어차이고 정신을 잃는 것. 자신을 불멸의 존재라고 생각하지만 동시에 쓸모없는 존재로 인정하는 것. 모든 것을 소유했다고 생각하지만 실제로는 빈털터리인 상태. 그건 모순이다. 순간을, 정자의 능력을, 잃어버린 기회를, 사막에 흐르는 강을, 미래의 대양을, 울부짖는 인어를 축하하는 행위. 나는 그들을 쳐다보았고 나 자신을 돌아보았다. 내 청춘의 모든 날들이 내게 돌아왔다. 마리아치 밴드, 쓸쓸한 투우사, 여행을 떠나는 여학생들, 축구 유니폼을 입은 사내아이들 한 무리, 내 앞에서 사라진 여인(하지만 나는 그녀가 어디에 사는지 알았다.), 그 틈바구니에서 내 청춘은 강요에 못 이겨 죽어 갔다. 나는 상히네스 변호사가 마련한 체포 영장을 들고 페드레갈의 집으로 찾아가서 그 철면피 나사리오 에스파르사와 그의 정부가 피똥을 싸게 만들 수 있었다.

그 대신, 나는 공항을 들락거리는 인파에 붙잡혔다. 이천만 지역 주민과 수많은 외국인들이 이용하는 그 공항에는 활주로가 달랑 두 개뿐이었다. 나는 셈을 그만두었다. 부질없는 무정부 상태가 나를 깔아뭉갰다. 자기 파괴의 비밀스러운 진동. 탈출구가 없는 혼돈이 나타나 나를 그 존재 속으로 끌어당겼다.

오줌을 누고 싶었다.

화장실로 들어가며 중얼거렸다. 여기까지 어떻게 왔지?

내 배 속에서 만들어진 맥주를 밖으로 내보냈다.

손을 씻었다.

거울을 들여다보았다.

이게 나란 말인가?

내 뒤쪽에서 누군가가 변기에 앉아 있었다.

문도 닫지 않았다.

바지가 발목 근처로 흘러내렸다.

와이셔츠 자락이 귀중한 부분을 가리고 있었다.

나는 거울에 비친 그 사람 얼굴을 쳐다보았다.

그 사람도 아주 울적한 얼굴로 나를 쳐다보았다.

슬픈 어릿광대의 얼굴이었다.

그가 나를 쳐다보며 말없이 물었다. "이 의미 없는 세상에 뭐라고 대답할 수 있는가?"

병든 어릿광대의 목소리였다.

그의 머리 위로 물결 모양의 빛이 떨어졌다.

기분이 나빠졌다.

토하고 싶었다.

내 착각이었다.

나는 화장실 문을 여는 대신 벽장문을 열었다.

나는 정신이 없었다.

벽장 안에 한 남자가 있었다. 늠름하고 젊고 피부가 까무잡잡한 그 남자는 마치 똥이라도 싸는 것처럼 바지를 발목까지 내린 채 한 여자를 붙잡고 있었다. 여자의 치마는 허리까지 올라가 있었고 팬티는 구두 뒤축에 걸려 있었다.

여자가 대경실색한 표정으로 나를 쳐다보았다. 그 모습이 상당히 이상했다. 마치 발각되기를 기다렸다는 듯한, 제삼자가 그 간통 현장을 보아 주기를 기대했다는 듯한 표정이었다.

세련되고 젊은 여자가 사로잡힌 먹이와 같은 자세를 취하고 있었다. 그러나 내가 이전에 부여했던 우아함은 찾아볼 수 없었다.

나는 그녀의 엉덩이를 바라보았다. 벌 한 마리가 문신되어 있었다.

나는 펠로타 클럽의 빨간색 유니폼을 벗어 버렸다.

* * *

우리(에롤, 예리고 그리고 나)가 다 함께 페드레갈데산앙헬의 집으로 들어갔을 때 우리는 무엇이 우리를 기다리고 있는지 몰랐다.

사라는 그곳에 붙잡혀 있었다. 나는 엉덩이에 있는 벌을 보았다는 점에서 예리고보다 유리한 입장에 있었다. 하지만 그 당시 우리 둘 사이에는 팽팽한 긴장감이 흐르고 있었기 때문에 나는 그에게 아무 말도 하지 않았다. 게다가 '일련의 상황들'이 상대방을 불신하지 않으면서도 얼마간의 비밀을 유지하도록 우리를 몰아세웠다. 나는 세라다데치말포포카의 집을 떠났다. 루차 사파타와 함께 살지 않는 한 그곳은 내가 살 수 없는 곳이었다. 나는 문을 열어 놓은 채 자유롭게 그 집에서 나왔다. 그토록 나를 흥분하게 만들었던 그 여자의 작은 집에서 앞으로 누가 살지 짐작도 할 수 없었다. 텅 빈 집을 떠올리면서 지나간 사랑을 마치 유령이나 되는 것처럼 취급한다면 열정은 쉽게 질병으로 변한다. 루차와의 그 강렬했던 관계가 연극이 끝나고 막이 내리는 것과는 다른 특별한 종말을 요구한다고 나는 판단했다. 그녀는 떠났다. 나 역시 떠나고 있었다. 그 집은 마치 새로운 연인들을 불러들이는 것처럼 문이 활짝 열려 있었다. 마치 우리 '둥지'의 운명은 앞으로 새들을 불러들일 것만 같았다.

나는 모른다. 나는 그녀가 떠나간 뒤에야 내가 얼마나 그녀를 필요로 했는지, 내가 얼마나 그녀를 사랑했는지 깨달을 수 있었다. 그러한 감정에는 어떤 냉소적인 불성실이 내포되어 있었다. 어쨌든지 간에 나는 순진하게도 날씬하고 우아한 아순타 호르단을 사랑하기로 결심했던 것이다. 내가 예견할 수 없었던 것은 나와 관계를 맺은 그 여자 삼총사가 과거의 다른 스펙트럼을 완전한 것으로 만들어 줄 것이라는 사실이었다. 어떤 막연한 의미에서, 보통 남자의 열여덟 살부터 스물다섯 살까지에는 하나의 은하수가 끼어 있는 법이다.

'사라 작전'(모든 것이 작전이었다.)은 다음과 같은 여러 가지 선택지 중에서 하나를 고르도록 요구했다. 감옥으로 돌아가 미겔 아파레시도와 얘기를 나누며 그의 조언을 듣는다. 상히네스 변호사를 찾아가 길을 안내받는다. 시내 중심가 카바레에 있는 에롤을 찾아간다. 예리고에게 자문을 구한다. 어찌되었던 간에 예리고는 나와 함께 엉덩이에 벌을 문신한 창녀를 공유하지 않았던가.

하지만 그 마지막 선택지는 함부로 고를 수 없었다. 앞에서도 밝혔듯이 나는 루차 사파타와 함께 살면서 예리고로부터, 프라가 거리에 있는 아파트로부터 멀어지고 말았다. 예리고는 내게 왜 집으로 돌아오지 않는지 묻지 않았고, 나는 그가 멕시코로 돌아온 이후에 무슨 일을 하고 다니는지 신경 쓰지 않았다. 그래서 이런 상황이 벌어지고 말았을 것이다. 나는 이제 다시 집으로 돌아왔다. 나는 세라다의 집(루차가 없는)을 떠나 평상시의 삶(프라가 거리의 아파트)으로 돌아왔다. 나는 이제 예전과 다른 예리고와 함께 살기 시작했다. 예리고는 내가 자리를 비운 틈을 이용해 자신의 존재를 어떤 미스터리로 감싸고 있었다. 일상적인 삶에게 그 비밀을 밝히라고 협박하는 미스터리.

이 모든 것에 한 가지 사실을 덧붙여야 한다. 나는 여러 가지 일을 한꺼번에 치러 내야 했다. 나는 산타페에 있는 막스 몬로이의 회사에 고용된 직원이었고, 법과대학 학생으로 마키아벨리에 대한 논문을 써야만 했다. 한편 예리고는 로스피노스의 대통령 궁으로 들어갔다. 그곳에서 대통령 각하(내가 보기에 대통령은 엉뚱하고 부적절한 인물 같았다.)는 직접 내 친구에게 임무를 부여했다. 예리고는 그 이야기를 얼굴 근육 하나 움직이지 않고 말했다. 예리고가 부여받은 임무는 '정치와 무관하게' 청춘을 위한 페스티벌이나 기념식 따위의 전 국민이 즐길 수 있는 오락거리를 조직하는 일이었다. 그게 중요한 일이었을까? 쓸데없는 일은 아니었을까? 예리고가 내 활동에 대해 캐묻지 않았던 것처럼 나 역시 그의 활동에 대해 조사해 보지 않았다. 그런데 나사리오 에스파르사의 두 번째 부인이 체포되었다는 사건이 예리고와 나로 하여금 우리 옛 친구, 한때 빡빡머리였던 에롤을 찾아가게 만들었다. 그 범죄 용의자의 말에 따르면 에롤은 도시 중심가에 있는 어느 술집에서 드럼을 연주한다고 했다.

예리고는 대통령 집무실로 들어가 임무를 부여받았다고 내게 얘기했고, 그 얘기로 인해 나는 충실하지 못한 놈으로 전락하고 말았다. 예리고는 나를 믿었다. 그런 그에게 내가 무슨 말을 할 수 있었겠는가? 루차와 나의 관계는 오직 나만의 것이었고, 거의 신성한 그 무엇이었고, 내 입으로 말할 수도 없고, 다른 사람들 입에 오르내리게 할 수도 없는 것이었다. 내 형제와 같은 친구 예리고에게도 나는 루차와의 관계에 대해 말할 수 없었다. 비밀을 지켰다는 것이 그를 배신한 행위였을까? 그에게 마음의 문을 활짝 열어야 했을까? 그도 나를 배신하도록 유도해야 했을까? 예리고는 대통령 궁에서 일하게 되었다고 내게 말했다. 상히네스 교수가 우리에게 말해 주었기 때문에 그건 나도 이미 알았다. 예리고 역시 내가 막스 몬로이를 위해 일한다는 사실을 알았다. 하지만 예리고는 루차 사파타에 대해서는 아무것도 몰랐다. 그는 또한 아순타 호르단에 대해서도 몰랐다. 나는 그 두 여자 덕분에 예리고보다 유리한 입장에 있었다. 나는 우리의 오랜 우정을 배반한 놈이었을까? 혹은 예리고가 나를 속였던 것은 아니었을까? 내가 아는 사실만 이야기하고 내가 감춘 것보다 훨씬 많은 사실을 비밀로 유지했던 것은 아니었을까?

이런 의심이 들기 시작하면서, 극히 사소한 징후(태도, 인사하는 법, 헤어질 때의 모습, 우리가 함께하는 일상생활에서 작은 뱀처럼 머리를 살짝 들었다가 재빨리 사라지는 버릇)만 보고도 나는 우리의 우정이 흔들리기 시작했다는 사실을 알 수 있었고, 그래서 너무너무 안타까웠다. 예리고는 내 인생의 절반이었고, 그와의 동료애는 나의 과거에서 나 자신을 지울 수 있는 유용한 도구였는데…….

공항에서 벌어진 사건과 남자 화장실에서 기분 좋게 간통을 하던 여자와 짐꾼을 고발하기로 한 내 결심은 실제로 예리고와 내가 화해할 수 있는 기회를 제공했다. 우리는 함께 파멸을 피하고 사건 수사를 다시 시작할 수 있었다. 그것은 결국 매듭을 다시 묶는, 실이 끊어지기 전에 다시 동여매는, 우리가 중간에 그만두었던, 에스파르사 부인의 장례식에서, 에롤의 불완전한 운명에서 그만두었던 이야기를 다시 시작하는 것이었다.

"나사리오 에스파르사는 어디 있어?"

우리가 그 사건에 대해 설명했을 때 안토니오 상히네스는 제일 먼저 그렇게 물었다. 논리적인 질문이었다. 그는 그 사건에 대해, 그전에 있었던 일뿐만 아니라 그 후에 벌어질 일에 대해서도 우리보다 자세히 알고 있었다.

그는 그 질문에 대해 스스로 대답하지는 않았지만 그전에 있었던 일에 대해 우리에게 몇 가지를 알려 주었다. 상히네스는 몇 차례 에스파르사가 관련된 사건을 다루었다. 특히 고인이 된 에스트레야 부인이 남긴 유언장을 다루었다. 그녀는 결혼할 때 자기 재산을 가져왔으며, 그녀의 재산은 살아남은 배우자가 상속하게 되어 있었다. 사라 페레스 우비코 아가씨와의 결혼 증명서에는 재산상속에 관한 내용이 포함되었는데, 나사리오 씨가 죽을 경우 두 번째 부인이 양쪽의 재산, 즉 남편이 남긴 재산과 에스트레야 부인이 남긴 재산을 모두 상속한다는 것이다.

"나사리오 씨가 몸조심해야 할 텐데." 상히네스가 턱 앞으로 손가락을 모으며 한숨을 토해 냈다.

"마리아치 바타야는 살인범이야." 미겔 아파레시도는 감옥에서 내게 그렇게 말했다. "누가 그놈을 이곳에 집어넣었는지, 내가 왜 그놈을 붙잡아 둘 수 없었는지 모르겠어."

그 역시 손을 입으로 가져갔고, 다시 입에서 코로 가져갔다.

"거의 언제나 나는 그런 녀석들의 냄새를 맡을 수 있어. 다 내정보망 덕분이지. 그리고 나는 그런 녀석들을 이곳에서 몰아내도록 만들어. 그 녀석이 어떻게 내 손에서 빠져나갔는지 모르겠어. 무언가가 제대로 작동하지 않았어." 미겔 아파레시도가 얼굴을 찡그렸다. "무엇이? 누가? 어떻게?"

"몰아내다니?" 나는 마키아벨리에 대한 내 논문을 쓰기 위해 연구 중인 남자의 자연스러운 충동을 의심이라도 하듯 물었다.

"내 말이 무슨 뜻인지 알잖아." 미겔 아파레시도가 불길한 의도가 담긴 목소리로 말했다. "그러니까 풀려난 막시밀리아노 바타야는 극단적인 짓거리도 저지를 수 있어. 그놈이 과거에 어떤 짓을 저질렀는지 내가 얘기해 줬잖아."

"무슨 근거로 그가 사라 P와 공모했다고 믿는 건데?"

"그 여자와 함께 놀아난 짐꾼이 누군데?"

그 짐꾼은 대체 누구였을까?

문제는 아주 간단하게 해결되었다. 상히네스는 곧바로 공항의 짐꾼으로 위장했던 남자가 막시밀리아노 바타야였다는 사실을 밝혀냈다. 그로써 그자가 나사리오 에스파르사의 부정한 부인과 관계가 있다는 사실과, 그 부인이 막시의 범죄에 연루되어 있다는 사실이 밝혀졌다.

마치 판도라의 상자처럼 그 모든 사건들이 하나하나 비밀을 밝혀 주었다. 누가 막시밀리아노 바타야를 감옥에서 꺼내 주었단 말인가? 섹스 이외에 그 무엇이 나사리오 씨의 부인을 마리아치 바타야와 연결시켜 주었단 말인가? 그들은 공범이었나? 이프 소(If so), 어떤 범죄? 무슨 이유로? 무엇을 위해?

그것들은 안토니오 상히네스의 법에 정통한 정신이 내 앞에서 펼쳐 보인 가정들이었다. 그 가정들은 예상치 못한 방식으로 내 법률 공부를 가장 실용적인 순간에 사용하도록 부추겼으며,

우선적으로 우리의 쌍둥이 친구 에롤 에스파르사와 다시 관계를 맺게 만들었고, 그래서 이 장의 서두에서 밝힌 것처럼 우리는 다 함께 페드레갈데산앙헬에 있는 그들 가족의 집으로 가게 되었던 것이다.

* * *

자신을 중요한 사람으로 생각하는 자만심도 청춘의 일부분이다. 나는 그 자만심과 좀 더 많은 것을 알고 싶다는 자연스러운 조바심에 이끌려, 내 멋진 상관이자 비밀스러운 사랑인 아순타 호르단을 부추겨 막스 몬로이에 대해 더 많은 이야기를 하도록 유도했는데, 그 타이쿤의 어머니인 성녀와 같은 부인이 묻혀 있는 공동묘지로 찾아가 그녀와 이야기를 나누었다는 사실은 절대로 밝히지 않았다. 그것은 내 신중함에 대한 암묵적인 시험이었고, 어떤 사실들은 모른 채 지나가는 것이 더 낫다는 확신에서 나온 결정이었다.

"그의 사업에 대해서는 이미 알고 있습니다." 어느 날 아침 나는 아순타 호르단에게 말했다. "더 이상 말씀하지 않으셔도 됩니다. 이제 그만하시죠."

그녀가 웃었다. "막스 몬로이가 어떻게 발전해 왔는지는 상상도 못 할 텐데."

"말씀하세요."

"처음부터?"

"그러시죠."

아순타가 내가 이미 아는 이야기를 늘어놓으며 나를 지겹게 만들 것이라는 사실을 나는 이미 예상했다. 하지만 한 여자를 향한 사랑이란 다 그렇지 않은가? 레코드판처럼 반복되는 바보 같은 짓거리들까지 아우를 수 있는 집착이 아니겠는가? 나는 단념했다.

아순타가 설명했다. 막스 몬로이는 셀프 메이드 맨(self-made man)이 아니었다.(나는 생각했다. 현대 사업계에서는 영어를 쓰지 않고는 말을 못 하는 모양이로군.) 그는 변덕스러운 재산과 견고한 재산을 동시에 물려받았다. 장군이었던 그의 아버지는 '카란사처럼' 굴었다. 정부가 부패했던 시절에, 혁명이 판을 치던 시절에, 이 나라의 제일인자였던 베누스티아노 카란사의 명령을 따랐다. 바로 다른 사람들의 재산을 빼앗았던 것이다. 그것은 닭장에서 어미닭을 건드리지 않고 병아리를 훔치는 행위, 혹은 소유권을 놓고 다투는 행위와 같았다. 이곳에 농장, 저곳에 집, 이곳에 온순한 가축 떼, 저곳에 사나운 가축 떼, 문제는 얻기도 쉬웠지만 잃기도 쉬웠다는 점이었다. 그에 반해 막스의 어머니는 수정 구슬을 지니고 있어 그 덕에 미래를 내다볼 수 있었다. 그녀는 항상 법과 정부보다 한두 걸음 앞서 갔고, 정부와도 친하게 지냈고 법도 정리했다. 통신, 부동산, 산업, 은행, 신용, 건설, 그 보잘것없는 멕시코 산업혁명의 가능성이 소진될 때까지, 유령 회사를 만드는 데 중개업자로서 부수적인 역할을 다 마칠 때까지, 자금을 받았고, 다양한 이름을 사용했고, 최종 해결에서 달아났다. 막스 몬로이의 경력은 유연함의 표본이었다. 아순타가 덧붙였다. 그는 누구와도 결혼하지 않아. 장차 무슨 일이 벌어질지 알지. 그는 모든 사람들을 앞질러 가지. 아무도 배제하지 않아. 그는 독점하지 않아. 오히려 정반대야. 그는 독점을 자본주의의 발달을 죽이는 질병으로 믿고 있어. 막스는 이렇게 주장해. 얼뜨기 자본가들은 이 점을 이해 못 해, 그들은 자신들이 미지근한 물을 만들어 냈다고 믿어, 그런데 이따금 그다음 세대가 아버지들이 펄펄 끓여 놓은 물을 식히기도 한단 말이지.

"막스 몬로이의 사업 목록을 보면 알 수 있어, 여호수아. 그는 아무것도 독점하지 않았어. 하지만 그는 누구보다도 앞서 있단 말이지. 그는 최종 해결이란 거의 언제나 좋지 않다고 생각해. 시간을 지연하거나 속이기만 할 뿐이라고. 그에 반해 분할 해결은 그보다 훨씬 좋아. 다른 무엇보다 최종 해결인 것처럼 굴지 않으니까."

"특정 정당을 지지한 적은 전혀 없었나요?"

"없었어. 그는 내게 이렇게 말했어. '아순타, 삶이란 정당과도 관계없고 시간과도 상관없어. 주어진 시간에 어떤 세력이 힘을 발휘하는지 그걸 알아야 해. 선한 세력인지 악한 세력인지. 그 세력을 견뎌 내는 방법을, 받아들이는 방법을, 유도하는 방법을 알아야 해.'"

"막스, 그 세력을 유도한단 말입니까?"

"그럴 수만 있다는 얼마나 좋을까. 하지만 어떤 문제를 제기할 경우에는 의지도 강해야 하고 준비도 철저히 해야 하는 거야, 이 아가씨야. 우연이 항상 장난치러 달려들 테니까. 예상치 못한 것에 대비해야 해. 좋든 나쁘든 운명을 반갑게 맞아들이고 식사에 초대해야 하는 거지. 돈 후안이 기사단장을 맞이했듯, 그⋯⋯."

"돈 후안은 지옥으로 떨어졌는데요, 막스⋯⋯."

"누가 그에 대해 지옥으로 가지 않았다, 대신 지옥을 자신의 형상에 맞게 바꾸었다라고 말을 할 수 있느냔 말이야?"

"어쩌면 그는 이 세상에 살 때에도 자신의 지옥에 갇혀 있었을 거예요."

"그럴 수도 있지. 사람은 누구나 이 세상에 사는 동안 천국이나 지옥에서 살거나 그런 것을 만들어 내지."

"당신 천국의 문들은 내 지옥의 철책이라네. 윌리엄 블레이크는 그렇게 썼습니다." 내가 인용했다. 그러고는 자랑스럽게 덧붙였다. "시구절입니다."

나는 아순타를 향해 한쪽 눈을 찡긋했다. 그러나 그 즉시 후회했다. 그녀는 나를 엄숙한 표정으로 쳐다보았다. 이 여자를 어떻게 다루어야 한단 말인가? 그녀는 암소가 아니라 황소였던 것이다. 혹은 유순한 새끼 암양인 동시에 날렵한 새끼 숫양이었는지도 모른다.

"막스 몬로이가 시를 읽는다고는 생각해 보지 않았어. 하지만 사업계에 있어 천국의 문과 지옥의 울타리에 대해서는 잘 알지."

나는 배울 준비가 되었고, 내 그런 자세를 아순타에게 알려 주었다.

"별들의 위치는 상대적이야. 막스는 매번 내게 그렇게 말했어. 그래서 그는 단 한 번도 내게 '이렇게 해.' 혹은 '이러면 더 좋을 텐데.'라는 말을 하지 않았어."

"그렇다면 당신은 자신을 막스의 아랫사람으로, 그에게 굴복한 사람으로, 단순한 직원으로 여기지는 않겠군요?"

아순타는 내 말에 화가 났을 텐데도 그런 점을 드러내지 않았다. 그녀는 불쾌했겠지만 미소로 답했다.

"나는 모든 것을 막스 몬로이에게 빚졌어."

그녀는 몸을 사리는 듯한 눈빛으로 나를 쳐다보았다. 다시 말해, 그녀의 눈은 내게 이렇게 말했다. "더 이상은 안 돼. 거기서 멈춰." 그럼에도 나는 그녀의 눈에서 그 질문은 조금 미뤄 달라는, 단지 시간을 좀 더 달라는 듯한 기색을 읽어 냈다. 그녀가 몸을 움직였고, 나는 그 몸짓을 통해 그녀의 마음이 내 질문에 대답할 준비가 되었다는 사실을 알아챘다. 그녀는 단지 시간을 조금만 더 달라고, 우리가 서로에 대해 좀 더 알 수 있을 때까지, 좀 더 친해질 때까지 기다려 달라고 부탁했던 것이다. 나는 그렇게 믿고 싶었다.

다시 말한다. 나는 그 여자의 몸짓에서, 그녀가 몸을 움직이는 방식을 통해 그런 내용을 읽었다. 그녀는 내게 등을 돌리고 나를 곁눈질하며 서글픈 미소를 지었다. 그 미소는 과거에 대한 심각한 이야기에 소망과 기품을 더해 주는 듯싶었다.

"막스 몬로이의 흥미로운 점은 처음부터 '앳 더 탑(at the top)', 최고의 위치에 오를 수도 있었다는 거야. 하지만 그는 동업조합 견습생처럼 경제계의 계단을 하나하나 밟고 올라갔어. 그는 미리 차려진 식탁에 앉는 것이 위험하다는 사실을 알았지. 운명이라는 집사가 '먹어.'라고 명령하는 그런 식탁 말이야."

아순타가 미소를 지었던가?

"오히려 그는 순록을 사냥하기 위해 밖으로 나갔어. 그는 직접 순록을 토막 내고 내장을 발라냈으며, 살코기를 요리해서 식탁을 차려 음식을 먹었어. 그리고 순록의 뿔로 식당 벽난로를 장식했지. 마치 아무 일도 없었던 것처럼."

아순타는 경영자다운 성실함으로 그렇게 말했고, 그 말은 내 화를 돋우기에 충분했다. 다른 남자에 대한 존경심은, 아무리 그가 그녀의 상관이라고 해도, 그녀가 그에게 '모든 것을 빚졌다.'라고 해도, 내가 원했던 그 초라한 자리에서마저 나를 쫓아내는 것만 같았다.

"막스 몬로이는 절대로 실수를 저지르지 않나요?" 나는 멍청하게도 그렇게 묻고 말았다.

"얘기해 주지. 이유가 진실보다 더 중요해. 실수를 저지르거나 더 이상 실수를 저지르지 않는 것은 그리 중요하지 않아. 막스 몬로이는 현재의 요구에서 벗어날 수 있는 방법을 알고, 다른 사람들보다 멀리 내다볼 수 있어."

"완벽하군요." 나는 아순타의 매력에 점점 더 깊이 빠져들어 가며 갈수록 멍청한 말만 늘어놓았다.

그녀는 내 말을 불쾌하게 받아들이지 않았다. 내 의도를 미심쩍어하지도 않았다. 그래서 나는 더욱더 화가 치밀었다. 이 여자가 지금 나를 바보 멍청이로 본단 말인가?

"그는 현재의 요구에서 빠져나가지. 앞서 간단 말이야. 무슨 말인지 이해하겠어? 이해하지?" 그녀가 내게 물었다. 나는 즉시 알아차렸다. 그녀의 질문은 내게 이런 의미를 전달했다. 네 의도가 무언지 잘 알지만 그런 건 지금으로서는 중요하지 않다. 막스 몬로이는 앞을 내다본다.

아순타가 진지한 표정으로 나를 쳐다보았다.

"시간을 앞서 가는 거야."

"시간과 거래하면 어떻게 되는데요?"

"망하는 거지, 여호수아. 시간이 널 파괴해."

'아순타, 사물의 신속함을 깨달아야 해. 내가 살아온 그 짧은 시간에 멕시코는 농업국가에서 산업국가로 변했어. 예전에는 모든 것이 서서히 움직였지. 백 년 단위로 시간을 계산하는 것은 농업국가에서나 가능한 거야. 산업국가에서는 십 년 단위로 시간을 계산해야 해. 지금은, 아순타, 지금은……'

막스 몬로이에게서는 좀처럼 볼 수 없었던 행동. 그는 한쪽 손으로 주먹을 쥐고 다른 쪽 손바닥을 내리쳤다.

'지금은, 아순타, 시간이 쏜살같이 흘러가. 세계화 시대란 말이지. 국경도 없고, 국기도 없고, 나라도 구별하지 않아. 기술과 정보의 세상이란 말이야. 중국, 일본, 심지어 인도까지, 심지어 러시아까지, 군이 미국까지 들먹일 필요는 없겠지, 빤한 사실이니까……. 글로벌 세계란 기술정보 세계란 말이야. 그래서 제때에 기차에 올라타지 못하면 맨발로 걸어갈 수밖에 없고, 그러면 운명을 따라잡을 수 없어.'

"혹은 여행을 포기하거나." 내가 토를 달았다.

"혹은 짚신을 사 신든지." 그녀가 미소 지었다.

'아순타, 내가 말하지 않아도 네가 아는 일들이 있어. 그런 일들을 이해하면 우리는 좀 더 잘나갈 수 있어. 우리 함께 일하자. 멕시코에서, 라틴아메리카 전 지역에서, 우리는 그럴듯한 미사여구를 현실로 오해하고 있어. 진보, 민주주의, 정의. 그런 말을 발음하기만 하면 사람들은 그걸 기정사실로 받아들이지. 그래서 우리는 실패만 거듭하는 거야. 우리는 멕시코, 브라질, 아르헨티나 등등을 위해 목표를 설정해. 우리는 이렇게 생각하는 거야. 언어에 대한 법률과 테이프 절단식과 지난 과거에 대한 망각만 있으면 우리가 말하고자 했던 것을 얻을 수 있다고 말이야. 우리는 현실을 우롱하는 말만 지껄이는 거야. 하지만 종국적으로는 현실이 말을 비웃지.'

"막스 몬로이는 현실도 정복했나요?"

"아니. 현실보다 앞서 나갈 뿐이야. 그는 평계를 용납하지 않아."

"사실만 받아들이겠죠." 나는 공연한 말을 덧붙였다.

"그가 용납할 수 없는 것은 우리 지배자들과 몇몇 기업가들이 좋아하는 허세의 광기야."

아순타가 말을 이었다. 막스 몬로이는 그 자신이 거리를 두려고 했던 모든 것이었으며, 그가 거리를 두려고 했던 것은 허상과 라틴아메리카 정치의 매일 반복되는 실습이었다.

"그는 자기 시대를 앞서 가고 있어." 내가 원했던 여자가 감탄하듯 말했고 나는 그 말에 화가 치밀었다.

"그의 시대가 그를 파괴할 가능성은 결코 없나요?"

"뭐라고?" 그녀가 깜짝 놀란 척하며 말했다. "내 말을 듣고도 그런 말이 나와? 대체 왜 그래? 무엇이 그를 파괴할 수 있는데? 말 좀 해 봐. 그런 건 있을 수 없어."

나이가 들면, 나는 말했다. 죽음이, 나는 말했다. 원한 맺힌 분노가, 아순타를 사랑하고 싶은 욕망이 내 근원적인 대화 상대자, 다시 말해 장차 내게 다가올 지혜와 재산과 운명의 뿌리인 안티구아 콘셉시온에 대한 존경심보다 더욱더 나를 강하게 끌어당겼다.

'그리고 자네 정신의 뿌리이기도 하지, 젊은이. 벌을 받지 않고 내 무덤을 찾아올 수 있다고 믿는 건가?'

'아닙니다, 부인. 그렇지 않습니다. 용서해 주십시오.'

'그렇다면 내 아들을 존경하도록. 시간을 재촉하지 말게나, 젊은이.'

나는 안티구아 콘셉시온의 아들 막스가 물려받고 강화한 세계에서 그녀의 밀사로 일하고 있었던가? 나는 이 텔레비전 소설에서 내 역할이 무엇인지 생각해 보았다. 내가 불안했던 것은 나를 지겹게 만든 여자를 향한 육체적인 욕망이었다. 그녀는 바로 아순타 호르단이었다.

* * *

지금부터는 사라 페레스, 사라 P, 나사리오 에스파르사의 두 번째 부인의 말을 들어 보도록 하겠다. 솔직히 말해 그녀의 말은 나를 화나게 만든다. 하지만 그녀의 말을 통해 깨달은 사실은 나를 더욱더 화나게 만든다. 사라 P는 자신을 과시하는 여자다. 자신의 미덕을 자랑하고 다니는 여자다. 그중에서도 특히 천박함, 빈정거림, 무식함, 블랙 유머가 돋보인다. 어쩌면 유혹하고자 하는 욕망이 숨어 있는지도 모른다. 내가 뭘 알겠느냐마는…….

우선, 이전에 내가 단정 지었던 내용을 수정하고 싶다. 예리고는 에스파르사의 집으로 함께 갈 수 없다며 양해를 구했다. 시간이 없습니다. 그는 상히네스와 내게 그렇게 알려 왔다. 대통령 비서 업무로 너무 바빠서. 게다가 내가 무슨 도움이 될지도 알 수 없고…… 죄송합니다.

그리고 에롤도 찾아낼 수 없었다. 상히네스는 원정대를 구성해 사방팔방 뒤지도록 했다. 도시의 구시가지, 도시 주변의 신시가지, 고지대 동네, 저지대 동네. 그러나 우리의 쌍둥이 친구는 그 어느 곳에서도 나타나지 않았다. 그는 연기처럼 사라져 버렸다. 도시는 엄청나게 넓었다. 그리고 이 나라는 그보다 훨씬 넓었다. 국경선에는 구멍이 많았다. 에롤은 미국의 어느 도시에 있을 수도 있었고 과테말라의 어느 마을에 있을 수도 있었다. 에롤을 찾아내기 위해서는 그 유명한 탐험가 카베사 데 바카가 다시 태어나야만 할 것 같았다. 하지만 우리 시대에는 16세기처럼 엘도라도는 존재하지 않았다. 엘도라도는 라스베이거스에 있는 어느 카지노의 이름일 뿐이었다.

결론을 얘기하자면 이렇다. 상히네스와 나만이 경찰들과 법원 서기들의 호위를 받으며 사라 페레스 데 에스파르사를 찾아가 그녀의 진술을 들었다. 그녀는 응접실 중앙에 놓인 왕좌와 같은 의자에 앉아 있었다. 나는 다른 시대에 에스파르사의 첫 번째 부인, 즉 에롤의 어머니가 소심하게 지배하던 그 응접실을 떠올려 보았다. 그 순간 나도 모르게 사이에 사라 P의 여러 모습들이 시간을 거슬러 눈앞을 스치고 지나갔다. 베니토 후아레스 국제공항의 남자 화장실 벽장에서 뻔뻔하게 섹스를 즐기던 그녀의 모습, 베툴리아로 가는 유디트처럼 옷을 차려입고 짐꾼을 앞세운 채 사람들로 북적이는 공항 통로를 서둘러 걸어가던 그녀의 모습, 에스트레야 부인의 장례식에서 마주쳤던 그녀의 모습, 내가 루차 사파타와 처음으로 만났던 날 공항에서 보았던 모습, 그리고 마지막으로, 나와 예리고가 그날 밤 헤타라의 사창굴에서 공유했던 그녀의 모습.

하지만 그때 그녀는 베일로 얼굴을 가렸기 때문에 엉덩이에 문신한 벌만으로 그녀를 알아봐야 했는데, 공항 화장실의 그 추잡스러운 장면에서 다시 벌을 문신한 엉덩이를 볼 수 있었다.

이제 사라 페레스 데 에스파르사는 반(半)고딕적이며 어설픈 베르사유풍의 왕좌에 앉아 있었다. 잡식성 취미의 이상한 결합이었다. 그래서 나는 이렇게 생각했다. 그녀에게는 모든 것이 들어 있었다. 최악의 것과 최선의 것, 가장 하찮은 것과 가장 고상한 것, 가장 바람직한 것과 가장 혐오스러운 것, 그녀는 상식과는 너무나 거리가 먼 여자였다. 그녀는 왕좌에 앉아 신월도처럼 기다란 은빛 손톱으로 팔뚝을 긁고 있었다. 「달콤한 인생」에 등장하는 여배우 같은 옷을 입고 있었다. 1960년대에 유행했던 팔라초 파자마, 가슴과 등 사이에, 무릎과 꼬리뼈 사이에 돌고래가 헤엄치는 모습을 금실로 수놓은 검은색 파자마. 풍만한 가슴을 아낌없이 보여 주는 유행이 지난 매끄러운 셔츠. 하급 선원들이 입는 통이 넓은 바지. 신발은 신지 않았다. 양발에는 네 발가락에 고리가 끼워져 있었고, 양쪽 새끼발가락에는 반짝이는 작은 보석이 박혀 있었고, 양쪽 발목에는 노예들의 고리가 채워져 있었다. 거기서 울리는 소리가 손목에서 울리는 금속의 오케스트라와 조화를 이루며 굵은 고리의 무덤 같은 침묵과 경쟁했다. 모든 것이 벌거벗은 목과 대조를 이루었다. 사라는 자신의 훤히 드러난 앞가슴으로 사람들의 관심을 집중시키려 하는 것 같았다. 그녀는 자신의 젖꼭지에, 음부에, 엉덩이에, 젖가슴에 자부심을 느끼는 것 같았다. 그녀가 그 거대하고 움직임 없는 젖가슴을 무슨 이름으로 부르는지 그 누가 알 수 있겠는가. 마치 묘비와 같은 그녀의 단단한 젖가슴에 그 인공적인 존재의 자연스러운 관능미가 묻혀 있는 것 같았다. 그녀는 매일 아침 황금 열쇠로 태엽을 감아야 하는 기계인형 같았다. 사라 P의 머리는 풍만한 몸에 비해 비교적 작았다. 면도를 한 이마까지 금발 머리가 내려왔는데, 산맥처럼 곱슬곱슬해서 실제보다 더 커 보였다. 검은색 진주가 그녀의 머리를 장식했다. 마치 보석들이 머리카락을 잡아먹고 있는 듯한 끔찍한 인상을 심어 주었다. 그 모든 것이 엄격하고, 생기 없고, 아름다운 그녀의 얼굴을 저속하고 노골적인 방식으로 부각하는 것 같았다. 영화 속 황혼 녘의 이별 장면처럼, 차고에 걸린 달력처럼, 군인, 택시 운전사, 직공 혹은 어린 무정부주의자의 모습처럼.

긴장한 눈은 굳어 있었고 입은 꼭 다물어져 있었다. 흥분한 그녀의 코가 씰룩거렸다. 귀는 세 가지 색깔의 무거운 귀고리 뒤에 숨어 있었다. 국기 색깔과 같은 귀고리는 이상하고 노골적이며 불쾌하게 생긴 것이었다. 나는 그녀를 처음으로 가까운 거리에서 자세히 살펴볼 수 있었다.

그녀는 위장한 여자였다. 냄새. 주름살. 미소. 모든 것이 조종받고 있었다. 모든 것이 속임수였다. 그녀는 모든 것을 엄격하게 관리하고 재생산해 냈다.

그녀가 말했다. 나는 처음부터 그녀의 말이 그녀 삶의 시작이자 끝이라는 것을 알 수 있었다. 그것은 세례식 연설인 동시에 장례식 연설이었다.

두랑고 사창굴의 뚜쟁이 헤타라 부인은 고객들의 취미를 파악하여 어린 창녀들의 운명을 관리했다. 그녀는 사창굴의 주인이 아니었고 창녀들의 사업만 관리했을 뿐이었다. 헤타라 부인은 영리했고, 잔인했고, 빈틈이 없었다. 그녀는 항상 변화를 강조했다. 그래서 그녀는 사창굴을 관리했을 뿐만 아니라 수녀원 학교도 운영했다. 자애로운 헤타라 부인은 그 학교에서 늙은 창녀들에게 수녀복을 입혀 남편감을 구하는 젊은 창녀들을 가르치는 시늉을 하라고 시켰다. 사실 따지고 보면 결혼을 원하지 않는 창녀는 없기 때문이다. 창녀들은 자신들을 '여성'이 아니라 '늙은이'라고 부르는 남자들에게 화를 내기 마련이다. '늙은이'

라는 것은 창녀, 잡동사니, 쓰레기통, 반죽 냄비를 의미하기 때문이다……. '여성'은 부인이나 어머니가 될 수 있는 애인이라는 것을 의미하기 때문이다.

사라는 두랑고 거리의 사창굴에서 한동안 솜씨를 닦은 다음 수녀원 학교로 보내졌고, 그곳에서 수양을 쌓는 동안 나사리오 에스파르사를 만났다. 나사리오 에스파르사는 그 '끝없는 욕구' 때문에 새로운 느낌과 신선한 몸을 찾아 헤매고 다녔던 것이다. 만일 그와 함께 놀아 줄 마음에 드는 '늙은이'가 없다면 그 모든 가구점과 호텔과 극장이 무슨 소용이며, 침대가 아무리 많아도 무슨 소용이란 말인가?

"너무 걱정하지 마십시오, 나사리오 씨. 제가 찾아 드릴 테니 더 이상 찾아다니지 마십시오. 침착하세요. 천천히. 선생님은 아직 한창 때입니다. 그렇게 생각하세요. 선생님은 아직도 완벽하십니다. 정말입니다. 완벽해요."

백만장자는 그렇게 수녀원 학교에 있던 어린 사라에게 유혹당했다. 가엾은 사라는 부모가 그녀를 내다 버린 수녀원에서 살고 있었다.

"부인, 부모가 그녀를 버린 건가요?"

"우리에게 넘겨주었다고 해야겠지요."

"부모가 그녀를 다시 찾아오지 않았나요?"

"걱정하지 마십시오, 나사리오 씨. 우리가 그녀를 넘겨받을 때 한몫 챙겨 두었습니다. 그녀의 부모는 다시는 그녀를 만날 수 없습니다. 사라는 완전히 혼자입니다. 당신이 그녀를 독차지할 수 있습니다."

자신의 발언과 그의 아들 에롤이 우리에게 얘기해 준 바에 따르면 그렇다.

나사리오 씨와 오만 잡것들, 마리아치들, 소매치기들, 떠돌이들, 마약중독자들, 포주들, 건달들, 사라가 알지는 못했지만 상상해 보았던 수많은 남자들, 군대보다 많은 남자들의 모습이 그녀의 머리를 스치고 지나갔다. 그녀를 취했던 남자들과 그녀의 매력에 빠져 그녀를 취할 수도 있었던 남자들. 애벌레가 한 마리 아름다운 나비로 변신하듯 그녀는 상류층 여자들의 몸가짐을 완벽하게 모방했고, 하류층 여자들의 추잡스러운 행실을 그대로 실행했다. 에스트레야 부인의 장례식에서 여주인 노릇을 하던 그녀를 본 적이 있었다. 그녀는 세련되어 보였지만 어딘지 어색했다. 표정과 의복이 왠지 어울리지 않았고, 특히 지시를 내리거나 하인을 다룰 때 어색한 면이 두드러졌다. 하인을 오만하게 경멸했고, 하는 짓마다 예의가 없었다. 사라 P는 못 배운 티를 노골적으로 드러냈고, 그녀가 경멸하는 사람과 다를 바 없이 행동했다.

아무튼 사라는 누구도 건드리지 않은 처녀성을 지닌 채 페드레갈의 저택에 도착했고, 나사리오 씨는 그녀의 처녀성을 범하는 특권을 누렸다. 그녀는 이른바 '스카치테이프' 처녀였다. 한심스러운 수녀원에서 가짜 수녀들이 교묘하게 만들어 낸 처녀. 처녀가 아닌 여자를 처녀로 만드는 일은 밀가루로 반죽을 만드는 것과 마찬가지였다. 나사리오 씨가 그걸 무슨 수로 알았겠는가? 그의 방탕한 삶에서도 처녀와 관계를 가진 적은 순결하지만 인색한 에스트레야 부인을 제외하면 한 번도 없었다. 에스트레야 부인의 가랑이 사이에는 심리적인 자물통이 채워져 있었다. 그에 반해 사라는 나사리오 씨에게 전대미문의 쾌락을 안겨 주었고, 그날부터 나사리오 씨는 가짜 수녀인 부인의 노예가 되고 말았다. 나사리오, 평민들에게 돈을 던져 주는 것에 익숙했던 로마 황제. 나사리오, 인력의 중심에 서고자 했던 남자. 나사리오, 다혈질에 한 번 화가 났다 하면 물불을 가리지 않는 남자. 그런 남자가 푸들로, 삽살개로, 장난감 인형으로 변했고, 그 주인은 사납고, 육감적이고, 게걸스럽고, 냉정한 사라였다. 대주교가 가짜 수녀의 유별난 음욕에 무너졌던 것이다. 그녀는 서서히 본성을 드러냈다. 성욕을 부추겼고, 음란한 말을 뱉어 냈고, 동물과 같은 체위를 요구했다. 나를 암사자로 만들어 줘, 나사리오, 모든 남자들이 좋아하는 것을 내게 해 줘, 당신만 즐기지 마, 날좀 어떻게 해 줘, 나도 즐기고 싶어, 마리아치, 도둑, 택시 운전사, 도공, 그 모든 사람이 즐기는 것을 나도 원해, 나사리오, 나를 좀어떻게 해 달란 말이야.

사라가 나사리오 씨를 싫어했던가? 그녀가 남편뿐만 아니라 모든 사람에게 즐거움을 안겨 주었다는 사실이 나사리오 씨에게 중요했던가? 그녀는 섹스 경험을 나사리오 씨에게 털어놓으며 그를 비웃었던가? 그녀는 그것이 단지 상상 속의 경험에 불과하다고 둘러대며 점점 더 멍청이로 변해 가는 늙은이에게 실제로 해 달라고 요구했다. 지나치게 흥분한 나사리오 씨는, 놀라운 새로움에 무분별하고 정신 나간 남자로 변해 갔다. 그는 몰랐다. 그렇게나 가까이 있던 그녀가 사실을 자신을 경멸하며 멀리했다는 사실을. 그녀는 나사리오 씨를 해묵은 신문을 보듯, 싸구려 광고를 보듯 쳐다보았다. 하지만 나사리오 씨는 그에 굴하지 않았고, 그녀는 그런 사실을 몰랐다. 그녀의 태도는 나사리오 씨를 더욱더 흥분시킬 뿐이었고, 그의 상상력을 더욱더 자극할 뿐이었다. 나사리오 씨는 상상할 수 있는 모든 위치에서 사라를 바라보았고, 다른 남자들과 섹스를 하는 그녀의 모습을 상상해 보았고, 그 대리 섹스에 더욱더 깊이 빠져들었다.

사라는 나사리오 씨를 증오했지만, 나사리오 씨는 한 마리 강아지처럼 그녀에게 달라붙었다. 급기야 나사리오 씨는 자신의 성기를 사라의 몸 안에 영원히 담아 두고 싶어 했다. 그녀는 나사리오 씨의 성기를 잘라 버리고 싶어 했다. 그녀는 말했다. 그녀가 더욱더 많은 애인과 섹스를 즐기게 되면 더욱더 많은 정액이 그녀의 몸 안에 비축될 것이다. 상상해 봐, 나사리오, 상상해 봐, 당신이 모르는 사람들과 섹스를 즐기는 내 모습을 말이야.

"한 가지 알려 주지. 창녀들. 엉덩이를 내주는 창녀는 가장 싼 창녀야. 남자 몸 위로 올라가는 창녀는 가장 비싼 창녀야."

사라는 중늙은이와 결혼했다는 사실에 날이 갈수록 점점 더 두려워졌다. 하지만 그녀는 내색하지 않았다. 그녀를 사랑하고 원하지만 그와 동시에 사치와 야망으로 그녀를 가둬 두려는 그 남자가 죽기를 바라고 또 바랐다.

어느 날 그 열정적인 69체위가 끝나고 나서 나사리오 씨는 몸이 굳고 말았다. 그 늙은이는 지나치게 흥분하는 바람에 반신불수나 마찬가지인 상태가 되고 말았다. 그래서 고양이 신음 소리만 흘릴 뿐이었다. 그때 사라는 나사리오 씨의 성기를 잘라 버리고 싶은 충동을 느꼈고, 그래서 흐물흐물한 성기를 입에 넣었다. 하지만 더 좋은 생각이 떠올랐다. 사라는 단계적으로 서서히 나사리오 씨에게 굴욕을 안겨 주기로 결심했다. 그녀는 몸이 마비된 그 남자 앞에서 젖꼭지를 내놓고 다니기 시작했다. 그녀는 그 멍청한 남자를 혼란스럽게 만들었다. 어느 날은 상복을 입었고,

어느 날은 파티 의상을 걸쳤고, 마지막에는 간호사 복장으로 위장했다. 그녀는 나사리오 씨를 휠체어에 태워 그늘이 없는 마당으로 끌어냈다. 장시간 햇볕을 쬐면 일사병으로 죽으리라 생각했던 것이다. 맨발에 양모 파자마를 입고 체크무늬 가운을 걸친 나사리오 에스파르사는 햇볕을 피하기 위해 애를 쓰다 누르스름한 발톱이 길게 자란 것을 발견했다…….

　사라는 한참 동안 웃어 댔다. 때로는 수줍음 많은 아가씨처럼, 때로는 창녀답게 깔깔대며. 그랬어. 전에는 입에만 올릴 수 있었던 사람들을 집으로 끌어들였어. 마리아치들, 떠돌이들, 일이 끝나면 내게 미지근한 수건을 가져다주었던 사창굴의 내 동료들과 심부름꾼들. 딴따라들도 있었어. 그들은 내가 반신불수 늙은이 앞에서 춤을 추면 열대지방의 음악을 연주해 줬지. 그리고 모든 일을 맡아 해 줬던 포주들, 그들은 음식을 만들어 그 늙은이에게 먹여 주기도 했지. 그들은 한낮에 그 고원지대의 땡볕으로 노인네를 끌어냈다. 나사리오 씨는 돼지 통구이 같았다. 사라는 나사리오 씨를 지켜보기도 했지만 침대로 끌어들여 장난을 치기도 했다. 사라는 나사리오 씨의 귀에 속삭였다. 자, 금지된 것을 내게 해 줘, 미라 주제에 참 부드럽기도 하네. 나사리오 씨가 떨리는 손가락을 내밀기라도 하면, 사라는 그를 때리며 이렇게 말했다. "가만히 있어, 이 늙은이야." 그러고는 옷을 벗고 나사리오 씨가 멍한 눈으로 지켜보는 가운데 마리아치와 사랑을 나누었다. 나사리오 에스파르사는 정신이 없는 가운데에서도 절망에 빠져 침대로 기어들려고 발버둥 쳤다.

　"나사리오, 이게 네 침대야? 침대에서는 겨우 오줌이나 싸는 주제에."

그들의 짓거리는 사라가 '난장판'이라고 부르던 것으로 절정
에 이르렀다. 온갖 망나니들이 페드레갈의 집에 모여 나사리오
에스파르사가 지켜보는 가운데 사라 P를 집단적으로 강간했다.
그녀는 몸을 비비 꼬았고, 쾌락의 신음을 내뱉었고, 이런저런 주
문을 늘어놓았고, 짐짓 오르가슴에 도달한 듯 괴성을 질러 댔
다. 그 소리는 미라가 되어 버린 나사리오 에스파르사의 얼굴에
서 반사되었다. 사라의 목소리는 삶의 신기루, 잃어버린 권력의
오아시스, 죽음과 같은 사막이었다.

사라가 말했다. 마지막 난장판이 무르익을 무렵 그 일이 닥치
고 말았어. 열대지방의 맥박 소리를 멀리 떨어진 곳에서도 잴 수
있는 딴따라가 확인해 주었다. 사창굴에서 돌연사한 사람들을
처리했던 깡패가 증명해 주었다. 그가 죽는 것을 본 사람은 아무
도 없었다. 그 당시 사라를 껴안고 있었던 마리아치는 이렇게 말
했다. 이별의 노래가 들려왔다고, 「황금의 배」의 가사가 들려왔
다고.

"나는 이제 간다네……, 그저 이별을 전하기 위해 왔다네.

안녕, 내 사랑……. 안녕, 영원히 안녕."

진실이었을까? 그냥 시였을까?

그 사람을 어디에 묻었나? 상히네스가 물었다. 그의 표정에는
불만이 서려 있었다. 황홀경에 젖어 있었던(나도 인정하는 바이
다.) 나와는 전혀 딴판이었다. 모든 윤리 도덕을 상실해 버린 그
녀의 두서없고, 초현실적이고, 말로 다 표현할 수 없는 이야기.
그녀는 이 땅에 존재하는 자기 자신을 사랑했고, 도저히 헤아릴
수 없는 허영심에 사로잡혔고, 어처구니없는 영광에 파묻혀 있
었다. 서로 연결되지 않는 그녀의 행위들. 그게 바로 그녀의 현실

이었다. 그녀는 자기가 하고 싶은 대로 하며 살았던 것이다. 바로
그 순간, 그 모든 것이 내 청춘의 한 단계를 종결시켰다. 내가 예
리고와 함께 두랑고 거리의 사창굴을 찾아갔을 때 시작된 단계.
예리고와 나는 엉덩이에 벌을 문신한 한 여자를 공유했고, 그
여자는 지금 왕좌에 앉아 말도 안 되는 이야기를 늘어놓고 있었
다. 그렇게 내 청춘의 한 단계가 끝났다.

* * *

나는 그 후로 여러 날 동안 나와 여자들의 관계에 대해 생각
해 보았다. 그때까지 끝나지 않은 관계도 있었고, 어느 날 갑자
기 허무하게 끝나 버린 관계도 있었고, 내 나이 때면 필수적인
것처럼 자신에게 강요하는 어떤 것이 부족했던 관계도 있었다.
그 어떤 것은 지속이었다. 지속적인 관계.

나는 대학 예비 과정에서 예리고와 함께 베르그송의 저서를
읽었고, 그 독서 덕분에 지속에 관한 문제가 우리들 대화에 심
심치 않게 등장했다. 베르그송은 우리가 시간으로 잴 수 있는
지속과 시간으로 잴 수 없는 지속을 명쾌하게 구분했다. 존재의
본질적인 흐름, 그것이 바로 시간으로 잴 수 없는 지속이었다. 생
명은 나눌 수 없다. 기억으로 과거를 품는다. 욕망으로 미래를
예고한다. 그러나 과거도 미래도 순간에서 분리할 수 없다. 따라
서 모든 순간은 과거의 기억이며 미래의 욕망이기도 하지만 언
제나 새롭다.

(왜 베르그송의 철학이 청년 학회의 지성인들, 즉 호세 바스콘셀
로스, 알폰소 레예스, 안토니오 카소의 무기가 되었는지 알 수 있을

것이다. 그들은 포르피리오 디아스 독재 정권의 철학적 가면으로 둔갑한 콩트식의 실증주의에 맞서 싸웠다. 진보만 할 수 있다면 모든 것이 정당화된다. 현대의 여신은 멕시코시티의 광산업 청사에서 그렇게 선언한다. 납과 같이 광택이 나면서도 불투명한 선언. 산업과 상업의 신성함. 독재 정권의 매춘부.)

과거의 우리와 미래의 우리를 모두 아우르는 이 순간의 움직임 안에는 무엇이 들어 있는가? 한편에는 본능이 있다. 다른 한편에는 지성이 있다. 사람들은 창조 행위 앞에서, 미켈란젤로나 렘브란트 앞에서, 베토벤이나 바흐 앞에서, 셰익스피어나 세르반테스 앞에서, 영감에 대해 떠들어 댄다. 와일드는 말했다. 창조는 십 퍼센트의 영감과 구십 퍼센트의 땀으로 이루어진다고. 창조는 노력을 의미했다. 그리고 예리고와 나는 라틴아메리카에서 실패로 돌아간 재능이 이루어 낸 성과는 바나나 생산보다 훨씬 위대하다고 생각했다. 우리의 재능은 영감을 기다리고만 있었고, 술집이나 카페에 앉아 영감을 기다리며 애꿎은 엉덩이만 닳게 하고 있었던 것이다. 하지만 그 십 퍼센트는 곧바로 실행할 수 있는 구십 퍼센트 옆에서 참을성 있게 기다리고 있었다. 왜 아니겠는가. 술집이나 카페에서. 그것은 가능한 한 사람들이 없는 방에서 더욱더 환영받을 것이다. 펜으로, 타자기로, 혹은 컴퓨터로. 비행기나 호텔이나 해변에서 쓸 힘을 모두 모을 수만 있다면. 현실은 핑계를 용납하지 않는다.

의지와 지성. 내 친구와 나는, 종교 단체가 운영하는 학교의 운동장에서 관계를 맺은 이후로 의지와 지성을 이해하고 살아가기 위해 굳이 그런 말들을 입에 올릴 필요가 없었다. 의지와 지성은 우리가 합의한 기본 사항이 아니었다. 우리의 합의는 내가 프라가 거리에 있는 집으로 옮겨가 그와 함께 살기 시작하면서 더욱더 단단해졌다. 하지만 지금, 사라 페레스 데 에스파르사라는 악랄한 여인(아니면 동정심으로 축복받은 여자라고나 할까?)의 말을 듣고 이삼일이 지난 뒤, 예리고는 집에 도착해 마치 총부리를 들이대듯 이제는 헤어져야 할 시간이라고 말했다.

나는 전혀 놀라지 않았다. "오늘 당장 내가 나가지."

그러나 다행히 예리고가 고개를 숙였다. "아냐. 나가야 할 사람은 나야. 넌 여기 남아." 예리고가 시선을 들었다. "한동안 전국을 돌아다녀야 해."

"그래서?"

"온갖 계층의 사람들을 다 만나게 될 거야."

"일거리가 생겼군."

"날 이해해 줘."

명백한 사실 앞에서 어물대고 싶지 않았다. 예리고가 좀 더 자유롭게 연애를 하기 위해 집을 옮기려 한다고 생각했다. 내가 루차 사파타에게 빠져 있을 때는 자유롭게 연애를 했을 것이다. 그러나 지금은 그녀가 떠났으니 내가 계속해서 이 집에서 살면 그는 '로맨스'의 기회를 번번이 놓칠 것이다.

예리고가 통명스럽게 말하는 순간 나는 무언가가 더 있다는 사실을 눈치챘다.

"어느 누구도 내 의지와 상반되는 삶을 내게 강요할 수 없어."

"물론이지." 나는 심각한 표정으로 고개를 끄덕였다.

"내 본성과 상반되는 삶을."

내 친구가 동성애적인 기질을 밝히리라는 생각은 들지 않았다. 과거의 기억이 떠올랐다. 학교에서 함께 샤워를 하던 모습. 그리고 그보다 더 도발적인 장면. 엉덩이에 벌을 문신한 여자와 나누었던 사랑. 그가 유럽에서 몇 년 동안 공부를 한 뒤 멕시코로 돌아와서 들려주었던 이야기도 생각났다. 그 여행은 그가 돌아와서 보여 준 모습만큼이나 미스터리에 싸여 있었다. 그리고 그 미스터리는 내가 직관에 따라 짐작했던(나는 몰랐다, 다만 직관에 따라 짐작했을 뿐이었다.) 허위 사실로 더욱더 구체화되었다. 프랑스 은어는 모르면서 미국 속어를 사용하던 한 청년. 지금도 마찬가지였다.

"이봐, 저스틴 팀버레이크의 「대디스 온 어 미션 투 플리즈(Daddy's on a mission to please)」와 같은 거야. 날 나쁘게 생각 마."

"물론이지, 예리고. 너와 나는 모두 지성인이야. 우리는 각자에게 자기만의 사상이 있다는 걸 알고 있어. 우리는 상대방의 의견을 항상 존중해 왔어."

"그리고 각자의 인생도." 내 친구가 기쁜 듯 펄쩍 뛰어올랐다.

나는 그렇다고 말했다. 그리고 담담한 표정으로 그를 쳐다보며 은근하게 물어보았다. "각자의 본성도?"

함정을 파기 위해 그런 말을 한 것은 아니었다. 원망이나 이중의 의미가 담긴 말도 아니었다. 솔직히 나는 그가 '자신의 본성'에 대해 설명해 주기를 바라며 그런 말을 했던 것이다.

"우리는 서로 같지 않아." 그는 내 질문을 덥석 물었다. "세상은 변하고 우리도 세상과 함께 변해. 내가 멕시코로 돌아왔을 때, 바로 이 자리에서 했던 말을 기억해? 그때 네게 물었어. 우리가 가진 게 뭐지? 이름, 직위, 지위? 우리는 미개간지가 아닐까? 가능했던 것들의 쓰레기장? 무용지물이 된 차변과 대변 목록? 냄비 밑바닥은 아닐까?"

나는 손을 흔들어 그를 제지했다. "숨이나 쉬면서 말해, 제발."

"우리는 자리가 필요해, 여호수아. '나는 생각한다.' 혹은 '나는 나다.'라는 말이 우리 자리가 될 수는 없어."

"우리는 젊은 늙은이가 될 수도 있지. 몇몇 음악가들처럼. 콤파이 세군도, 롤링스톤스. 왜 아니겠어? 내가 그렇게 말하지 않았어?"

"농담 마. 난 지금 심각하게 얘기하는 거야. 우리가 행동으로 나설 때가 됐단 말이야. 우리는 행동해야 해."

"우리 사상을 배반하면서까지?" 나는 별다른 의도 없이 말했다.

그는 내 말을 나쁘게 받아들이지 않았다. "우리를 현실에 적응시키는 거지. 현실은 우리의 이상과 일치하지 않는다 해도 우리의 능력과 일치하는 것을 요구해."

"무슨 일을 할 건데?"

"나는 일을 할 거야, 필요에 맞게 행동할 거야. 가능한 한도 내에서, 이상을 지켜 가며. 어때?"

"만일 그 이상이 사악한 것이라면?"

"나는 정치인이 될 거야, 여호수아. 그 이상이 사악한 것이 되지 않도록 최선을 다해 노력할 거야."

나는 미소 지으며 친구에게 말했다. 우리는 우리의 가톨릭 교육과 윤리에 충실해 왔다고, 두 악마 가운데 하나를 선택해야 한다면 좀 덜 사악한 악마를 선택할 것이라고. 우리가 예수회 소속 수도사였단 말인가?

"게다가 예수회 수도사는 교황이 명령하는 곳이면 어디든 가야 해. 아무 불평 없이 즉시."

"하지만 그 명령은 영혼을 구원하기 위한 거잖아." 나는 친구의 말에 자극받아 비꼬듯 말했다.

"영혼은 수동적으로는 구원받지 못해." 친구가 확신에 차서 대답했다. "하려는 일에 대해 절대적인 믿음을 가져야만 해. 목표가 뚜렷해야 해. 행동은 과감해야 하고. 끈질긴 행동이 없으면 나라가 서지 못해. 멕시코에서 우리는 오랫동안 약속만 듣고 살아왔어. 약속은 행동을 뒤로 미룰 뿐이야. 약속은 '위시워시(wishy-washy, 김빠진 맥주)' 같은 거야."

친구가 흥분했다. 무서운 눈초리로, 증오의 눈초리로 나를 쳐다보았다.

그가 말했다. 모든 사회에는 지배자와 피지배자가 있어. 진짜 참을 수 없는 건 그게 아냐. 지배자가 지배할 줄도 모른다는 게 참을 수 없는 거야. 그들은 피지배자들을 숙명적인 존재로, 무위도식하는 존재로 만들어 버렸어.

"모든 국민이 더 잘살 수 있도록 지배해야 한단 말이야, 여호수아. 모두가. 그렇지 않아?"

나는 웃으며 그의 엘리트주의를 지적했다. 엘리트는 반드시 필요한 존재라고, 엘리트와 대중을 화해시키는 일이 중요하다고 그가 반박했다.

"엘리트 더하기 대중." 예리고가 판결을 내리듯 말했다. 그는 우리에 갇힌 짐승처럼 방을 빙빙 돌았다. 내가 보기에 그는 그때까지 우리의 공동 공간이었던 이곳을 이제 곧 떠나야 하는 감옥으로 만들어 버리는 것 같았다. "너는 불멸을 믿니?" 그가 물었다.

나는 웃었다. "아니."

그가 내 얼굴 앞에서 손가락을 흔들었다. "거짓말하지 마. 어렸을 때 우리는 모두 불멸을 믿었어. 그래서 우리가 지금 이렇게 된 거야. 우리는 심판하지 않아. 우리는 창조해. 우리는 남에게 충고를 하지도 않고 남들의 충고를 듣지도 않아. 우리는 두 가지 일을 하지. 이미 만들어진 것은 받아들이지 않아. 우리는 새롭게 만들어."

나도 모르게 웃고 말았다.

나도 마찬가지야. 나는 속으로 중얼거렸다. 나 역시 영원히 살 수 있다고 믿어. 내 머리는 아니라고 하지만 내 마음은 그렇게 느껴.

"늙은이들이 모든 것을, 권력, 돈, 충성을 쥐락펴락하는 게 옳다고 생각하니? 그런 거야?"

"내가 늙은이가 되면 그때 물어봐." 나는 친구에게 다정하게 굴려고 노력했다. 흥분으로 붉어진 깡패 같은 얼굴이 더욱 달아올랐다. 시간이 갈수록 그는 내게서 점점 더 멀어져 갔다.

예리고는 내가 자신을 바라보며 평가하고 있다는 사실을 알아차렸다. 그는 마음을 진정하려 애썼다. 그가 불경스러운 농담을 던졌다.

"무원죄 잉태설은 믿으면서 무슨 이유로 원죄 잉태설은 믿지 않는 거지?"

"그게 무슨 말이야?" 충격을 받아 나도 모르게 되물었다.

"아무것도 아냐, 쌍둥이. 삶은 우리에게 엄청나게 많은 가능성을 제공해, 길모퉁이를 지나칠 때마다, 아니, 광장을 지나칠 때마다."

그의 눈이 반짝반짝 빛났다. 그는 원형 광장을 상상해 보라고 말했다…….

"라운드 포인트?" 나는 일부러 그렇게 물었다.

"그래. 하나의 원, 거기서 길이 나오는 거야, 네 개, 여섯 개……."

"파리에 있는 별의 광장 같은."

"맞아." 그가 다시 흥분하기 시작했다. "문제는 그 여섯 갈래 길 중에서 네가 어떤 길을 선택하느냐 하는 거야. 하나를 선택하면 나머지 다섯 갈래는 포기해야 하니까. 네 선택이 옳다는 것을 어떻게 알 수 있겠어?"

"알 수 없겠지." 나는 중얼거렸다. "길이 끝나야만 알 수 있을 테지."

"더 큰 문제는 출발점으로 다시 돌아갈 수 없다는 거야."

"처음 출발했던 그 광장으로. 콩코드 광장으로." 나도 모르게 비웃음이 입가에 번졌다.

친구가 나를 쳐다보았다. 애정이 어린 눈으로. 도전적인 눈빛으로. 말없는 애원과 함께. 나를 이해해 줘. 나를 사랑해 줘. 나를 사랑한다면 나를 이해할 수 있을 거야. 더 이상 파고들지 마.

침묵이 흘렀다. 잠시 후 예리고는 자신의 물건을 챙기기 시작했고, 그의 말투도 귀에 익은 평소의 말투로 돌아갔다. 나는 짐 챙기는 일을 도와주었다. 디스크는 남기고 가겠다고 그가 말했다. 책은? 그것도. 그 순간 그가 나를 이상한 눈빛으로 쳐다보았고, 나는 그가 왜 그러는지 알 수 없었다. 책들은 내 것이었다. 그렇다면 그는 앞으로 어떤 책을 읽을 것인가?

"우린 바로크 시대 사람이 되는 거야." 그가 어깨를 으쓱하며 웃었다. 마치 그 말이 멕시코의 역사와 멕시코 국민을 치킨 콩소

메로 만들어 버린 듯했다.

"대담무쌍한 인간이 되든지. 그렇지 않아?" 내가 말했다.

"그렇지 않아?" 그가 껄껄대며 내 말을 반복했다. "삶이 우리에게서 달아나고 있어."

"결국 악마에게로 달아나겠지." 나는 그 말로 불쾌한 장면을 끝냈다. 친구의 어깨를 툭 쳤다.

나는 가방 두 개를 밑으로 내려다 주겠다고 제안했다.

그는 거절했다.

* * *

나는 아름다움, 건강, 재산에는 관심을 보이지 않겠다고 결심했다. 악덕이나 미덕과는 상관없는 것으로 관심을 돌리고 싶었다. 나는 고독이나 자살이나 범죄로 떨어질까 싶어 두려웠다. 한마디로 나는 열정을 영혼의 질병으로 간주했고, 그 열정으로부터 벗어나고 싶었다.

그러나 내 새로운 결심(내 의심)은 여지없이 깨지고 말았다. 그건 바로 아순타 호르단이라는 여자 때문이었다. 산타페 지역에 위치한 바스코데키로가 빌딩 사무실에서 처음 일을 시작했을 때, 9시부터 2시까지, 6시부터 9시까지, 오후부터 자정까지, 나는 그녀로부터 멀리 떨어져 있을 수 없었다. 그 빌딩은 사무실로 사용하는 열두 개 층과 기업 총수 막스 몬로이 가족을 위한 두 개 층으로 이루어져 있었고, 옥상에는 헬리콥터 착륙장이 있었다.

"그럼 당신은?" 나는 대담함과 멍청함이 뒤섞인 표정으로 아순타에게 물었다. "당신은 몇 층에 살아요?"

그녀는 안개 낀 바다와 같은 눈으로 나를 쳐다보았다.

"방금 전에 한 말을 되풀이해 봐." 그녀가 명령했다.

"왜요?" 나는 바보처럼 물었다.

"네가 바보 멍청이라는 사실을 깨달으라고."

나는 인정했다. 내가 사랑에 빠진 이 여자는 나를 가르치는 중이었다. 그녀는 출입이 가능한 열두 개 층으로 나를 끌고 다녔다. 바스코데키로가 광장 입구에서부터 순례가 시작되었다. 경비원들, 수위, 엘리베이터 보이들과 인사를 나누었고, 이 층으로, 삼 층으로, 다시 사 층으로 올라왔다. 그곳에서 여자 비서들은 녹음기와 컴퓨터 덕분에 타자기나 속기 타자기를 더 이상 사용하지 않았고, 남자 비서들은 우편물에 이니셜로 서명을 하고 도장을 찍거나 편지를 구술했고, 문서 담당자들은 막스 몬로이의 어머니(이름 없는 공동묘지에 묻힌 내 은밀한 대화 상대)가 거의 구십 년 전에 설립한 어느 회사의 오래된 먼지투성이 우편물들을 테이프에, 디스켓에, 이제는 아이팟에, 블로그에, 메모리스틱에, 유에스비 드라이브에, 외장 디스크에 저장하고 있었고, 다시 그곳에서 오 층으로 올라오자 그곳에서는 회계사 무리가 일하고 있었고, 육 층에는 기업을 위해 일하는 변호사들의 사무실이 있었고, 칠 층에서는 오페라, 발레, 예술 서적 등 막스 몬로이의 예술에 대한 집착을 살펴볼 수 있었고, 팔 층은 발명을 위한 공간이었고, 구 층과 십 층은 최첨단 테크놀로지에 대한 실용적인 아이디어를 개발하는 장소였다.

십일 층은 나와 아순타 호르단과 모든 경영 간부가 근무하는 곳이었고, 거주 공간인 십삼 층과 십사 층 바로 밑에 있는 층은,

내가 상상하기에, 푸른 수염과 그가 마음대로 건드릴 수 있는 여자들을 위한 공간 같았다.

아순타도 그 여자들 중 한 명이 아니었을까?

"너는 신학생도 아니고 개인 교사도 아냐." 그녀가 내게 말했다. 마치 제라르 필립이 구체화한 19세기 소설의 영웅을 내 안에서 발견한 듯싶었다. "너는 평범한 직원이 아냐. 상히네스 변호사 추천으로 이곳에 왔으니까. 막스 몬로이는 상히네스 변호사를 좋아하고 존경해. 그리고 너는 사회적으로 열등하지 않아. 사회적으로 우월하다고도 할 수 없지만."

그녀가 나를 발끝에서 머리끝까지 훑어보았다.

"옷을 더 잘 차려입어야 해. 그리고 한 가지 더, 여호수아. 예의가 없는 것보다는 차라리 태어나지 않는 게 더 좋아. 내 말 알아듣지? 사회는 예의 바른 사람을 좋아해. 겉모습. 말투. 예의. 예의는 우리 권력을 이루는 일부분이야. 비록 멍청한 놈들이 우리를 둘러싸고 있지만, 하기야 그것도 다 우리에게 권력이 있기 때문이지."

그녀는 빌딩을 오르내리며 예의에 대한 멕시코 사람들의 생각을 이야기하며 속마음을 털어놓았다.

"우리는 아메리카 속의 이탈리아 사람들이야. 아르헨티나 사람들보다 더 심하지." 그녀가 엘리베이터 안에서 내게 말했다. "왜냐하면 우리는 부왕이 통치하던 곳에서 태어났으니까. 게다가 우리는 배를 타고 온 사람들의 후손이 아니라 아스텍 문명의 후손이야."

"케케묵은 우스갯소리죠." 나는 감히 그렇게 말했다. 아순타는 뭔가 배운 것을 되풀이하는 것 같았다.

그녀는 마치 내 말을 인정한다는 듯 웃었다. "네가 이런 사람이 아니기 때문에 넌 장차 네가 되려는 사람이 될 수 있는 방법을 배워야 해."

"내가 어떤 사람이 되려고 하는데요?"

"이제부터 너는 네가 되려는 사람과 구별되지 않아."

이런 효과를 위해(나는 그렇게 생각한다.) 아순타는 그녀가 필수적이라고 생각했던 다양한 사회적 기능에 대해 이야기했다. 다른 사무실과 호텔에서, 권력자들, 권력이 있는 척 으스대는 사람들, 우아한 야망을 지닌 사람들 사이에서. 아순타의 눈빛과 찡그린 표정은 내 생각을 일깨워 주었다. 나직한 목소리로 그녀가 내게 들려주었던 일련의 이야기들. 우리 주변에는 많은 사람들이 시끄럽게 떠들며 지나다녔고, 아순타는 샴페인 잔을 쥐고 있었다. 그녀는 술잔을 입술에 대기만 했지 술을 마신 적은 한 번도 없었다. 그녀가 잔을 내려놓거나 돌려줄 때 보면 술은 항상 처음 상태를 그대로 유지하고 있었다.

"사치란 뭘까?" 그럴 때면 그녀는 내게 묻곤 했다.

의상, 향수, 진수성찬, 술수, 전통적인 침대 의자, 인디오 하인들에게 둘러싸이는 것. 뭐라고 대답해야 할지 알 수 없었다.

"사치란 필요 없는 것을 소유하는 거야." 그녀가 잔을 들어 눈을 가리며 판결을 내리듯 말했다. "사치란 시야. 느끼고 생각하는 것을 말하는 거지, 결과는 상관하지 않고. 하지만 사치는 변화이기도 해. 유행을 바꾸지. 취미를 바꾸고. 사치는 유행을 앞서려고 하거나 최소한 따라잡으려고 하지. 유행을 창조하고, 유행을 유도하고……."

그녀는 사치에 대해 이야기했다. 사치를 창조해 낸 사람으로

서가 아니라 사치를 시연해 보이는 사람으로서 말했다.

"유행과 죽음이 자매라는 사실을 사치는 모른다." 나는 레오파르디의 시구절을 인용하여 그녀를 시험해 보았다.

"그럴 수도 있지." 아순타는 내 말에 놀라지 않았고, 나는 예전에 예리고와 필로파테르 신부와 나눴던 대화를 떠올렸다.

"유행이 변하면 우리 사업은 영향을 받지. 우리가 소비자들에게 뭘 제공할 수 있겠어? 가장 현대적인 것, 최첨단을 걷는 것, 때로는 가장 쓸모없는 것, 왠지 알아? 네게 이미 검은색 전화기가 있는데 무엇 때문에 하얀색 전화기를 원하는 거지? 내가 얘기해 주지. 네가 오늘 전화기 두 대 중에서 하나를 선택한다면, 내일은 전화기 백 대 중에서 하나를 선택할 거야. 알아? 사치는 필요를 창조하고, 필요는 사치를 창조하고, 우리는 생산하고 돈을 버는 거지. 끝이 없단 말이야! 끝낼 필요도 없단 말이야! 하!"

그녀가 소리치듯 그 말을 한 것은 아니었다. 사람들 앞에서 그녀의 태도는 매우 달랐다. 그녀는 사람들이 그녀를 쳐다보고 있다는 사실을, 사람들이 그녀에 대해 수군거리고 있다는 사실을 잘 알았다. 사람들이 말을 주고받는 소리, 로션 냄새와 향수 냄새, 살치차와 케사디야 냄새. 아순타 호르단은 환한 빛 속에서 주변을 둘러보았다. 스포트라이트가 그녀를 비추는 것 같았다. 가장 좋은 각도를 찾아서, 그녀의 머리카락을 반짝이게 하며, 조안 크로포드를 닮은 그녀의 크고 빨간 입술에 한 마리 벌을 내려앉게 하며. 그녀의 입술은 뜨거울까 차가울까? 그녀를 스쳐 지나가는 사람들은 모두 그런 생각에 잠겼다. 아순타 호르단의 키스는 뜨거울까 아니면 차가울까? 그녀는 주변 사람들의 호기심을 더욱더 부추기기 위해 여호수아의 귀에 몰래 속삭였다. 여호수아, 생각해 봐. 누가 널 쳐다보지? 어디에서 널 쳐다보지? 생각해 봐. 하지만 넌 아무도 쳐다보면 안 돼. 사람들 앞에서는 비밀이 있는 것처럼, 사람들이 네게 호기심을 품도록 행동해야 해.

그녀는 다른 사람들의 출입을 허용하지 않았다. 사람들이 쳐다보도록 내버려 두었다. 그녀가 지나가면 모두들 입을 다물었다. 그녀가 내 팔에 매달렸다. 내가 마치 지팡이라도 되는 듯, 내가 떠돌이 마네킹이라도 되는 듯, 내가 무슨 무대의 버팀목이라도 되는 듯. 리셉션에서 아무하고도 얘기를 나누지 않고 돌아다니기 위해 그녀는 나를 필요로 했다. 그녀가 미소를 짓거나 아주아주 심각한 표정으로 목소리를 낮추어 내게 속삭일 때마다 사람들의 궁금증은 커져만 갔다. 나는 그녀의 부속품이었다. 쓸모 있는 액세서리. 인형.

실제 세계(그녀와 함께 돌아다닌 세계는 나에게 환상의 세계였기 때문에)에서 아순타는 신속하게 효과를 거둘 수 있는 방법으로 나를 가르쳤다. 스무 살에서 서른다섯 살 사이의 젊은이들로 이루어진 국내 시장과 국제 시장이 있었어. 그들은 이제 마흔 살을 넘긴 X세대(이 사람들은 모두 익숙한 것에 안주했고, 최신품에 목이 졸리지나 않을까 싶어 두려움에 떨고 있어.)를 계승했기 때문에 Y세대로 불렸어. 그들 중 스무 살 젊은이들이 소비를 부추기는 광고의 타깃, 일차적인 과녁이야. 그들은 미리 써 보고 싶어 해. 그들은 남들과 다르기를 원해. 그들은 최신품을 원해. 지금 당장 컨트롤할 수 있는 테크닉을, 그들에게 금지된 테크닉(적어도 그들의 어린 상상력 속에서)을 그들은 원해.

아순타가 말을 이었다. 주목해야 할 점은 산업화된 국가에서는 장차 나타날 젊은 세대의 숫자가 이전 세대보다 점점 더 줄어든다는 거야. 인구 감소 때문이지. 새로운 가족 형태, 증가하는 이혼, 점점 늘어나는 동성애 부부, 아이를 갖지 않으려는 부부. 그와 반대로 가난한 나라에서는, 바로 우리 멕시코와 같은 나라 말이야, 여호수아, 꿈도 꾸지 말라고, 인구도 증가하지만 가난 역시 증가해. 인구 통계와 소비를 어떻게 연관시켜야 할까? 이것이 막스 몬로이가 제기한 문제고 네가 풀어야 할 과제야, 내 젊은 친구. 가난한 사람들의 소비를 어떻게 늘리느냐?

"그들을 덜 가난하게 만들면 되겠죠." 나는 감히 내 의견을 내놓았다.

"그럼 그건 어떻게 하지?" 여왕벌이 끈질기게 물고 늘어졌다.

나는 명확하게 생각하기 위해 눈을 크게 떴다. "주도권을 잡으면 될까요? 일정한 금액을 대부해 주고 일정한 기간 동안 사용할 수 있는 카드를 주면 될까요? 교육. 치료. 커뮤니케이션."

"커뮤니케이션이라." 그녀가 내 말을 잘랐다. "당신들도 잘살 수 있다고 알려 준단 말이지. 상류층 사람들처럼 당신들도 신용과 카드와 소비가 필요하다고……."

나는 지성인으로 보이고 싶었다. 그녀는 알파 로메오가 포드를 추월하듯 나를 추월했다.

"그럼 그건 어떻게 하지?" 그녀가 다시 물었다.

아순타가 빛을 발했고, 나는 그 빛에 눈이 멀었다. 나는 그녀를 원했고 이제 깨달았던 것이다. 그녀를 차지하기 위해서는 있는 그대로의 그녀를 존경해야 했다. 한 사람의 여성 경영인, 사업가 막스 몬로이의 한쪽 팔. 막스 몬로이는 필요에 따라 칼리 여신처럼 수많은 팔을 사용할 수 있었다.

나는 두 팔만으로 만족해야만 했다. 나를 사랑하고, 내 몸을 애무하고, 내 목을 조를 수 있는 두 팔. 그녀는 내 욕망과 내 야심을 혼동한 채 나를 쳐다보았다. 그 둘은 같은 것이 아니었다.

"어떻게 할지 내가 말해 주지." 그녀는 도전적인 표정을 지으며 손가락을 튕겼다. "앞서 가면 돼. 그들에게 통신 장비를 제공하는 거야. 우리 직원들을 이 마을 저 마을로, 이 동네 저 동네로 보내는 거야. 트럭에 휴대전화를 잔뜩 실어 보내는 거야. 1920년대에 막스의 어머니인 콘차 부인의 부추김을 받아 최초로 고속도로와 자동차가 등장했을 때 나타난 타이어 상인들처럼 말이야. 그 이전에 가톨릭 선교사들이 정복당한 인디오들에게 복음을 전했듯 말이지. 지금은, 여호수아, 우리는 통신 장비를, 아주 작은 기계를, 크리에이티브 젠이든, YP-Tq든, LGs든, 뭐라고 부르든 간에, 장난감을 가져가서 제일 가난한 농민들에게, 고립된 채 살아가는 원주민들에게, 문맹자에게, 반문맹자에게 보여 주는 거야. '이 버튼을 누르면 당신의 소망을 표현할 수 있습니다, 저 버튼을 누르면 구체적인 대답을 들을 수 있습니다, 죽어 버린 약속이 아니라 살아 있는 광고입니다.'라고 하면서. 우리에게 요청하신 물건은 내일 설치해 드리겠습니다, 휴대전화를 주고, 음악을 들을 수 있도록 이미 프로그램된 아이팟을 주고, 우리는 당신들의 취향을 파악했습니다, 아이폰만 있으면 다른 사람들과 통화할 수 있습니다. 제발, 여호수아, 너의, 우리의 동포를 고립된 생활에서부터 이끌어 내는 거야. 기계를 무상으로 공급하면 얼마나 수요가 늘어나는지 알게 될 거야. 신용거래가 늘어나고, 새로운 생활 습관이 나타나고……."

"모든 세대가 우리에게 빚을 지겠죠." 나는 고지식하게도 회의주의에 빠져 말했다.

"그리고?" 그녀가 가까스로 미소를 지어냈다. "너와 나는 이미 죽은 몸이겠지."

"우리가 살아 있는 동안에는?" 나는 대답을 바라지 않고 말했다. 아순타 호르단의 프로그램은 다음 생이 아니라 이번 생에서 밑바닥을 드러낼 것만 같았다.

하지만 그 생각이 떠오른 순간 이미 유언장을 작성해 놓은 여든세 살의 막스 몬로이도 미래에 대해 고민했으리라는 생각이 불쑥 들었다. 그의 재산을 과연 누가 물려받을 것인가? 아순타는 막스의 유언장에서 무엇을 얻을 수 있을까? 막스는 아순타에게 뭔가를 남기기라도 했을까? 막스는 누구에게 더 많은 재산을 넘겨줄까? 나는 속으로 실컷 웃었다. 공공 자선사업에. 정부 발행 복권에. 노인들을 위한 복지 기관에. 자본 재구성을 위해 자신의 회사에. 충실한 동업자 아순타 호르단에게?

헛소리.

* * *

안타깝지만 문득 이런 생각이 들었다. 내가 막스 몬로이의 영지에서 아순타 호르단이라는 황혼 녘 미인의 손에 의해 기술적, 감정적 교육을 받고 있다면, 내 옛 친구 예리고는 우리의 비위 맞추기 힘든 대통령의 농장에서 정치 공부에 열중하고 있을 것이다.

내 스승 안토니오 상히네스는 예리고가 로스피노스의 대통령 궁에서 일을 계속하고 있다고 내게 알려 주었다. 어느 날 상히네스가 산앙헬에 있는 저택으로 나를 저녁 식사에 초대했다. 그 유명한 아이들과의 놀이가 끝나자(아이들은 벌써 잠옷을 입었다.) 상히네스는 아이들을 쫓아내고 나를 식탁에 앉혔다. 나는 음식만 먹는 게 아니라 이야기도 들어야 했다. 나와 예리고에게 할당된 운명을 지휘하는 그 지휘자는 이제 새로운 악장을 연주하기 시작했다. 그것은 바로 대통령의 전기였다.

"발렌틴 페드로 카레라 대통령에 대해 얼마나 알고 있나?" 그는 헤레스 콩소메에 달려들기 전에 내게 물었다.

"조금 압니다." 나는 숟가락질을 멈추고 대답했다. "신문에서 읽은 내용뿐입니다."

"내가 말해 주지. 자네 친구 예리고가 어디에서 어떤 사람과 함께 일하는지 알 수 있을 거야. 발렌틴 페드로 카레라는 그의 부인 클라라 카란사의 아낌없는 도움을 받아 대통령 선거에서 이겼어. 예비선거 토론회에서 모든 후보자들은 자신들의 경탄할 만한 가정생활을 자랑했어. 아이들이 행복의 근원이었지.(상히네스의 눈이 반짝반짝 빛났다. 위층에서 아이들이 잠들기 전에 뛰어노는 소리가 들렸다.) 부인은 이상적인 여성, 사랑스러운 어머니, 헌신적인 동료였어. 영부인이 왜 영부인 줄 아나? 첫 번째 동반자이기 때문이지.(하지만 친척들은 뒤로 감춰야 했지.)"

모든 후보자들이 하나같이 그런 과정을 밟았다. 하지만 발렌틴 페드로 카레라만은 예외였다. 그는 굵은 눈물을 삼키며, 화려한 손수건을 꺼내 큰 소리로 코를 풀며 이렇게 말했다.

"내 집사람 클라라 카란사가 암으로 죽어 가고 있습니다."

바로 그 순간 현재 우리의 대통령은 선거에서 승리했다.

그 누가 그 사람에게 표를 던지지 않았겠는가. 그 후보자를 좋아하지 않았다고 해도 말이다. 클라라 부인의 건강, 고뇌, 그리고 다가올 죽음. 클라라 부인은 신성한 존재로, 순교자의 반열에 올라섰다. 많은 사람들이 모여 있고, 또 텔레비전으로 중계되는 가운데, 그녀의 남편은 아무도 몰랐던 사실을, 설혹 안다 해도 신중함이라는 낡은 장롱에 꼭꼭 감춰 두었던 사실을 당당하게 밝혔던 것이다.

그 후보자는 용감하고, 금욕적이며, 가톨릭 신자인 여자와 결혼했고, 그 여자는 선거가 끝나기 전에 죽을 수도 있었다. 부인을 먼저 보낸 후보에게 표를 던지자. 어쩌면 선거가 끝난 후에 죽을 수도 있었다. 무엇이 먼저일까? 장례식? 아니면 취임식? 어쩌면 취임식 도중에 죽을 수도 있었다. 클라라 부인은 얼마나 용감한가, 헌법을 수호하고 헌법에서 파생된 모든 법을 준수하겠다고 맹세하는 남편을 돕기 위해 병상을 떨치고 나오지 않았는가! 어쩌면 새로운 정부가 탄생하고 몇 개월 내에 죽을 수도 있었다. 대통령 각하를 실망시키지 않기 위해 끝까지 삶을 붙들고 죽지 않았다! 결국 클라라 부인은 죽었고, 발렌틴 페드로 카레라는 가족장을 국장의 경지로 끌어올릴 수 있었다. 레퀴엠이 울려 퍼지지 않은 교회가 없었고, 고인이 된 영부인의 사진이 실린 포스터가 걸리지 않은 거리가 없었고, 창문에 검은색 리본이 달리지 않은 사무실이 없었고, 조기가 걸리지 않은 병영이 없었고, 상장이 달리지 않은 문패가 없었다.

정숙하고, 지적이고, 인정 많고, 헌신적이고, 성실한 여성. 비둘기가 조각상에 내려앉듯 모든 미덕이 클라라 카란사 데 카레라 부인의 영전으로 쏟아져 내렸다. 슬픔에 잠겼지만 꾹 눌러 참는 국가 제일인자의 얼굴에 온갖 고뇌가 내려앉았다. 선을 행하며 의미 있는 죽음을 위해 평생을 바쳐 왔던 한 여인의 모습을 텔레비전을 통해 보면서 눈물을 흘리지 않는 멕시코 국민이 없었다.

멍청한 여자였다. 무식하고, 멍청하고, 못생긴 여자, 구역질 나는 냄새를 풍기던 그런 여자였다. 항상 삐딱하게 말하는 그 성질 때문에 종잡을 수 없었던 이상한 여자였다. 하지만 발렌틴 페드로 카레라 같은 평범하고 열등감에 시달리는 남자에게는 좋은 자극이었다.

"뭐 기억나는 거 있어, 이 멍청한 친구?" 어느 사적인 만찬에 초대받았을 때 상히네스가 그에게 물었다.

"그냥 평범한 사람으로 돌아가고 싶어." 그가 대답했다.

"바보같이 굴지 마요. 당신은 평범한 사람이 아냐. 결코 그렇게 될 수 없어!" 부인이 화를 내며 고함을 내질렀다.

"당신은 죽어 가고 있어." 그가 부인에게 말했다.

"결코 그럴 수 없어!"

상히네스가 자명한 사실을 설명했다. 권력에 대한 욕심은 우리에게 결점을 숨기고, 미덕을 가장하고, 이상적인 삶을 찬양하고, 행복, 엄숙, 국민에 대한 걱정이라는 가면을 쓰게 하고, 말만이 아니라 그에 적합한 행동을 하도록 강요한다. 문제는 발렌틴 페드로 카레라가 자기 부인을 이용해 먹었고, 부인은 남편이 자신을 이용해 먹도록 허용했다는 것이었다. 자신을 유명하고, 쓸모 있고, 사랑받는 존재로 느끼기 위해서는 그 방법밖에 없다는 사실을 그녀도 알았기 때문이다.

그도, 부인도 정직하지 않았다. 이로써 권력에 도달하기 위해서는 정직이라는 것이 전혀 필요 없다는 사실이 입증되었다.

"발렌틴 페드로 카레라는 시체를 밟고 대통령에 당선된 거야."

"그건 새삼스러운 일이 아닙니다. 선생님." 내가 끼어들었다. "멕시코에서는 그게 법칙입니다. 우에르타는 마데로를 죽였고, 카란사는 우에르타를 쓰러뜨렸고, 오브레곤은 카란사를 제거했고, 카에스는 오브레곤의 시체를 밟고 일어섰습니다. 항상 그런 식이었습니다." 나는 앵무새처럼 반복했다.

"하지만 피는 보지 않았지. 재선을 허용하지 않는다는 원칙이 피의 계승으로부터 우리를 해방했어. 비록 전임자 덕분에 권력을 차지한 후임자들의 배은망덕은 계속 이어졌지만." 마침내 상히네스가 차갑게 식어 버린 콩소메를 먹기 시작했다.

"후계자에게 권력을 양도한 전임자를 제거해야만 하는 의무." 내가 보충했다.

"권력이 상속되는 공화국의 철칙."

상히네스는 싱긋 웃고 나서 말을 이었다. 그는 숟가락질로 내 얄팍한 정치에 대한 지식을 시험했다. 정치에 대한 내 지식이란, 여러분도 알다시피, 이름도 없는 공동묘지에서 안티구아 콘셉시온이 내게 비밀리에 알려 준 정보에 따른 것이었다.

대통령 부부에 대해 많은 우스갯소리가 떠돌아다녔다. 클라라 부인은 대통령을 사랑하지만 대통령은 자기 자신을 사랑한다. 대통령 자리를 부부가 공유한다. 블랙유머가 판을 쳤다. 라메르세드에서 대통령 인형을 팔았다. 장식 핀으로 부인과 연결된 모양이었고 설명서가 붙어 있었다. '당신이 먼저 죽어.'

실제로 그런 일이 벌어지고 말았다. 죽어 가는 부인이라는 부적이 사라지고, 로스피노스의 순교자 클라라 카란사에 대한 기억이 희미해짐에 따라, 부인 때문에 고뇌했던 기억이 희미해짐에 따라, 발렌틴 페드로 카레라는 생기를 잃었다. 기다림의 고뇌 속에서 살다가 그 기다림이 끝나 버린 것이었다. 이런 얘기가 심심치 않게 나돌았다. 대통령은 그 자신이 클라라 부인의 고뇌를 대신 살기를 원했다고, 그녀가 고통 속에서 계속 살아가며 정치적으로 도와주기를 원했다고, 시도 때도 없이 부인의 위협에 시달렸다고.

"발렌틴 페드로, 나 자살해 버릴 테야!"

"왜 그래, 여보, 대체 왜 그래……."

"문제는……." 상히네스가 콩소메를 포기하고 말을 이었다. "발렌틴 페드로 카레라의 약점이 머지않아 나타나기 시작했다는 거야. 모래로 쌓은 벽에 금이 가듯이 말이야. 행정부의 수반으로서 결정을 내려야 할 문제들이 나타났지. 법을 공표하고 집행하는 일. 공무원을 지명하는 일. 군대 장교를 지명하는 일. 외교정책을 이끄는 일. 사면과 특전을 수여하고 문호를 개방하고 세관을 설치하는 일. 카레라는 그런 일들을 함부로 처리했어. 일이 많을 때는 장관들에게 일을 떠넘기기도 했어. 대통령이 일을 게을리하면 장관들이 대신 처리하기도 했지. 때로는 한 장관이 결정한 사항을 다른 장관이 뒤집기도 했고, 그 반대의 경우가 발생하기도 했지."

"지금 협상 중에 있습니다."

"협상만으로는 부족합니다. 단호하게 나가야 합니다."

"우리는 노동조합을 이해해야 합니다."

"노동조합은 그냥 지켜보기만 해도 됩니다."

"석유는 국가 재산입니다."

"석유를 민간 사업자에게 개방해야 합니다."

"국가는 인도주의적인 식인귀입니다."

"민간 사업자는 창의력이 부족합니다."

"파파스키아로와 탄가만다피오를 연결하는 고속도로가 필요합니다."

"당나귀를 타고 다니면 됩니다."

"우리의 좋은 이웃들과 협력해야 합니다."

"그들은 그들일 뿐입니다. 우리가 좋은 이웃입니다."

"멕시코와 미국 사이에 사막이 있어야 합니다."

상히네스가 말을 이었다. 문제는 말이야, 대통령이 실수를 저질렀다는 거야. 친구들이나 혹은 같은 세대 사람들로 내각을 구성했다는 거지. 그래서 아주 치명적인 결과를 가져왔지. 친구들은 알량한 권력을 지키기 위해 서로 원수지간이 되고 말았어. 세대의 이상은 기능적인 이상과 일치하기가 힘들어. 어느 한 세대에 속한다는 것은 미덕이 될 수 없어. 시간이 문제야. 시간은 어쩔 수가 없어. 시간에는 눈앞의 이익 외에는 본질적인 미덕이 없으니까. 달력 안에서 허망하게 사라질 뿐이지.

"썩은 낙엽들!" 하인이 쌀과 튀긴 바나나가 담긴 커다란 접시를 들고 들어왔을 때 그는 소리를 질렀다. 하인은 접시를 내 앞에 놓으며 정중하게 말했다.

"안녕하십니까, 여호수아 선생님."

나는 눈을 들었다. 에롤 에스파르사 집의 옛날 하인이었다. 그는 에스파르사 씨의 타락한 둘째 부인 사라 페레스에 의해 그 집에서 쫓겨난 모양이었다.

"일라리온!" 나는 그를 알아보았다. "반갑습니다."

그는 아무 말도 하지 않았다. 고개를 숙이고 내 시중을 들었다. 나는 상히네스를 곁눈질로 훔쳐보았다. 아무 일도 없었다. 일라리온이 물러났다.

"소문이 돌기 시작했어." 상히네스가 말을 이었다. "대통령은 통치하지 않는다. 사업을 벌여만 놓을 뿐이다. 애매한 말만 한다. 카네이션보다 더 밝은 얼굴로 웃기만 한다. 입에 담기 힘든 저주가 재임기간 육 년 동안 내려졌다. 정부 출범 이 년 만에 대통령이 자리보전했다는 사실이 그의 명예에 치명상을 입힐 것이라는 소문도 나돌았어."

"그의 건강에도 역시."

카레라는 미친 나침반을 들고, 국내 정치에 실패한 멕시코 대통령들의 전통적인 피난처인 외교정책에 뛰어들었다. 결과는 참담했다. 미국은 북쪽 국경선에 더 많은 무장 경비원을 배치했고, 이주 노동자들이 더 많이 죽어 나갔다. 과테말라 사람들은 중앙아메리카 출신 노동자들과 함께 멕시코로 침입하기 위해 남쪽 국경선에 구멍을 뚫었다. 대통령에게는 다른 수가 없었다. 에스키모 옷을 입고 다보스 포럼에 얼쩡거렸고, 블랙 아프리카의 예의 바른 대표들만 참석하는 유엔총회에서 연설했다.

"상황이 좋지 않을 때 클라라가 죽고 말았어." 어느 날 밤 대통령이 소리쳤지.

"내각 절반이 죽었으면 더 좋았을 텐데요." 나는 용기를 내어 말했어. "그들의 무능력이 당신 안에 반영되어 있습니다, 대통령 각하."

"상히네스, 내게 충고해 줄 말이라도 있나?" 대통령이 슬픔에 잠겨 내게 물었어.

"새로운 피가 필요합니다." 내가 말했어. "그래서 예리고가 대통령 집무실에 나타나게 된 거야."

상히네스가 마지막 남은 튀긴 바나나를 조용히 해치웠다.

"좋은 아이디어입니다." 나는 확신은 없었지만 솔직하게 말했다. 나는 안토니오 상히네스의 두 번째 의도에 대해 짐작해 보았다. 극심한 가난을 먹어 치우는 자, 곡예사, 만물박사. 그리고 바로 그 순간 우리의 운명을 깨달았다. 예리고의 운명. 나의 운명.

"로스피노스에서 자네 친구가 한 일을 얘기해 주지."

그것은 질문이 아니었다. 하지만, 어쨌든, 나는 고개를 끄덕였다.

"대통령의 암시에 따라 장관들 사이에 분산되어 있던 권력을 통합했어. 임명권을 회수했고, 책임감을 부여했고, 사업을 시도하기 전에 대통령과 상의하도록 했고, 발렌틴 페드로 카레라가 주재하는 국무회의를 열어 정기적으로 그 내용을 알리도록 했지. 그리고 대통령이 신디케이트, 후원자, 대학, 제4의 권력, 주지사, 국회와의 관계에 있어서 장관들보다 앞서 갈 수 있게 만들었어. 예리고는 날마다 열심히 노력했어. 대통령의 지배망을 넓혀 나갔어. 각 부서 책임자에게 이런 점을 인식시켰지. 당신들은 국가 원수에 대해 책임을 져야 한다, 다른 내각 구성원들은 자치권이 있는 행위자도 아니고 권위 있는 목소리도 아니다, 그들은 대통령의 신임으로 고용된 직원들일뿐이다, 대통령은 그들에게 주었던 신임을 언제라도 거둬들일 수 있다."

"대통령 각하." 예리고가 말했다. "기억하시기 바랍니다. 각하는 야당에 있을 때는 순수한 인간이 될 수 있었습니다. 그러나 권력을 쥔 지금은 조금 덜 순수한 인간이 되는 법을 배우셔야 합니다."

"내 손을 더럽히란 말인가?"

"그게 아닙니다, 각하. 약속을 하는 겁니다."

"나는 국민들의 염원에 따라 당선되었단 말이네."

"이제는 선거의 찬란한 빛에서 벗어나 경험의 그늘로 들어서고 계십니다."

"자네는 신부님처럼 열심이로구먼, 젊은이."

"제 말을 이해해 주시기 바랍니다."

"내가 뭘 이해하기를 바라나?"

"저는 각하를 돕기 위해 이곳에 있고, 각하를 강하게 만드는 것이 제가 할 일입니다."

"어떻게?"

예리고는 가까이 있는 사무기기를 작동해 소음이 나게 한 뒤 아주 중요한 문제에 관여할 수 있는 권리를 달라고 대통령에게 요구했다.

"젊은이, 그게 뭔데?"

"청춘이야, 이 늙은이야." 예리고는 감히 그렇게 말했고, 그 순간 무슨 일이 벌어졌는지, 자신이 무엇이 될 수 있는지 알아차렸다. 만약 공화국 대통령이 그 짤막한 한마디 속에서(청춘이야, 이 늙은이야.) 젊은 막료의 권위를 인정한다면, 어마어마한 약속이 담긴 말로 예리고의 제안으로 향하는 길이 열리게 되는 것이다. "각하를 위해 그 일을 하겠습니다, 대통령 각하. 조국의 안녕을 위해 그 일을 하겠습니다."

"젊은이, 그게 뭔데?"

"제가 제안하는 일 말입니다, 각하." 예리고가 다시 존경심을 담아 말했다.

* * *

"만일 우리가 사이좋게 지낼 수 있다면." 할 일이 별로 없던 어느 날 오후 아순타가 내게 말했다. "내 인생에 대해 네게 들려 주는 것도 좋을 거야. 내가 어떤 사람인지 네가 알았으면 좋겠어. 아래 열 개 층에서 들려오는 소문을 듣는 대신 내 입으로 직접 말하고 싶으니까."

"내가 무얼 근거로 당신 말을 믿어야 하죠?" 나는 빈정거리는 듯한 말투로 물었다. 그녀 시선의 어두운 파도로부터, 우리를 둘러싸기 시작하는 애매한 밤의 향기가 가득한 숨결로부터 나를 보호하기 위해서였다. 나는 그 여자를 좋아했다. 때론 지겹고, 때론 당황스럽지만 그 여자가 마음에 들었다.

사실 아순타는 자기 자신에 대해 말하기 전에 막스 몬로이에 대해 이야기했다. 멍청했던 나는 그게 그녀의 말하는 방식이었다는 것을 알아차리는 데 시간이 걸렸다. 이봐, 여호수아, 이게 바로 나야, 막스 몬로이에 대해 이야기함으로써 바로 자기 자신에 대해 이야기하는 여자야. 내가 막스 몬로이에 대해서만 이야기했다고 너는 믿겠지만, 그건 네 착각이야. 내가 제때에 그걸 알아차렸다. 내 운명을 결정지은 남자에 대한 이야기를 함께 곁들이지 않고는 내 인생에 대해 이야기할 수 없어.

"막스 몬로이. 자네는 지금 내 지도 아래 마키아벨리에 대한 논문을 쓰고 있어." 상히네스 교수가 내게 말했다. "자네는 목적이 언제나 수단을 정당화하지 않는다는 사실을 잘 알지. 막스 몬로이는 처음부터 이렇게 결정했어. 최상의 결과를 얻기 위한 방법은 결과에 대한 생각은 잊고 수단이 목적인 것처럼 행동하는 것이다. 그는 그런 철학을 바탕으로 자기 사업에서 최상의 결과를 얻어 냈어. 수단의 사나이 막스는 수단에도 목적과 같은 가치를 부여했고, 낮이 밤에서 태어나듯 목적도 수단에서 비롯된다고 생각했지. 그는 최종 해결이라는 것을 믿지 않았어. 그는 이렇게 말하지. 최종 해결은 언제나 나쁘다, 최종 해결은 항상 미리 가치를 규정하고 새로운 가능성의 문을 닫아 버리기 때문이다. 그보다 더욱더 좋지 않은 것은 최종 해결이 실패로 끝나면 모든 것을 다시 시작해야 한다는 거야. 그에 반해 수단은, 하나의 수단이 성과를 내지 못한다 해도 다양한 수단을 손쉽게 취할 수 있기 때문에 그다지 문제가 되지 않아. 수단은 목적이 아냐. 휴지처럼 쉽게 버릴 수 있는 거야. 자네가 성공을 거둔다 해도 그게 끝이 아냐. 이게 바로 막스 몬로이가 거부하는 거야. 결과는 없어. 어떤 목적의 승리란 있을 수 없어. 어떤 수단의 가능성만 존재할 뿐이지. 이 점을 명심해, 여호수아. 막스 몬로이가 성취하는 모든 것은 다음 수단에 닿기 위한 수단일 뿐이야. 끝이 없는 거야. 그는 이렇게 말해. '끝'이라는 말은 영화 한 편이 끝날 때에나 쓰는 것이라고. 영화관에 불이 켜지고, 관객들에게 정중하게 요청하는 거지. 빈 코카콜라 병이나 바닥에 떨어진 팝콘 조각을 쓰레기통에 넣으셔도 되고 안 그러셔도 됩니다."

"여호수아, 막스 몬로이의 영화는 끝이라는 말을 몰라. 따라서, 내 말을 이해할 수 있을 거야, 그는 절대로 실패를 인정하지 않아. 어떤 시도는 성공하고, 또 어떤 시도는 그렇지 못할 뿐이지. 그는 성공하지 못한 시도를 제때에 포기해. 때때로 그는 실패를 경험한 후에 성공을 선언하기도 해. 공공연하게 성공하지 못한 프로그램, 경쟁사에게 이내 따라잡히는 새로운 기술. 막스는 주제를 바꿔. 그는 과거에 연연하지 않고 다음 단계로 넘어가. 그래서 그가 걷는 길에는 원한이 없어. 아무도 패배했다고 느끼지 않아. 아무도 승리했다고 생각하지 않아. 하지만 금전등록기는 끊임없이 울려." 어느 날 아순타는 내게 그렇게 말했다.

"몬로이는 아주 유명한 말을 남겼어. 그 자신 덕분에 우리가 계산기를 버렸다고 말했어. 그는 더욱더 새로운 영역을 개척하기 위해 새로운 영역을 밟았어. 그러니까 내 말은, 그는 자신의 성공이 성공으로 보상받은 실패가 되지 않도록 조심하지. 막스는 멈춰 세우거나 제거해야 마땅할 불사신 같은 기업가로 보여. 그는 부의 바다를 조용히 항해해. 그는 조용한 수입과 은밀한 성공의 마에스트로야. 그는 자신의 권력을 받아들여. 그는 질투가 사람들의 이야깃거리가 되지 않도록, 이 공항 저 공항 떠돌아다니는 운명에 처한 엔진 없는 비행기가 되지 않도록 노력해." 어느 날 밤 안토니오 상히네스가 그렇게 덧붙였다.

(나는 내가 그토록 사랑했던 비탄에 잠긴 루차 사파타를 생각했다. 솔직하지만 믿을 수 없는 아순타 호르단이 말을 이었다. 그녀의 두 눈이 다가오는 밤을 밀어내려는 듯 반짝반짝 빛났다.)

"막스 몬로이는 뱀과 같은 사람이야. 자기 자신 안에서 똬리를 틀고 있지. 그는 그 자체만으로 충분한 원이야. 그는 도시의 위험이 우리를 둘러싸고 있다는 사실을 알아차리면 이 건물 맨 꼭대기 층에서 모습을 드러내. 그와 동시에 그는 자동차 소리에 귀를 기울이며 그 혼잡한 소리가 사업의 음악이라고 말하지."

"자본주의의 교향곡?"

아순타가 웃었다. 그녀가 그 말을 했던가? 상히네스가 그 말을 했던가? 내가 나 자신에게 그 말을 했던가? 내 머릿속에서 막스 몬로이에 대한 이야기는 오로지 하나였다. 천은 하나지만 수많은 살을 가진 부채와 같았다.

"자본주의에 대해 이야기하는 것은 무언가가 자본주의를 대신할 수 있다고 믿는 것과 같아. 막스는 그것을 지구화, 세계화, 국제주의라고 불러. 전 지구적인 현상, 사회의 빛으로 교정할 수 있는 현상. 막스는 항상 자신의 시대를 앞서 갔어. 멕시코에서는 사회계층이 나뉘어 있고, 부자와 가난한 사람들 사이에 엄청난 차이가 존재한다는 사실을 알고 있어. 그가 꿈꾸는 유토피아는, 우리가 타타바스코와 토마스모어 지역에 있다는 것을 잊지 마, 시간이 갈수록 차이가 작아지는 곳, 우리가 하나의 강줄기로 모일 수 있는 곳, 끊임없이 물결치며 하나의 바다로 흘러가는 하나의 물줄기가 될 수 있는 곳, 그렇게 평등하지는 않아도 적어도 다양한 기회를 제공해 줄 수 있는 바로 그런 곳이야. 바로 이 점이 판에 박힌 정치인들과 다른 점이지. 막스는 기관을 창조하기 위해 필요를 창조하고 싶어 해. 정치인들은 기관을 창조하고 필요는 잊어버리지. 이런 점에서 막스는 우리 대통령을 반대하는 거야."

(그리고 나는 대통령 보좌관이 된 예리고를 반대하는 것인가?)

"바로 그렇기 때문에 이런 문제가 발생하는 거야, 여호수아." 이제는 아순타의 말이든 상히네스의 말이든 굳이 따지기도 싫고 구별하고 싶지도 않다. 막스 몬로이에 관한 이야기라면 누가 이야기하든 상관없다. "이 세상에서는 할 일이 없다고 믿는 사람들에게 막스는 물어. 이제 무엇을 해야 할 것인가? 그리고 그 일을 하면서 앞서 나가는 거야. 그의 생활신조는 '이 세상에 할 일이 없다는 생각은 절대로 하지 마라.'라는 것이야. 스스로에게 물어보십시오. 얼마나 많은 일을 했으며, 또 얼마나 많은 일을 그대로 내버려 두었습니까? 막스를 주먹을 흔들며 말하지. 그것이 바로 우리가 해야 할 일입니다."

"그럼 사람들은요, 아순타, 당신이 그려 보인 막스 몬로이는 기계가 아닙니까? 그는 사람들을 상대하지 않습니까? 저기 저 위에 있는 둥지에 날개 없는 독수리처럼 틀어박혀 있는 겁니까?"

나와 상히네스와 아순타가 다시 웃음을 터뜨렸다. 내 질문이 우리 몸을 간질이는 것 같았다. "막스 몬로이는 가면을 사용할 줄 알아. 사람들은 그가 평생 동안 포커페이스로 산다고 얘기해. 그는 꾸미는 법을 알아. 그는 위협적으로 접근하지. 그러다 정중한 자세로 돌아가. 하지만 그가 위협하는 모습을 발견한 사람은 절대로 그 모습을 잊을 수 없어. 그는 침묵의 가치를 잘 알고 있어. 그는 다른 사람에게 상처를 주지만 그 자신이 상처를 봉합했다는 인상을 심어 주지. 그리고 때로는, 그럴 필요가 있을 경우에는, 결코 상처가 봉합되지 않을 것이라는 점을 각인시키지. 그는 어느 누구에게도 아첨하지 않아. 남들이 그에게 아첨하도록 허용하지도 않아. 그는 이렇게 말해. 아첨꾼은, 아부꾼은 아첨 받는 사람의 지성을 마비시킨다고. 막스는 필요한 경우에는 은혜를 베풀어. 그렇지만 그는 항상 내게 이렇게 말해. 은혜를 베풀 때마다 배은망덕한 놈 하나와 원수 백 명이 생긴다고. 그는 사업에 대해서는 단 한 마디도 하지 않아. 정치에 대해 이야기하도록 유도하지. 약속하도록 유도하지. 실수를 저지르도록 유도하지. 막스 몬로이는 입에 지퍼가 달린 사람이야. 막스 몬로이는 입을 밀랍으로 봉한 사람이야."

"뭔가에 대한 죄책감 같은 건 없나요?"

"그는 천사들이 모여 그의 죄악과 미덕에 대해 논의할 것이라고 말해. 하늘에서 결정할 일을 앞서 갈 필요가 있을까?" 두 사람의 목소리가 하나가 되어 말했다.

"요청 같은 건 절대로 안 하나요? 겸손이나 특권 같은?"

"존경. 그가 내게 준 게 바로 그거야." 아순타가 눈을 무척이나 크게 뜨고 나를 빤히 바라보며 말했다. "나에 대해 물어봤어? 내가 막스에 대해 대답했던가? 막스 덕분에 내가 어떤 사람이 되었는지 알아? 여호수아, 내 어린 여호수아, 막스 앞에서 내가 어떤 모습을 보일지 생각해 본 적 있어? 가시투성이 북쪽 지방의 메마른 지역 출신인 한 여자아이를 상상할 수 있어? 아이의 앞길을 가로막고 쓸모없는 촌년으로 만들려고 하는 부모 밑에서 자란 여자아이를? 세 가지 견딜 수 없는 원칙이 지배하는 가정에 갇힌 여자아이를? '이런 말은 하지 마라. 잘못은 고쳐지지 않는다. 아무것도 마음 아파할 필요 없다.' 내 부모는 왜 그랬을까? 내 부모가 하는 짓은 무엇이든 정당했어. 내 부모는 정당하지 않은 짓은 절대로 하지 않았다는 건가? 북쪽 지역, 사막, 허공, 그 어느 곳으로도 연결되지 않은 도로들, 멀리 있는 산들, 코앞에 있는 사막, 바다는 신앙심이 조작해 낸 거짓말, 숨이 막힐 듯한 더위와 오싹한 추위 사이에서 종잡을 수 없는 기후. 사막에 있는 어느 남편, 어린 계집아이는 이제 남아 있지 않아. 그게 최대일까? 아냐. 그게 최소일까? 역시 아냐. 그는 누굴까? 자동차를 팔아. 트럭들. 버스들. 토레온에서. 그는 사랑에 빠졌나? 그는 타산적인 사람인가? 우리가 그보다 더 많이 가졌나? 그가 우리보다 더 많이 가졌나? 토마스 곤살레스는 어디서 나타났지? 아순타 로페스 호르단은 어디서 나타났지? 그리고 누가 더 잘났지? 곤살레스 가족? 로페스 가족? 누가 무엇을 자랑하지? 내게 말 좀 해 보란 말이야. 누가 자신의 선인장을, 자신의 사막을, 자신의 바위를, 포석을, 토르티야를 자랑하나? 제발 좀 은혜를 베풀어 달란 말이야. 무슨 이유로 그렇게 우쭐대지? 건방진 사람은 무엇으로 그렇게 우쭐대지? 무슨 이유로 결혼식 날 밤에 자지를 보여 주며 이렇게 말한단 말이야? 내 사랑, 킹콩을 소개하지, 이제부터 이 녀석이 우리와 함께 잠자리에 들 거야. 무슨 이유로 자기 자신을 제외하고 모든 것을 자랑하지? 아순타 로페스 호르단, 무슨 이유로 너에 대해 이야기하지? 무슨 이유로 친구들에게 자랑하지? 네가 집안을 꾸려 간다고, 수컷인 그는 너보다는 즐겁고 색정적인 노파들이 필요하다고. 에르네스티나, 아마폴라, 말바비스카, 쿨리토스, 북부 지방의 모든 창녀와 애리조나와 텍사스에 있는 창녀들. 예비품을 사러 간다는 핑계를 대고. 그렇게 나돌아 다니는 남편. 무슨 이유로 그를 애먹이기 시작하지, 아순타 로페스 데 곤살레스, 왜 그에게 사랑할 때 아프니까 면도하라고 말하지? 방향제를 사용하라고, 골프를 하라고, 무언가를 하라고, 킹콩을 우리에 가두라고 강요하지?"

"고릴라 우리." 아순타 호르단은 밑도 끝도 없이 그렇게 말했다. "그리고 나는 공기 인형이었지……."

"공기 인형." 아순타가 말을 이었다. "하지만 신경이 살아 있었기 때문에 신중하고 깨어 있는 인형이었고, 그래서 위험한 인형이었지. 내 남편과 가족에 대한 증오로 나는 신중했고 깨어 있었어. 나는 알았어. 지역사회에서는 내 장점이 곧 결점이었어. 그래서 나는 위험한 여자였어. 하지만 다른 사회에서는 격렬하고 종잡을 수 없는 것이 일종의 미덕이었어. 내 고향에서 나는 부정적인 반응을 불러일으켰어. 십오 년 전 막스 몬로이가 자동차 공장을 개장했을 때 나는 남편과 함께 개장식 이후에 열린 리셉션에 참석했어. 막스 몬로이는 자만심에 빠진 여자들 한 무리와 우쭐거리는 남자들 한 무리를 한쪽 눈으로 둘러보다가 그 속에서 불만투성이인 한 여자를 발견했어. 그 여자가 바로 나였어. 나는 굴욕을 당한 여자였고, 자만심에 빠진 여자였고, 보통 여자들과는 다른 여자였어. 그날 밤 나는 그와 함께 떠났고, 그래서 지금 이곳에 있는 거야."

"여자도 일종의 사치라고 하지 않았습니까?"

"아냐. 여자는 일종의 트로피야."

"왜죠?"

"불편하니까. 오스카상을 어디다 두지? 그가 나를 취한 거야. 부정확한 것을 말하기 위해. 편하게 있기 싫어서."

"막스 몬로이가 그런 점을 당신에게서 발견한 겁니까?"

"그래서 그가 막스 몬로이인 거지."

(그녀는 댄스 플로어 한가운데에 홀로 남아 있었다. 그녀의 남편 토마스는 그녀에게 작별 인사도 남기지 않고 떠나 버렸다. 쌍쌍이 춤을 추고 있었다. 가족들은 플로어 주변 삼면에 앉아 있었다. 플로어 한쪽 면에서 오케스트라가 음악을 연주하고 있었다. 쌍쌍이 춤을 추고 있었다. 그녀는 댄스 플로어 한가운데에 홀로 남아 있었다. 그녀는 아무도 쳐다보지 않았다. 그녀는 사람들이 자신을 쳐다본다는 사실도 알지 못했다. 그녀는 더 이상 상관하지 않았다. 그때 막스 몬로이가 그녀에게 다가와 아무런 말도 없이 그녀의 손과 허리를 잡았다.)

* * *

산타페의 사무실에서 보낸 내 즐거운(그러면서도 불안한) 직장 생활은 안토니오 상히네스 변호사에 의해 중단되었다.(이런 일은 이후로도 자주 벌어질 것이다.) 상히네스 교수에게 진 빚을 영원히 갚을 수 없을 것만 같은 생각이 들었다. 나의 또 다른 선생, 필로파테르 신부가 인용한 이단자들은 이렇게 말했다. 하느님의 자비심의 마지막 증거는 모든 죄인을 용서하고 단번에 지옥을 깨끗하게 비우는 것이다. 상히네스에게 진 빚은 내가 지옥에 떨어질 정도로 크지는 않았다. 오히려 정반대였다. 나는 은혜를 아는 놈이다. 나는 내 모든 것을 상히네스에게 빚졌다는 사실을 알았다.(지금도 안다.) 그럼에도 나는 나 자신에게 물어보지 않을 수 없었다. 교수이자 변호사인 안토니오 상히네스에게 진 내 빚(공부, 논문 지도, 코요아칸에서의 식사, 산후안데아라곤 교도소 출입, 죄수 미겔 아파레시도와의 면담, 대통령 궁에서 일하는 내 친구 예리고의 운명에 대한 소식까지)을 언제까지 갚아야 한단 말인가?

아무리 생각해도 대답이 즉시 떠오르지 않았다. 하지만, 대답을 찾을 수 없어서 그랬을 테지만, 나는 바스코데키로가에서의 업무를 중단하고, 아순타 호르단과의 플라토닉한 사랑도 중단하고, 나 자신에게 이렇게 물어볼 수밖에 없었다. 산후안데아라곤 교도소와 죄수 미겔 아파레시도에 관한 상히네스의 전략은 어디까지 흘러갈 것인가? 상히네스가 바라는 게 도대체 뭐란 말인가? 그는 무슨 의도로 감방으로 들어가는 문을 마스터키로 내게 열어 주었단 말인가? 나는 베드로가 그의 집으로 들어갔던 것처럼 아무 문제 없이 감방으로 들어갈 수 있었다. 이런 생각이 들기는 했다. 감방에 미겔 아파레시도와 나만 남겨 두다니, 사적인 해결을 좋아하는 이 강한 남자, 나는 그의 출신과 운명에 대해 전혀 아는 바가 없는데. 그는 복역 기간이 끝났는데도 감옥에 계속 남아 있었다. 그가 풀려난다면 다시 새로운 범죄를 저지를 것이고, 그래서 다시 감옥에 갇힐 것이다.

새로운 범죄. 첫 번째 범죄, 최초의 범죄, 미겔 아파레시도가 영원토록 갚으려고 하는 그 범죄는 무엇이었을까? 도대체 무슨 범죄를 저질렀기에 감옥에서 죽는 것을 최종 해결로 삼았단 말인가? 하지만 내가 내린 이렇게나 쉽고 통속적인 결론이 사실이란 말인가? 미겔의 양심 속에서 미겔의 벌을 끝장낼 수 있는, 그래서 마침내 그가 감방에서 나갈 수 있는 마지막 순간이 존재한단 말인가? 그걸 아는 것은 모든 것을 아는 것이었다. 처음부터. 이 이야기의 근원. 내가 여기까지 풀어 온 미스터리가 해결되고, 미스터리가 운명으로 변할 것이다. 하지만 죄수는 그 진실을 밝히기 싫은 모양이었다.

적어도 오늘까지는. 나는 감방으로 들어갔다. 그는 내게 등을 돌렸다. 높은 곳에서 희미한 빛이 스며 들어와 회색 죄수복으로 결코 가둘 수 없는 그의 몸에 선을 그렸다. 오로지 태양만이 그 오래된 감옥의 줄무늬 죄수복을 사용할 수 있는 것 같았다.

내가 감방으로 들어갔을 때 미겔은 나를 돌아보지 않았다. 차라리 그가 끝내 돌아보지 않았다면 더 좋았을 텐데. 마침내 그는 나를 돌아보았다. 섬뜩한 짐승의 얼굴이 나타났다. 헝클어진 머리카락, 손톱자국이 가득한 양 뺨, 불길한 황혼 녘처럼 시뻘건 두 눈, 상처 입은 코, 피가 뚝뚝 떨어지는 이와 입술.

"세상에, 미겔……."

나는 자연적인 충동에 이끌려 앞으로 달려가 그를 껴안았다. 그는 도움을 바라지 않았다. 그가 거칠게 나를 밀어냈다. 그가 나를 노려보고 있었기 때문에 나는 시선을 거둘 수밖에 없었다.

그리고 어느 순간, 내 마음속에서 무언가가 이렇게 속삭였다. '시선을 떼지 마. 저 남자를 똑바로 쳐다봐. 예전에 그를 쳐다봤던 것처럼 쳐다보란 말이야. 상처 입기 쉬운, 비탄에 잠긴, 정신이 없는 사람을 쳐다보듯. 그는 지금 단지 네 애정이 필요하기 때문에 그걸 거부하는 거야. 네가 아니면 달리 도와줄 사람이 없기 때문에 그러는 거야. 넌, 이 못난 여호수아는 바로 저 남자의 또 다른 자아야.'

나는 그렇게 생각하며 우리 모두가 알면서도 큰 소리로 말하지 않는다는 것을 깨달았다. 왜냐하면 그것은 미스터리인 동시에 명확한 사실이기 때문이었다. 나는 미겔을 쳐다보았다. 그에게 비친 것이 보였다. 그것은 거울에 비치는 그런 것이 아니라 하나의 질문에 담긴 그런 것이었다. 우리는 육체다, 우리는 영혼이다, 우리는 육체와 영혼이 어떤 식으로 하나가 되는지 절대로 알 수 없다.

나는 그날 공포에 떠는 미겔 아파레시도의 두 눈을 무심히 바라보았다. 그리고 그 눈에서 일순간 내 모습을 발견했다……. 우리 두 사람이, 자유로운 나와 감옥에 갇힌 그가 똑같은 딜레마에 사로잡혀 있음을 알 수 있었다. 단 한 사람의 범죄로 우리 모두가 벌을 받아야 한단 말인가? 육체가 구원받지 못하는 상황에서 영혼이 구원받을 수 있단 말인가? 영혼을 벌하지 않고 우리 육체가 죄를 범할 수 있단 말인가? 육체가 죄로부터 깨끗

할진대 영혼이 죄를 범할 수 있단 말인가?

　나는 그 모든 것을 미겔 아파레시도의 눈에서 볼 수 있었다. 이 말은 그의 눈에 담겨 있던 그 모든 것이 내 눈으로 스며들었다는 얘기다. 나는 필로파테르 신부와 성 아우구스티누스의 글이 떠올랐다. 인간의 불행은 항상, 늦든 빠르든, 기쁨과 휴식과 위로를 원하고, 이 세 가지는 육신과 세상의 부활이라는 약속을 통해, 새로운 세상에서의 자유라는 약속을 통해 종교가 우리에게 허용하는 것이다. 나는 그날 오후 미겔 아파레시도를 다시 한 번(아니 처음이었는지도 모른다.) 바라보며 생각했다. 종교와 자유는 믿을 수 없는 것을 믿는다는 점에서 서로 닮았다. 육신의 부활과 개인의 자율권. 어쩌면 개인의 자율권이라는 것이 더욱더 믿기 어려운 것인지도 모른다. 우리는 우리가 부활하리라는 사실을 모르면서도 신앙의 비밀을 받아들이기 때문이다. 반대로 우리가 자유롭게 될 수 있으리라는 사실을 알더라도, 자유의 부재는 고통스러운 가능성의 도박장으로 우리를 이끌기 때문이다. 자유를 위해 싸우느냐 혹은 자유를 포기하느냐, 행동하느냐 혹은 몸을 사리느냐, 손을 더럽히느냐 혹은 장갑을 이용하느냐……. 하나의 카드를 선택하면 나머지는 포기해야 한다. 실제 삶에서 카드 교환은 허용되지 않는다. 에이스 네 장이면 장땡이고, 패가 불리하면 깡통이다. 때로는 불리한 패로 게임에서 이기고 삶을 건지기도 한다. 우리는 다른 사람이 건네주는 패로 놀음을 할 뿐이다. 다른 패를 요구할 수 있다고 생각한다면 그건 착각이다. 패를 나누어 주는 자가 누구든 그는 단 한 번만 패를 나누어 준다. 좋은 패든 나쁜 패든 우리는 운명이 우리에게 나누어 준 패로 놀음을 해야만 한다.

안으로 또 밖으로 상처 입은 그 남자에게서 내가 그때까지 전혀 몰랐던 한 존재의 숙명을 발견했단 말인가? 미겔 아파레시도는 기이하지만 항상 차분한 모습으로 내 앞에 나타났다.(이렇게 말할 수도 있을 것이다.) 비밀을 간직한 남자, 자신의 미스터리를 편안하게 감싸는 남자. 가슴과 등 사이에 감춘 것을 애써 지켜 내려는 남자. 자유를 제시해도 거부하는 배타적인 남자. 감옥에 남아 있겠다고 고집을 부리는 속을 알 수 없는 남자.

나는 그 남자를 그렇게 생각했다. 감방으로 들어서는 순간 그 모든 것을 볼 수 있었던 것이다.

예전의 미겔은 현재의 미겔과 달랐다. 나는 어느 쪽이 진짜인지 알 수 없었다. 어제의 그 엄격한 숙명론자가 진짜 미겔인가? 오늘의 이 무너지고 고삐 풀린 짐승이 진짜 미겔인가?

참으로 이상한 일이다. 한 인간이 입고 있던 옷을 벗기고 내 눈에 익은 가면을 벗겨 내자 야만적인 감정들이 훤히 드러난다. 흔히들 얘기하는 잔인하다거나 잔혹하다는 의미가 아니다. 훨씬 넓은 의미, 관습이 생겨나기 이전의 인간, 한계를 뛰어넘는 인간, 특히 개인의 이상을 뛰어넘는 인간이라는 의미에서 그렇다. 미겔 아파레시도는 바로 그런 인간이었다. 자기 이전의 인간. 이 세상이, 그리고 내가 알던 모든 것이 엄청난 거짓인 것처럼 보였다. 단순한 겉모습, 유령의 피부. 그 안에 감춰진 육체와 영혼은 전혀 다른 것이었다.

나는 미겔을 찬찬히 살펴보며 당당했던 그의 말을 되새겨 보았다. 그는 다른 죄수들의 충성심에 의지해 있었다. 브리얀티나스와 고마스. 벤타나스. 시보네이 페랄타. 네그로 에스파냐와 페르피다 알비온. 그는 예전에 이렇게 말했다. 이봐, 꼬맹이, 나는 이곳에서 벌어지는 모든 일을 알지. 내가 원하지 않는 일이나 손을 쓸 수 없는 일은 이곳에서 발생하지 않아.

"명심해. 우발적으로 발생하는 폭동도 내 의지가 빚어낸 작품이야."

그는 예전에 이렇게 말했다. 공기의 냄새를 맡을 수 있다고, 감옥의 분위기가 지나치게 무거워져서 공기를 정화할 필요가 있을 경우 내부적으로 요란하게 풀무질을 해야 한다고, 이곳에서는 종종 심각한 폭동이 일어나지만 다시 평화가 찾아온다고. 그는 이렇게 말했다. 감옥에는 평화가 필요하니까.

"수많은 죄 없는 인간들이 이곳을 거쳐 가지. 그들을 존경해야 해."

수영장에 갇힌 아이들을 본 적이 있었다. 그 아이들을 영원히 가두어 둘 수는 없는 노릇이었다.

"이곳이 난장판이 된다면 그건 내게 질서를 회복할 힘이 없을 때 그렇게 될 거야. 여호수아, 더도 덜도 말고 딱 이것만 있으면 돼. 산후안데아라곤의 감옥이 천국도 지옥도 될 수 없게 만드는 데 있어서 필수불가결한 질서. 너무 많은 것을 바라는지는 몰라도 감옥은 연옥으로 남아 있으면 그걸로 충분해."

그때 그는 내 어깨를 붙잡고 호랑이처럼 나를 노려보았다.

"내가 손을 쓸 수 없는 일이 이곳에서 벌어지면 나는 약이 올라 미칠 지경이야."

약이 올라 미칠 지경인 남자. 의자들이 벽으로 날아가 부서지는 폭동. 산산조각 난 식당 테이블들. 부상당한 경찰들, 치명상을 입은 경찰들, 살해당한 경찰들. 처음에는 물어뜯기고 나중에는 활짝 열리는 자물통. 깨끗한 뇌물.

막시밀리아노 바타야. 마리아치 패거리. 브리얀티나스와 고마스. 벤타나스. 목을 조르며 노래하는 시보네이 페랄타. 페르피다 알비온과 네그로 에스파냐까지. 특히 나사리오 에스파르사의 미망인 사라 P, 막시 바타야와 공모하여 에롤의 어머니 에스트레야 데 에스파르사 부인을 살해한 여자……

모두. 모두. 모두 산후안데아라곤에서 달아났다. 이제 미겔 아파레시도는 폭동을 조장할 수도 조종할 수도 없었다. 교훈을 얻은 막시와 사라는 죄수들이 간신히 참고 있던 분노를 부추겼으며, 죄수들을 모으고, 폭동을 일으키고, 감옥을 파괴하고, 그리고 달아났다.

"누가?" 미겔 아파레시도 때문에 흥분한 나는, 미겔 아파레시도만큼 흥분한 나는 그에게 물었다.

그는 부활의 희망을 포기하지 못해 죽은 사람처럼 나를 바라보았다.

"자네, 여호수아."

아냐. 나는 고개를 저었다. 정신이 멍했다. 나는 아냐.

"여호수아, 무슨 일이 있었는지 자네가 밝혀내야 해. 자네 차례야. 막시 바타야와 화냥년 사라가 무슨 수로 탈출할 수 있었는지. 무슨 이유로 내 동료들을 저버렸는지. 누가 그들을 선동했는지, 누가 그들을 도와주었는지, 누가 그들에게 문을 열어 주었는지."

그는 환하고 심술궂은 표정으로 나를 바라보며 그가 감옥에서 수행할 수 없는 임무를 내게 떠넘겼다. 복수심에 불타는 의지와 나를 속이려는 의도가 그의 표정에 뒤섞여 있었다. 내가 그 감옥의 담장 밖에서 진실을 밝혀내면 이곳에 감춰진, 감옥의 담장 안이 아니라 미겔 아파레시도의 머릿속 담장 안에 감춰진 비밀 역시 밝혀질 것이라고 나로 하여금 믿게 만들려는 수작이었다.

먹이를 죽이지 못해 아무것도 먹지 못한 호랑이, 그 호랑이가 불만이 가득한 표정으로 나를 쳐다보았지만, 나로서는 그의 무기력한 모습을 인정할 수 없었다. 미겔 아파레시도의 진정한 위협은 그가 진실을 말하는 것이라는 사실을 나는 몰랐다.

나는 오직 이것 하나만 알았다. 나를 미치게 만든 것은 사라P와 마리아치의 탈옥도, 브리얀티나스와 고마스의 탈옥도, 시보네이와 벤타나스의 탈옥도, 알비온과 에스파냐의 탈옥도 아니었다. 무너진 내 환상, 그것이 나를 미치게 만들었다. 미겔은 자신이 주장한 것처럼 감옥의 제왕이 아니었다. 그는 별 볼 일 없는 죄수에 불과했다. 바로 그 점이 그를 화나게 만들었다. 감옥에서의 권위의 상실. 자유를 희생해 가며 이룩한 왕국의 상실. 감옥 안 제국의 지배자 자리에서 쫓겨났다는 사실.

"나는 내가 원해서 여기 있는 거야."

"나는 이곳의 머리야."

"내가 손을 쓸 수 없는 일이 이곳에서 벌어지면 나는 약이 올라 미칠 지경이야."

"약-이-올-라-미-칠-지-경-이-야."

(2권에서 계속)

세계문학전집 **251**

의지와 운명 1

1판 1쇄 펴냄 2010년 7월 16일
1판 11쇄 펴냄 2022년 6월 28일

지은이 카를로스 푸엔테스
옮긴이 김현철
발행인 박근섭, 박상준
펴낸곳 (주)민음사

출판등록 1966. 5. 19. (제 16-490호)
서울특별시 강남구 도산대로1길 62(신사동) 강남출판문화센터 5층 (우편번호 06027)
대표전화 02-515-2000 팩시밀리 02-515-2007
www.minumsa.com

한국어 판 ⓒ (주)민음사, 2010. Printed in Seoul, Korea

ISBN 978-89-374-6251-1 04800
ISBN 978-89-374-6000-5 (세트)

세계문학전집 목록

세계문학전집은 계속 간행됩니다.